DAMEN TANGO

romane cu dragoste

De aceeași autoare la Editura Nemira:

Colecționara de parfumuri interzise

Eleganța

KATHLEEN TESSARO s-a născut în Pittsburgh, Pennsylvania, și a studiat la universitatea din orașul natal înainte de a se înscrie la un curs de teatru la Carnagie Mellon University. I-a luat mult până s-a hotărât asupra profesiei: a vrut să fie coregrafă, actriță, regizoare sau istoric de artă. O bursă de câteva luni a dus-o la Londra, oraș pe care nu l-a mai părăsit însă decât peste douăzeci și trei de ani. A început să scrie literatură la sugestia unei prietene și a frecventat Wimpole Street Writer's Workshop. A debutat în volum cu romanul *Eleganța* (Nemira, 2016), care a devenit bestseller și a avut mai multe ediții. Toate cărțile ei, printre care *Innocence*, *The Flirt*, *The Debutante* și *Colecționara de parfumuri interzise* (Nemira, 2015), au fost traduse în multe țări și s-au vândut în milioane de exemplare. Este o mare admiratoare a scriitorilor Jane Austen, Edith Wharton, Francis Scott Fitzgerald, Henry James, Evelyn Waugh sau A.S. Byatt. Autoarea s-a întors la Pittsburgh în anul 2009, împreună cu soțul și cu fiul ei.

Obiecte prețioase

Kathleen Tessaro

Traducere din limba engleză
Ioana Vlad

NEMIRA

Coperta: Vasile ADNAN

Descrierea CIP a Bibliotecii Naționale a României
TESSARO, KATHLEEN
Obiecte prețioase / Kathleen Tessaro; trad. din lb. engleză: Ioana Vlad -
București : Nemira Publishing House, 2019
ISBN 978-606-43-0490-2

I. Vlad, Ioana (trad.)

821.111

Kathleen Tessaro
RARE OBJECTS

Redactor: Monica ANDRONESCU
Tehnoredactor: Magda BITAY
Lector: Ioana POPA, Dușa UDREA-BOBOREL

ISBN 978-606-43-0490-2

CNI CORESI
Tipărit la C.N.I. „CORESI" S.A.

„Caracterul omului e destinul său.“

HERACLIT, *Fragmente*

Această carte este dedicată dragului meu prieten ROBERT TROTTA, al cărui caracter remarcabil a schimbat în bine pentru totdeauna soarta fiului meu și mi-a demonstrat în repetate rânduri că există eroism adevărat în această lume. Vă sunt îndatorată, domnule.

Să privești înapoi e o treabă periculoasă. Am petrecut mult timp studiind alte vremuri, căutând comorile lumilor antice, dar mereu am considerat că e mai bine să mergi mai departe, cu privirea înainte, în propria viață. Privirea retrospectivă aruncă o lumină dură și neiertătoare, iar istoriile prea fragede și crude rămân fără nenumăratele iluzii fantomatice, fără de care puțini dintre noi își permit să se vadă.

Însă chiar și cei mai scrupuloși dintre noi uită. Trecutul atârnă în fața noastră, inofensiv ca un fir deșirat dintr-o mânecă. Pentru mine, a început cu câteva rânduri din ziarul local.

„Lucrări de renovare programate să înceapă la Muzeul de Artă, Boston."

Nu mai fusesem acolo de ani buni. De multe ori mă gândisem să merg și o dată chiar am ajuns pe scările de la intrare, însă ceva m-a oprit. Presupun că locul era prea plin de amintiri, poate chiar și de câteva fantome. Există ceva care să te bântuie mai tare decât ambiția tinereții?

Dar unul dintre marile mituri legate de vârstă este că ea ne aduce înțelepciune. *A trecut prea mult timp,* am hotărât împăturind ziarul. De data aceasta voi înnoda firul, voi lega sfârșitul dezordonat al trecutului meu sau îl voi rupe, eliberându-mă de el.

Și astfel, precum Orfeu în infern, m-am convins să mă întorc și să mă uit pentru ultima oară la ce nu ar trebui să văd.

Am făcut greșeala să merg acolo într-o după-amiază ploioasă de sâmbătă, în martie. Muzeul era plin de familii cu copii mici, alergând dintr-o sală în alta. În zilele noastre, micuții sunt încurajați să atingă orice – sunt amprente lipicioase pe toate vitrinele.

Am reușit să le evit atacul și m-am îndreptat către aripa *Arta în Antichitate.* Sala pe care o căutam era sigilată cu un cordon roșu, de catifea și un semn anunța: *Închis pentru public.* Am trecut pe lângă cordon și pe lângă anunț și am pășit în galeria abandonată.

Înăuntru era răcoare și, totodată, o liniște minunată. Cutii de vopsea nedeschise și cârpe de șters praful nedesfăcute, câteva mucuri de țigară plutind în vreo sticlă goală de coca-cola, însă lucrările nu începuseră efectiv. Nu mutaseră încă niciun exponat și nu depozitaseră artefactele. Deasupra arcadei de marmură de la intrare scria cu litere aurite *Comorile Epocii de Aur.* Se vedea din felul în care erau așezate schelele că probabil plănuiau să șteargă denumirea.

Pictura murală era încă acolo, deși estompată și caricaturală – temple grecești și nimfe dansând, satiri cântând la flaut. M-a surprins că am simțit o înțepătură nostalgică de atașament sentimental, deși la momentul respectiv nu îmi plăcea. Înaintarea în vârstă are acest efect: te face mai receptiv la mult mai multe sentimente și opinii ambigue decât o face gândirea inflexibilă, în alb și negru, a tinereții.

Am trecut pe lângă statuile fraților mitici Kleobis și Biton, înghețați într-o perfecțiune rigidă și m-am oprit în fața vasului și a platoului lui Harrow Painter, maestru al stilului arhaic, care presupunea reprezentarea figurilor roșii pe vasele de ceramică. Am citit până și placa de sub ele, cu toate că știam deja ce scria.

Mi-am amintit de prima oară când le-am văzut, iar anticiparea provocatoare și ușor înspăimântătoare m-a inundat din nou, ca un *déjà-vu.*

Printre cele mai importante realizări estetice ale vremurilor respective, acestea mi-au fost încredințate mie, într-o seară ciudată și rău-prevestitoare.

Cât de tânără eram odată! Cât de disperată și speriată, și arogantă, în același timp!

Și iată-l acolo, într-una dintre casetele de pe un perete din spate: inelul cu agată neagră. Nu eram sigură că va fi acolo; am avut doar o presimțire.

Chiar și după atâția ani, când l-am văzut, mi s-a făcut pielea de găină.

– Nu vă supărați, doamnă...

Vocea m-a luat prin surprindere. M-am întors.

Un paznic tânăr dădea târcoale intrării, de parcă nu ar fi îndrăznit să nesocotească semnul.

– Da?

– Îmi pare rău, doamnă, dar această galerie este închisă.

Am mimat surpriza.

– Da?!

A dat din cap afirmativ.

– Vă pot ajuta? V-ați rătăcit?

Nu am răspuns imediat. În schimb, am privit în jur pentru ultima dată. Firul trecutului mi s-a derulat în fața ochilor – amintiri, visuri și regrete.

– Aveți nevoie de ajutor? a repetat, de data aceasta, mai tare.

Am dat din cap.

– Nu, mulțumesc.

Și, ridicându-mi bărbia, mi-am îndreptat spatele, mi-am îndesat geanta sub braț și am trecut încrezătoare pe lângă el. E un truc pe care l-am învățat de la mama – când ai îndoieli, poartă-te ca și cum știi ce faci și vei fi tratată ca atare.

Și desigur, dacă îi poți convinge pe ceilalți, sunt șanse ca într-o zi să te poți convinge chiar și pe tine însăți.

PARTEA I

BOSTON, FEBRUARIE 1932

Am deschis ochii.

Afară era încă întuneric, poate puțin peste șase dimineața. Întinsă în pat, mă holbam la tavan. Puteam să deslușesc porțiunea umedă din colț, unde a curs din tavan primăvara trecută și unde tapetul începuse să se descojească – un tapet verde-pal, cu trandafiri ca niște verze roz, pe care mama l-a lipit când ne-am mutat aici, în urmă cu peste douăzeci de ani. La momentul acela părea întruparea sofisticării feminine. Afară, zgomotul mașinilor de gunoi se apropia pe măsură ce înaintau lent pe stradă și auzeam uguitul șters al porumbeilor pe care domnul Marrelli îi ținea pe acoperișul casei de lângă; toate, sunete familiare ale orașului care se trezește la viață. Ar fi trebuit să fie liniștitoare. Până la urmă, iată-mă în camera mea, înapoi acasă, în Boston. Însă tot ce simțeam era o groază surdă care mă rodea în adâncul stomacului.

Nu am putut să dorm azi-noapte. Nici măcar *Marile speranțe* de Dickens nu a reușit să-mi liniștească mintea agitată. Când, în sfârșit, am ațipit, visele mele erau incoerente și obositoare – pline de panică și haos –, fugeam pe alei nesfârșite de ceva negru și teribil, niciodată văzut pe de-a-ntregul, însă mereu simțit.

M-am târât din pat și mi-am luat halatul vechi de lână și papucii, strecurându-mă în spațiul îngust dintre pat și vrafurile de cărți – colecționasem ediții la mâna a doua, cu cotoare rupte, cumpărate de la standuri stradale sau „împrumutate" selectiv de la bibliotecă: Jane Austen, surorile Brontë, Dickens, Thackeray, Collins. Ediții grele, grozave, de Shakespeare și Milton, Yeats, Shelley, Keats.

– Le-ai citit deja, de ce trebuie să le păstrezi? Ocupă spațiul degeaba! se plângea mama.

Avea dreptate – nu era loc pentru nimic, nici măcar pentru un scaun. Însă unde mama vedea doar cărți pline de praf, mirosind a mucegai, eu găseam alinare și perspectivă. Alte lumi îmi erau la îndemână – lumi mai bune, pline de ambiție recompensată, rafinament și elocvență. Mă agățam de ele precum se agață un pelerin zelos de o relicvă sau de o rugăciune.

Târându-mă spre baie, m-am oprit să pun mâna pe caloriferul din hol. Rece ca gheața, ca de obicei. Nu știu de ce tot verific. Triumful optimismului asupra experienței. Sau vechea încăpățânare, după cum ar zice mama.

Aprinzând lumina din baie, am clipit spre propria reflexie. Imaginea încă era un șoc. Purtasem părul lung – gros, roșu-arămiu și rebel, un dar suspect al moștenirii mele irlandeze. Acum era tuns scurt și creștea mai închis cu cel puțin două nuanțe, în valuri castanii întunecate. Îmi făcea pielea și mai palidă decât de obicei. Mi-am pus degetul pe mica gropiță din bărbie, ca și cum, dacă aș fi acoperit-o, ar fi dispărut cu totul. Mi s-a părut mereu un pic masculină. Dar nu îmi puteam ține degetul acolo la nesfârșit. Umbre albastre-gri îmi înconjurau ochii de aceeași culoare. Ochii mi se păreau imenși – prea mari, prea rotunzi. *Ca de femeie nebună,* mă gândeam.

Mi-am stropit fața cu apă rece și m-am îndreptat spre bucătărie.

Mama era trează deja, stătea la masa din bucătărie citind ziarul și fumându-și țigara de dimineață. Chiar și cu bigudiuri și în halat, stătea dreaptă, cu spatele întins, capul sus, complet absorbită. Regală. Acesta era cuvântul cel mai potrivit. Se pare că încă de mică era cunoscută drept „Maiestatea Sa“ în orașul irlandez de la malul mării unde a crescut. Era o poreclă care i se potrivea în mai multe privințe.

Aroma bogată a cafelei proaspete umplea aerul. Era o cameră micuță, în mare parte ocupată de un cuptor negru de fontă, adâncit în cămin. Pe o parte era un dulap încorporat și spațiu abia suficient pentru o masă mică de lemn și câteva scaune. Două ferestre înguste dădeau în stradă și o frânghie de rufe atârna de tavan, putând fi coborâtă cu un scripete. Restul cartierului folosea funiile publice, atârnate între clădiri, dar noi nu. Dacă o întrebi pe mama, era ceva comun, iar asta era ultimul lucru pe care și-l doreau femeile Fanning.

Mama s-a încruntat când am intrat – orice lucru neobișnuit era motiv de suspiciune.

– Ce e cu tine așa devreme?

– N-am putut să dorm.

Am verificat contorul de gaz de deasupra chiuvetei. Era oprit.

– E frig, am spus, știind că o caut cu lumânarea.

A suflat un fir lung de fum către tavan, o combinație între expirație și oftat plictisit de viață.

– Când te angajezi, poți să bagi câți cenți vrei în contorul de gaz. Acum mănâncă. Îți trebuie ceva în stomac, mai ales azi.

– Nu mi-e foame.

Mi-am turnat o cană de cafea neagră tare și m-am așezat.

Căldura sau mai bine zis lipsa ei a fost mereu un punct de tensiune între noi. Însă, de când m-am întors, a devenit refrenul central al aproape fiecărei întâlniri. E amuzant cum unele certuri sunt mai ușoare și mai liniștitoare decât o conversație reală.

M-am uitat în jur. Nu se schimbase nimic, cu excepția fluturașului de campanie pentru Roosevelt, prins de perete, cu sloganul *Zilele fericite au revenit.* Altminteri, totul era cum îmi aminteam. Deasupra cuptorului erau trei cărți – *Noua carte de bucate: Manual de curățenie* a doamnei Rorer, un exemplar din *Mode și Maniere: Bun-gust în societatea politeții* și o mică Biblie legată în piele –, întreaga noastră bibliotecă domestică. Lângă acestea, expuse pe rafturile dulapului, erau cele mai de preț obiecte ale mamei: o fotografie cu Papa Pius al XI-lea, una cu Charles Stewart Parnell din Partidul Naționalist Irlandez și, în centrul acestui parteneriat improbabil, un mic crucifix de lemn. Dedesubt, diploma mea înrămată de la Școala de Secretare Katherine Gibbs ocupa tot raftul. Iar pe raftul cel mai de jos, un ceainic Staffordshire autentic, având un model cu salcie în albastru și alb, și un set de patru cești și sosiere, un cadou de nuntă adus tocmai din Irlanda, aștepta ocazia potrivită pentru a fi folosit.

– Deci – mama hotărâse să treacă direct la subiect – ce vom purta azi?

– Rochia albastră. Poate cu eșarfa roșie.

– Așa deci – nu părea deloc impresionată. Rochia aia nu e suficient de serioasă.

– Suficient de serioasă pentru cine? E vorba doar despre o agenție de ocupare a forței de muncă.

Mi-a ignorant tonul, împăturind cu grijă ziarul. Îl va păstra și îl va folosi din nou – să tapeteze rafturile cutiei frigorifice sau să șteargă geamurile, poate chiar să taie modele de croitorie. Mă întrebam adesea cum e să irosești ceva; când eram mică nu îmi puteam imagina ceva mai delicios sau păcătos decât extravaganța de a arunca lucruri la gunoi. De atunci am irosit câte ceva... Nu a fost atât de eliberator pe cât îmi imaginam.

Mama mi-a făcut o ofertă.

– Să-ți spun cum facem, Maeve. Poți împrumuta costumul meu gri, de lână. L-am călcat aseară pentru orice eventualitate.

A spus-o de parcă mi-ar fi întins cheile orașului.

Iar în mintea ei, chiar așa făcuse.

Mama lucra într-un magazin de lux numit *R.H. Stearns,* în centrul Bostonului. Lucra acolo de ani de zile, în departamentul de reparații, și era croitoreasă. Însă adevărata ei ambiție era să devină vânzătoare. Mai mult decât orice, se închipuia consilieră de imagine pentru femeile înstărite – genul de oameni de societate cu suficienți bani încât să cumpere fuste de firmă și câte o blană pentru fiecare ținută. În acest scop irosea lunar zeci de cenți pe reviste *Vogue* și *McCalls*, se cufunda în ele, memora fiecare pagină. Cumpărase costumul gri cu mult timp în urmă, când începuse să aplice pentru un post în vânzări, dar au ignorat-o an de an. Poate pentru că era o croitoreasă foarte pricepută, poate pentru că li s-a părut prea bătrână la 43 de ani sau poate prea irlandeză... În orice caz, costumul gri, uniforma mândră a viitorului ei sine, încă atârna în dulap, acum demodat.

– Rochia albastră îmi vine mai bine, i-am spus.

– E un interviu de angajare, nu o întâlnire romantică.

Se simțea jignită. Auzeam orgoliul rănit în vocea ei, de parcă tocmai mă ceruse de nevastă, fusese refuzată și acum trebuia să se ridice din genunchi.

– Ți-am reparat și pălăria, cea cu plasa ruptă. Am readus-o la forma inițială, dar în cele din urmă a trebuit să îi dau jos plasa.

S-a ridicat și s-a dus la chiuvetă.

– Oricum, de unde ai luat așa o pălărie, Maeve? E *Lilly Daché!* Costă o avere!

Eram convinsă că o să remarce eticheta.

– A fost un cadou, am mințit.

– Oricum, cert este că nu ai avut grijă de ea. Și un *mulțumesc* n-ar strica.

– Noroc, mama!

A început să spele vasele.

M-am uitat pe fereastră, strângând tare între palme cana cu cafea, ca să mă încălzesc. Mă calma să stau aici, în bucătărie, și să privesc în întunericul de afară, chiar înainte ca ziua să înceapă. Orașul era întunecat, luminat doar de felinare. Și totuși, partea de nord era deja trează și se pregătea de muncă.

Vânzătorul de fructe de peste drum, domnul Contadino, își aranja taraba, cu ochii pe jumătate închiși, ridicând tenda cu dungi verzi în vântul înghețat, în vreme ce fulgii de zăpadă se învolburau în aer. Purta o șapcă și o vestă grea, de lână sub șorțul curat, iar o pereche de mănuși tricotate fără degete îi protejau mâinile butucănoase. În curând avea să aprindă cuptorul pentru castane, un butoi mare, de fier de lângă ușa magazinului, cu un foc de cărbuni la bază și castane proaspete prăjindu-se deasupra. Le vindea fragede și fierbinți într-o pungă de hârtie maro, pentru un penny. Castanele lui Contadino erau un far luminos al civilizației în partea de nord a orașului. Mirosul untos al castanelor prăjite și combinația delicioasă de aer rece și căldură aromată care trosnea și radia din măruntaiele cuptorului făcea imposibil să nu te oprești dacă treceai prin zonă. Bărbații se strângeau acolo, vorbeau în italiană, fumau, râdeau, își încălzeau mâinile. Dimineața aveau cești aburinde cu *espresso*, iar seara fumul de trabuc, dulce și dens, se ridica în jurul lor în valuri.

După cum îi plăcea mamei să sublinieze, Contadino știa ce face. Cuptorul de castane îi aducea de două ori mai mulți clienți decât oricărui alt vânzător de fructe din cartier. *Vezi, italienii sunt deștepți. Și nu beau. Am făcut alegerea potrivită. Ne e mai bine aici.*

Aici era partea de nord a Bostonului. De-a lungul anilor, valuri de imigranți s-au stabilit în nord, făcându-l să devină *acasă*. Fusese un ghetou evreiesc până a fost preluat de irlandezi, dar mulți s-au mutat spre sud de atunci; acum era în mod clar italian. Aveam veri de gradul doi, care locuiau în sud, dar mama s-a considerat mereu o nordică, valorizând intimitatea în detrimentul familiarității. *Nu trebuie să ne tragem de șireturi cu toată lumea*, așa obișnuia să spună.

– Un costum arată mai profesionist.

Mama nu suporta să piardă o dezbatere.

– Doar pentru că nu lucrezi nu înseamnă că nu poți arăta respectabil, a continuat ea.

Respectabil era unul dintre cuvintele preferate ale mamei, alături de *feminin* și de *bun-gust*. Cuvinte caraghioase și demodate. Pentru mine sunau la fel de actual ca *zarvă* sau *parasol*; ecouri îndepărtate dintr-o altă epocă, când frumusețea, manierele și modestia erau singurele elemente apreciate în arsenalul feminin. În prezent, acestea te făceau doar să pari retrogradă.

– Mă mai gândesc în legătură cu costumul, i-am zis, urmărind cum doamna Contadino, înfășurată într-un șal, a ieșit în frig cu haina soțului ei.

El i-a făcut semn să plece, dar în final ea a câștigat, iar el a trebuit să-și îmbrace haina și ea s-a întors în casă.

Apoi mi-am amintit ce zi era.

– Suntem în 8 azi, nu?

Am văzut-o zâmbind. Poate îi făcea plăcere că nu a fost nevoie să-mi amintească.

– Da. E un semn. Ascultă la mine: o să-ți aducă noroc!

Dincolo de aparența mondenă a mamei se ascundea un copil irlandez superstițios, atașat de toată magia imposibilă a supranaturalului.

– Crezi? am zis și am mai înghițit niște cafea.

– Clar! Ai fost născută noaptea, Maeve. Asta înseamnă că ai o legătură cu lumea morților. Dacă le ceri ajutorul, cu siguranță vor veni.

Mi-a umplut din nou ceașca.

– Mă duc la liturghie mai târziu, dacă vrei să mă însoțești. Sunt sigură că i-ar plăcea dacă ai veni și tu.

A trecut mult timp de când n-am mai fost la o slujbă. Prea mult timp.

M-am uitat afară la zorii de un gri-pal care infuzau cerul cu un roșu-portocaliu.

– Hai, mamă, povestește-mi despre el! i-am zis, schimbând subiectul.

Era o tradiție, ceva ce făceam în fiecare an când comemoram moartea tatălui meu. Și, cine știe, poate că azi chiar va conta. Poate, în pofida oricărei rațiuni, tatăl meu mort va atrage norocul asupra mea.

– Oh, Maeve! a dat din cap cu indulgență. Știi deja tot ce ar fi de spus!

În fiecare an protesta, dar nu prea tare.

– Hai, dă-i drumul!

Și în fiecare an eu insistam, de dragul vremurilor trecute.

S-a oprit, anticipând momentul, ca o actriță pe punctul de a ține un mare discurs.

– A fost un om remarcabil, a început ea. Absolvent al Universității Trinity din Dublin. Un adevărat gentleman și un intelectual. Știi la ce mă refer?

A tras adânc din țigară.

– Adică avea o foame de cunoaștere, o dorință adâncă, de felul celei în care oamenii tânjesc după mâncare sau bogăție.

A zâmbit ușor, a expirat, iar vocea ei a luat un ton blând și visător.

– Asta îl făcea să strălucească, de parcă avea un foc în interior. Ochii i se aprindeau și întreaga ființă se schimba când vorbea despre ceva care îl interesa, precum literatura sau filosofia. Era arătos, da, a admis ea, dar, dacă l-ai fi auzit *vorbind*... Oh, Maeve! Vocea lui era o *țară* – un pământ verde și bogat, plin cu munți și râuri...

Mama avea un dar, după cum ziceau irlandezii, un talent literar. Talentul ei se irosea în croitorie.

– Te ducea în alte locuri. Alte lumi. Făcea din necunoscut cunoscut și totul devenea posibil. Dacă ar fi trăit, ar fi ajuns un om important. Fără îndoială. Creierul lui era ca un bici.

A scrumat în chiuvetă și și-a îndreptat țigara spre mine.

– Tu ai asta... mintea ascuțită.

Cuvintele ei erau mai degrabă o acuzație decât un compliment.

– Și ochii lui. Tu ai ochii lui.

Exista o singură fotografie cu Michael Fanning. Stătea deasupra căminului, în camera din față, un portret surprinzător al unui bărbat tânăr și chipeș, care privea direct în obiectiv. Fruntea largă și inteligentă era încadrată de valuri de bucle negre, iar trăsăturile îi erau delicate și echilibrate. Însă ceea ce te atrăgea erau intensitatea neînfricată a privirii și punctele luminoase, reflectate în pupilele sale negre. Era imposibil să nu te gândești că se uită direct la tine, poate chiar că face un pas spre tine, de parcă tocmai a pus o întrebare și e deosebit de interesat să îți audă răspunsul. Era o față onestă, fără artificii sau pretenții și, în ceea ce mă privea, cea mai frumoasă față din lume.

Nu l-am cunoscut niciodată. Mama era văduvă și asta fusese toată viața mea. Însă absența lui era forța definitorie a vieților noastre, un vid al pierderii care ne ținea strâns legate de propriile ambiții și una de cealaltă. A fost mereu Michael Fanning, niciodată tata sau tati. Și nu era doar un om, ci o epocă; epoca de aur în viața mamei, luminată de optimism și posibilități, sfârșită înainte să mă nasc. Am crescut rugându-mă la el, implorând pentru îndrumarea și compasiunea lui, l-am imaginat mereu acolo, veghind deasupra mea cu acei ochi cercetători nemișcați. Dumnezeu Tatăl, Fiul, Sfântul Duh și Michael Fanning. În mintea mea, cei patru stăteau prin rai, beau ceai, fumau țigări și alegeau cu rândul prognoza meteo a zilei.

– La cât mergi la slujbă?

– La șase. Vreau să mă spovedesc înainte.

Spovedanie.

Aici era buba. Nu voiam să merg la nicio spovedanie.

– Bine, mamă, am spus cu jumătate de gură, să văd dacă ajung.

Părinții mei s-au întâlnit în Bray, un oraș mic, la malul mării, în ținutul Wicklow, Irlanda. Proaspăt ieșit din universitate, Michael Fanning a întors spatele resurselor considerabile ale familiei sale, pentru a preda la școala gimnazială locală, unde mama era elevă în ultimul an. După o tatonare scurtă și clandestină, s-au căsătorit împotriva voinței ambilor părinți, când ea avea doar 17 ani. Plănuiau să emigreze la New York, unde vărul lui Michael se stabilise deja. Dar s-a îmbolnăvit de gripă și în trei zile a murit. Niciuna dintre familii nu a venit la înmormântare.

Cu puținul care i-a rămas după cheltuielile de înmormântare, Nora cea de 17 ani s-a îndreptat mai degrabă spre America decât să ceară ajutor familiei. Singurul bilet pe care și l-a permis a dus-o până la Boston și astfel m-am născut eu, șase luni mai târziu, într-un mic apartament de o cameră în North End, deasupra măcelăriei, fără căldură, apă caldă sau baie. Am fost moșită de soția măcelarului, doamna Marcosa, care nu vorbea engleză și avea șapte copii, dintre care cei mai mulți se rugau îngenuncheați în jurul patului, în vreme ce mama lor, cu mânecile suflecate până sus pe brațele ei groase, țipa în italiană la mama mea înspăimântată.

– A fost una dintre cele mai frumoase și totuși umilitoare zile din viața mea, zicea mama. Toți copiii Marcosa erau înnebuniți să te țină în brațe, pentru că le plăcea părul tău roșu. Li se părea fascinant. Ca și întregului cartier. Nu puteam face doi pași fără ca cineva să mă oprească.

S-a apucat de croitorie în timpul zilei, cosea bluze de bumbac pentru fabrica de textile *Levin* din apropiere, iar serile se plimba prin tot orașul, să curețe birouri, și mă lua cu ea într-un coș de răchită pentru rufe, învelită în pături. Mă așeza pe birouri și își făcea drum prin camere, ștergând praful, lustruind și frecând, cântând cu voce scăzută și blândă de la opt până la miezul nopții, când se întorcea străbătând orașul adormit.

Însă mereu a tânjit după mai mult. Și chiar când s-a angajat în departamentul de reparații la *Stearns*, ea își propusese deja să se mute de la croitorie la vânzări. S-a înscris la cursurile de vorbire ținute duminică după-amiază în Beacon Hill de o femeie singură și săracă și mă lua cu ea să învăț pronunție, ca să nu trădez ritmul vioi al accentului ei sau, mai rău, vocalele pierdute ale străzilor din Boston. Presupun că ăsta e un lucru pe care îl avem în comun: convingerea fermă că destinul ne-a rezervat un viitor mai bun.

An de an a continuat să aplice pentru un post în vânzări, ignorând respingerile și umilințele, refuzând să încerce altundeva.

– E cel mai bun magazin din oraș, susținea ea. Mai degrabă spăl podele acolo decât oriunde altundeva.

Putea să suporte orice, mai puțin eșecul.

Încăpățânarea este o altă trăsătură comună.

Încă mai purta pe inelar inelul simplu și subțire de aur dăruit de soțul ei, nu doar ca amintire, ci și ca protecție față de atenția masculină nedorită.

– Tatăl tău ar fi fost mândru de tine, Maeve, că ai obținut diploma de secretară.

A tras un ultim fum din țigară, apoi a stins-o în chiuvetă.

Am privit în jos.

– Nu știu ce să zic despre asta…

– Ei bine, eu știu.

Toată viața mea, ea a fost o intermediară între lumea aceasta și următoarea, dând sfaturi despre ce ar fi vrut, crezut sau admirat tatăl meu.

– Avea tot ce îi trebuia pentru a deveni cineva în lumea asta – inteligență, maniere, o educație bună. Adică totul în afară de noroc. Sper doar ca al tău să fie mai bun decât al lui, a zis oftând.

– Ce vrei să spui?

– Nimic. Ești o fată deșteaptă. O fată capabilă.

S-a aplecat, a curățat petele de cafea din chiuvetă.

– E doar păcat că ai pierdut slujba aia în New York.

Un nod de vinovăție și anxietate mi-a strâns stomacul. Era ultimul lucru despre care îmi doream să vorbesc.

– Hai să nu intrăm în asta!

Însă mama n-a fost niciodată persoana care să lase cu ușurință baltă un subiect dacă putea să îl mai zgândărească un pic.

– Pur și simplu nu are sens, a continuat ignorându-mă. De ce domnul Halliday te-a lăsat să pleci după atâta timp?

– Ți-am spus, călătorește.

– Da, dar de ce nu te-a luat cu el, cum a mai făcut-o? Mai ții minte? M-ai speriat de moarte! N-am primit nicio scrisoare de la tine timp de aproape șase săptămâni!

Era de parcă știa adevărul și mă chinuia, așa cum o pisică se joacă puțin cu un șoarece pe jumătate mort. I-am aruncat o privire dușmănoasă.

– Doamne, mamă! De unde să știu?

– Pur și simplu nu are sens. Ai fost secretara lui personală timp de aproape un an și apoi, din senin, rămâi brusc fără slujbă și te întorci în Boston!

– Bine, dar măcar sunt acasă. Nu te bucuri?

A ridicat din umeri fără tragere de inimă.

– Mai degrabă aş vrea să te văd că reuşeşti în viaţă. Erai pe drumul cel bun în New York. Acum va trebui să iei totul de la capăt.

A pus nişte porridge într-un castron şi mi l-a aşezat în faţă.

– Îţi duc costumul gri în cameră la tine.

Am început să-mi rod unghia mare. Nu voiam nici porridge, nici costumul. Singurul lucru pe care îl voiam acum era să mă târăsc înapoi în pat şi să dispar.

M-a plesnit peste mână.

– Ce faci? Îţi distrugi unghiile! Nu îţi mai face atâtea griji. Cu pregătirea şi experienţa ta, eşti ca şi angajată.

Am împuns terciul de ovăz cu lingura.

Experienţa mea.

Măcar dacă experienţa mea din New York ar fi fost ce credea ea.

UNDEVA ÎN BROOKLYN, NOIEMBRIE 1931

Cădeam în gol prea repede, nimic nu mă putea opri... mai jos şi mai jos, luam viteză...

M-am trezit tresărind. Stăteam pe marginea unui pat, purtând doar un pantof şi dresuri – un pat de fier forjat într-un dormitor rece şi întunecat. Numai că nu era dormitorul meu.

Dintr-odată podeaua s-a mişcat sub mine, pereţii au început să se învârtească, florile de un galben şters de pe tapet topindu-se unele în altele. *Te rog, Doamne, să nu fiu bolnavă!* Mi-am apăsat tare pleoapele şi am apucat strâns de tăblia patului.

Trebuia să mă gândesc. *Unde eram şi cum exact ajunsesem acolo?*

Fusese o noapte lungă şi plictisitoare la sala de dans Orpheum de pe Broadway, unde lucram. Localul era plin de provinciali şi ţărănoi – băieţi cu bani puţini şi aşteptări multe. Până am închis şi mi-am încasat cecul, eram deja pregătită pentru ceva distracţie. O altă fată, Lois, îşi dăduse *întâlnire* cu un client şi el avea un prieten... *Fusesem prea disponibilă?*

De ce nu? Până la urmă nu era ca și cum aveam ceva de pierdut.

Îmi amintesc doi bărbați solizi, rânjeau ca niște elevi exaltați, se aflau în New York pentru ceva conferință și râdeau ca niște turiști – prea ușor și prea tare, străduindu-se să aibă cea mai tare noapte din viețile lor. Unul dintre ei arăta rezonabil, iar celălalt – ei bine, să spunem că nimeni nu l-ar fi confundat cu Errol Flyn sau Douglas Fairbanks. Însă e proverbul acela „calul de dar nu se caută la dinți", iar eu clar mă simțeam în acea situație în seara respectivă. Era ultimul lucru pe care mi-l doream, să fiu singură și trează în același timp. Așa că ne-am înghesuit toți într-un taxi. Sticluțe cu alcool erau pasate de la unii la alții; mi-o amintesc pe Lois stând în poala cuiva, cântând *Diggity Diggity Do.*

Am condus către Harlem, într-un loc numit Hot Feet. Acolo erau o formație din New Orleans și un cor de negrese cu pielea fină, care purtau fuste din frunze și coliere din os și se balansau și ondulau mai să-și dea duhul. Băutura începuse deja să-și facă efectul și mă simțeam mai puțin țeapănă. Lois era sigură că i-a văzut pe Oweny Madden și pe boxerul Primo Carnera la masa alăturată, iar unul dintre tipi, cel urât, și-a ușurat buzunarul pentru o sticlă de gin adevărat.

Doamne, aveam gura uscată ca Sahara! Cât era ceasul acum? Ce se întâmplase cu Lois?

Am încercat să stau în picioare. Capul îmi plesnea, nu-mi mai simțeam stomacul. *Încet, încet. Nu așa repede.*

Cineva și-a schimbat poziția lângă mine, în pat.

Rahat! Te rog, te rog să nu fie urât tipul!

Am încercat să nu mă uit. O fată pe care nu ai văzut-o niciodată e una pe care nu ți-o vei aminti. Atâta lucru am învățat la New York.

M-am mișcat un pic. Mă dureau genunchii și aveam găuri în ciorapi. Trebuie să fi căzut. M-am dus la fereastră, am tras perdeaua. Strada era rezidențială, un șir îngust de case cu terase răsfirate erau înghesuite unele în altele, felinare luminând misterios spațiile abandonate dintre ele. M-am uitat după ceva familiar la orizont – un pod sau o clădire – dar nu am văzut nimic. Un lucru era sigur: eram pe partea greșită a râului.

Parcă îmi aminteam discuții despre continuarea petrecerii la un hotel – ceva gen Waldorf sau Warwick. Deci cum eșuasem într-o pensiune ieftină din Queens sau Yonkers fără să știu unde sunt și cum să ajung acasă?

Bărbatul s-a întors pe partea lui de pat și a început să sforăie. Trebuia să ies de acolo înainte să se trezească.

Unde îmi erau hainele?

Aproape m-am împiedicat de ceva și l-am ridicat. Dar rochia asta nu era a mea.

Apoi mi-am amintit de ziua precedentă. Împrumutasem o rochie de la Nancy Rae, o fată de la pensiunea Nightingale, unde închiriasem o cameră. Era rochia norocoasă a lui Nancy, un serj verde-închis pe care îl purtase când s-a pricopsit cu o slujbă la *Gimbles*; toate fetele voiau să o împrumute pentru interviuri. Îi dădusem un dolar pentru privilegiu și chiar mă trezisem devreme să calc pliurile fustei printr-un prosop, ca să arate mai proaspete și elegante, fără să fie lucioase. Când am terminat, fâlfâiau ca un evantai în jurul picioarelor mele.

Asta e treaba cu norocul – trebuie curtat. Trebuie să-l seduci; să îl momești ușor fără să trezești suspiciuni. E atât de prețios, încât contează fiecare lucru, oricât de mic – cu ce ești îmbrăcată, pe ce parte a drumului mergi, ce cântec fredonezi sau câte păsări vezi pe fereastră. Rochia verde-închis a lui Nancy Rae s-a aflat în prezența sorții și i-a simțit atingerea ușoară. Iar când destinul aprobă ceva, este bine să fii atentă.

Lucram de luni întregi ca dansatoare plătită la Orpheum, valsând cu străini noapte de noapte, pentru zece cenți dansul. Dar când am văzut pe ultima pagină în *Herald* un anunț pentru „tânără cu abilități de secretariat excepționale“, am știut că norocul meu e pe cale să se schimbe.

Așa că i-am dat un dolar lui Nancy, am călcat rochia și am pornit la prima oră cu CV-ul și agenda în mână.

Însă, când am ajuns la adresă, cu o oră înainte, erau deja cincizeci de fete înaintea mea, stând la o coadă care se întindea până la colțul clădirii de birouri, toate strângând în mâini agende și scrisori de recomandare, toate părând înfometate și hotărâte și pline de o încredere feroce. Am rezistat trei ore în frig, până când fata din fața mea, o brunetă scundă cu părul permanent și un fir dus în dresuri, s-a întors și a anunțat:

– Știți că nu o să ne primească pe toate, nu? Am stat la cozi luni de zile, încercând măcar să bag capul pe ușă. Vă spun, așteptăm degeaba aici, ca fraierele!

Nu i-a răspuns nimeni. În New York, poți să stai chiar în fața cuiva și respectivul să se uite prin tine, de parcă nici n-ai fi acolo. Dar când m-am uitat în jur, am văzut pe fața celorlalte fete că spunea adevărul.

Apoi ea s-a apropiat.

– Cunosc un tip care e paznic la un bar în Lexington. Dacă stai la bar și ești prietenoasă cu clienții, te servesc gratis, mai ales dacă arăți bine.

Nu știu de ce îmi spunea mie asta. Arătam, oare, ca genul de fată care să se simtă confortabil pe un scaun de bar? Mi-am ridicat un pic bărbia să mă uit de sus la ea și i-am zis cu dispreț:

– Și ce-i cu asta?

Nu s-a descurajat.

– Oricum – și-a întors capul către celelalte, tremurând în fața noastră – astăzi nu e ziua norocoasă, surioară.

Eram *o grămadă*. Coada se întindea pe lângă bloc și dispărea după colț. Și ar fi fost atât de bine să stau jos și să mă încălzesc. În dimineața aia nu aveam niciun ban pentru micul dejun, așa că stomacul meu scotea de unul singur tot felul de sunete ascuțite și dubioase.

Totuși, dacă măcar s-ar uita la calificările mele, aș avea o șansă.

Bruneta cu freza de pudel nu mai voia să aștepte.

– Fie!

A dat ochii peste cap, era vocea rațiunii într-o lume de idioți.

– Am încercat să vă fac un favor, dar, dacă vreți să degerați doar ca să vi se spună „nu, mulțumesc“, e treaba voastră!

– E cald acolo?

Fiind slăbuță, căldura e un fel de călcâi al lui Ahile pentru mine.

Mi-a aruncat o privire de parcă ieșisem din adâncul pădurilor din Virginia de Vest.

– Sigur că e cald! Și au alune gratis la fiecare masă, câte vrei.

Imediat ce am ieșit din rând, fata din spate s-a băgat înainte, de parcă eu aș fi fost singurul lucru care stătea în calea destinului ei. I-am aruncat un zâmbet trist, doar ca să-i arăt că am mai multă minte. Eram pe cale să fiu hrănită și hidratată gratis. Depășisem etapa așteptării.

Bruneta-pudel avea un nume gen Ivy sau Ida, sau Elsa și, odată ajunse la clubul din Lexington, mi-a spus exact unde să mă așez și ce rol să joc. A adus pentru amândouă un castron cu alune și am mâncat până n-am mai putut, după care a dat cojile pe jos și s-a pus pe treabă. Stilul ei avea o ospitalitate relaxată, distribuită complet democratic – strălucirea ei caldă lumina pe toată lumea, dar nu viza pe nimeni în special. Fiecare tip credea că are o șansă. Poate din cauza asta era o adevărată maestră în a face bărbații să-i cumpere mai multe băuturi. Curând, dimineața s-a transformat în după-amiază, iar după-amiaza în seară. Cred că am mâncat un kilogram de alune în ziua aceea. Se apropia clipa când trebuia să merg spre Broadway, să încep o nouă tură la sala de dans.

Și iată-mă aici, optsprezece ore mai târziu, împiedicându-mă de rochia verde, norocoasă, a lui Nancy Rae, făcută cocoloș pe podeaua unui străin.

Viața mea era plină de fisuri, goluri din ce în ce mai largi între cine doream să fiu și cine eram. Când abia venisem în oraș, erau suficient de mici ca să mă amuze sau ca să le ignor. Însă în ultimul an deveniseră mai largi și mai adânci. Azi-noapte căzusem iar într-unul dintre ele.

Asta e ultima dată, mi-am promis.

Chiar ultima.

Mi-am găsit haina într-un colț, aruncată pe un scaun. Pălăria nouă, cu care mă răsfățasem când mi-am găsit prima slujbă, fusese călcată în picioare, turtită ca un cerc de fetru, iar plasa neagră, care îmi încadrase fața atât de încântător, era ruptă și atârna ridicol de câteva fire.

M-am îmbrăcat. Din păcate mă pricep la asta, să-mi fac drum pe pardoseli șubrede, pe lângă bărbați adormiți, să-mi găsesc hainele pe întuneric. E un talent dezgustător.

Îmi mai trebuia doar geanta.

Am căutat pe podea, pe noptieră, apoi pe dulap. O rază de lună de un albastru apos s-a strecurat prin crăpătura perdelei. Un ceas de buzunar, demodat, din aur și, peste el, un set de butoni. Lângă ele era o fotografie a unei femei cu păr negru, ținând în brațe un copilaș. Amândoi zâmbeau, rânjete mari, largi, prostești. *Pentru tati, cu toată dragostea* era scris cu o mână de femeie în colțul din dreapta jos.

Îmi venea să vomit.

Tipul din pat a fornăit, a tușit. Mi-am văzut geanta blocată între picioarele patului și am tras-o afară.

Camera era liniștită, în afară de sforăit și de un ticăit ușor, mersul neîntrerupt al timpului.

Am ridicat ceasul. Solid, fin și greu; avea o greutate plăcută, liniștitoare. L-am cuprins între degete. Mi se potrivea perfect în palmă.

Trei și douăzeci și trei noaptea.

Destul timp să mă întorc la pensiune și să dorm înainte de tura de diseară. Destul timp să calc din nou rochia lui Nancy Rae înainte să i-o înapoiez. *Poate îmi cumpăr un ziar în drum spre casă, ca să-mi caut o altă slujbă.* Asta îmi spuneam. Dar cel mai probabil voi sta pur și simplu în cameră, prea jenată că celelalte fete mă vor vedea venind în zori, voi încuia ușa și voi zăcea în pat toată după-amiaza, ascultând muzica de la radioul proprietăresei, furișată printre scândurile parchetului. Și îmi voi imagina cum poate în curând, totul se va schimba. Un bărbat decent și bun va intra în sala de dans sau voi da peste o slujbă adevărată, sau poate în cele din urmă mă voi da bătută și voi merge acasă...

Mâine mi se va schimba norocul. Mâine voi încerca din nou.

Trebuia doar să trec de seara asta.

Nu știu de ce am luat ceasul. Poate din greșeală. Sau poate din cauza rânjetului stupid și plin de speranță de pe fața femeii din fotografie sau din cauza felului în care bărbatul din pat mirosea a naftalină și a transpirație acră. Poate din cauză că aveam ceva de care să mă țin.

Nu știu de ce. Dar am făcut-o.

Și chiar îmi doresc să nu o fi făcut.

Pentru că după asta lucrurile s-au înrăutățit.

New York era tărâmul tuturor posibilităților – modern și progresist, locul în care o fată putea să-și lase în urmă trecutul și să găsească o slujbă și o viață care chiar să conteze. Zi de zi femei tinere și deștepte, cu tunsori bob și buze roșii, se revărsau din stațiile de metrou la opt dimineața pentru a cuceri lumea și nimeni nu căsca gura. Nimănui nu-i păsa nici că își încheiau ziua sorbind cocktailuri în cluburi obscure, alături de colegii lor bărbați.

Le-am spus tuturor că am plecat la New York, pentru că nu voiam să sfârșesc prin a deveni doar un alt set de mâini în marea de dactilografe. Rapidă, eficientă, capabilă să anticipez orice nevoie înainte să apară, mă vedeam făcându-mi loc în ierarhie și devenind indispensabilă pentru vreun director de corporație puternic. Voiam libertate și provocări; asta am spus. Și era parțial adevărat, dar era doar o parte din poveste.

Eram suficient de abilă să-mi deghizez orgoliul în ambiție sănătoasă. Aterizasem mereu în picioare în Boston, chiar și după ce lovise Marea Criză. Reușisem chiar să aleg între mai multe slujbe. Credeam că voi reuși. Și pentru scurt timp cred că am făcut-o. Am primit o slujbă la o firmă de brokeraj, ca secretară pentru directorul executiv, și mi-am cumpărat o pălărie nouă la modă, pentru a sărbători. Dar după șase luni afacerea a dat faliment și l-au găsit pe director sub birou, arzându-și pagini din agendă. După asta am primit o lecție prelungită de modestie.

S-a dovedit că nu eram atât de unică în talentul meu pe cât crezusem, că orașul era plin ochi de fete cu aceeași pregătire, iar proprietăreasa de la Nightingale nu era foarte răbdătoare când venea vorba de chirie. Am sfârșit ca dansatoare plătită la acel local pe Broadway, Orpheum. Le lipseau roșcatele și se mândreau că se îngrijesc de toate preferințele. Așa că m-am angajat să dansez cu străini.

Am ajuns de la vârful cursului de dactilografiere la coada lanțului trofic în vestiarul fetelor. Am închiriat o rochie la mâna a doua de la una dintre dansatoare și am împrumutat până la salariu o pereche de pantofi. Celelalte fete nu erau neapărat nici drăguțe, nici răutăcioase, ci doar blazate și obosite. Și din fericire pentru mine nu era prea mare competiție la categoria roșcate. Trebuia să stăm în grupuri în jurul ringului de dans, blonde cu blonde, brunete cu brunete, iar tipii se plimbau de jur împrejur, măsurându-te din cap până-n picioare, cam la fel cum o femeie se uită la un măr la standul de fructe – încercând să găsească unul care nu e prea lovit sau prea moale. Unele fete făceau cu ochiul și flirtau, altele continuau să pălăvrăgească între ele, ca și cum ignorarea clienților le-ar fi sporit acestora apetitul. Eu închideam ochii și încercam să mă pierd în muzică – nu-mi plăcea să văd expresia de pe fețele tipilor când treceau pe lângă mine.

Crezi că ești norocoasă dacă te aleg, dar, desigur, acum ai o întreagă altă serie de dificultăți în față – să-i faci să-și țină mâinile acasă era o slujbă cu normă întreagă, și încă una care trebuia făcută cu zâmbetul pe buze. Și nu e ușor să vorbești verzi și uscate cu un tip care nu știe engleză sau care încearcă să te înghesuie ca să obțină o întâlnire gratis. Însă orice neadaptat din oraș este iubitul de vis pentru următoarele trei minute – libidinoșii și hărțuitorii, afemeiații provinciali, băieții timizi, infirmii, străinii proaspăt debarcați; bărbați în vârstă, căutând companie. Trebuia să-i vrăjești, arătând în același timp că nu ești de vânzare. Doar că, de fapt, ești.

Firește că nu i-am spus mamei unde sfârșisem. Am inventat că eram secretara personală a unui milionar excentric – domnul Halliday. I-am atribuit obiceiuri ciudate și o personalitate solicitantă. Asta explica nopțile târzii și lipsa mea de la pensiune atunci când mă suna. Și, de asemenea, de ce nu veneam niciodată acasă.

Până la urmă, ar fi trebuit să fie o chestie temporară. Dar s-a dovedit că se pot face mulți bani ca dansatoare la comandă – uneori aproape patruzeci de dolari pe săptămână. Iar după aproximativ o lună am acaparat cererea de roșcate. Am descoperit că era aproape suportabil dacă beam câteva păhărele în timp ce mă pregăteam și mă realimentam pe parcursul nopții. Nu eram singura fată cu o sticlă în vestiar – cele mai multe aveam câte ceva. Și nici nu era ca și cum ne străduiam prea tare să o ascundem. Conducerea știa cum stă treaba și nu se lua de nimeni, decât dacă vreuna pierdea controlul și i se făcea rău sau devenea neglijentă.

Destul de repede, câteva dintre noi am început să ieșim în oraș după ce sala de dans se închidea, ca să încheiem noaptea. Ăsta a fost momentul când cluburile au devenit extrem de interesante. Câteodată reușeam să ajung înapoi la pensiune, alteori nu. Nu era ceva de care să fiu mândră. Dacă dormi toată ziua și muncești toată noaptea, începi să te simți singură într-un oraș ca New York.

Însă apoi am luat ceasul.

Se pare că tipul era foarte atașat de acel ceas. I-l dăduse taică-său, care la rândul lui îl primise de la tatăl lui. Se pare că și-a amintit unde lucram și a apărut seara următoare hotărât să îl recupereze.

Între timp, eu nici nu mai țineam minte că îl luasem. Dar l-a găsit în buzunarul hainei, așa că nu aveam nicio șansă să mă eschivez. S-a apucat să facă o scenă chiar acolo în mijlocul ringului de dans, urlând că sunt o hoață și o mincinoasă, iar conducerea nu a avut de ales și m-a dat afară.

Numai că asta nu a fost suficient pentru el. S-a gândit că îi mai datoram ceva... Și, când am ieșit pe ușa din spate, după ce mi-am golit vestiarul, mă aștepta afară, să-și ia datoria.

Trebuie să îi apreciezi pe newyorkezi – sunt oameni pragmatici. Nu se implică decât dacă trebuie. Își pot închide urechile, ochii sau orice altceva vrei. Cumva am reușit să mă ridic, mi-am încheiat haina peste rochia ruptă și am mers pe jos până la Nightingale, douăzeci și trei de intersecții distanță.

Apoi mi-am pregătit o baie, mi-am turnat încă o băutură și am luat lama de ras cu mine în cadă...

Așa am ajuns la Spitalul Public Binghamton, cunoscut și drept casa de nebuni.

BOSTON, FEBRUARIE 1932

În cele din urmă, mama a câștigat. M-am trezit în recepția goală a Agenției de ocupare o forței de muncă Belmont din Piața Dewey, purtând costumul gri. Slăbisem. Sacoul îmi atârna pe piept ca un balon de stofă dezumflat. Am încercat să ascund asta cu eșarfa, dar n-aveam nicio șansă.

M-am întrebat unde era toată lumea. O cunoșteam pe femeia care conducea agenția, Maude Williams, de când începusem școala de secretare. Ca elevă-vedetă, fusesem de la început selectată ca material de angajare și m-a lăsat să aleg orice post doream. Stătusem nu demult în fața ei, refuzând un salariu mai mare, pentru că de-abia așteptam să plec din Boston. Însă lucrurile se schimbaseră. Fusese o vreme când Maude avea o recepționeră proprie. Când aceste camere prăfuite erau pline ochi cu fete gata să meargă oriunde le-ar fi trimis Maude. Acum eram singura acolo.

Pe drum, troleibuzul a trecut pe lângă strada Boylston, aproape de Central Park. O mulțime de persoane fără adăpost stăteau ghemuite în jurul focurilor, în cocioabe improvizate. Înainte să plec din oraș, existaseră reacții de indignare și șoc în legătură cu invazia lor, dar acum erau de două ori mai mulți. Deveniseră invizibili în sărăcia lor, dormind în praguri, pe bucăți de carton, vânzând mere la colț de stradă.

Nu era la fel de rău ca în New York și în întinsul Hooverville[1] care ocupase Central Park, dar tot îmi dădea fiori.

Și în North End erau lucruri pe care nu le mai văzusem – pancarte mari atârnate de porțile fabricii de pantofi și ale depoului feroviar: *Nu vă opriți, șomeri, mergeți mai departe – nu îi putem hrăni nici pe ai noștri!* Iar pe strada Hanover, de dimineață intersecția era plină de bărbați, poate cincizeci sau șaizeci. Așteptau cu toții camioanele de construcții care treceau în drumul spre șantierele din oraș, căutând muncitori zilieri. Când au oprit, s-a dezlănțuit iadul – mulțimi de trupuri le-au înghițit, urlând, îmbrâncindu-se și cățărându-se. Șeful de șantier a trebuit să îi împingă ca pe animale, dând semnal șoferului să pornească mai departe.

Dă, te rog, Doamne, să nu mi se întâmple și mie!

Mi-am îndesat mâinile în buzunare.

– Au!

Ceva ascuțit m-a înțepat în palmă și am scos un ac de siguranță îndoit. Încă una dintre superstițiile mamei: „Un ac strâmb în buzunar aduce noroc".

Un minut mai târziu stăteam în fața lui Maude – scundă și solidă, bătând spre șaizeci, o dungă groasă de ruj roșu subliniindu-i buzele subțiri și ochelari cu rame negre groase, încadrându-i ochii. Directă și calmă, Maude era prima și, de obicei, singura oprire pentru oricine căuta o secretară cu adevărat profesionistă. Sau cel puțin așa stătuseră lucrurile odată.

– Dumnezeule, puștoaico!

A tras un fum adânc din țigară și s-a lăsat pe spate în scaunul de la birou.

---

[1] Hooverville desemnează cartierele de locuințe improvizate, construite în timpul Marii Crize Economice de către persoanele fără adăpost, în Statele Unite. Au fost denumite după Herbert Hoover, președintele SUA la declanșarea recesiunii, învinovățit pentru aceasta. Existau sute astfel de cartiere în întreaga țară, ocupate de sute de mii de oameni (n. tr.).

– N-am crezut că te voi mai vedea vreodată! Ce cauți înapoi aici?

– Până la urmă se pare că nu sunt făcută pentru marele oraș, am zis.

A dat din cap cu înțelepciune.

– Nu mulți oameni sunt. Și, trebuie s-o spun, arăți un pic subnutrită. Și nu pot să zic că ți se potrivește coafura asta.

– N-o să mai merg niciodată la coaforul unde mi-am făcut-o, am râs, trecându-mi din reflex mâna prin cârlionții scurți.

– O să-mi crească la loc, am asigurat-o. Mai repede decât crezi.

– Ai fost bolnavă sau ceva?

– Nu, nu, sunt bine. Poate mi-a fost un pic dor de casă.

– Poate ar trebui să o iei ușor. Odihnește-te! Vino să ne vedem peste o săptămână.

Nu era în firea ei să se îngrijoreze pentru sănătatea altcuiva.

– Mă simt perfect. Deci – am luat o atitudine îndrăzneață și i-am aruncat un zâmbet familiar și complice – ce ai pentru mine?

Maude a scrumat scurt într-o cană, iar scrumul a sfârâit în cafeaua rece rămasă.

– Nimic.

– Poftim?

– Nu am nimic pentru nimeni, puștoaico. Nu citești ziarele? Întreaga țară e în șomaj.

Asta nu era primirea la care mă așteptam. Maude avea mereu un as în mânecă.

– Dar Maude – am încercat să râd, însă sunetul a ieșit forțat, ca o mitralieră stricată –, trebuie să fie *ceva!*

A luat o singură foaie din tăvița de corespondență.

– Vezi asta? E tot ce am, o singură slujbă. Și sunt cam două sute de fete care așteaptă telefonul meu. Și îmi pare rău să-ți spun, dar nu ești ceea ce caută, puștoaico.

– Ce anume?

A citit chiorâș anunțul.

– Vânzătoare provizorie.

– Dar pot să fac asta!

De data asta râsul mi-a sunat sincer – plin de ușurare.

– Nu contează că nu e secretariat. Nu sunt pretențioasă! am adăugat cu eleganță.

– Da, dar nu orice fel de asistentă. Zice aici, întorcându-se la anunț, fata respectivă trebuie să fie o tânără de calitate, elocventă și profesionistă, capabilă să facă impresie bună clientelei înstărite.

Mi-a aruncat o privire pe deasupra ochelarilor.

– Dă-mi voie să-ți traduc. Asta înseamnă: *Fără irlandeze roșcate, mulțumim.* Vor sânge albastru. Sau măcar pe cineva care pare că-l are. E unul dintre magazinele de lux de pe Charles Hill.

– Uite Maude, nu pot să mă întorc acasă fără ceva. Nu înțelegi. Am facturi, datorii de plătit.

– Nu, ai dreptate, nu înțeleg, a răspuns plat. Eu nu am avut în viața mea de plătit vreo factură.

– Ce zici de compania de telefonie? Ei au mereu nevoie de fete, nu?

– Nu mai au. Luna trecută au concediat cincizeci. Și-a stins țigara în cană. Chiar îmi pare rău.

– Care e adresa magazinului?

– O, nu! a clătinat ea din cap. Nu, nu vreau să risc! Am nevoie de comisionul ăsta!

– Știu să mă exprim și ce furculiță să folosesc la cină!

Mi-a venit o idee.

– Știi ce? Mă vopsesc blond și gata!

– Faci mișto de mine? Și să ajungi ca toate celelalte secretare ieftine din lista mea, care încearcă să fie Joan Blondell sau Jean Harlow? Oamenii ăștia vor o femeie tânără cu caracter, nu o figurantă!

– Te rog, Maude! am zis, începând să par disperată. Dă-mi o șansă! Asta e tot ce îți cer.

A tresărit. Discuția era dureroasă pentru amândouă.

– Te cunosc de mult, Maeve. Și ești o fată deșteaptă, cu mult potențial. Dar, Dumnezeule, sincronizarea ta este jalnică!

O sonerie a sunat în camera alăturată.

– Lucrurile merg rău aici. Rău de tot. Poate ar fi trebuit să rămâi în New York.

S-a ridicat și s-a dus la recepție să descuie ușa.

Am înșfăcat hârtia din tăviță. Avea atașată o carte de vizită. Am luat-o și am îndesat-o în buzunar.

Abia când am ajuns înapoi în stradă am scos-o și am citit-o:

WINSHAW ȘI KESSLER
Antichități, obiecte rare și obiecte de artă

Sub adresă erau următoarele rânduri:

CUMPĂRĂM, VINDEM ȘI PROCURĂM LA CERERE
OBIECTE DEOSEBITE
Garantăm discreție absolută

R.H. Stearns fusese de mult recunoscut ca cel mai luxos magazin din Boston. Aflat într-o clădire înaltă și îngustă care dădea spre Central Park, avea o tendă verde distinctivă care promitea doar marfa cea mai de calitate și mai la modă. Ferestrele erau deja decorate în pastelurile atrăgătoare ale colecției de primăvară, în contrast total cu îmbrăcămintea clienților, care se plimbau pe culoarele lungi, încă înfofoliți în paltoane și blănuri.

Totuși, n-am intrat pe ușile lustruite de alamă, ci am luat-o prin spatele clădirii. În mod normal clienții nu aveau voie să folosească intrarea angajaților, dar am reușit să intru neobservată, împreună cu două fete de la curățenie. O singură persoană mă mai putea ajuta acum și, din păcate, nu avea să-i facă plăcere.

Atelierul de reparații era o cameră la subsol, mare și fără ferestre, aflată între încăperile pentru marfă și zona de aprovizionare, plină cu șiruri lungi de mașini de cusut, mese de călcat și suporturi de haine. Țăcănitul neîncetat al mașinilor se lovea de podeaua din ciment și de tavan, amintind de o fabrică. Cam douăzeci de femei lucrau una lângă alta, purtând halate de pânză peste hainele de oraș. Secția era supravegheată de domnul Vye, un bărbat de vreo cincizeci și cinci de ani, foarte precis și exigent, care stătea la un birou lângă ușă. Distribuia fiecare comandă, comunica apoi cu clienții și verifica rezultatul final. Totul trebuia să treacă prin el, inclusiv eu.

Mașina de cusut a mamei era în partea cea mai bună a camerei, cea din față. Erau binecunoscute abilitățile ei extraordinare în lucrul cu materiale dificile precum mătasea, taftaua, organza și brocartul și, prin urmare, era prima opțiune la reparațiile pentru îmbrăcămintea de seară. În spatele ei, pe un manechin, se afla o rochie de catifea neagră, cu bretele cu strasuri. Când am ajuns, stătea în genunchi pe podea, cu ace de gămălie în gură, corectând tivul.

Domnul Vye mi-a aruncat o privire încruntată pentru că eram o intrusă pe domeniul lui.

– Pot să te ajut cu ceva, domnișoară?

– Ah, e fiica mea!

Mama s-a ridicat și și-a scuturat firele rătăcite de pe genunchi.

– Ți-o amintești pe Maeve, fiica mea, nu? Tocmai s-a întors de la New York!

– Iertare că deranjez, am zis. Doar voiam să vorbesc puțin cu mama.

El a dat înciudat din cap și am ieșit pe hol.

– Am nevoie de un favor, mamă.

– Zi-mi cum a fost la interviu. Aveau ceva pentru tine?

– Nu prea se găsește nimic, există o singură slujbă. Însă am nevoie de ajutorul tău, am zis mai încet. Mamă, trebuie să-mi vopsesc părul.

– Să-ți *vopsești* părul?

S-a dat înapoi de parcă tocmai i-aș fi tras o palmă.

– În niciun caz! Ai un păr minunat! E suficient că l-ai tuns. Doar fetele ușuratice fac lucruri de genul ăsta!

– Dar e pentru o slujbă, mamă!

– Ce fel de slujbă? Una în care faci reclamă la țigări? a zis încrucișând brațele pe piept. Clar nu!

Aş fi acceptat bucuroasă și o astfel de slujbă, dar nu i-am spus asta.

– Uite, nu vreau să arăt nici ușuratic, nici ieftin, i-am explicat. De-asta am apelat la tine. E pentru un post în Charles Town. Un magazin de antichități. Vor o femeie de bun-gust.

– Serios?

Acum era indignată.

– Și ce anume ești tu, dacă pot să te întreb?

Mi-am pierdut răbdarea.

– Cum ți se pare că arăt, mamă? Crezi că o să-și dea cineva seama că sunt irlandeză? De ce să nu intru direct cu muzicuța în mână, dansând un step?

– Nu e nevoie să fii vulgară!

Dar s-a încruntat și și-a mușcat buza de jos. Știam amândouă că, din exact același motiv, ani de zile se străduise să șteargă orice urmă de accent irlandez. Totuși, după părerea ei, să-ți vopsești părul era ceva vulgar și nerușinat. A încercat să ocolească întrebarea.

– Oricum, nu te pot ajuta diseară. Mă duc la liturghie.

– Putem să mergem oricând la liturghie! Nu avem timp – interviul este mâine la prima oră!

S-a înfipt pe călcâie.

– Din păcate am alte planuri pentru diseară, Maeve.

– Dacă mă ajuți, o să iasă bine, sunt sigură. Nu o să arăt ușuratic sau ieftin. Dar singură nu voi reuși. *Te rog!*

O simțeam oscilând între ce credea că e respectabil și ce știa că e necesar.

– Cine știe când voi mai avea o asemenea șansă? m-am milogit eu.

– Poate. *Dacă* vii la biserică.

Ducea o negociere dură, cerând la schimb sufletul meu nemuritor pentru depravarea sigură de a deveni blondă.

– Dar te previn, Maeve, este o mare, *mare* greșeală!

Cu toate acestea, m-a dus la coaforul de la ultimul etaj și m-a prezentat lui M. Antoine. *M. Antoine era mult mai francez pentru clientela înstărită și mult mai puțin pentru angajați ca mama.* Originar din Liverpool, se pare că reușise să capete accentul laolaltă cu marea parte a abilităților sale stilistice, pe vapor, în drum spre Boston.

M-a examinat rapid din spate, pe sub monoclul lui complet inutil din aur.

– E păcat, serios.

Și-a băgat degetul printre cârlionții mei roșcați.

– Am clienți care *ar ucide* pentru culoarea asta!

Am evitat privirea mamei.

– Da, dar înțelegi cum mă afectează, nu?

– E adevărat, a admis el, mai ales în acest oraș. Unii oameni nu au imaginație.

M. Antoine ne-a trimis acasă cu o sticluță de peroxid înfășurată într-o pungă maro de hârtie, pe care mama a vârât-o rapid în geantă, de parcă ar fi fost gin de contrabandă.

– Nu mai mult de douăzeci de minute, ne-a informat ferm. Diferența dintre un blond frumos și un pudel de circ stă în cronometrare. Și nu uitați, clătiți doamnelor, clătiți! Clătiți ca și cum însăși viața v-ar depinde de asta!

Pe firma de deasupra ușii era scris *Winshaw și Kessler Antichități, Obiecte rare și obiecte de artă* cu litere aurii șterse. Vântul o mișca, lanțurile scârțâind ca un leagăn vechi.

Stăteam zgribulită în fața ușii, așteptând.

Vocea lui Maude îmi răsuna în cap: *Fata respectivă trebuie să fie o tânără de bun-gust, elocventă și profesionistă, capabilă să facă impresie bună clientelei înstărite.*

Un sânge albastru.

Căutasem cuvântul în dicționar cu o seară înainte. Termenul venea din spaniolă, din traducerea literală *sangre azul*, și descria venele vizibile ale aristocraților cu pielea albă. Dar, desigur, în Boston aveam propria noastră denumire pentru această elită socială și culturală, Brahmani – vechi familii de pe Coasta de Est care coborâseră grămadă de pe Mayflower ca să le dea englezilor o lecție. Cuvântul mai avea un sens și mai grăitor. Se referea la cea mai înaltă dintre cele patru caste ale societății indiene tradiționale. Brahmanii din Boston erau un club în care nu puteai să intri decât prin căsătorie și nu le plăcea să se amestece cu nimeni recent debarcat pe insula Ellis în loc de Plymouth Rock.

Aranjându-mi pălăria în geamul vitrinei, mă întrebam dacă o să meargă. Efectul era mai dramatic decât mă așteptasem. Nu arătam doar diferit, ci ca o cu totul altă persoană. Ochii îmi păreau mai mari, culoarea mai intensă, iar pielea se transformase din alb translucid într-un ivoriu palid, sub onduleurile moi blond-aurii. Dar, oare, va fi suficient?

Spre cinstea mamei, fusese minuțioasă, acoperindu-mi cu oxidant fiecare milimetru din scalp de cel puțin trei ori, să fie sigură că nu mă dau de gol. Iar după clătire l-a înfășurat strâns pe bigudiuri, să stea fix sub o plasă de păr toată noaptea. Când m-am trezit, ea era deja în picioare, lângă cuptor, în cămașă de noapte, și cosea o etichetă Stearn pe rever, în interiorul hainei mele.

– Este una dintre puținele mărci pe care oamenii le remarcă întotdeauna, a zis. Și o haină de la Stearn's e una de care poți fi mândră.

– Chiar dacă nu e de la Stearn's? am întrebat.

– Nu vor ști asta. Se vor uita la nume, nu la croială.

Pentru o persoană care nu era de acord cu ceea ce făceam, aș putea spună că era chiar implicată...

Iată-mă aici, pe o stradă pe care nu fusesem niciodată, în haina și onduleurile mele contrafăcute.

Era aproape nouă dimineața și nu era nimeni prin jur. În North End totul era deschis de la șapte; aveau oameni de întâmpinat, bârfe de împărtășit, afaceri de încheiat. Străzile zumzăiau și huruiau de dimineață până târziu în noapte. Dar aici domneau liniștea și ordinea aduse de bani, de o viață care nu era condusă de supraviețuire, sacrificiu, sârguință. Timpul era luxul unei alte clase.

Așa că mi-am exersat zâmbetul – nu prea zelos, nici prea larg, ci unul discret și demn, genul ăla de expresie blândă și degajată care îmi imaginam că vine natural femeilor din această parte a orașului, o relaxare aproape imperceptibilă a buzelor, doar cât să indice așteptarea plăcută de a avea orice dorință împlinită.

În cele din urmă a apărut un bărbat în vârstă, cu capul aplecat împotriva vântului. Era probabil cam de un metru șaizeci, aproape la fel de lat pe cât era de înalt și avea ochelari cu rame de metal. Și-a ridicat privirea în timp ce pescuia un set de chei din buzunarul hainei.

– Ești fata cea nouă? De la agenție?

– Da. Sunt domnișoara Fanning.

– Ești înaltă.

Era o acuzație.

– Da, am încuviințat, nesigură.

– Hmm, a zis descuind ușa. Am cerut o vânzătoare și mi-au trimis o amazoană.

A aprins lumina și l-am urmat înăuntru. Deși îngust, magazinul se întindea mult în spate și era mult mai mare decât părea din afară.

– Așteaptă aici! a spus. Mă duc să dau drumul la căldură.

A plecat în spate.

Nu mai fusesem niciodată într-un magazin de antichități – visul tuturor celor pe care îi știam era să dețină un obiect nou. Și cunoșteam prea bine standurile de mobilă folosită din South End, unde lucrurile stăteau unele peste altele într-un talmeș-balmeș, mirosind a praf și mucegai. Dar aici era cu totul altceva.

Candelabre de cristal atârnau din tavan, podelele erau acoperite de covoare orientale, picturi din orice stil și o perioadă erau înghesuite unele peste altele, brâuri decorative se întindeau până la tavan, ca într-un salon victorian. Erau acolo oglinzi aurite împodobite, porțelanuri fine, argintărie strălucitoare. Am ridicat ceea ce am crezut că era o scoică roz, mare, ca să descopăr că pe una dintre părți avea gravată cu migală o imagine fină, în relief a celor Trei Grații[1]. Era cel mai frumos și inutil obiect pe care îl văzusem. Și mai era o masă acoperită cu vreo treizeci sau mai multe mici cutii decorative, toate împodobite cu modele complicate din mozaic ale unor monumente faimoase, precum Turnul înclinat din Pisa sau Marea Piramidă din Giza, niciuna mai mare ca un dolar de argint. Arăta mai mult ca un mezeu decât ca un magazin.

Peste tot se aflau cartonașe cu descrieri îngrijit inscripționate.

Erau aici un „bufet de stejar din Franța, secolul al XVII-lea, un birou în stil rococo poleit cu aur, din Germania", un set de „scaune englezești în stil Tudor", țepene și atât de vechi, încât mahonul era aproape negru. Diferite vitrine înalte găzduiau vase de porțelan, urne de ceramică, un trio de statui de bronz renascentiste din Italia. Bizare figurine africane de lemn stăteau ghemuite într-un șir pe podea, privind în gol cu ochi caricaturali rotunzi, într-un mod comic și, totodată, surprinzător de sexual. Iar prețurile! A trebuit să mă abțin să nu râd în gura mare. Cinci sute de dolari pentru un dulap? Puteai să cumperi o mașină nouă-nouță cu mai puțin! Înspre partea din spate a magazinului, erau aranjate în vitrine, pe valuri de catifea verde-închis, mărunțișuri, ceasuri și bijuterii de colecție. Ticăitul a șase ceasornice atârnând de perete, ornate cu incrustații de lemn și aur, răsuna ușor.

Locul avea chiar și un miros propriu, o mireasmă bogată, prăfuită, de lemn bătrân, țesături vechi și lustru pentru argintărie. Acesta era parfumul secolelor și continentelor, al timpului.

Acum știam de ce voiseră „o tânără de bun-gust". Oamenii nu veneau aici să înlocuiască o masă sau o canapea; ei colecționau, căutau ce e rar și unic. Voiau o fată care să știe cum este să cumperi obiecte mai degrabă din distracție decât din nevoie. Care să îi înțeleagă pe cei

[1] Pictură în ulei a artistului italian Rafael, datând de la începutul secolului al XVI-lea (n. tr.).

ale căror vieți erau rânduite într-un mod atât de plăcut, încât tânjeau mai degrabă după frumusețe și sens decât după mâncare.

Bărbatul în vârstă a revenit, și-a scos pălăria. Părul lui împuținat era ușor și fin, înconjurându-i ca o cunună albă chelia în extindere din vârful capului.

– Se va încălzi în curând. Eu sunt Karl Kessler.

A tras de vesta de la costum, care de-abia reușea să îi acopere burta.

– Cum ați zis că vă cheamă?

– May. Cu *y*, desigur, am adăugat. (Nu voiam să folosesc numele irlandez de Maeve.) Am fost botezată după luna în care m-am născut, am mințit eu.

– Și știți ceva despre antichități, May cu *y*?

– Ah, știu câte ceva.

Am încercat să par degajată.

– Familia mea avea câteva piese frumoase. Mă întrebam, bufetul de acolo... este cumva stejar?

– Chiar așa. Este.

– Mă gândeam eu. Am aruncat zâmbetul mult exersat. Îmi place foarte mult stejarul, dumneavoastră nu?

M-a fixat cu ochii săi negri, experimentați.

– De unde e familia dumneavoastră?

– New York. Albany, de fapt. Dar am venit aici să locuiesc cu mătușa mea.

Mi-am trecut ușor degetele peste finisajul neted al bibliotecii flamande, de parcă asta mi-ar fi adus aminte de ceva similar de acasă.

– Vedeți dumneavoastră, am avut un iubit foarte dificil, domnule Kessler. Cu toții am considerat că ar fi mai bine să stau departe pentru o vreme.

– Știi și să dactilografiezi?

– O, da! Eu băteam la mașină toate scrisorile lui *papa*. Dar, ca să fiu sinceră, până acum nu mă gândisem la o slujbă în vânzări.

M-am încruntat puțin, ca și cum cântăream situația pentru prima dată.

– Presupun că va trebui să lucrez zilnic?

– Da, așa este.

A dat ușor din cap.

– Dar credeam că femeia de la agenție îmi va trimite o fată calificată ca secretară.

– Draga de Maude!

Am chicotit într-un fel care se dorea cordial.

– Vedeți, ea este o prietenă de familie. I-am spus că voi încerca să o ajut. Deși – am adăugat – se întâmplă să fi urmat Școala de Secretare *Katherine Gibbs*. Desigur, a fost mai mult de distracție decât de nevoie. Însă, dacă mă apuc de ceva, domnule Kessler, îmi place să fiu în stare să îl fac cum trebuie. Am fost învățată că autoperfecționarea și munca intensă sunt virtuți, indiferent de situație.

– Înțeleg.

– Și legat de salariu?

Nu voiam să par prea disperată.

– Presupun că este... rezonabil?

– Douăzeci și cinci pe săptămână. Ți se pare rezonabil?

– Sunt convinsă că o să meargă foarte bine.

– Deci – s-a sprijinit el de tejghea – mai ai și alte preocupări?

– O, da! Îmi place să călătoresc și să citesc, mai ales literatură engleză. Mai și pictez și desenez un pic...

Am încercat să-mi amintesc ce făceau eroinele din romanele lui Jane Austen.

– Îmi plac foarte mult și plimbările lungi și brodatul.

A dat din nou din cap.

– Citești mult?

– Absolut. Ador cărțile.

– Deci știi cum să spui o poveste?

– Eu sper că da, domnule Kessler.

– Ei bine, să vinzi nu e foarte diferit de a spune o poveste. Tot ce e aici are o poveste. De unde vine, cum este făcut. De ce e important. Odată ce înțelegi asta, restul e ușor. Ia piesa asta, de exemplu!

S-a apropiat de un mic birou.

– Acesta este un *Toilletentisch* german în stil rococo, din secolul al XVIII-lea. Această mică masă a avut multe întrebuințări la vremea sa. În principal a fost o masă de toaletă, motiv pentru care are o oglindă în mijloc. Lângă oglindă, în interior, erau așezate obiectele de îmbăiere.

A deschis sertarele mici.

– Iar pe lateral, borcane, piepteni și bijuterii. Dar asta nu e tot. Există loc pentru scris și lucrat, pentru jocuri de cărți. Astfel de mese sunt suficient de ușoare ca să fie cărate dintr-o cameră în alta. Datorită unor garnituri mecanice își puteau schimba destinația, de exemplu din masă de ceai într-una de jocuri. Este un frumos exemplar din atelierul lui Abraham și David Roentgen, specialiști în construcția unui astfel de mobilier.

– Uau, cât de ingenios!

– Nu-i așa? a aprobat. Dar nu e acesta motivul pentru care cineva ar cumpăra-o. Această măsuță ar putea fi aleasă dintre toate celelalte pentru un singur motiv: fiindcă i-a aparținut Mariei Anna Mozart, sora mai mare a lui Wolfgang Amadeus Mozart. Pentru că această mică masă, cu toate funcțiile sale, s-a aflat în aceeași cameră, zi de zi, cu cel mai mare compozitor al lumii pe când, copil fiind, învăța arpegiul.

Și-a odihnit tandru mâna pe delicata suprafață de lemn incrustat.

– Aici își scria jurnalul, același jurnal pe care fratele ei l-a furat mai târziu și a introdus înregistrări false despre el însuși, toate la persoana a treia.

– Chiar așa?

Dintr-odată mi l-am imaginat într-o cameră cu un clavecin și o vioară, cu vedere la străzile din piatră ale Salzburgului, fulgi de zăpadă dansând în aerul înghețat de iarnă.

– Cum de știți toate astea?

Domnul Kessler a ridicat ușor din umeri.

– Te îndoiești de ce-ți spun? Cred asta pentru că așa mi s-a zis. La fel cum te cred pe tine că ești din Albany și îi băteai la mașină scrisorile tatălui tău.

Inima mi-a tresărit și mi-am simțit obrajii arzând.

– Deci... nu înțeleg la ce vă referiți...

Mi-a făcut semn cu mâna să mă opresc.

– O imitație bună este o capodoperă la fel de mare ca originalul. Poate chiar mai mare, May cu *y*. Vezi tu, am vorbit ieri după-amiază cu doamna de la agenție. M-a sunat să-mi spună că are pentru mine o fată drăguță și de încredere, pe nume Roberta, dar avea nevoie din nou de adresa mea, pentru că cineva îi furase cartea de vizită.

Am deschis gura, dar nu a ieșit nimic. Mersesem prea departe.

– Deci în acest fel, domnișoară Fanning, vinzi o masă veche... Cu o poveste, un zâmbet și o combinație sănătoasă de adevăr și minciună.

Și-a înclinat capul într-o parte.

– Femeia de la agenție mi-a mai spus să fiu atent, în caz că apare o roșcată hotărâtă. Încep să mă întreb, părul tău chiar e blond?

– Ei bine, acum este!

Am luat-o spre ușă.

– Unde pleci? m-a strigat el.

M-am întors în grabă.

– Poftim?

– Ești furioasă! a chicotit domnul Kessler. Ei bine, asta le întrece pe toate!

– Vi se pare că sunt *amuzantă?*

Rușinea îmi dispăruse, iar acum eram furioasă.

– Nu e nimic amuzant în legătură cu asta, domnule Kessler! Sunt falită și am nevoie de o slujbă!

– Iar eu încă am nevoie de o asistentă. De fapt – și-a trecut degetele prin barbă – o blondă din Albany mi-ar conveni de minune.

– Ha, ha! La naiba…

Am tras tare de ușă.

– Așteaptă un pic! Am nevoie de o fată care să vândă și să-mi țină contabilitatea și care să fie potrivită pentru clienții mei.

– Cum rămâne cu Roberta?

A ridicat din umeri într-un fel specific est-european, o mișcare ușoară a umerilor care venea din secole de resemnare moștenită.

– Mă îndoiesc că Roberta are intuiția ta dramatică. Acum liniștește-te și închide ușa! Ia să îți vedem rochia.

– De ce?

– Haide!

A scos un sâsâit ușor, de parcă ademenea o pisică vagaboandă cu o farfurie de lapte.

– Nimeni n-o să-ți facă niciun rău.

Am închis ușa și mi-am scos haina, atentă să o țin în așa fel încât să se vadă eticheta. Purtam rochia tricotată, albastru-închis. Era cea mai drăguță ținută pe care o aveam, dar chiar și la asta petrecusem toată seara să cos găurile făcute de molii.

Domnul Kessler a deschis vitrina cu bijuterii și a scos un șirag și o pereche de clipsuri de perle.

– Poftim, mi-a zis, întinzându-mi-le. Poți purta ce dorești de aici, atâta timp cât le pui la loc la sfârșitul zilei. Unui bărbat, dacă intră, îi place să vadă bijuteriile purtate de o fată drăguță. E cel mai simplu mod de a le vinde.

Nu eram sigură că am înțeles.

– Mă *angajați?*

– Dacă poți să le spui povești și clienților, te-ai putea dovedi chiar folositoare. Caut pe cineva adaptabil, cu o fire pragmatică. Și, trebuie să recunosc, poveștile tale au fler.

Mi-a făcut cu ochiul, lovindu-și ușor nasul cu degetul.

– Treaba aia cu iubitul insistent a fost ingenioasă. Vei fi bună la vânzări.

– Dar... dar nu vă e teamă că voi fura ceva?

M-a privit surprins.

– Așa ai de gând?

– Ei bine, nu.

– Ești o actriță, May cu *y*. Nu o hoață, mi-a spus el. Un hoț adevărat nu își anunță intențiile.

L-am urmat în spatele tejghelei de sticlă, într-o cameră împărțită în două birouri. Și-a agățat haina într-unul dintre ele și a arătat înspre celălalt.

– Poți folosi biroul acela. E al domnului Winshaw.

– Domnul Winshaw nu va avea nevoie de el?

– Nu este aici. Bei ceai sau cafea?

– Cafea, mulțumesc.

– Și eu la fel.

A arătat către camera de depozitare din spate.

– E o chiuvetă în baie și un ceainic pe plită.

Apoi a intrat în birou și a închis ușa.

Am rămas acolo, confuză în legătură cu ceea ce tocmai se întâmplase.

Apoi mi-am strecurat perlele în jurul gâtului. Autenticul nu putea fi confundat. Erau grele, cu un luciu cremos roz-auriu. Ecoul unui vechi parfum se lipise de ele; senzual, puternic și sofisticat, timpul îl putea estompa, însă nu distruge.

Mi-au transformat dintr-odată acea rochie veche de tricot albastru; când ai bijuterii adevărate, haina nu mai contează.

Dar imediat ce mi le-am pus, m-a cuprins o senzație ciudată, de familiaritate bruscă și, totodată, de neliniște și nesiguranță.

Perlele mi-au amintit de cineva – de fata din salonul din capăt.

SPITALUL DE STAT BINGHAMTON NEW YORK, 1931

Purta perle. A fost primul lucru pe care l-am remarcat la ea. Mari și egale, perfect asortate, îi cădeau chiar sub claviculă, peste halatul de spital din bumbac, albastru și subțire. A intrat agale în camera de zi a Spitalului de Stat Binghamton, cu pereții săi goi de un verde clinic și podelele duhnind a înălbitor puternic, de parcă ar fi intrat în sala de mese la Ritz. Subţire şi delicată, avea ochi albaştri încadraţi de gene lungi, foarte negre, şi părul castaniu-închis, tuns bob lung, aranjat pe spate. Un cardigan albastru-închis îi atârna pe umeri, de parcă s-ar fi îndreptat către un prânz estival şi se întorsese în ultima clipă să îl ia, în cazul în care s-ar fi stricat vremea.

Noi, celelalte, eram în mijlocul a ceea ce asistentele numeau „terapie ocupaţională“ sau împletirea unor covoare urâte. Fata cu perle se mişca încet de la o masă la alta ca o prinţesă aflată în vizită, supraveghind munca tuturor cu o expresie curioasă şi blândă. *O, ce interesant!* murmura ea sau *Ce culoare neobişnuită!*

Apoi s-a oprit în dreptul meu. O sprânceană perfect pensată s-a arcuit ca un semn de întrebare.

– Ia te uită! Cu siguranţă ăsta este cel mai profund şi cel mai tulburător lucru pe care l-am văzut vreodată!

– Ei bine, nu te-a întrebat nimeni, nu?

Mă săturasem de oameni nebuni. Iar locul ăsta era plin ochi de ei, de toate formele şi mărimile.

– Nu o lua aşa. E o lucrare foarte puternică.

I-am aruncat o privire sfidătoare.

– Nu e o lucrare. E un covor.

– Un covor foarte furios, dacă mă întrebi. S-a aşezat, a apucat un cârlig de împletit. Atunci continuă, arată-mi cum o faci!

Nu aveam chef de nicio demonstraţie. Eram aici doar pentru că mă obligase personalul, târându-mă de la locul meu obişnuit, din balansoarul de lângă geam.

– Întreab-o pe asistentă dacă eşti atât de interesată!

A râs. Era un râs de salon – amuzamentul exersat al unei amfitrioane, înalt şi fals.

– Nu fi aşa serioasă – te tachinez doar!

A făcut semn către celelalte femei din cameră.

– Eşti cea mai bună de-aici, să ştii. Eşti o artistă!

Nu era cine știe ce compliment. Eram poate vreo douăsprezece adunate pentru sesiunile de după-amiază, toate îmbrăcate în halate albastre diforme, cu capetele aplecate deasupra muncii noastre. Fusese o epidemie de păduchi și toate fuseserăm tunse. Însă fata asta încă avea o claie de păr. Pesemne că era nouă. Noi două eram cele mai tinere din cameră, poate cu vreo zece ani mai tinere decât celelalte, deși nu puteam să fiu sigură.

– Deci ești o cunoscătoare, așa-i?

Am arătat către o femeie slabă și aspră la vreo cincizeci și cinci de ani, fără dinți, care împungea furios cu cârligul prin cameră.

– Mary e destul de bună. De ce nu o deranjezi pe ea? Nu vorbește. Niciodată. Dar poate să facă un covor într-o singură după-amiază.

Fata a răsucit cârligul între degete.

– Dar tu ai talent – simți cu adevărat materialul, poate ai chiar un viitor strălucit în împletirea covoarelor. Desigur, cu condiția ca oamenii să nu le folosească în caselor lor. Deci – s-a aplecat în față – spune-mi, de cât timp ești aici?

Am mai tras un fir. Eram acolo de suficient de mult timp, încât să mă întreb dacă mă vor mai lăsa vreodată să ies. Sentința mea era pe durată nedeterminată: aveam nevoie de acordul doctorului înainte să ies din nou în lume. Dar nu eram pregătită să o las să vadă că nu mai fusesem niciodată în viață atât de singură și de înspăimântată. Am ridicat din umeri.

– Poate o lună, nu știu.

De parcă nu număram fiecare oră a fiecărei zile.

– Dar tu?

– Sunt în trecere pentru scurt timp, a zis vag.

– În trecere? am pufnit eu. În trecere către ce, mai exact?

Mi-a ignorat sarcasmul.

– De ce ești aici? Din vreun motiv interesant?

– Aici nu e stațiune, să știi, i-am amintit.

– Ești aici din proprie inițiativă sau sub tutelă?

I-am aruncat o privire.

– Nu știi niciodată – a dat din mâini a scuze – unii oameni vin aici de bunăvoie.

– Tu așa ai venit?

Pentru cineva căreia îi plăcea să pună întrebări, nu se prea dădea în vânt să ofere răspunsuri. Și-a pus un picior peste altul, mișcându-l nerăbdător în sus și-n jos.

– Spun că e o boală. Crezi asta? Că ne-am putea vindeca toți în mod magic?

– De unde să știu? De unde ai perlele alea?

– Mi le-a dat tatăl meu.

Și-a trecut degetele peste ele cu un gest mecanic, de parcă se asigura constant că mai erau acolo.

– Nu mi le dau jos niciodată.

– Nici eu n-aș face-o.

– Îmi plac mai mult decât diamantele. Ție nu? Diamantelor le lipsește finețea. Sunt atât de... comune.

Era clar nebună.

– Nu în cartierul meu! am râs eu.

– Ei bine...

Își trecea fără încetare degetele peste colier.

– Este mort acum.

– Cine?

– Dragul și iubitorul meu tată.

M-am gândit dacă să spun ceva compătimitor, dar amabilitățile nu prea erau pretinse sau apreciate aici. În plus, nu voiam să simtă că ar putea să aibă încredere în mine.

Fata a privit-o pe Mary cea Mută lucrând din mers, prin cameră.

– De ce ești aici, de fapt?

– Care e treaba ta?

– Haide! Secretul tău e în siguranță – cui aș putea să-i spun?

Nu știu de ce i-am zis, poate doar ca să tacă și să mă lase în pace sau poate, într-un mod bolnăvicios, încercam să o impresionez.

– Mi-am tăiat venele cu lama.

A rămas neclintită.

– Intenționat sau din greșeală?

– Intenționat.

Era prima dată când recunoșteam asta cu voce tare.

Dar, dacă așteptam o reacție, am fost dezamăgită. Nici n-a clipit.

– Deci nu auzi voci sau ceva?

– Nu. Dar tu? m-am uitat spre ea. Tu auzi voci?

– Doar pe a mea. Dar fii fără grijă, e suficient de rău. Nu sunt complet convinsă că sunt de partea mea.

Asta m-a făcut să zâmbesc – pentru prima dată de săptămâni întregi.

– Deci măcar nu ești cu *adevărat* nebună, a subliniat fata cu perle.

– Dar tu? De ce ești aici?

– Ah, mi-au pus tot felul de diagnostice. Isterică, suicidală, depresivă, delirantă... Cuvinte mărețe în latină pentru „un ou stricat". Locul ăsta e, de fapt, în regulă. Spre deosebire de altele în care am fost.

Și a zâmbit din nou, de parcă asta i-ar fi susținut ideea.

– Deci de ce nu te-am mai văzut în salon? Și de ce nu ai părul tuns?

A luat un ghem de ață roșie.

– Nu știu. Ar fi trebuit? Aș prefera să nu. De-abia am reușit să-l las să crească după cel mai oribil bob francez.

Și-a înăbușit un căscat.

– Dumnezeule, ce obosită sunt! Femeia din camera alăturată geme toată noaptea.

M-am oprit.

– Ai camera ta?

Asistenta a intrat și a bătut din palme.

– Uneltele jos, doamnelor! Puneți-vă covoarele pe masă și urmați-mă! E timpul pentru exerciții.

M-am ridicat și m-am așezat în rând cu celelalte. Apoi doamna Verdent, asistenta-șefă, a apărut în prag, aruncând o umbră întunecată pe podea. Brusc, toată lumea a tăcut.

Gura doamnei Verdent era blocată într-o expresie de permanentă dezaprobare, iar uniforma sa albă de in era strânsă pe corp, acoperindu-i atât de compact formele nemaipomenite, încât aveai impresia că este mai degrabă tapițată decât îmbrăcată. A scrutat camera, apoi s-a îndreptat amenințător spre fată.

– Nu cred că ar trebui să fii aici, a spus ferm.

– Cred că sunt de aceeași părere.

Fata s-a ridicat și și-a scuturat halatul de spital.

– Spune-le să aducă mașina în față cât îmi iau lucrurile.

Gluma nu a fost primită bine.

Cu toate ne-am ținut respirația, anticipând cu groază ce va urma.

Ochii doamnei Verdent s-au îngustat, iar vocea i-a scăzut sub zero grade. Însă a rămas remarcabil de calmă, mult mai politicoasă decât fusese vreodată cu vreuna dintre noi.

– Nu ai voie să stai cu celelalte. Știi asta. E timpul să te întorci în camera ta.

Și, luând-o ferm de cot, a escortat-o pe fată afară.

– La revedere, doamnelor! a strigat fata, împinsă pe culoar într-un cărucior. A fost o adevărată plăcere! Sincer! Țineți-o tot așa!

Din fericire, una dintre celelalte fete de la pensiunea Nightingale avusese o tură mai devreme, pentru o cină, și a găsit ușa băii încuiată din interior la cinci dimineața. Neprimind niciun răspuns, proprietăreasa a chemat poliția să dărâme ușa și iată-mă acolo, leșinată, cu treaba pe jumătate făcută.

Totuși, dacă aș fi știut ce se va întâmpla după, m-aș fi gândit de două ori la ce făceam. Am fost internată la Spitalul Public Binghamton în partea de nord a New Yorkului, fiind diagnosticată cu nebunie temporară, indusă de intoxicație extremă cu alcool.

Clădirea în sine ar fi putut fi frumoasă dacă ar fi fost folosită în orice alt scop. Inițial, Clinica de Dezalcoolizare Binghamton era o structură dezlânată, în stilul Renașterii gotice, cu scări de lemn sculptate ornamental și tavane înalte, cu boltă. Intrarea principală avea geamuri cu vitralii, înfățișând scene în care Iisus vindecă bolnavii, îi pune pe picioare pe cei care nu pot umbla, toate în culori vii, care se reflectau ca niște curcubeie pe podeaua de lemn. Toate celelalte ferestre erau acoperite cu plase de metal. Coridoare largi și elegante legau între ele camerele terifiante de terapie și, cu toate că spitalul era așezat pe o imensă proprietate amenajată, verde și deluroasă, parcul era părăsit. În afară de grădinari, nimeni nu avea voie afară.

În prima mea săptămână acolo, mi-au dat faimosul tratament cu mătrăgună, cunoscut printre pacienți drept *vomită și elimină*. Doze regulate de mătrăgună, ierburi și ulei de castor ar fi trebuit *să ne curețe sistemul*. Însă tot ce îmi amintesc e că eram îndoită de durerile de stomac, de vomă și de diaree, într-un du-te-vino de halucinații. Două asistente solide mă târau între toaletă și pat, stropindu-mă ocazional cu furtunul cu apă rece. Dozele erau administrate oră de oră timp de trei zile succesive. Și apoi au început hidroterapia și tratamentele cu șocuri chimice. Doar după încă o astfel de săptămână am fost într-un final considerată suficient de lucidă să îl întâlnesc pe doctorul Joseph, psihiatrul.

Cu o barbă atent tunsă, ochelari și o chelie lucioasă, doctorul Joseph arăta ca un Moș Crăciun modern. Dar aparențele erau înșelătoare. În spatele unei fațade binevoitoare, ne avea la mână. Fără semnătura lui pe hârtiile de externare, niciuna nu pleca nicăieri. Fiecare întrebare de-ale lui era un test, fiecare răspuns, o dovadă de recuperare sau de boală, iar în tot acest timp își lua la nesfârșit notițe cu un stilou strălucitor din argint. Trebuie să fi avut vârful rupt, pentru că, pe hârtie, scotea un râcâit ușor, ca zgândăritul unui ghimpe pe piele. Nu am reușit să-mi dau seama dacă mai multe notițe însemnau un răspuns corect sau unul greșit.

Voia să știe tot: de ce am venit la New York de la bun început, despre slujba mea, de ce am încercat să mă omor.

I-am dat versiunea editată – i-am spus despre clientul care m-a acuzat de furt, i-am descris scena pe care a făcut-o pe ringul de dans. Simțeam în continuare rușinea; umilința de a fi escortată de director la vestiar, celelalte fete stând în jur, privind, mai mult indiferente decât triste... Lois nici nu se obosise să mă privească în ochi.

– M-am simțit atât de expusă.

– Expusă?

Râcâitul a reînceput, stiloul pe hârtie...

– Ce vrei să spui cu asta mai exact?

Cum aș fi putut explica? Sentimentul că toată viața mersesem pe un culoar nesfârșit acoperit de oglinzi, alergând cât mai repede, făcând orice să mă distrag de la propria reflexie.

– Domnișoară Fanning, m-a îndemnat, ce ziceați?

Mi-am dat seama că greșisem folosind un cuvânt atât de larg.

– Nu știu. A fost prostesc să spun asta. Nu știu de ce am făcut-o.

– Și asta a determinat incidentul? Pierderea slujbei?

– Da.

A părut neconvins.

– Ești sigură că nu s-a întâmplat nimic altceva? Înainte?

Nu am înțeles.

– Poate ai remarcat, a continuat el, că ți-am făcut un control fizic complet când ai fost internată.

S-a oprit, așezându-și mâna pe un dosar din fața lui.

– Ești sigură că nu vrei să-mi spui nimic altceva, domnișoară Fanning? Ceva ce ai vrea să destăinui?

Am privit în jos, la mâinile mele așezate în poală.

– Conform dosarului ai avut o intervenție în ultimele șase luni. Un avort. Erai însărcinată când ai venit la New York, nu-i așa?

Mi-am simțit capul lipsit de greutate și gura uscată.

– Și tatăl? Cine era?

– Nimeni... Adică cineva din Boston, am îngăimat.

– Ăsta a fost adevăratul motiv pentru care ai plecat, nu? Voiai să fugi.

Nu am putut să răspund.

Oftând adânc, s-a lăsat în scaun. Deja avea așteptări scăzute, tot reușisem să-l dezamăgesc.

– Cele mai multe femei văd copiii ca pe o binecuvântare.

Aștepta să mă justific, dar nu aveam nicio scuză. Amândoi aveam o părere la fel de proastă despre mine.

– Nu vezi că îți creezi singură problemele? a întrebat după o vreme. Că, încercând să fugi de viață, n-ai făcut decât să ți-o înrăutățești?

– Presupun că nu sunt ca alte femei, am mormăit.

– Cu siguranță nu. E o linie între un comportament normal și unul anormal. Tu deja ai trecut-o. Acum trebuie să muncești foarte mult să ajungi din nou de partea cealaltă a liniei. Nu-ți face iluzii: va trebui să dai tot ce ai. Ești într-o situație foarte periculoasă.

Și-a întins mâinile.

– Privește unde ești, domnișoară Fanning. Ești o povară pentru societate. Promiscuă sexual, lipsită de moralitate. Dacă nu te schimbi, probabil tot aici vor ajunge și urmașii tăi. Am văzut-o de nenumărate ori. Așchia nu sare departe de trunchi.

Culoarul de oglinzi s-a terminat brusc. Reflexia pe care o evitasem s-a holbat înapoi la mine, urâtă și fără speranță.

– Vrei să-ți petreci viața închisă într-o instituție?

– Nu, doctore Joseph.

– Atunci stai departe de săli de dans, bărbați necunoscuți și bodegi dubioase. Și evită cu totul băutura. Nimănui nu-i place o femeie tânără destrăbălată, iar o bețivă este cu atât mai respingătoare, a zis privindu-mă insistent. E o chestiune de disciplină și de caracter. De voință. O să fiu sincer: te așteaptă un drum lung.

Cuvintele lui m-au speriat.

– Dar voi putea să plec? Adică, dacă voi încerca foarte tare să mă schimb, îmi veți da drumul?

– Dacă vei coopera și vei face ce trebuie, vei fi eliberată la momentul potrivit, a încuviințat. Dar depinde de tine să continui să ții calea cea bună în lumea reală. Altminteri vei sfârși din nou înăuntru.

A adăugat o ultimă notiță în dosarul meu și și-a ridicat privirea.

– Când o persoană devine dependentă de obiceiul de a fugi de greutăți, pierde contactul cu realitatea și decade repede. Însă există speranță. Scapă de acel comportament și sănătatea mintală îți va reveni. O să însemne efort, dar, dacă îți schimbi stilul de viață și te observi cu atenție, te poți recupera și poți fi ca toți ceilalți. Poți duce o viață normală.

După asta m-a lăsat să plec înapoi în camera de zi, cu șirurile ei de balansoare și ferestre cu plase de metal.

M-am așezat și am privit la cerul gri de iarnă.

O viață normală.

Cine oare își dorea ceva atât de insignifiant?

Am mai văzut-o doar o dată pe fata cu perle, două săptămâni mai târziu.

Era o dimineață de marți, chiar înainte să-mi dea drumul. Marți și joi erau zile de tratament. Era chemat personal suplimentar, care bătea cu un băț de lemn în cadrele ușilor de salon, adunând pacienții.

– E timpul pentru tratament! Treceți în rând! Tratamentul!

Tratamentul era un fel de terapie cu șocuri care avea loc într-o cameră din fundul clădirii. Afară era un rând lung de scaune de lemn care se întindea de-a lungul holului, supravegheat de asistente și infirmiere ce stăteau cu spatele la geamuri și țineau coada în mișcare.

Era dimineața devreme, iar cerul era senin și luminos. Afară se topea un strat subțire de zăpadă pe latura însorită a gazonului înclinat.

Una câte una, am intrat toate în cameră, iar coada s-a micșorat. Voiam să fiu ultima, să simt că, după ce voi fi terminat, va fi doar pace și liniște.

Dar dorința nu mi s-a împlinit. În schimb, o asistentă a apărut în celălalt capăt al holului cu o pacientă dintr-o altă aripă. Era fata. Chiar de la distanță am știut că e ea din felul în care se mișca, de parcă ar fi ținut-o toată viața dintr-o petrecere în alta, păstrându-și un echilibru desăvârșit. Asistenta îi vorbea încet, trăgând-o blând de cot. Avea ochii holbați de frică, pașii lenți. Dincolo de toată bravada și discursul sofisticat, acum era clar înspăimântată.

Asistenta a așezat-o pe scaunul de lângă mine.

– Vei vedea.

Asistenta i-a aruncat un zâmbet încordat.

– O să fie gata cât ai clipi.

Fata și-a întins instinctiv mâna către perle, dar acum nu mai erau acolo. Personalul le confiscase. Și-a cuprins corpul cu brațele și s-a ghemuit.

Înainte nu îmi prea plăcuse sau mai degrabă mă iritase dezinvoltura ei, pretenția că știa totul. Dar acum îmi era milă de ea, îndoită de frică, legănându-și groaza ca o mamă, bebelușul.

Stăteam împreună de câteva minute când mi-a zis cu blândețe:

– Povestește-mi un moment când ai fost fericită.

În mod normal aș fi ignorat-o. Însă astăzi urma să ies, eram gata să fiu liberă din nou și în poziția unică de a-i da ce avea nevoie: speranță.

M-am gândit o clipă.

– A fost odată la nunta verișoarei mele de-a doua, Sinead, după ceremonie, când eram în sala de festivități a bisericii, la un *ceilidh*.[1]

– Un ce?

– Un *ceilidh*. E un cuvânt irlandez. Înseamnă un dans, dar cu muzică tradițională și mișcări caracteristice. E mereu o grămadă de băutură, multă mâncare, oameni care se bat...

– La o *nuntă?*

– Nu ar fi o nuntă irlandeză fără asta, am zis aplecându-mă în față, cu coatele pe genunchi. Vezi tu, primul lucru pe care trebuie să-l înțelegi e că eram înaltă pentru vârsta mea. Am fost mereu prea înaltă. Și

[1] Întrunire socială scoțiană sau irlandeză tradițională. În forma ei cea mai simplă, înseamnă pur și simplu vizită socială. În sens contemporan, de obicei presupune muzică galică și dans (n. tr.).

subțire ca o mătură – și nu e o figură de stil. Așa că nu eram un copil arătos și m-am simțit mereu destul de ciudat. Însă în noaptea aia am avut un mare avantaj. Mama mea e o dansatoare foarte bună și m-a învățat și pe mine. Step îi zice. Are o groază de mișcări complicate și e nevoie de multă pricepere. Întâmplător, eram și eu bună la asta, ceea ce era un miracol, pentru că aveam mâinile și picioarele foarte lungi. Însă atunci când mă porneam și simțeam muzica pulsând în mine, puteam să dansez cu adevărat. Și în noaptea aceea, pentru prima dată în viața mea, am fost magnifică, nici mai mult nici mai puțin, dansând cu toți, dându-mă în spectacol.

Am zâmbit un pic.

– Oamenii se așezaseră în jurul meu și mă priveau, băteau din palme și chiuiau!

Ușa din capătul coridorului s-a deschis din nou, apoi s-a închis.

Fata s-a albit la față.

– Continuă, a zis. Ce s-a întâmplat după?

– Câțiva bărbați au început să mă tachineze. Presupun că arătam ridicol sărind în sus și-n jos, cu părul meu roșu. Îmi spuneau Băț de Chibrit, pentru că eram atât de slabă, iar părul, ei bine, cred că arăta ca o flacără. Am vrut să mă revanșez, să le arăt eu lor. Așa că, atunci când formația a luat o pauză, mi-au oferit un whisky. Cred că încercau să mă facă de râs. Nu băusem niciodată whisky, dar am mințit, le-am spus că da. Și atunci l-am dat pe gât. Nu știu cum am reușit, dar n-am tușit și nici nu m-am înecat. Și asta i-a șocat.

– Cred și eu!

– Li s-a părut amuzant. *Ține la băutură ca un bărbat!* Încă îmi amintesc cum se simțea alcoolul, arzându-mă pe gât ca focul. Cum m-a lovit ca un pumn în stomac. Era ca și cum abia atunci m-aș fi născut. Totul înăuntrul meu era cald și bine, și confortabil. Așa că mi-au mai dat unul și l-am băut și pe ăla. Apoi încă unul. Vezi tu, acum eram mascota lor. Și când formația s-a întors, am dansat și mai tare.

– Deci ai fost regina balului.

Azi voia să creadă în basme, în finaluri fericite.

– Ei bine, nu chiar.

– Poate că într-o zi vei fi din nou. Când vei ieși de aici.

Ochii ei mi-au cercetat fața, căutând ceva de care să se agațe.

– Nu crezi?

– Sigur. Poate.

Nu i-am spus că la un moment dat picioarele mi-au cedat și ultimul lucru pe care mi-l mai amintesc e că îmi era rău, pe aleea din spatele bisericii. Unul dintre bărbați m-a dus afară, a încercat să mă ascundă de mama. Mi-a fost îngrozitor de rău a doua zi. Mama i-a făcut un scandal teribil verișoarei mele și nu am mai mers niciodată la un *ceilidh*.

– E rândul tău, i-am zis. Povestește-mi despre un moment când ai fost fericită.

A privit afară, pe fereastra acoperită cu plasa de metal care ne despărțea de aerul tăios de iarnă, de cerul albastru, de zăpadă și de razele soarelui.

– Nu am nicio amintire. De asta sunt aici. Să scap de toate.

BOSTON, FEBRUARIE 1932

În drum spre casă de la noua slujbă, m-am oprit la Panificio Russo pe strada Prince. Deschisă în fiecare dimineață de la șase până seara târziu, era mai mult decât o brutărie, era o instituție locală. Chiar în zori puteai mirosi pâinea coaptă care înmiresma aerul rece al dimineții. Biscuiți grași, cu unt, zeci de *cannoli* și *biscotti* feluriți, *sfogliatelle* și *zeppole* rânduite elegant, mici gogoși italienești erau proaspăt pregătite zilnic. Prăjituri tradiționale din sudul Italiei precum *cassata siciliana* se luptau pentru spațiu cu *ciabatta* pufoase și *stromboli* generoase umplute cu brânză și mezeluri, *panmarino* parfumat, făcut cu stafide și înmiresmat cu rozmarin, toate stivuite în rânduri precise. Trei mese mici de lemn erau așezate lângă fereastra din față, la soare, unde *anziani*, bărbații în vârstă din comunitate, sorbeau espresso și se sfătuiau despre fel și fel de treburi locale.

Celebru în întregul Boston, Russo livra produse de patiserie multor restaurante și hoteluri din oraș. Însă era în primul rând o afacere de familie și o emblemă mândră a vieții din North End. Era bine cunoscut că, odată ce cuptoarele de la Russo erau încinse și pâinea lor aproape gata, familiile mai sărace de chiriași erau binevenite să aducă la copt, la ușa bucătăriei, propriul aluat pregătit. Copiii așteptau pe aleea din spate jucându-se leapșa și *de-a v-ați ascunselea* până când franzela era scoasă și învelită în ziar, ca să o ducă repede acasă caldă încă. Când o familie avansa de la aleea din spate la pâinea cumpărată din magazin, Umberto Russo însuși o servea pe femeie, iar fiul său, Alfonso, îi pregătea o tratație cu câteva produse de patiserie la alegere.

Crescusem alături de copiii Russo și îmi aminteam când brutăria era un pic mai mare decât o cameră cu un cuptor. Erau faimoși pentru *zaletti*, rulourile dulci acrișoare pentru mic dejun, aromate cu coajă de portocală, vanilie și stafide și presărate cu zahăr pudră. Era o vreme când veneam în fiecare dimineață să-mi iau unul în drum spre muncă. Trecuse ceva timp de când puteam să-mi permit asemenea desfătări, însă acum lucrurile păreau să se îmbunătățească.

Partea din față a magazinului era întreținută de cele trei femei Russo, surorile Pina și Angela și formidabila Maddalena Russo, mama lor. Erau toate mici și voluptuoase, iar silueta le era accentuată de șorțurile albe strânse pe talie. Am așteptat ocazia să-i prind privirea Angelei, care se agita de la un capăt la altul al tejghelei, strecurându-se pe lângă mama și sora ei, aflate într-un dans fluid nesfârșit, în timp ce se aplecau, se întindeau, alunecau de colo colo sau se ridicau pe vârfuri să apuce sfoara care atârna din rolă, pentru a lega bine cutiile. Deasupra lor, o icoană cu Fecioara Maria zâmbea calm, radiind a modestie feminină.

Cu fața sa largă și rotundă și ochii mari, căprui, de căprioară, Angela arăta fix ca portretul Sfintei Fecioare care veghea deasupra lor. Părul i se ondula ușor, revărsându-se pe obraji în cascade delicate, pe lângă plasa de păr neagră croșetată. Și avea o grație și o blândețe naturale, care contrastau cu un simț al umorului deseori surprinzător de ascuțit.

Am încercat să-mi amintesc prima oară când i-am întâlnit pe Angela și pe familia Russo, dar n-am reușit. Pur și simplu erau acolo dintotdeauna. O vreme locuiserăm cu toții cu chirie în aceeași clădire, cea în care eu încă stăteam. Copiii Russo, în special băieții mai mari, „ocupaseră" veranda în virtutea faptului că erau cei mai vechi în bloc, însă erau binevoitori și o împărțeau cu noi cei mai tineri. Eu și Angela eram nedespărțite când eram mici: ne jucam cu bile și săream coarda, făceam păpuși de cârpă din șosete vechi, cu nasturi în loc de ochi, pe care le plimbam de colo colo pe stradă, într-un cărucior de copii rupt, folosit pentru orice, de la cumpărături la adunat nimicuri. În timpul zilei stăteam mult de una singură, cât mama era la muncă, cosând bluze. Însă doamna Russo găsea mereu un loc în plus la masă pentru mine, deși avea deja cinci guri de hrănit.

La opt ani eu și Angela ne-am făcut planuri să fugim de acasă și să devenim dansatoare profesioniste; ne-am îndrăgostit de același băiat, Aldo Freni, cu genele lui neobișnuit de lungi și negre, la zece ani; și am fost prinse furând ruj din farmacie la treisprezece, ca urmare primind același număr de palme. Mi-a fost apropiată ca o soră. Și totuși, trecuseră luni de zile de când nu mai vorbiserăm. Rușinea pentru situația mea din New York mă împiedicase să îi scriu, iar ea se căsătorise cât eu eram în spital, o nuntă la care ar fi trebuit să particip ca domnișoară de onoare. Pina a fost nevoită să mă înlocuiască. Mama mi-a găsit scuze, le-a spus aceleași povești pe care i le turnasem eu, cu șefi milionari excentrici și călătorii neașteptate în străinătate. Însă acum, că eram aici, am simțit un val brusc de furie și regret. Familia Russo mă cunoștea, putea vedea dincolo de toate născocirile mele.

Pina m-a observat prima. Când am plecat la New York, Pina era proaspăt căsătorită. Acum avea o burtă serioasă. Însă deși ar fi putut împărtăși senzualitatea cu piele roz a unui nud de Rubens, nu era nimic delicat în atitudinea ei.

– Ah, vai, vai!

Și-a ridicat bărbia.

– Ia te uită cine a apărut! Jean Harlow!

Angela s-a întors, iar fața i s-a luminat.

– *Ciao, bella!*

A făcut-o să sune simplu și natural, de parcă abia ieri mă văzuse.

– Nu te-am recunoscut! Ce ți-ai făcut la păr?

Tensiunea din piept s-a calmat. Totuși, n-am putut să nu remarc verigheta care scânteia în soarele dimineții, pe când Angela înfășura abil cu o sfoară o cutie de prăjituri și făcea nod.

– *Mamma mia!*

Mama Angelei și-a ținut răsuflarea, ridicându-și palmele spre cer.

– Maeve! Ce ai făcut cu părul tău roșu frumos?

Toate privirile s-au întors.

– L-am tuns și... ei bine... – simțeam cum mă înroșesc. E pentru o slujbă de fapt.

Pina a pufnit.

– Ce, acum ești dansatoare pe Broadway[1]?

– Nu chiar. Vânzătoare. Dar nu irlandeză.

Era o vreme când orașul era plin de anunțuri în care se preciza „Nu acceptăm irlandezi". Eram considerați puțin mai mult decât niște viermi. Apoi au venit italienii și am avansat puțin în ierarhie, doar că nu foarte tare.

– Aha, ei, oricum sunt surprinsă să te văd aici.

Pina și-a încrucișat brațele pe piept.

– Am crezut că orașul ăsta nu e destul de bun pentru tine. Că doar New York era de nasul tău.

[1] În original, *Ziegfeld girl* – termen ce desemnează dansatoarele din spectacolele de pe Broadway ale lui Florenz Ziegfeld, cunoscute sub numele de Ziegfeld Follies (1907–1931) (n. tr.).

– Încetează! s-a încruntat Angela la sora ei. Asta doar pentru că n-ai ieșit niciodată din Boston!

– N-am nevoie să ies din Boston! Și, evident, nici tu! a râs Pina, dând din cap către mine.

– Sper că ai lăsat în urmă firimituri de pâine ca să găsești drumul spre casă.

Pina a avut dintotdeauna o limbă ca tăișul unui cuțit. Chiar de mic copil avea un talent ieșit din comun pentru vivisecția verbală.

– *Basta!*

Mama i-a aruncat Pinei o privire dură.

– Ne-a fost dor de tine. Mama ta ne-a zis că ai treburi importante în New York și nu ai putut veni la nuntă, a continuat invariabil, cu mâinile în șolduri. Ne pare rău că nu ai reușit să scapi.

Vinovăția rodea sub zâmbetul meu.

– Și mie îmi pare rău. Adică...

M-am uitat la Angela. Mă adresam ei mai mult decât oricui altcuiva.

– Lucram ca secretară personală pentru un om foarte bogat. Un caracter destul de dificil, foarte solicitant... Am vrut să vin, chiar am vrut.

Cu toții știam că nu eram sinceră. Povestea mea nu explica de ce nu am sunat sau nu am scris.

– Ei bine, mă bucur doar că acum ești aici, a zis Angela, în felul acela al ei de a îngropa orice era dificil sau neplăcut. Mă bucur că te-ai întors.

Apoi, băgând o franzelă într-o pungă de hârtie și întinzând-o peste tejghea domnului Ventadino, mi-a aruncat un zâmbet complice:

– *La mia bella dai capelli biondi*[1]*!*

– *Ah, bella!* a râs domnul Ventadino, măsurându-mă din cap până în picioare. *Molto bella!*

Bărbații în vârstă de la mesele din geam au râs și ei, iar doamna Russo și-a dat ochii peste cap:

– Fetelor! *Comportatevi bene!*

---

[1] „Frumoasa mea cu părul blond!“ – în lb. it. în orig. (n. tr.).

Comportatevi bene – în italiană, „purtați-vă frumos“ – fusese referenul constant al copilăriei noastre. Când eram împreună, nu treceau cinci minute fără ca doamna Russo să o zică, de obicei cu un ziar făcut sul în mână, gata să plesnească pe una sau pe amândouă peste ceafă.

Doamna Russo s-a întors către mine, cu fața serioasă. Avea un fel de a te privi direct în ochi, de parcă putea să-ți vadă direct în suflet.

– *Come stai davvero?*[1]

– *Bene. Meglio, grazie. E tu?*[2] am răspuns.

Când doamna Russo vorbea în italiană, știam că totul fusese iertat.

– *Bene, bene.* În vreme ce număra restul și i-l întindea domnului Ventadino, și-a scuturat degetul spre noi.

– Fetelor, voi trebuie să vă maturizați. Și tu!

I-a aruncat și domnului Ventadino o privire întunecată.

– *Dovreste vergogniarvi di voi stesso!*[3] Și ce mai face mama ta, Mae! Sper că e bine.

Doamna Russo avea iscusința de a schimba vorba. Îl putea mustra pe domnul Ventadino și în același timp, fără să clipească, să dea un exemplu de bune maniere fiicei sale.

M-am tras deoparte, pentru ca domnul Ventadino să se strecoare pe lângă mine.

– E bine, mulțumesc.

Doamna Russo întreba mereu de mama, cu toate că nu era în întregime de acord cu ea. După toți acești ani de când se cunoșteau, relația lor nu era mai puțin formală, bazată mai degrabă pe politețe decât pe afecțiune. Bănuiam că asta avea de-a face cu faptul că mama nu se recăsătorise, un sentiment puternic pe care doamna Russo îl avea despre greșeala pe care a făcut-o o văduvă tânără crescând un copil de una

---

1 „Cum ești, de fapt?“ – în lb. it. în orig. (n. tr.).

2 „Bine. Mai bine. Mulțumesc. Dar dumneavoastră?“ – în lb. it. în orig. (n. tr.).

3 „Ar trebui să vă fie rușine!” (n. tr.).

singură, deși ar fi putut cu ușurință să-și ia un alt soț și să facă și alți copii. În lumea ei, independența era o extravaganță, un soi de egoism.

De fapt, fusesem mereu împărțită între mama și formidabila Maddalena Russo. Petrecusem atât timp din copilăria mea în casa Russo, încât ea era o a doua mamă pentru mine – doar că din soiul mai tradițional.

Mică și puternică, teribil de disciplinată și plină de certitudini, Maddalena Russo nu se îndoia niciodată, nu chestiona niciodată. Ea *știa*. Casa Russo era strictă, gălăgioasă, vie și reală. Nimic altceva nu exista sau avea nevoie să existe dincolo de North End. Era un univers în întregime autosuficient. Când eram mai mică îmi plăcea să-mi imaginez că fusesem lăsată într-o noapte pe pragul familiei Russo când eram bebeluș, iar ei mă adoptaseră. Era o trădare de la care nu mă puteam abține, iar afecțiunea mea era evidentă pentru toți – inclusiv pentru mama.

– Aia e o pălărie nouă? Doamna Russo a dat din cap aprobator: *Foarte* frumoasă!

– Avea și o plasă, dar s-a rupt... mama mi-a reparat-o, am trăncănit eu. Oricum, m-am oprit pentru un *zaletti*. Sărbătoresc, să știți. Am primit o slujbă nouă azi.

– Felicitări! a zâmbit radios Angela.

Pina i-a întins mamei sale o tavă cu biscuiți proaspeți.

– Tu, de fapt, ai nevoie de un soț!

– Poate nu sunt făcută pentru măritiș.

Doamna Russo a scos sunete dezaprobatoare.

– De ce spui asta? Orice bărbat ar fi fericit să te aibă!

– Nu știu.

– Sigur că știi!

Pina și mama ei s-au uitat una la cealaltă și au râs.

– Nu vorbi prostii!

Întinzându-se, Angela mi-a înmânat un *zaletti* înfășurat în hârtie cerată.

– Mă opresc mai târziu pe la tine.

– M-aș bucura.

Am încercat să-i dau o monedă pentru *zaletti*, dar n-a vrut să o ia.

– Hai, du-te acum! Spune-i mamei tale veștile bune!

Mi-am coborât vocea.

– Chiar îmi pare rău, Ange, că am lipsit de la nunta ta.

Știam că o rănisem și mai știam că era prea mândră să mă lase să văd cât de tare.

– Cum a fost?

– Minunat.

– Ar fi trebuit să fi fost acolo.

Pina nu ne-ar fi lăsat o clipă singure.

– Dar erai prea ocupată să iei notițe pentru milionari. Într-o zi, Jean Harlow, va trebui să te trezești și să-ți dai seama că ești ca noi, toți ceilalți.

Când am ajuns acasă, mama curăța morcovi în bucătărie.

– Tu ești, Maeve? a strigat când m-a auzit intrând.

– Cine altcineva, mamă?

– Nu e nevoie să fii sarcastică. Unde ai fost?

M-am oprit în prag. Cartofi, ceapă, țelină... făcea din nou tocăniță. Avea mereu doar cea mai mică bucată de vită, o feliuță ieftină, frăgezită în ore de fierbere înăbușită. O întindea toată săptămâna, adăugând cartofi ca s-o lungească.

– Am primit slujba, i-am zis, punând *zaletti* pe masă cu un gest teatral.

S-a holbat la el. Cred că pe jumătate sperase că n-o să mă ia și că atunci aș putea să-mi vopsesc părul la loc. Dar, desigur, să ai de muncă era mai bine decât să nu ai.

– Bun, a zis într-un final. Deci cum e?

– Elegant. Foarte luxos.

Mi-am agățat haina în cuierul din hol, mi-am tras mănușile.

– Știi, au acolo un serviciu de argint care costă cât o casă! I l-am prezentat unei femei în după-amiaza asta.

– L-a cumpărat?

– Nu. Însă doar pentru că nu avea clești pentru homar. Ai auzit vreodată de clești pentru homar?

S-a încruntat, a început să taie cartofii în sferturi.

– Iei comision?

Am verificat ibricul de cafea de pe cuptor.

– De-abia am obținut slujba, mamă!

– Ar trebui să întrebi de comision.

– Sunt doar eu și bătrânul.

Mi-am turnat o cană. Fusese fiartă prea mult și era amară și tare. Am băut-o oricum.

– Ce importanță are? a zis ea și a aruncat cartofii în oală. Vânzarea e vânzare!

– Da, în fine, n-am făcut încă nicio vânzare.

– Și nu o să-ți pice din cer, m-a avertizat, îndreptând spre mine cuțitul de cojit. Trebuie să fii prietenoasă. Deschisă.

– *Sunt* prietenoasă!

– Dar nu ești deschisă, Maeve!

A răzuit morcovii atât de puternic, încât unul a plesnit.

– Ești o introvertită. Încă de mic copil erai tăcută. Tot timpul ăla pe care îl petreceai în camera ta citind! a zis ea, dând din cap. Visezi prea mult cu ochii deschiși – asta a fost mereu problema ta! Trebuie să faci un efort concertat. Trebuie să te porți ca și cum ai fi gazda unei petreceri!

Ce o apucase azi?

– Nu m-ai auzit? Am obținut slujba!

S-a oprit, și-a șters mâinile pe șorț.

– Doamna Shaw se pensionează săptămâna viitoare.

– Asta înseamnă că...

– Înseamnă că au angajat o nouă vânzătoare la departamentul de articole pentru femei. Și nu sunt eu aceea, a adăugat cu amărăciune.

Ăsta era miezul problemei. Din păcate nu era prima oară, iar eu îmi epuizasem repertoriul de clișee reconciliante.

– Îmi pare rău, mamă. Ești prea bună la ceea ce faci, asta e problema.

Era un lucru prostesc, dar nu-mi mai rămăsese nimic de zis.

A amestecat tocănița pe foc, uitându-se fix în oală.

– Ești norocoasă. Nu îți dai seama, dar ești. Poți să faci ceva cu viața ta. Pentru mine e prea târziu. Dar tu poți deveni cineva.

Nu știam ce să zic.

– Nu trebuie să-ți irosești șansele. Înțelegi? s-a întors ea spre mine. Poți să devii orice vrei, orice îți propui, Maeve. Tu ești atât de deșteaptă, cu mult mai capabilă decât am fost eu vreodată.

– Nu e adevărat.

Dar ea vorbea serios.

– Nu ai voie să te dezamăgești pe tine însăți. Înțelegi, Maeve? Nu trebuie să te mulțumești cu puțin.

Cineva a bătut la ușă.

– Cine e?

– Angela a zis că o să treacă pe aici.

– Angela?

Dintr-odată a părut mică și oropsită, luată pe nepregătite.

– În seara asta?

M-am ridicat.

– O să-i zic să ne vedem altă dată.

– Nu.

Trăgând de cordonul șorțului și l-a dat jos, apoi mi l-a dat mie.

– Aruncă un ochi la cină! Mă duc să mă întind.

Am turnat cafea proaspătă într-una din ceștile Staffordshire ale mamei, cu model de salcie și i-am întins-o Angelei.

– Zahăr?

– Da, te rog! Sunt drăguțe…

Și-a ridicat ceașca, admirând desenul oriental delicat, în albastru și alb.

– Nu le-am mai văzut până acum. De unde sunt?

– Sunt ale mamei. Un cadou de nuntă. Dar le folosim doar la ocazii speciale, am zâmbit. Am vrut să mă revanșez.

– Sunt onorată!

M-am așezat în fața ei la masa din bucătărie.

– Îmi pare rău că nu avem deloc lapte pentru cafea.

(De fapt, nu avuseserăm niciodată.)

Am tăiat *zaletti* în două pe farfurie.

– În cinstea ta și a noii slujbe! și-a ridicat Angela ceașca.

– În cinstea ta și a noului soț!

Am luat o înghițitură și am întrebat-o.

– Deci, cum e să fii căsătorită? Vreau să aud totul!

– Ah, Mae!

S-a înroșit și mi-a zâmbit ușor stânjenită.

– Nu știu! E diferit. Adică față de cum credeam.

– În ce fel?

Lipindu-și o mână de obraz, s-a prefăcut că se concentrează să amestece zahărul în cafea.

– Prea rapid! mi-a șoptit chicotit. Parcă de cum închidem ușa dormitorului... știi tu, e călare pe mine!

– Ei bine, așa sunt bărbații. Trebuie să-i faci tu să încetinească.

– Mae! m-a împuns ea în coaste. Tu nu ar trebui să știi lucrurile astea! Și m-a durut, a zis ea, cu fața din nou îmbujorată. Și el își tot cerea scuze!

– Dar cum e în rest? Știi, partea care se desfășoară în *afara* dormitorului.

Și-a dat ochii peste cap.

– Nu-mi place să locuiesc în casa mamei lui. Mă simt ca o insectă în borcan. Toată lumea știe tot timpul tot ce faci. Dar nu avem încă bani să ne mutăm.

Am aprins două țigări de la cuptor și i-am întins una ei.

– Nimeni n-are bani. Dar el măcar are o slujbă.

– Ah, va avea mai mult de-atât când o să termine școala de farmacie – va avea propria afacere. Am pus ochii pe magazinul din colț pe strada Salem. Ar fi un loc perfect pentru o farmacie.

Și-a înclinat capul, privindu-mă pieziș.

– Dar tu? Cum a fost la New York?

– Bine. Mă bucur că sunt acasă.

Privirile ni s-au întâlnit.

– Serios?

Întotdeauna a putut să vadă prin mine.

Am simțit un val ciudat de rușine, am tras un fum adânc.

– În fine, poate că n-a mers chiar cum plănuisem.

– Nu mi-ai răspuns niciodată la scrisori.

– Nu... Îmi pare foarte rău pentru asta.

– Ești supărată pe mine?

Durerea din vocea ei mi-a sfredelit conștiința.

– Nu, Angie. Nici gând. Am vrut să-ți scriu, chiar am vrut.

– Atunci de ce nu ai făcut-o?

– N-am vrut să te îngrijorez, atâta tot. A fost greu.

Am ridicat din umeri, am încercat să zâmbesc.

– Am avut probleme.

– Ce fel de probleme?

Vocea i-a devenit severă, maternă.

– Ce s-a întâmplat, Maeve?

Am vrut să-i spun; voiam să îi *pot* spune. Dar totul era atât de îndepărtat de orice îi era familiar și trecuse atât de mult de când vorbiserăm cu adevărat. M-am agățat de o jumătate de adevăr, sperând că orice confesiune ne-ar putea apropia din nou.

Am tras fumul în piept.

– Prinsesem obiceiul să ies în oraș după muncă, să umblu prin cluburi. Bănuiesc că începusem să beau prea mult, Ange.

– Ah, Mae!

Șocul și dezamăgirea de pe fața ei m-au luat prin surprindere.

– Vrei să spui gin de contrabandă?

Știam că Angela nu era de acord cu băutura. De fapt, mereu îi ascunsesem cât de mult beam, știind că ea considera asta ceva tipic bărbătesc și în mod specific nedemn de o doamnă. Vinul era excepția, dar, ca majoritatea italienilor pe care îi cunoșteam, nu considera vinul alcool. Versiunea de casă pe care tatăl și frații ei o făceau vara și îl depozitau în butoaie de lemn în pivnița magazinului era dulce, fructat și slab. Nici măcar poliția nu se obosise să-l confiște. Totuși, mă așteptasem de la ea să fie mai mondenă și mai înțelegătoare.

– Nu eram singura! Toată lumea bea în New York, am zis, bărbați, femei, tineri, bătrâni... din Park Avenue direct pe o bancă în Central Park! Dar se furișează cumva în tine. Și chiar face totul mai confuz...

– Atunci, pur și simplu nu bea!

Nimic nu era complicat pentru Angela. Era unul dintre lucrurile pe care le iubeam, dar le și detestam la ea. Tot ce pentru ea era alb și negru, pentru mine era gri.

– Bine, nu am vrut să fac asta, nu cu adevărat, am încercat să explic.

– Atunci pur și simplu nu o face! Serios, Mae!

Își pierduse răbdarea.

– Pun tot felul de chestii în ginul ăla! Ar trebui să auzi poveștile pe care mi le spune Carlo!

Strângând în mână câteva firimituri rătăcite pe masă, a dat din cap.

– Chiar ar trebui să te liniștești. Ești prea bătrână pentru genul ăsta de prostii.

Asta era mereu răspunsul, indiferent de problemă. Măcar de m-aș liniști, de m-aș purta cum se cuvine. Când eram mai mici, era o mustrare îndreptată către amândouă. Însă de atunci Angela devenise fiica, sora și acum soția-model. Pe când eu eram singură cu propria delincvență.

Lacrimile mi-au inundat ochii. Avea dreptate, desigur, și cred că extenuarea și oboseala de peste zi mă ajunseseră.

Am început să plâng, ceva ce nu mai făcusem de aproape un an.

– Îmi pare atât de rău în legătură cu nunta! În legătură cu tot! Chiar îmi pare rău că te-am dezamăgit.

Urăsc să plâng. Prefer să fiu surprinsă goală decât cu lacrimi pe față.

Angela și-a pus mâna peste a mea.

– Cred doar că ți-ar fi mai bine dacă ai înceta să umbli aiurea și te-ai căsători, a zis cu blândețe.

Am vrut să râd, dar nu mi-am putut aduna forțele.

– Crede-mă, nimeni nu s-ar mai căsători acum cu mine!

– Mickey a vrut. Îți amintești? Probabil încă mai vrea, a adăugat plină de speranță.

Cu un an în urmă, nimeni nu credea că vechiul meu prieten, Mickey Finn, era suficient de bun. Acum era o oportunitate.

Și-a coborât vocea.

– El nu știe ce-ai învârtit prin New York, nu? Așa că nu-i spune. Orice bărbat e mai bun decât nimic, Mae.

M-am holbat la ea. Eram atât de diferite acum. Scuturându-mi țigara în scrumieră, mi-am șters lacrimile cu vârful degetelor.

– Nu contează. Iartă-mă că sunt atât de plângăcioasă. Deci – am schimbat subiectul – ce mai face restul familiei tale?

Încruntându-se, Angela și-a trecut degetele peste marginea de porțelan alb-lăptos a ceștii cu model de salcie. Era atât de delicată, atât de fragilă, încât aproape puteai să vezi lumina prin ea.

– Asta nu e tot ce s-a întâmplat, nu-i așa? Și nu ai de gând să-mi spui, nu?

Mă cunoștea suficient de bine ca să știe că o lăsam intenționat pe dinafară. Am fixat cu privirea bucata neterminată de *zaletti*.

A tras adânc aer în piept.

– Ești mai bine acum, totuși? Nu?

– Da, am dat din cap. A trecut.

Afară, cerul înserat s-a estompat, iar bărbații care stăteau în jurul cuptorului de castane erau reduși la contururi obscure, vârfurile țigărilor strălucind și plutind în aer, în timp ce vorbeau.

– Mă bucur că m-am întors.

Winshaw și Kessler era un loc liniștit. Nu doar liniștit, ci și cu respirația tăiată, în așteptare. După îmbulzeala și agitația permanente din

New York, era ciudat să merg în fiecare dimineață pe o stradă goală, să descui ușa și să pătrund într-o lume dominată nu de oameni, ci de obiecte. Era o atmosferă solemnă și protectoare, ca într-o bibliotecă sau într-o biserică. Și ca o biserică, magazinul avea o calitate tăcută și izolată, de parcă cumva, simultan, era și nu era parte din prezent. Parfumul lemnului bătrân, luciul pentru argintărie, uleiul de mobilă și praful infinitezimal al altor vieți și țări atârna în aer. Îi simțeam greutatea în jur, iar aroma lui îmi rămânea pe limbă. Timpul avea un gust prăfuit, metalic și vag exotic.

Aproape oriunde altundeva, timpul era dușmanul, hoțul care făcea mâncarea să putrezească, ofilea tinerețea, demoda ce era în vogă. Însă aici era ingredientul prețios care transforma un obiect comun într-un artefact valoros – de la tablouri la degetare.

Nu mai fusesem niciodată în preajma unor lucruri atât de extraordinare. Eram mulțumită doar să stau și să țin scoica sculptată în relief pentru câte o jumătate de oră, plimbându-mi degetele peste suprafața multicoloră translucidă, minunându-mă de imaginația care a adus la viață cele Trei Grații. Cu toate astea, clientela obișnuită nu se lăsa vrăjită atât de ușor. De fapt, cei mai mulți erau deconcertant de specifici.

– Se întâmplă să aveți hărți navale din secolul al XVIII-lea?

– Nu aveți cumva sticlă de Murano? Atenție, nimic banal. Fără tonuri roșu-pământiu. Vreau ceva *special*. Aveți ceva albastru? Poate influențat de porțelanurile chinezești?

Nu pierdeau vremea doar uitându-se, ci se aflau și într-o nesfârșită căutare a unor trofee foarte specifice. Și nu acceptau niciun înlocuitor.

– Nu pot să-i fac nici măcar *să se uite* la altceva! m-am plâns într-o după-amiază domnului Kessler.

Și-a scos ochelarii, i-a curățat cu batista.

– Poate că e mai bine nici să nu încerci.

Nu avea niciun sens.

– Dar cum voi ajunge să vând ceva?

În loc să răspundă, a întrebat:

– Ești cumva colecționară, domnișoară Fanning?

– *Eu?* am râs. Nu am atâția bani.

Mi-a aruncat o privire plină de reproș.

– Nu e despre bani. Știi asta. Spune-mi, ai pus vreodată ceva deoparte când erai mică?

– Ei bine – am șovăit –, am avut o cutie de trabucuri pe care o țineam sub pat.

– Și ce era înăuntru?

– Nimicuri. Chestii de copii. Poate o păpușă din cârlige de rufe sau niște nasturi puși pe ață. Bilete de film pe care le păstra mama sau folia de la ciocolată care încă mirosea dulce dacă îți băgai nasul în ea. Nimic special.

– Și totuși, ai păstrat-o. Vezi! a zâmbit el cu înțeles. *Ești* o colecționară! Ai colectat din nostalgie, cel mai natural, instinctiv lucru din lume.

– Nostalgie?

– Sentimentalism. Ai căutat mici bucăți din lumea în care îți doreai să trăiești – o lume cu ciocolată, nasturi drăguți și filme – și ai creat acea lume cât de bine ai putut.

M-am gândit la cutia veche de lemn, la mirosul dulce și pământos rămas de la trabucurile ieftine. Domnul Russo mi-o dăduse mie, spre indignarea Angelei, într-o seară, după o întâlnire a Societății San Rocco, pe vremea când aveam cinci ani. Era un om foarte tăcut. Era neobișnuit pentru el să spună ceva sau să arate vreun semn de afecțiune. Dar îmi aminteam cum se clătinase un pic în acea seară, nesigur pe picioare de la prea mult vin roșu, când s-a aplecat să mi-o dea.

– Poftim. Ceva pentru secretele tale, a zis cu accentul său puternic.

O vreme am împărțit-o cu Angela, dar a insistat neobosit până când a primit una a ei. Băteam împreună străzile în căutare de ambalaje de ciocolată – folii aurii și argintii mijindu-se prin gratii și canale sau sclipind în noroiul parcelelor goale. Le presam bine cu degetele și le stivuiam în mici grămezi ordonate, bucurându-ne aproape la fel de mult să le mirosim de parcă am fi mâncat noi înșine ciocolata.

Pe măsură ce am crescut, am ținut și alte lucruri în cutie, pe care nu voiam să le arăt nimănui, nici măcar Angelei: papionul negru al unui bărbat, pe care l-am furat dintr-o spălătorie când aveam opt ani; un bilet de tren folosit pe care un străin îl aruncase la coș, și eu îl văzusem, validat pentru Boston–New York. Mă prefăceam că papionul era al lui Michael Fanning, ca și biletul – că, de fapt, nu era mort, doar călătorea și într-o bună zi avea să se întoarcă. Atunci am început să ascund cutia sub pat, unde nimeni nu o putea găsi.

– Îți amintești de ce o făceai? a întrebat domnul Kessler.

– Cred că mă liniștea – sentimentul de a avea ceva despre care doar eu știam.

– Altceva? a insistat.

– Nu îmi dau seama...

– Îți dădea două lucruri, a detaliat el, scop și speranță. Gândește-te la orele pe care le-ai petrecut căutând comori – erau plăcute?

– Da, am încuviințat. Erau.

Să colindăm străzile pentru ambalaje de bomboane și bilete aruncate ne ținuse ocupate pe mine și pe Angela cea mai mare parte a timpului, într-una din veri. Și ne-a mai dat, după cum a subliniat domnul Kessler, o legătură tangibilă cu lumea în care se mergea la film și se mânca ciocolată, în care speram să trăim într-o zi. Nu erau doar ambalaje – erau talismane, adunate cu credința că fiecare ne aducea și mai aproape de împlinirea visurilor noastre.

– Desigur, nu toată lumea colecționează din sentimentalism. Unii apreciază doar utilitatea și valoarea comercială. Vor obiecte de o frumusețe și măiestrie desăvârșite – porțelanul, sticla, mobila și ceasurile intră clar în această categorie. Un ceasornic perfect funcțional este un triumf tehnologic, după cum este și un scaun *Adam* superb prelucrat. Astfel de lucruri își păstrează constant valoarea și se dovedesc deseori investiții înțelepte. Acești clienți sunt ușor de mulțumit – ceea ce vor e calitate și tradiție. Trebuie doar să îi convingi de calitățile unui obiect și e gata vândut. Apoi sunt adevărații cunoscători, aflați în căutarea a ceea ce este distinctiv, obscur și necunoscut.

– În ce fel obscur?

– Vezi astea?

A arătat spre trei mici recipiente de argint din vitrina cu bijuterii, fiecare în formă de inimă și având capac cu balama:

– Sunt *hovedvandsaeg* daneze – extrem de rare, făcute cândva între 1780 și 1850. Sunt pentru condimente dulci și erau populare ca daruri de logodnă. Le observi farmecul, nu?

Le-a privit cu afecțiune.

– Am un client care le colecționează exclusiv, dar nu vrea să se atingă de astea, pentru că le consideră prea ordinare. Iar eu mă învinuiesc pe mine.

Părea consternat de propria lipsă de prevedere.

– E din cauza modelului în formă de inimă – prea comun pentru gustul lui. Acum vrea ceva mai neobișnuit. Și totuși, mai există doar vreo trei oameni în întregul Boston care știu ce este un *hovedvandsaeg.*

Fiecare recipient costa peste o sută de dolari. Nu era greu să înțelegi de ce ar investi cineva în ceva practic precum un scaun sau un ceas, dar în astea?

– Cum își poate permite cineva să cheltuiască atâția bani pe un fleac?

– Ei bine, nu mai vindem la fel de multe ca altădată, a recunoscut el, dar, pentru mulți clienți serioși, a colecționa nu este un lux, ci o necesitate – ca o dependență. Știu oameni care ar sta fără mâncare sau pantofi noi doar ca să mai cumpere o piesă.

– De ce le-ar face așa ceva propriilor familii?

– Puțini au familii. Mulți sunt bărbați necăsătoriți, deseori oameni de carieră care au bani de aruncat și pe nimeni care să le spună cum să îi cheltuiască. De fapt – m-a iscodit pe deasupra ochelarilor – exact genul de oameni care ar fi încântați de o blondă drăguță.

– Da, dar nu pare să am prea mare influență, i-am amintit. Dacă nu am ce își doresc clienții, au și ieșit pe ușă, fără să îi pot opri.

– Exact asta vreau să zic. Nu sunt doar clienți, sunt pelerini în căutarea Sfântului Graal. Așa că întreabă-i despre călătorie. Fă-i să îți spună despre celelalte obiecte pe care le au! Ascultă-i! Și, fără să-ți dai seama, le vei putea arăta aproape orice dorești. Însă le place să simtă că le-au descoperit ei înșiși. Unui colecționar adevărat îi plac lucrurile ascunse; are legătură cu fiorul vânătorii. Și apoi, desigur, a adăugat el, mai sunt excentricii.

Nu m-am putut abține să nu râd.

– E ceva *mai* excentric decât cutiile de mirodenii olandeze din secolul al XVIII-lea?

– O, da! Am un bărbat care vrea să cumpere doar porțelan rar, care a fost reparat într-un mod neobișnuit, cu mult înainte de apariția lipiciului. Ceainice fine, cu linguri de argint urâte, răsucite pe post de mâner, platouri îmbinate cu cleme de metal și sfoară, sticlărie spartă, cu fundul distrus, înlocuit cu animale de lemn sculptate manual. De fapt, trebuie să recunosc, ca antropolog, este unul dintre preferații mei.

S-a rezemat de tejghea.

– Vezi tu, o colecție bine aleasă spune mereu o poveste. A lui spune povestea ingeniozității și a destoiniciei; a oamenilor care au avut intuiția să valorifice ceva, chiar dacă nu va mai fi niciodată impecabil. Îmi place să mă gândesc la asta ca la momentul de întâlnire dintre inspirație și realitate.

– Ați fost antropolog?

Nu îmi trecuse prin cap niciodată că fusese și altceva decât un negustor.

– Exact. Am predat la Universitatea din Pennsylvania, a zis el, părând să se înalțe cu câțiva centimetri. Însă și asta este captivant în felul său.

A cuprins cu privirea magazinul, ca un conducător cercetându-și regatul.

– Este un alt fel de antropologie. Vezi tu, în forma cea mai pură, a colecționa înseamnă a modela – să selectezi obiecte ca să creezi sens, ordine și frumusețe. Pentru noi, înseamnă doar să vinzi un platou sau un pieptăn de fildeș. Însă cumpărătorul potrivește încă o piesă complexă într-o lume modelată cu atenție, construită de el însuși. La bază este o credință străveche, o încredere în calitatea magică a obiectelor. Oricât de sofisticați ne-am crede, tot căutăm alchimia.

M-am gândit la cutia de trabucuri, la papionul negru și la biletul de tren.

Și apoi mi-am amintit brusc de ceasul de buzunar din aur, de la New York; lanțul gros și senzația satisfăcătoare puternică de a-l ține în mână. Părul de pe ceafă mi s-a ridicat; știam de ce îl luasem.

O parte ascunsă din mine știa că locul lui era tot în cutia de sub pat.

Chiar și cu sfaturile comerciale experte ale domnului Kessler, vânzările la *Winshaw și Kessler* au continuat să fie slabe. În fiecare dimineață, domnul Kessler băga trei facturi în registrul de casă și le scotea seara, deseori abia acoperite. Nu era un semn bun. Însă el era de neclintit.

– Vânăm urși, domnișoară Fanning, mi-a spus. Nu e nevoie să prinzi unul pe zi, doar câțiva pe sezon.

Ultimul lucru pe care îl voiam era să rămân din nou fără serviciu. Îmi plăcea mai degrabă să am căldură dimineața și luxul de a-mi permite dresuri noi decât să cârpesc și să recârpesc aceeași pereche până când aveau mai mult fir de bumbac decât de mătase.

Așa că îmi făceam de lucru. În fiecare dimineață, intram hotărâtă să mă dovedesc indispensabilă, rearanjând vitrinele, făcând inventarul, lustruind și curățând. Și îmi făcea plăcere. După spitalul gol și sumbru, magazinul părea un festin, nu doar pentru simțuri, ci și pentru imaginație. În timp ce ștergeam praful de pe mobilă, mi-am dat seama că-mi imaginam că ăsta era salonul meu, plin de antichități fine. Sau, în vreme ce lustruiam argintăria, mă gândeam ce obiecte ar putea să dea cea mai bună impresie de bun-gust. (Platourile englezești simple erau elegante fără să fie ostentative.) Uneori, când domnul Kessler era plecat, scoteam toate bijuteriile din vitrine și le încercam în diferite combinații, alăturând opale victoriene cu șiraguri de mărgele din coral și brățări *cloisonné*. Mă costumam ca un copil – prefăcându-mă că eram o femeie cu posibilități și cu un fermecător simț eclectic.

Domnul Kessler părea mai degrabă uimit de silința mea. Am pus o mie de întrebări, dorind să știu când și cum și chiar de ce fuseseră făcute obiectele, valoarea lor, de cât timp erau acolo. Era obișnuit să fie singur și, deși îi plăcea să mă învețe lucruri, poate nu era chiar pregătit pentru felul în care m-am apucat să rearanjez toate picturile în funcție de stare și nu de perioadă sau să ordonez sticlăria pe culori în loc de stil. Unele dintre metodele mele aveau mai mult succes ca altele. Se pare că, de exemplu, colecționarii de porțelanuri chinezești sunt extrem de specifici când vine vorba să amesteci modelele și fabricanții și nu s-au sfiit să mă corecteze.

Însă treptat, în pofida excesului meu de zel, s-a instalat o ordine aleatorie. Un singur loc rămăsese inaccesibil pentru eforturile mele de îmbunătățire.

Deși era plecat de mult timp, nimic nu fusese atins în biroul domnului Winshaw. Sertarele dădeau pe afară de scrisori și facturi. Cărți și vrafuri de ziare și jurnale erau stivuite până sus, toate așa cum le lăsase. Un motan gras, pe nume Persia, dormea ghemuit pe perna veche de catifea roșie a scaunului. Încăpățânat în ceea ce privește teritoriul, păzea locul ca o santinelă. Îmi era permis să folosesc acea cameră pentru hârțogărie și să iau prânzul la biroul victorian masiv al domnului Winshaw, în mijlocul acestui monument spectaculos de dezordine. La început era înnebunitor. A trebuit să mă abțin la propriu să nu arunc lucruri la gunoi. Dar era și ceva fascinant în accesul la obiectele intime ale unui om complet străin. Jurnale științifice, volume de mitologii ale lumii, programe vechi de teatru și cărți de la bibliotecă nereturnate formau turnuri instabile, pe punctul de a se prăbuși în jurul meu, în timp ce îmi despachetam din hârtia cerată masa zilnică, compusă din două ouă tari pe care le descojeam. Atlase din diferite colțuri ale globului și dicționare în șase limbi erau atât de uzate, încât aveau cotoarele rupte. Corespondență din țări precum Australia, Cuba și India zăcea nedeschisă iritant, înghesuită prin colțuri.

Dar asta nu era doar dezordine sau neglijență. Era cunoaștere, bogată, haotică și diversă.

Și peste tot erau dovezi ale curiozității intelectuale permanente a domnului Winshaw. Notițe mâzgălite pe spatele plicurilor, pagini îndoite în cărți, pasaje subliniate și articole rupte din ziare. Obsesiile erau așezate unele peste celelalte, ca niște ere succesive, într-un sit arheologic. Iată o întreagă colecție de cărți despre arta africană și peste ele, un strat gros de articole de ziar care explicau cinematografia suprarealistă germană. Apoi găseai o examinare a ceremoniilor și ritualurilor indigenilor din America de Est. Coeziunea care le lipsea intereselor lui era din plin compensată de varietate. Uneori deschideam una dintre cărțile domnului Winshaw și mă trezeam pierdută pe neașteptate într-o altă pasiune de-ale sale: producerea țiglei medievale. Însă cea mai fascinantă era harta lumii antice care atârna pe perete deasupra biroului, în care ace înfipte marcau destinații. La prânz mă holbam la ea, gândindu-mă la locurile în care fusese, la lucrurile pe care le văzuse și unde era acum.

– Unde mai exact este domnul Winshaw? l-am întrebat pe domnul Kessler într-o zi.

Și-a ridicat privirea din grămada de facturi peste care se uita, privindu-mă fix pe deasupra ochelarilor cu rame metalice, în felul lui specific, de cârtiță care își scoate nasul din pământ ca să miroasă aerul înainte să se aventureze afară.

– Ei bine, e ceva vreme de când nu am mai primit niciun semn de la el.

– Când se va întoarce?

– Nu știu sigur.

A lăsat hârtiile jos, și-a scos ochelarii și și-a frecat ochii cu pumnii.

– Vezi tu, Winshaw este arheolog – unul *adevărat*, nu doar un academician. Acum un an a apărut o oportunitate prea bună ca să o refuze.

S-a alăturat unui prieten, Leonard Woolley, pentru săpături arheologice în Irak. Unde a fost Mesopotamia, în orașul antic Ur.

Studiasem harta suficient ca să-mi amintesc unde era asta.

– În Arabia?

– Da. Dar adevărul este că nu știu foarte bine unde e acum. Winshaw e ca o bombă cu ceas. Sunt puțin îngrijorat, a recunoscut el. Au fost violențe în zona aceea. Bombe, atacuri aeriene asupra populației locale. Dar sunt aproape sigur că va apărea mai devreme sau mai târziu.

– *Aproape* sigur?

Părea deconcertant de calm.

– Dar familia lui? Nu au vești despre el?

– Ah, nu are familie.

– Nu i-am putea scrie domnului Woolley?

Domnul Kessler a scos o batistă din buzunarul de la piept și și-a șters ochelarii.

– Nu trebuie să ne pripim. Winshaw hoinărește din când în când. Dar mereu se întoarce, de obicei cu ceva extraordinar. Totuși, dacă te face să te simți mai bine, iată o adresă, o cutie poștală în Bagdad.

A scos o carte de vizită din sertar.

– De fapt, poți să trimiți corespondența în locul meu. Ar putea fi important. Te pricepi la calcule, domnișoară Fanning?

– Da, domnule.

– Uită-te peste astea!

Mi-a dat un registru gros din care zburau facturi.

– Să nu pierzi nimic. Sunt într-un singur exemplar, nu am copii la ele.

M-am întors în biroul domnului Winshaw și am pus jos registrul.

M-am apropiat și am studiat din nou harta. Uzată și roasă, era tocită pe margini ca și cum ar fi fost agățată și reagățată pe mulți pereți de-a lungul anilor. Era desenată într-un stil delicat, înflorit, pictată în nuanțe bogate, arse de soare, care erau la modă la sfârșitul secolului. Iată Egiptul antic cu piramidele și zidurile aurite ale Troiei; un alt ac marca insula Creta, casa Minotaurului mitic. Îmi amintea nu de un om de lume, ci de un băiețel care plănuia viitoare expediții, nerăbdător să descopere lumea eroilor lui – să meargă pe urmele lui Vergilius și Homer și să vadă cu ochii proprii Grădinile suspendate ale Babilonului, Colosul din Rodos și Sfinxul. Simplul fapt că exista, cu ace cu tot, trăda ambiția și entuziasmul unui copil, precum și o admirație persistentă.

Un ac strălucitor de argint marca orașul antic Ur din Mesopotamia.

Oare aici se termina povestea?

M-am așezat în scaunul rotativ de lemn. Brațele sale purtau inițialele câtorva proprietari anteriori, genul de vandalism băiețesc al elevilor. Am avut o pornire aproape irezistibilă să deschid toate sertarele, să trec prin fiecare carte și hârtie. Însă domnul Kessler era chiar dincolo de holul îngust, cu ușa deschisă.

Întinzându-mă după un stilou, m-am atins ușor de un vraf de cărți. Un volum vechi subțire a căzut pe podea, o carte de poezii de-ale lui Alfred Lord Tennyson. Se deschisese întâmplător la o pagină îndoită din *Ulise*, unde anumite rânduri erau subliniate cu creionul.

E trist să stai deoparte, ruginind
În loc să strălucești prin folosință!
De parcă a sufla înseamnă viață!...
...Și suntem
Ce suntem: inimi de eroi, slăbite
De timp și soartă. Dar vom năzui
Și, dârzi, vom căuta și vom afla.[1]

Ceva mi s-a accelerat în piept pe măsură ce o citeam, o emoție și un dor indefinibile.

...și suntem ce suntem... să strălucești prin folosință...

---

[1] Alfred Lord Tennyson, „Ulise", trad. Leon Levițchi, pp. 210–212, în C. George Săndulescu și Lidia Vianu, *Compendium of Translated Poetry*, Editura pentru Literatură Contemporană, București 2011 (n. tr.).

Cineva, probabil, domnul Winshaw, mâzgălise *Da!* pe margine.

Citisem *Odiseea* în liceu și admirasem tărâmul mitic cu văzduhuri colorate în roz și auriu de degetele ușoare ale zorilor și cu o mare întunecată ca vinul; tărâmul unei vieți definite de acțiuni îndrăznețe, tovarăși loiali și inimi sincere. Dar nu mai citisem această poezie.

Vom năzui și, dârzi, vom căuta și vom afla.

Ochii îmi erau atrași de stăruitorul *Da!*

Da!

Cuvântul m-a mișcat, deși nu știam sigur de ce. Poate pentru că trecuse atât de mult de când simțisem un entuziasm pur, spontan, pentru ceva.

Domnul Winshaw încă trăia. Simțeam asta!

Un om care credea în „Da!" nu putea să dispară pur și simplu din viață fără să facă valuri.

Dragă domnule Winshaw,

Numele meu este May Fanning. Sunt noua asistentă de la magazin a domnului Kessler, și m-a rugat să vă redirecționez corespondența. Îmi dau seama că nu ne cunoaștem, dar aici suntem destul de îngrijorați, neștiind pe unde sunteți acum și dacă vă simțiți bine. Amândoi, domnul Kessler și cu mine, suntem nerăbdători să știm dacă sunteți în siguranță. Dacă ați avea amabilitatea să ne scrieți câteva rânduri sau, de fapt, să ne dați orice fel de semn, am aprecia enorm. De asemenea, dacă e ceva ce am putea face pentru dumneavoastră, vă rog nu ezitați să ne spuneți!

M-am oprit.

Eram singură în magazin. Ticăitul ceasurilor și torsul puternic al Persiei erau singurele sunete.

„Din când în când", am continuat,

am folosit uneori biroul dumneavoastră pentru a mă ocupa de hârtii și am ajuns să admir harta cea mare de pe perete. Sunt curioasă dacă ați fost în toate locurile acelea și cum sunt.

M-am oprit din nou. Ar putea, pe bună dreptate, să se gândească la faptul că îi cotrobăi prin birou. Pe de altă parte, am reflectat, scrisoarea probabil va putrezi în cutia poștală din Bagdad, alături de restul corespondenței.

Vă invidiez pentru libertatea dumneavoastră, domnule Winshaw. Și eu mi-aș dori să pot lăsa în urmă Bostonul. Nu mi-ar plăcea nimic mai mult decât să fiu într-un loc nou, unde oamenii să nu fie atât de legați de convenții și de idei înguste despre bine și rău. Nu mi se pare nimic mai plictisitor decât să încerci să fii bun și nicio muncă nu e mai puțin răsplătită decât asta. Dacă aș fi în locul dumneavoastră, m-aș da dispărută cât de mult aș putea.

Cu stimă,
May Fanning

Ei bine, asta era copilăresc.

Am rupt foaia din carnet și am început din nou.

Când am terminat a doua scrisoare – o solicitare scurtă și politicoasă –, am căutat plicuri prin sertarele de la birou. Negăsind niciunul, am luat un plic de-ale domnului Kessler și apoi am împachetat restul scrisorilor domnului Winshaw într-un mic colet legat în hârtie maro cu sfoară și l-am dus la poștă. Celor trei funcționari le-a luat douăzeci de minute să-și dea seama care e tariful pentru Bagdad. Erau în mod firesc curioși cu cine corespondam, ce era în pachet... Am exagerat un pic, explicând că era vorba despre soțul meu, faimosul explorator, care era în străinătate și aveam nevoie de niște semnături urgente pe niște documente importante de afaceri.

Când am plecat, se uitau la mine diferit – ca și cum aș fi fost fascinantă, gestionând situații dificile de una singură, îndurând absența iubitului meu cu demnitate și calm. Fantezia a împrumutat după-amiezii o anumită tentă de melancolie, o tristețe și un curaj imaginare care au făcut totul un pic mai interesant.

Așa că m-am prefăcut că, în felul meu, cumva spusesem și eu „Da!" vieții.

Treceam pe lângă frizeria de pe strada Prince când l-am observat atârnând în geam. *Box*, anunța în litere roșii, groase capul de afiș, *5 meciuri, 36 de runde la Stadionul din Boston.*

Nu știu de ce m-am oprit. Poate din obicei, poate doar că lucrurile începuseră să meargă bine și trebuia să-mi pun la încercare propria fericire, întorcând-o pe toate părțile ca un copil care zgândăre coaja abia formată a unei bube.

Am trecut prin lista de nume, căutând, uitându-mă după cel pe care voiam să îl găsesc. Și, într-adevăr, iată-l acolo, în josul paginii: Mickey Finn.

Un val brusc de singurătate m-a lovit puternic. Eram din nou liberă, aveam o nouă slujbă și bani în buzunar, și totuși simțeam o durere în piept ca un stomac gol care se chinuiește și tânjește după mâncare.

Michael Thomas Finlay.

Ani de zile fusese o parte a vieții mele la fel de prezentă ca mâna mea dreaptă.

Crescuserăm împreună, o vreme fuseserăm în aceeași clasă la școala gimnazială. Dar de cum a crescut suficient de înalt, în clasa a șasea, Mick fusese luat la muncă pe docuri, să încarce și să descarce marfă alături de tatăl, frații și unchii săi. Totuși, îl vedeam în fiecare duminică la biserică, stăteam lângă el la școala de duminică. Când am învățat să valsez, el a fost primul și singurul meu partener.

Probabil mă holbam – s-a auzit o bătaie în geam – și când mi-am ridicat privirea, băieții din frizerie râdeau și îmi trimiteau bezele.

I-am ignorat, am mers mai departe. Însă golul din piept a crescut și s-a extins.

Încă îmi aminteam prima dată când Mickey m-a sărutat, pe aleea din spatele cinematografului; apăsarea moale și caldă a buzelor lui peste ale mele și, mai ales, felul în care mă ținea – blând, de parcă eram făcută dintr-o sticlă delicată pe care îi era teamă să nu o spargă. Nimeni înainte sau după nu crezuse vreodată că sunt atât de prețioasă. Era o afecțiune pură și simplă, aproape frățească, bazată pe loialitate necondiționată.

Firește, mama nu îl plăcea. Era un irlandez negru, spunea ea, cu părul negru și des și ochi căprui de țigan. Fusese retras de la școală și n-avea să se aleagă nimic de el.

Dar eu nu voiam pe nimeni cu care mama să fie de acord.

Apoi fratele lui s-a apucat de box, iar Mickey a început să piardă vremea la cazinou. Norocul face că s-a dovedit chiar mai bun decât fratele său, combinația perfectă între statură, mușchi și viteză. Și se făceau bani, mulți bani, pentru doar o noapte de muncă.

Toată lumea știa că cei mai buni boxeri erau irlandezi. Puști apăruți de nicăieri puteau să avanseze în vârful lumii boxului într-o clipită – ajungând în câteva luni de la încăierări prin subsoluri și spații lăturalnice pe stadionul din Madison Square. Le urmăream la știrile săptămânale ascensiunea amețitoare către faimă – Tommy Loughran, Mike McTigue, Gene Tunney și Jack Dempsey. Își făceau drum cu pumnul în afara apartamentelor la comun direct în cariere de film și adrese pe Park Avenue.

Prima dată când am fost la un meci am fost îngrozită. Însă Mickey a câștigat în seara aceea, iar frica s-a transformat în entuziasm. N-a trecut mult și de-abia așteptam emoția crudă și transpirată care pocnea electric cu câteva momente înainte să se audă soneria; să văd luptătorii dansând în colțurile lor, pielea lucind, mușchii încordați. Tot haosul, mirosurile, gălăgia mulțimii, scaunele șubrede de lemn, alunele calde prăjite, strigătele speculanților de bilete; gangsteri mirosind a parfum franțuzesc stând bot în bot cu aristocrați milionari; sângele, frica, viteza, furia profană, ajunsesem să savurez fiecare bucățică. Și Mickey în centru, luptând, cucerind lumea.

Peste noapte s-a ales cu un manager și o poreclă: „Bătăușul din Boston". Fața îi apărea pe afișele meciurilor, iar numele îi urcase în fruntea clasamentelor. Și după, în puburi și cluburi, beam și dansam și simțeam minunata ușurare a celor care păcăliseră soarta. Cu buzunarele pline de bancnote din câștigurile lui Mickey, viitorul ne stătea la picioare.

Mick era campionul meu, care își făcea drum cu pumnii din viața lui de corvezi nesfârșite și monotone, către o existență plină de posibilități nelimitate.

Doar că s-a dovedit că Mick era un boxer bun, nu grozav. A apărut altcineva, un italian. L-au numit „Distrugătorul din Boston", iar Mick părea să nu reușească să iasă din umbra lui.

Și apoi am rămas însărcinată. Dintr-odată viitorul nostru nelimitat s-a micșorat la un apartament cu două camere într-un bloc fără lift din South End și un salariu de docher.

S-ar fi însurat cu mine dacă i-aș fi cerut. Dar niciodată n-am făcut-o. N-am spus nimănui.

În schimb, am plecat la New York. Mi-am spus că acolo era mai mult de lucru; oportunități mai bune și șansa de a face ceva cu viața mea.

Am vorbit despre ce am face, cum am trăi când mă voi întoarce. Dar amândoi știam că asta nu se va întâmpla.

Iar Mick era așa un tip săritor, mi-a împrumutat până și banii necesari să îl părăsesc.

Clubul *Casino Athletic* de pe strada Tremont se afla la capătul unor scări abrupte, la etajul al doilea al unui vechi depozit de grâne. Mirosea a generații de bărbați tineri, antrenându-se încontinuu, în orice anotimp; a transpirație, teamă și ambiție. De cum am intrat, m-a învăluit un aer gros și lipicios de sudoare. Erau patru ringuri, unul în fiecare colț, greutăți, saci de box; sunetul pumnilor lovind în carne sau pânză bătea un ritm constant și plictisitor. Era un sunet familiar. Petrecusem aici ore întregi, fumând și privindu-l pe Mick antrenându-se. Oprindu-mă în ușă, am scanat sala. Apoi l-am văzut.

Mickey era în ringul de pe stânga, în spate, antrenându-se cu un bărbat negru înalt. Antrenorul lui, Sam Louis, era aplecat peste corzi, urlând:

– Ferește-te, Mick! Haide! Mișcă-te!

Iar așezată pe un scaun pliant și purtând o blană descompusă de *chinchilla* peste o rochie roșie, ieftină era Hildy.

Amărâta asta bătrână de Hildy era o prezență permanentă la Casino Club și o sursă constantă de glume. Când era mai tânără, lucrase în birou. Cu părul ei blond nemțesc și ochii albaștri, și-a luat partea ei de inimi frânte. Însă, pe măsură ce au trecut anii, din cauza limbii ascuțite și a parvenitismului fără scrupule, și-a câștigat porecla Varză Acră. Acum sărea de la un bărbat la altul, parazitând fără rușine pe oricine putea. M-am uitat în jur și m-am întrebat pe care dintre prostovanii ăștia îl golea în ultima vreme. Trebuia să fie cineva nou, care nu îi știa schema.

Am privit cum celălalt boxer, un bărbat solid, a aterizat o dreaptă puternică în falca lui Mickey. Sam a fluierat și s-au oprit, retrăgându-se în colțuri pentru hidratare. Mickey a scuipat cu gura plină de sânge într-o găleată, iar Sam l-a șters.

Acum era șansa mea. Înaintând prin sală, bărbații s-au oprit și au urmat câteva strigăte și fluierături. Știam că nu trebuie să le iau personal – se datorau doar faptului că eram o femeie într-un loc în care femeile nu obișnuiau să meargă –, dar m-am simțit flatată gândindu-mă că încă mai pot atrage privirile.

În partea cealaltă a sălii, Hildy și-a ridicat privirea, iritată că altcineva primea atenție. Și, când m-a văzut, ochii i s-au îngustat și gura i s-a strâns. Aruncând revista, s-a năpustit spre mine, oprindu-mă.

– Ce cauți aici?

– Bună, Hildy!

M-am uitat pe deasupra ei, către locul în care Mickey stătea ghemuit, cu mâinile pe genunchi, trăgându-și răsuflarea. Nu mă văzuse încă.

– Trebuie să vorbesc cu Mickey.

– De ce?

Avea o pronunție de Boston nazală și stridentă și mult prea multe expresii faciale. Acum mă privea cu dispreț, uimire și superioritate, toate în același timp.

– Care e treaba ta?

În partea cealaltă a sălii, Sam a gesticulat spre noi, iar Mick și-a ridicat privirea. Uimirea i-a cuprins fața. Mi-am fluturat ușor mâna.

I-a zis ceva partenerului, care a dat din cap și a coborât din ring.

– Îți spun eu care e treaba mea: ne datorezi bani!

Hildy a scuipat cuvintele.

Acum îmi captase atenția.

– *Ne?*

– Da, *nouă!*

Buza de sus i s-a arcuit triumfător.

– Ce câștigă Michael e și treaba mea acum!

M-am simțit de parcă aș fi încasat direct în rinichi una dintre loviturile de dreapta ale lui Mickey.

Acum era în spatele ei, holbându-se la mine de parcă aș fi fost duhul Crăciunului trecut.

Mickey nu mai era băiatul de aur, purtându-și istoria pe față. Resemnarea îi apăsa sprâncenele, iar nasul îi era turtit de la prea multe rupturi. Dar asta mai curând adăuga farmec prezenței sale musculoase cu ochi întunecați și păr negru. Deși arătos, Mickey era și fusese mereu ușor nesigur pe el, disprețuitor față de el însuși și timid. Era cea mai atrăgătoare caracteristică a lui. Însă acum trăsăturile sale distruse îi dădeau o gravitate care înainte îi lipsise.

Fusesem întotdeauna capabilă să îl recâștig dintr-o singură privire. I-am căutat ochii.

– *Nouă?* Serios, Mick?

A pus o mână pe umărul lui Hildy.

– Mă ocup eu de asta, a zis cu accentul lui ritmic, blând.

Inima mi s-a scurs în stomac. Nu știusem sigur ce căutam acolo, de ce venisem. Dar acum înțelegeam că mă amăgisem, imaginându-mi că, după toate prin câte trecuserăm, m-ar mai fi putut dori.

Hildy i-a aruncat o privire amenințătoare.

– Lasă-mă pe mine să mă ocup, a spus din nou.

– Te știu eu – vei sfârși dându-i și mai mult! a șuierat ea.

Era fermecător cum vorbeau despre mine ca și când nu aș fi fost chiar în fața lor.

– De fapt – mi-am ridicat bărbia – am trecut pe aici doar ca să-ți dau banii înapoi, Mickey.

– Vezi?

A împins-o ușor pe Hildy înapoi către scaun.

– Mă ocup eu de asta.

– Bine ai face!

A intrat hotărâtă în birou și a trântit ușa. Ecoul a străbătut dramatic sala.

Mickey și-a trecut obosit mâna peste ochi, ca un bărbat nevoit să medieze între mamă și soție.

– Dumnezeule, Maeve!

– Dumnezeule, tu! i-am întors-o. Ce faci, Mick?

M-a țintuit cu degetul.

– Nu trebuie să-ți dau ție socoteală! Tu ai plecat! Ții minte?

Totuși, după obrajii roșii știam că era stânjenit.

– Sigur, am ridicat din umeri. Nu trebuie să răspunzi în fața nimănui, cu atât mai puțin a mea.

– Să fii sigură că nu!

– Presupun că sunt o pacoste: pur și simplu nu poți scăpa de mine.

A oftat, a dat din cap, dar ochii i s-au îmblânzit. La unu nouăzeci, era unul dintre puținii oameni care m-ar fi putut privi de sus.

– Ah, și tu acum, știi doar că nu voiam să mă descotorosesc de tine, Maeve. Niciodată n-am vrut asta.

Am arătat spre ușa de la birou.

– Dar vrei acum.

O umbră de vinovăție i-a licărit în ochi.

– Ce voiai să fac? Să aștept?

– Desigur, nu... nu știu ... am privit încruntată spre pantofi, de parcă răspunsul era scris pe degetele de la picioare. Doar m-am gândit să... vreau să zic... ei bine, nu știam că... ai mers mai departe.

Amândoi am fixat podeaua o vreme.

– Deci te-ai întors, a zis, schimbând subiectul. Presupun că nu a mers, nu?

– E un oraș mare. Prea mare pentru mine.

– Așa se zice.

Fața i s-a strâmbat într-un zâmbet ușor.

– Dumnezeule, Dante! Ce te-a apucat să-ți faci asta la păr?

– Nu-ți place?

Mă botezase Dante când eram în liceu și citeam *Infernul.*

– Părul tău este un infern, zicea pe-atunci, râzând.

Este singura persoană pe care o lăsam să-mi spună așa.

– Nu știu.

A întins mâna, a atins una dintre buclele blonde.

– Arăți bine. Dar cred că pentru mine vei fi mereu roșcată.

– A trebuit să-l vopsesc pentru o slujbă. Nu voiau o irlandeză, știi?

A dat din cap.

– E bine că ai o slujbă. Nu sunt prea multe în jur.

– Apropo...

Am scos câteva bancnote din buzunarul de la haină. Nu-i mai dădusem niciodată bani. Oricât de sărac ar fi fost, Mick era un domn: plătea întotdeauna.

– Ce-i asta?

I-a privit disprețuitor.

– Voiam să-ți dau banii înapoi mai repede, puțin câte puțin. Dar a fost greu, foarte greu.

Dintr-odată mi-a fost greu să-l privesc în ochi. M-am concentrat în schimb pe ușa din capătul scărilor, lumea întunecată și cețoasă a intrărilor și ieșirilor.

– Voiam doar să-ți spun că îmi pare rău. A fost stupid din partea mea să fug așa, să stau atât de mult. M-am purtat ca o proastă. Dar am vrut să-ți dau asta.

Mi-a împins mâna.

– Pune-i la loc!

– E ce îți datorez. Sunt ai tăi.

– Nu-mi pasă. Nu-mi pasă de bani, Maeve. Nu mi-a păsat niciodată.

– Haide, ia-i! Te rog! am făcut un pas înspre el. Am trecut prin multe, noi doi. Vreau doar să fim chit. Ca să fim OK. Asta-i tot.

În ochii lui s-a derulat o întreagă istorie de neîncredere și trădare.

– Și crezi că *banii* vor fi suficienți?

A făcut un pas înapoi, de parcă nu ar fi vrut să respirăm același aer. Nu-l mai văzusem niciodată privindu-mă așa.

– Chiar asta crezi?

Nu vorbea doar orgoliul, ci ceva mai adânc, încă dureros la atingere.

– Dar e ce-ți datorez! am încercat eu din nou, străduindu-mă să-l fac să înțeleagă. Nu înțelegi? Măcar asta pot să fac!

Și-a strâns brațele peste pieptul gol.

– Ți-am primit scrisoarea.

– Scrisoarea?

Apoi mi-am amintit. O ficțiune dezlânată la beție pe care i-o trimisesem din New York, imediat după ce mă angajasem la Orpheum – plină de povești despre noua mea slujbă minunată și prietenii fascinanți. Îi spusesem aceeași poveste ca tuturor celorlalți.

– În sfârșit, ți-ai găsit compania potrivită, nu? a continuat. Ai fi putut avea orice ai fi vrut de la mine, Maeve. *Orice!* Oricât aș fi avut și chiar mai mult! Doar că – și-a aruncat brațele în lături, într-un gest de resemnare și confuzie totale – nu voiai! Nimic din ce îți dădeam nu era suficient pentru tine!

– Nu e adevărat!

– Mama ta mereu mă privea de parcă aș fi fost o mizerie pe talpa ta. Și acum îmi dau seama – și tu simți la fel. Te plimbai prin New York cu milionari și dansatoare! Mergeai la cluburi elegante și întâlneai oameni celebri. Eu doar te țineam în loc, nu-i așa?

– Te rog, Mick, ascultă-mă! N-am crezut niciodată asta! *Niciodată!*

– Serios? Ochii i s-au micșorat. Bine, atunci răspunde-mi la o întrebare simplă: de ce ai fugit la New York de la bun început?

Creierul mi s-a blocat.

– Eu...

– Vreau adevărul! m-a avertizat.

– Eu... doar aveam nevoie să evadez... să fiu pe cont propriu pentru o vreme.

Am tras cu greu cuvintele din aerul care mă înconjura.

– Nu am vrut să te rănesc. N-a avut nicio legătură cu tine, jur!

– Dumnezeule, Maeve!

De frustrare, a izbit cu pumnul în perete.

– Nu poți să fii și tu sinceră o dată? Măcar *o dată?*

M-a apucat de braț și m-a tras spre el. Fața lui era la câțiva centimetri de a mea.

– Știai că nu plec nicăieri și te-ai gândit să fii pe cont propriu – fără mine!

Inima îmi bătea atât de tare și de repede, încât o puteam auzi.

Avea dreptate. Chiar voiam propria mea viață. Îl trădasem.

– De ce tremuri? Mi-a dat drumul, s-a îndepărtat. Nu te-aș fi lovit. Nu ți-aș face rău niciodată.

– Trebuie să plec. Îmi pare rău. Cu adevărat.

Spre rușinea mea, lacrimile mi-au încețoșat vederea pe măsură ce traversam sala.

– Maeve!

M-am repezit pe scări, clătinându-mă, și apoi afară, în stradă.

Se însera acum. Umbre catifelate se strecurau printre alei, apăsând halourile anemice ale lămpilor stradale. Fiecare sunet părea sumbru, fiecare mișcare, amenințătoare. Mâinile mi se mișcau stângaci, în timp ce mă chinuiam să-mi aprind o țigară.

– Hei! Hei! Așteaptă!

Hildy s-a apropiat alergând, sărind pe picioarele rotunde în tocuri ca un pudel dresat. Și-a aruncat *chinchilla* năpârlită peste umeri și și-a întins gâtul.

M-am holbat la ea.

– Ce vrei?

– Crezi că sunt tâmpită? a zis ea, pocnind nerăbdător din degete. Nu te-am scăpat din ochi! Iau eu banii, mulțumesc frumos.

Aștepta cu buzele țuguiate ca un sfincter mic și roșu.

Nu m-am obosit să mă cert. Nu-mi mai păsa. Am scos bancnotele și i le-am dat.

Le-a numărat înainte să le dea drumul în geantă.

– Michael n-are cap când vine vorba de bani. I-ar împrumuta unui cerșetor ultimul ban. Sau unei femei de doi lei, a adăugat, încrucișându-și brațele pe piept. Și, în caz că n-ai înțeles, nu vrea să te mai vadă niciodată. Poate a avut o slăbiciune pentru tine acum mult timp, dar a trecut peste. Mă iubește pe mine. Consideră-ți datoria plătită!

S-a întors pe călcâie, strigând peste umăr:

– Să nu-l mai cauți vreodată!

Era o noapte rece fără lună. Sprijinindu-mă de o latură a clădirii, am mai tras un fum ca să-mi calmez nervii.

Săracul Mick!

Nu fusese campionul pe care ne bazaserăm amândoi. Și nici eu nu fusesem fata pe care și-o imaginase.

Și totuși, amândoi merseserăm mai departe, puțin compromiși, puțin șifonați, mult mai cinici.

Vântul biciuia apa și îmi intra drept prin haina subțire. Ridicându-mi gulerul, am înaintat prin întuneric.

Poate de asta îmi plăcea boxul.

Nu pentru că cel mai bun și nici chiar pentru că cel mai puternic câștiga sau că luptele erau brutale sau nedrepte. Ci pentru că luptătorii continuau, rundă după rundă, căzând sau încasând pumni mult după ce nu mai erau dispuși sau chiar capabili să facă asta.

Într-o dimineață, câteva săptămâni mai târziu, domnul Kessler a venit la lucru cu vești dramatice.

– Vine un transport azi, de la Liverpool! Ceva mare. Trebuie să merg la docuri să plătesc taxele vamale. Trebuie să ai grijă singură de magazin, m-a informat, trăgându-și haina.

– Un transport? Un transport de ce?

Nu era nicio livrare înregistrată și, mai important, nu erau bani să plătim pentru așa ceva. Petrecând ore întregi în fiecare săptămână încercând să țin datoriile sub control, eram cât se poate de conștientă de limitele bugetului nostru.

– Am documentele aici.

Mi-a îndesat în mâini un vraf de hârtii care arătau oficial.

– Au ajuns prin curier în dimineața asta.

– Prin curier?

Le-am deschis.

– Vas ceramic decorativ și platou expediate din portul din Istanbul, Turcia, am citit cu voce tare, fixându-l uimită cu privirea. Ați cumpărat ceva din *Istanbul?*

– Eu? Nu! Sigur că nu!

Și-a aruncat o eșarfă în jurul gâtului cu un gest teatral.

– Asta-i lucrătura lui Winshaw, a chicotit el.

– A domnului Winshaw? Dar ce ar căuta el în Turcia?

Sprâncenele stufoase i s-au ridicat.

– Chiar așa, oare ce?

Era atât de animat și entuziasmat, încât m-am întrebat o clipă dacă băuse.

– Dar… dar cum vom plăti pentru asta?

Încă mă străduiam să înțeleg.

– Uitați! am arătat eu spre ultimul rând al formularului. Doar taxa vamală este o avere, domnule Kessler!

Și-a aranjat pălăria pe-o ureche.

– Mă bucur că ești interesată de munca ta, domnișoară Fanning. Dar ar fi mai scump să o trimitem înapoi decât să o păstrăm. În plus, nu o putem lăsa la docuri. Ar pune sechestru pe ea.

A zâmbit, bătându-mă pe mână de parcă aș fi fost idioată sau invalidă.

– Nu-ți face griji. Îți faci prea multe griji. Ți-am zis, Winshaw știe să aterizeze în picioare. Și are ochi, domnișoară Fanning! Un ochi *foarte* bun!

– Nu de ochi sunt eu îngrijorată, ci de contul bancar!

– Probabil a aflat de ceva în Turcia, de o oportunitate care nu trebuia ratată.

Și-a lovit ușor nasul cu degetul.

– Și acum vom culege roadele! Această afacere se construiește pe achiziții private – pe comenzi experte. Iar Winshaw are talentul de a obține exact obiectele potrivite la momentul potrivit. Crede-mă – a deschis ușa – asta ar putea fi ceea ce ne trebuie acum.

L-am privit cum se îndepărta în grabă, dispărând în ceața groasă a dimineții.

Descheindu-mi haina, m-am întors în biroului domnului Winshaw și am privit lung la harta veche de pe perete.

Apoi am scos un ac din sertar și l-am înfipt pe Istanbul.

Domnul Winshaw era în mișcare.

Domnul Kessler s-a întors cu pachetul pe la jumătatea după-amiezii. Era însoțit de Charlie, care cărase pachetul greu. Charlie era un tânăr slăbănog, care fusese concediat recent de la docuri. Cu fața lungă și ochi de cățeluș, arăta ca un copoi cerșind resturi. Atribuțiile sale includeau ridicarea și livrarea obiectelor, depozitarea, împachetarea, expunerea și etalarea pieselor noi în magazin. Mai făcea și mici reparații din proprie inițiativă. Evident încerca să-și facă de lucru, dar domnul Kessler fie nu observa, fie nu se sinchisea.

Acum domnul Kessler și cu mine priveam agitați cum Charlie forța cu o bară capacul cutiei de lemn.

Clapa s-a slăbit, iar domnul Kessler și Charlie au scos pumni întregi de fulgi moi de lemn. Apoi domnul Kessler a ridicat o geantă de voiaj ieftină într-o nuanță ciudată de roz-coral.

– Ce e asta? m-am încruntat.

– Ai răbdare! mi-a zis.

Fixat bine în valiză era ceva acoperit în straturi de pânză fină, ca un copil înfășat. Domnul Kessler l-a dezvelit cu multă grijă.

– Dumnezeule! am zis eu, surprinsă de frumusețea obiectului.

– Da, într-adevăr, Dumnezeule...! a încuviințat.

Era un vas grecesc puțin mai înalt de treizeci de centimetri, în mare parte negru, în afară de siluetele și ornamentația de un roșu teracotă intens.

Domnul Kessler a scos o lupă din buzunarul interior al jachetei și s-a apropiat.

– Ce avem noi aici, a început el, este o amforă sau un vas în stil roșu, datând din aproximativ 480–470 î.Hr. Și, dacă nu mă înșel, pare să fie mâna artistului olar cunoscut drept Harrow Painter. Ceea ce o face rară – și-a ridicat privirea –, *foarte* rară. După cum vezi, arătând spre motivul figurativ principal, avem aici un bărbat tânăr înfășurat în pelerină sau mantie, ținând o liră. Are în păr o bentiță roșie, semnul unui atlet, iar bărbatul cu barbă care stă în fața lui, sprijinindu-se în baston, este profesorul, patronul, poate chiar amantul lui. Iar aici – arătând la figura de pe cealaltă parte a vasului – îl avem înfățișat pe tânăr singur. Este cunoscută drept *Lecția de Muzică*.

Domnul Kessler și-a îndreptat spatele, adăugând cu un zâmbet triumfător:

– Și mă bucur să spun că este într-o stare excelentă.

– De unde știți că se numește *Lecția de Muzică*? am întrebat.

– Pentru că este un obiect foarte valoros, destul de cunoscut, deși au trecut mulți ani de când a ieșit de pe piață.

Am îndrăznit să-mi trec ușor degetul peste margine, peste lutul fin, care privise căderea și decăderea imperiilor.

– De ce artistul este numit Harrow Painter?

– După un alt vas celebru de-ale lui, expus la Harrow School, în Anglia. Înfățișează un băiat care se joacă... cu un cerc. A creat poate nouăzeci de vase diferite, care au supraviețuit până astăzi. Are un stil destul de elegant și recognoscibil.

Cum putea ceva atât de vechi să arate atât de contemporan?

– Desenul este atât precis, de parcă ar fi fost făcut tot dintr-o singură mișcare!

A dat din cap.

– Este un nivel remarcabil de măiestrie.

Charlie a dezgropat din ladă o a doua valiză, aceasta de un azuriu insipid. I-a înmânat-o domnului Kessler. Înăuntru mai era un obiect împachetat, un platou. La fel, modelul era relativ simplu, în mare parte negru, cu figura roșie a unui tânăr călare pe un cocoș uriaș, cu degetele de la picioare încordate pe linia de contur. Băiatul zâmbea, cocoșul avea pieptul umflat și penaj bogat, lucrat minuțios. Era o piesă surprinzătoare, de impact, delicată, și totuși îndrăzneață.

– Vasul valorează cel puțin cincisprezece mii, poate douăzeci. Iar platoul – domnul Kessler s-a încruntat, mângâindu-și barba –, șaisprezece mii, lejer.

– Vorbiți serios? m-am uitat cu uimire la el. Atât de mult?

A rânjit.

– Ți-am zis că Winshaw știa ce face!

Entuziasmul lui era contagios.

– Ei bine, atunci, unde e mai bine să le punem? m-am uitat eu în jur. În geam, nu credeți? Poate cu un semn?

– O, nu! Nu. Pe acestea nu le expunem.

Domnul Kessler a împăturit documentele vamale și le-a pus în buzunarul interior.

– Crede-mă – a zâmbit –, ele au deja o casă.

Abia seara târziu, când domnul Kessler plecase, iar eu rămăsesem, încercând să mă lămuresc cum să acoperim costurile de import, Charlie a apărut la ușa biroului, dând târcoale prin fața ei:

– Domnișoară Fanning?

– Doamne! Nu te mai strecura așa! am izbucnit eu.

– N-am vrut să vă sperii, a zâmbit el ușor.

– Ce faci aici așa târziu? am întrebat.

Avea mânecile suflecate și fruntea umedă de sudoare. Domnul Kessler îl rugase să împacheteze obiectele în ceva mai potrivit decât niște valize de voiaj vechi. Nefiind persoana care să rateze vreo oportunitate, Charlie reușise să-și facă de lucru o zi întreagă, construind o ladă pe măsură. Însă acum ținea ceva în mână.

– Am găsit asta. În buzunarul lateral al uneia dintre genți.

Era o batistă murdară, din mătase, plină de praf și îngălbenită, legată într-un mic mănunchi.

Dar era grea. Avea ceva înăuntru.

– Va trebui să i-o arătăm domnului Kessler de dimineață, i-am zis. E târziu. Ar trebui să mergi spre casă acum.

– Îhî, cred că da.

A căscat, întinzându-și brațele în sus, însă a rămas în continuare la ușă.

– Sau aș putea să vă aștept, dacă vreți. Să vă duc unde trebuie să ajungeți.

– Nu e nevoie să-ți faci griji pentru mine. O să mă descurc.

Mi-a ieșit ascuțit și afectat, ca o profesoară corectând un elev. Nu a părut să observe.

– Bine, atunci, a ridicat el din umeri. Ne mai vedem, da?

Odată plecat, am desfăcut mănunchiul.

Era un inel: din aur masiv, bătut cu o piatră neagră montată complicat, gravată cu imaginea unei femei înaripate. Arăta ca un înger la roata de tors, având fire lungi și delicate între degete. Lângă piciorul ei era un cupidon durduliu, iar în jurul capului plutea un mic fluture.

Eram sigură că asta era o antichitate. Greacă sau romană. Iar scena este probabil mitică, deși nu știam care anume.

Mi-am plimbat degetele peste piatra neagră ca cerneala, urmărind conturul femeii drapat în haine grațioase, cu profilul accentuat de coafură, împletită pe spate.

Cine era?

Am mers în biroul domnului Winshaw și am scos exemplarul său din *Mitologia clasică a lui Cowper*. Am căutat în glosar după cuvintele *zeiță* și *roată de tors*.

CLOTHOS

Clothos este una dintre Moire – una dintre cele trei ursitoare în lumea antică. Controlează firul vieții și destinul fiecărui om, de la naștere până la moarte. Sunt fiicele lui Ananke, Zeița Sorții. Clothos toarce cu furca ei firul vieții; Lachesis, distribuitoarea, măsoară cu bățul său gradat cât va avea de trăit fiecare persoană; iar Antropos, cea mai temută soră, taie în cele din urmă firul cu foarfeca.

Ursitoarele.

Era un inel al destinului.

L-am gonit pe Persia și m-am așezat în scaunul domnului Winshaw. Asta era ceva mult mai sofisticat decât un ac strâmb într-un buzunar.

Aurul lucios a început să se încălzească de la temperatura mâinii mele. L-am strecurat pe inelar. Nu era doar frumos, ci și întunecat, misterios și irezistibil – de parcă ar fi ascultat de alte legi ale fizicii decât restul universului și nu răspundea în fața a nimic, nici măcar în fața legii gravitației.

Nimeni altcineva nu știa că există; nici măcar Charlie nu îl văzuse.

Ar fi trebuit să pun inelul în biroul domnului Kessler.

Dar nu am făcut-o. În schimb, l-am ascuns în sertarul de sus de la biroul domnului Winshaw.

Știam că nu îl pot lua. Nu voiam să-mi pierd slujba. Și în cele din urmă i l-aș fi arătat domnului Kessler.

Dar pentru o noapte am vrut să fiu singura persoană care știa unde se afla.

Nu a trecut mult până la vizita „clientului special". Instrucțiunile domnului Kessler au fost simple, dar ferme.

– Mâine avem un vizitator important care va ajunge destul de devreme. Trebuie să fii aici până în ora opt dimineața. Te rog să arăți cât poți de bine și în niciun caz să nu vorbești decât dacă ți se adresează.

L-am țintuit cu privirea.

– Decât dacă mi se *adresează?*

Însă era extrem de serios.

Așa că am făcut cum mi s-a spus și am venit la oropt, în rochia albastră, de tricot. Domnul Kessler era deja acolo, rearanjând obiecte pe podeaua magazinului – mutându-le dintr-un loc în altul și înapoi, ca o casnică agitată înaintea unei petreceri. Am făcut cafea, pe care a insistat să o pun într-un vas Limoges, care făcea parte dintr-un foarte scump serviciu franțuzesc de ceai. Apoi mi-a spus foarte solemn că eram „responsabilă de cafele". Vasul și platoul erau deja la loc de cinste, în mijlocul mesei englezești din stejar.

La ora opt și treizeci de minute fix, un Duesenberg a tras în față și un șofer în uniformă a ieșit și a deschis ușa. Din ea a sărit un domn îmbrăcat într-un palton scump, din păr de cămilă, cu o garoafă albă la butonieră. S-a mișcat cu precizie, cu eficiența automatizată a unei componente de mașinărie industrială, concepută să găsească cea mai scurtă distanță dintre două puncte. Domnul Kessler l-a întâmpinat în ușă, însă bărbatul abia i-a recunoscut prezența, oferindu-i doar un salut scurt, înainte să se îndrepte direct spre masă. Băgând mâna în buzunarul interior al hainei, a scos propria sa lupă mică din aur și s-a aplecat să examineze fiecare piesă.

A făcut-o într-o tăcere deplină. Domnul Kessler, la rândul său, nu a încercat în niciun fel să îl distragă. Am rămas în spatele tejghelei, întrebându-mă dacă se va răci cafeaua.

După vreo cinci minute, bărbatul și-a ridicat privirea.

– Da, a dat din cap de parcă răspundea la o întrebare nerostită. Da, într-adevăr.

Domnul Kessler mi-a dat semnalul. Sau cel puțin așa am crezut.

– Să vă torn puțină cafea, domnule? m-am oferit.

Bărbatul s-a întors, uitându-se la mine de parcă abia observase că exist.

– Nu.

A reușit să arate surprins și în același timp ușor ofensant.

– Nu este necesar.

Apoi a dat din cap către domnul Kessler și a plecat.

Întregul episod durase poate zece minute.

– Ei, a mers mai bine decât aș fi putut spera!

Domnul Kessler părea cu adevărat încântat.

– Tocmai am vândut două artefacte grecești extrem de rare și valoroase.

Apoi s-a apucat să împacheteze la loc piesele, în timp ce eu am aruncat cafeaua rece.

Până după-amiază, au fost confirmați următorii pași.

– Le vei livra în seara aceasta, m-a informat domnul Kessler.

– *Eu?*

Mi-am ridicat privirea surprinsă din exemplarul din *Vanity Fair* pe care îl țineam ascuns în spatele tejghelei.

– Un șofer va veni să te ia la ora șase. La destinație ți se va înmâna un cec de care trebuie să ai mare grijă.

– Dar de ce eu? Cu siguranță dumneavoastră ar trebui să le livrați.

– Nu fac afaceri după apusul soarelui. Este începutul Sabatului.

– Dar șoferul nu poate veni mai devreme?

S-a încruntat, neobișnuit de iritat.

– Pur și simplu e mai bine dacă te ocupi tu.

Erau cele mai importante și scumpe obiecte pe care le avuseserăm vreodată. Cu siguranță nu voiam să fiu responsabilă pentru ele.

– Dar dumneavoastră sunteți expertul, domnule Kessler. Dacă au întrebări? Știți cu mult mai multe decât mine.

– Domnișoară Fanning! *Vă rog!* E mai bine așa, nu înțelegeți? a oftat, brusc pe punctul de a-și pierde răbdarea. Doamnei Van der Laar nu îi plac evreii!

Eram îngrozită că îl împinsesem să spună așa ceva cu voce tare și că exista cineva care să îl trateze în mod intenționat cu atâta lipsă de respect.

– Doamna Van der Laar? Cine e?

– E clienta noastră, o colecționară foarte importantă și înstărită. Nu contează ce crede despre mine. Îți încredințez ceva foarte important. Poți să faci asta pentru mine?

– Da, desigur. Îmi pare rău.

Confesiunea l-a făcut brusc să pară fragil. Să fii evreu era o trăsătură pe care nu o puteai îndepărta la fel de ușor ca părul roșu.

– Domnul Winshaw se ocupa de obicei de genul acesta de treburi. Dar nu este aici, a explicat obosit domnul Kessler. Așa că, de data asta, domnișoară Fanning, va trebui să o faci tu.

Mașina era diferită de cea care venise de dimineață. Imediat după șase, un Packard lung și negru a oprit în fața magazinului și a rămas acolo, așteptând, cu motorul torcând puternic și jos, ca o pisică mulțumită. Șoferul nu s-a deranjat să iasă sau să claxoneze. Se aștepta să fiu atentă și pregătită. Punându-mi pălăria și haina, un disconfort sâcâitor a început să mă roadă. Palmele începuseră deja să-mi transpire. Eram pe punctul de a stinge luminile și a încuia, când deodată m-am întors în biroul domnului Winshaw și am scos din sertarul de sus inelul cu agat negru. Poate că eram absurdă și superstițioasă, ca mama, dar aveam nevoie de noroc în seara asta, ceva de care să mă agăț. Așa că am pus inelul în buzunarul de la haină.

Când am ieșit într-un final din magazin, șoferul a preluat cutia și eu m-am așezat în spate, lângă ea, cu o pătură pe genunchi, să îmi țină de cald. A condus spre sud o vreme, în afara orașului, urmând firul apei. Era atât de departe de mine, încât nu îl puteam întreba unde mergem, fără să urlu. Așa că am rămas tăcută, încercând să mă bucur de experiența nefamiliară de a avea șofer. Pe fereastră peisajul se schimba dramatic și în cele din urmă am ajuns în Cohasset, orașul rural și stâncos de la malul mării. Mașina s-a oprit în fața unei porți înalte din fier forjat. Un bărbat a ieșit repede dintr-o gheretă ca să o deschidă, iar mașina a mers mai departe, urcând pe un drum privat șerpuit, străbătând un teren curb și erodat, care dădea spre apă. Cocoțat acolo, cu vedere la ocean, stătea de pază un conac enorm de piatră, cu luminile strălucind în apusul liniștitor. Am numărat alte șase mașini parcate pe alee.

Fără un cuvânt, șoferul a deschis ușa și mi-a întins un braț înmănușat. Am pășit pe aleea de pietriș, iar aerul de mare m-a împresurat, înviorător, sărat și electric. Eram atât de departe de fumul industrial cenușiu, praful uleios de cărbune și ceața umedă care se strecura din port și înghițea Bostonul. În spatele casei era o priveliște virgină și imaculată. Apa neagră se contopea în vasta întindere a orizontului de un gri-roz. Pescărușii planau deasupra, țipetele lor ascuțite creând un ecou dramatic pe fundalul răgetului distant al valurilor care se spărgeau de stâncile tari de jos. Locul părea să aibă propria atmosferă rarefiată și mai curată.

Casa avea o terasă largă, iar terenul o frumusețe anume, golașă și bătută de vânt, în timp ce pajiștea deluroasă era populată de castani uriași, ale căror ramuri masive se ridicau către ceruri ca niște brațe antice, răsucite de timp și de forțele naturii.

Ușa din față s-a deschis. Un domn aștepta în prag. În spatele lui, intrarea din marmură albă era luminată de un candelabru orbitor de cristal. L-am urmat pe șofer pe scările din față. I-a înmânat cutia unui bărbat, iar eu m-am dat în lături.

– Domnișoară Fanning?

– Da.

– Sunt domnul Abbott, secretarul doamnei Van der Laar. Sunteți drăguță să mă urmați, vă rog?

M-a condus într-o cameră care avea lejer dimensiunea întregului parter al bibliotecii publice. Flăcările pâlpâiau în două șemineuri uriașe de marmură, iar canapele, taburete și fotolii erau adunate pe patru covoare orientale grele.

Domnul Abbott a pus lada pe unul dintre taburetele joase.

– Dacă doriți să vă faceți confortabilă, domnul Kimberly va sosi într-o clipă.

– Domnul Kimberly?

Nu voiam să rămân, ci doar să iau cecul și să plec.

– Dumnealui supraveghează toate achizițiile din colecția doamnei Van der Laar. Acum, dacă îmi permiteți...

Domnul Abbott a plecat, iar eu m-am așezat precaut pe marginea unuia dintre fotolii, cu geanta în poală. Camera avea un parfum dulceag. O vază cu crini roz, fiecare cât mâna unui bărbat solid, era aranjată în mijlocul unei mese. Undeva s-a deschis o ușă. Am auzit muzică și râsete. S-a închis din nou și zgomotul s-a stins.

Mă întrebasem adesea cine erau clienții domnului Kessler. Cine era suficient de bogat să cheltuiască o sută de dolari pe un fleac din argint sau cinci sute de dolari pe un birou? Și iată-mă aici, într-o cameră care avea mai multe obiecte prețioase decât întregul magazin al domnului Kessler. Și era doar una dintre multe.

Apoi mi-a venit un gând înspăimântător. Dacă acești oameni cred că sunt și eu o expertă? Dacă mă întreabă ceva sau se așteaptă să evaluez ceva?

M-am uitat panicată în jur, frământându-mi creierul să-mi amintesc toate lecțiile domnului Kessler. Scaunele alea sunt franțuzești oare? Dar cum se numeau? *Fauteuils* sau *bergères?* Iar masa din mijlocul camerei – era cireș sau mahon? Am bâjbâit după inelul din buzunar, răsucindu-l nervos între degete.

Brusc o faţă ciudată a clipit spre mine, iar inima mi-a stat în loc. Apoi mi-am dat seama, cu o uşurare disperată, că blonda din oglinda de pe perete eram eu.

Privindu-mă fix în reflexia camerei grandioase, mi-am amintit ce îmi spusese domnul Kessler: o imitaţie bună înseamnă la fel de multă muncă precum autenticul.

– Bună seara!

M-am întors. Era acelaşi domn care vizitase magazinul, însă acum era urmat de un al doilea, îmbrăcat cu o jachetă şi cravată elegante şi, evident, aflat în toiul unei petreceri.

– Sunt Philip Kimberly, a zis primul, închizând uşa.

– May Fanning, domnule. De la *Winshaw şi Kessler*.

Bărbatul din spatele domnului Kimberly a păşit în faţă, cu mâinile în buzunare. Părul îi era negru şi ondulat, trăsăturile puternice şi neregulate şi avea nişte ochi albaştri neobişnuit de limpezi, care păreau transparenţi. Avea o atitudine relaxată şi graţioasă, dată de statutul de proprietar, şi o anumită îndrăzneală în privire, o încredere şi o franchețe care erau deopotrivă curioase şi derutante.

– James Van der Laar, s-a prezentat el, cu un rânjet uşor cuprins de regret, parcă dând de înţeles că numele său era un atu scos prea repede în joc. Cred că aveţi ceva pentru mine.

– E chiar aici.

M-am îndreptat spre ladă şi cei doi m-au urmat.

– Daţi-mi voie!

Domnul Kimberly a ridicat capacul, a scos vasul şi i l-a întins domnului Van der Laar.

Suprafaţa neagră şi lucioasă a vasului a reflectat flăcările vii din şemineu şi, pentru un moment, mi-a venit în cap vechea vorbă despre cum Nero cânta, în timp ce Roma ardea.

Flăcările se reflectau şi în negrul ochilor domnului Van der Laar. L-a fixat o vreme cu privirea – parcă memorând fiecare detaliu –, apoi l-a aşezat pe poliţa lată de marmură a căminului.

– Zici că e cea mai frumoasă din câte se găsesc?

Nu părea convins.

– O, da! l-a asigurat domnul Kimberly. Cel mai frumos exemplar pe care îl putem găsi pe piață patru generații de-acum încolo.

Apoi domnul Kimberly a scos platoul.

– Da, priviți! a zâmbit, întinzându-i-l domnului Van der Laar. Iată, e fără egal!

Domnul Van der Laar l-a ridicat, încruntându-se puțin, ca cineva care încearcă să rezolve un puzzle.

– E mai simplu decât m-aș fi așteptat.

– Simplitatea este caracteristica lui Harrow Painter. Este ceea ce face aceste piese atât de elegante. Integritatea liniei este desăvârșită.

– Nu mă interesează eleganța. Trebuie să fie extraordinară.

– O, dar este! Sunt de primă clasă. Iată dovada, dacă mai era nevoie de una, a Epocii de Aur!

Domnul Van der Laar a izbucnit într-un râs disprețuitor.

– Tu și Epoca ta de Aur! Singura epocă de care îmi pasă e cea în care trăiesc.

În mod clar, domnul Kimberly nu era persoana care să reacționeze bine la acest tip de replică. Pielea de pe ceafă i s-a colorat în roșu și urechile în roz. Mi-a prins privirea și mi-am întors-o repede. Însă acum apărusem brusc în raza lui vizuală, chiar dacă doar ca o supapă potrivită pentru iritarea sa. S-a întors spre mine.

– Aveți măcar idee despre ce vorbim, domnișoară Fanning?

Mi-am ridicat surprinsă privirea.

– Mă scuzați?

– Epoca de Aur.

Vocea sa era rece ca gheața și condescendentă.

– Ați auzit măcar de ea?

Am căutat inelul prin buzunar.

– Cred că Epoca de Aur se referă la o perioadă îndepărtată, când omenirea trăia fără dificultate sau strădanie. Aproape ca zeii. Sau cel puțin asta este legenda din mitologia greacă, am dres-o eu.

A clipit și și-a țuguiat buzele.

– *Et in Arcadia ego,* a zis el, aplecându-și capul pentru a-mi vedea reacția.

Propria insolență mi-a mai adus o provocare.

Nu studiasem niciodată limbile străine.

– Poftim?

– *Et in Arcadia ego*[1], a repetat, savurându-mi ignoranța.

Îl simțeam și pe domnul Van der Laar urmărindu-mă.

Lumina focului a licărit pe platoul din mâinile lui. Imaginea băiatului călare pe cocoș părea să râdă de mine.

Din fericire, anii petrecuți ascultând slujba în latină mă învățaseră măcar câte ceva.

– *Chiar și în Arcadia, iată-mă*, am tradus aproximativ.

– Da.

Domnul Kimberly m-a recompensat cu un zâmbet scurt.

– Moartea învinge tot.

Și-a îndreptat atenția înapoi spre domnul Van der Laar, dar el se uita în continuare la mine, așteptând, aproape ca și cum mă încuraja.

– Oare chiar așa e? am întrebat.

Kimberly nu se așteptase să îl provoc. Zâmbetul i s-a stins.

Am arătat spre platou.

– Pe el moartea nu l-a învins. Iată-ne aici, secole după, minunându-ne de perfecțiunea estetică a unei epoci pierdute. Care dintre noi nu aspiră la o astfel de nemurire?

Domnul Van der Laar a chicotit.

---

[1] „Și eu am fost în Arcadia" – expresie în limba latină, care face referire la nostalgia provocată de pierderea unei fericiri (n. red.).

– Are dreptate, Kimberly. Nu de asta colecționăm obiecte frumoase – ca să păcălim moartea?

Dintr-odată ușa s-a deschis. Un val de muzică și râsete a umplut camera.

– Aici erai! Te-am căutat peste tot! Te așteptăm cu toții!

Cunoșteam vocea asta. M-am întors.

O tânără uimitoare se sprijinea de cadrul ușii, îmbrăcată într-o rochie de mătase verde-smarald, cu un decolteu în formă de V, dezvăluindu-i pielea fină și albă a gâtului lung. Părul negru îi era răvășit, obrajii îmbujorați, de parcă ar fi râs, ar fi alergat sau s-ar fi jucat până la ultima suflare. Ținea în mână un pahar gol de șampanie, iar în jurul gâtului avea un colier de perle desăvârșite.

Nu-mi puteam lua ochii de la ea.

Era fata din salonul din capăt.

Încrederea mi s-a evaporat. Trebuia să ies rapid de aici sau riscam să fiu demascată.

Dar până să fac ceva, o femeie mai în vârstă a apărut în spatele fetei. Mii de mărgele îi scânteiau pe rochia de seară când a trecut pe lângă ea, intrând în cameră.

– Deci au meritat toată agitația?

Părul îi era gri-metalic, strâns la spate, și avea aceiași ochi neobișnuit de albaștri ca ai fetei și ai domnului Van der Laar. Avea un accent în voce, dar nu îl recunoșteam. Semăna cu unul german, dar mai blând, mai puțin gutural.

– Sunt perfecte, a asigurat-o domnul Kimberly, apropiindu-se de ea. De fapt, sunt fără îndoială cele mai frumoase din câte am văzut vreodată.

– Sper, la prețul ăsta. Arată-mi! i-a cerut.

Fata a văzut cutia.

– Ce se întâmplă? Ce sunt alea?

Domnul Kimberly a ridicat vasul.

– Ăsta e? – femeia părea dezamăgită. Nu e foarte mare!

– Nu e vorba de mărime, ci de condiție.

Domnul Van der Laar a pus vasul pe masă.

– Dar am pălării mai mari ca astea!

– Îmi pare rău, mamă, dar, din păcate, marmura Elgin e luată deja, a răspuns el.

– Vor fi piesele centrale ale colecției, i-a asigurat domnul Kimberly. O colecție de talie mondială care va atrage recunoaștere internațională.

– Aha, înțeleg!

Fata a zâmbit conspirativ, închizând ușa.

– Ne jucăm de-a Mecena din nou – ca numele nostru să apară pe încă o placă de bronz. Oare primim un premiu când ajungem la o sută?

– Nu aș fi atât de neserioasă în locul tău, a replicat femeia. Numele tău e cel care va apărea acolo!

I-a căzut fața.

– Al meu? Ce legătură are cu mine?

– Tu ești donatoarea.

Tonul domnului Van der Laar era la obiect.

– E timpul să-ți asumi și tu reponsabilități în familia asta. Aceasta este o contribuție publică importantă.

Domnul Kimberly a încercat să facă ideea să sune mai atrăgător.

– Vei aduce o contribuție culturală importantă orașului Boston.

– Ah, sunt convinsă că exact asta le trebuia oamenilor! a glumit fata. Încă un nenorocit de vas! Câtă lene din partea lor să își petreacă zilele la cozile de pâine, în loc să meargă la muzeu!

– E mai mult decât asta. Înseamnă că dăm un exemplu. Le oferim oamenilor ceva la care să aspire, i-a zis domnul Kimberly. Noi ne asumăm datoria de a educa și îmbogăți viețile altora.

– Și cine suntem *noi*, mai precis, să educăm pe cineva?

– Nu fi stupidă! a oftat femeia în vârstă. Ești o fată foarte norocoasă. Nu înțeleg de ce insiști să faci ca totul să fie atât de dificil!

Însă fata nu mai asculta.

Mă văzuse pe mine.

Mi-am apucat geanta.

– Chiar ar trebui să plec, domnule.

Femeia în vârstă s-a întors pe călcâie, măsurându-mă cu privirea de parcă tocmai m-aș fi materializat din neant.

– Dar tu cine ești?

– Aceasta este domnișoara Fanning, de la *Winshaw și Kessler*, m-a prezentat domnul Kimberly. A fost suficient de amabilă să ne aducă pachetul la o oră atât de târzie. Domnișoară Fanning, vi le prezint pe doamna Van der Laar și pe fiica sa, Diana.

– Ah, da! *Noi* ne-am mai întâlnit!

Brusc Diana m-a apucat de braț.

– Da... acum îmi amintesc! *Știam* că te cunosc!

– Vă știți? Domnul Van der Laar a părut ușor șocat.

– Uneori merg la conferințele de la Ateneu, am zis repede, încercând să-mi eliberez brațul din strânsoarea Dianei. Poate că acolo ne-am întâlnit?

Ceva s-a schimbat pe fața Dianei.

– Știi ce, a zis ea încet, asta trebuie să fie. Sunt atât de informative, nu crezi?

– N-ai fost în viața ta la o conferință! a respins mama ei ideea. Mă îndoiesc chiar că ai citit o carte în viața ta!

– Mă bucur să te revăd!

M-am strecurat spre ușă.

– Ah, nu! Stai!

Diana era surprinzător de perseverentă.

– Nu la Ateneu. Știu unde! La Marblehead, nu-i așa? Nu cumva ai fost pe iahtul lui Nicky Howerd în iulie anul trecut?

Am privit-o încruntată.

– Eu.... Ah... Nicky?

Doamna Van der Laar s-a întors.

– Îl cunoști pe Nicky?

– Oh, da! m-a strâns Diana de braț cu afecțiune. Pinky Cabot Lowel era și el acolo, și nu cumva ai fost complet acaparată de Johnny Coolidge? Îmi amintesc cât ne-am chinuit toți cu homarii ăia! Am gătit homari, a explicat ea. A trebuit să-i desfacem chiar noi și să le scoatem carnea cu degetele!

– Revoltător! a ridicat mama ei din umeri.

– Cred că ai fost singura care a reușit! a râs Diana.

– Familia Howerd are mereu o mâncare îngrozitoare. Se mândresc cu asta. Doamna Van der Laar m-a măsurat. Prin ce fel de cercuri te învârți?

– Cercuri? mă aflam brusc pe nisipuri mișcătoare, scufundându-mă rapid.

– Lasă-mă să ghicesc! și-a ridicat mâna domnul Van der Laar. După părul tău blond trebuie să fii nordică sau germană. Am dreptate?

– Sunt... ei bine, adevărul e că...

– Da? Diana părea să se distreze, cu o licărire de răutate în ochi.

– De fapt – mi-am îndreptat spatele – sunt din Albany. Am venit aici să-mi vizitez familia.

– Și *lucrezi?*

Cuvintele doamnei Van der Laar au sunat de parcă aș fi stat la un colț de stradă într-un cartier rău famat.

– De fapt magazinul aparține unui prieten de familie. Domnul Winshaw este un arheolog foarte respectat. Acum este plecat într-o expediție importantă și aveau nevoie de cineva care să ajute.

– Tinerele din ziua de azi! și-a dat ochii peste cap doamna Van der Laar. Nu înțeleg la ce vă stă mintea!

– Unii spun că munca întărește și construiește caracterul, i-a zis Diana.

– Caracterul nu se construiește, ci se reproduce.

Domnul Van der Laar s-a lăsat pe poliță, cu cotul îngrijorător de aproape de vasul grecesc.

– Unde ai făcut școala, domnișoară Fanning? În străinătate? La un internat elvețian?

– A, nu. Nu chiar.

Era înspăimântător să fiu centrul atenției tuturor.

– Mama a vrut dintotdeauna, dar n-am apucat niciodată să facem asta... Mi-e teamă că sunt doar un fel de cititoare.

– Ei bine – a zâmbit din nou –, pare că ai citit toate cărțile potrivite. Mamă, poate ar trebui să-i facem Dianei un permis la bibliotecă.

– Prea multă lectură strică. Nimănui nu-i place o fată care se uită chiorâș.

Doamna Van der Laar s-a întors către fiul ei.

– Aprinde-mi o țigară, te rog! Trebuie să intrăm. Știi cât de nesuferit devine Charlie Thorndike atunci când bea.

A scos o tabacheră de argint din buzunarul de la piept.

– E mai ușor de gestionat când e beat. Am o propunere de afaceri care o să aibă succes dacă e afumat.

– Oh, dar tu trebuie să vii la noi la cină odată! s-a uitat Diana spre mama ei și a întrebat-o: Nu crezi?

– Sigur. Mâncarea noastră e mult mai bună decât la Howerd. Și rareori le cerem musafirilor să-și ucidă cina cu propriile mâini.

Doamna Van der Laar a luat țigara care i se oferise.

– Nu avem prea des ocazia să-i cunoaștem pe prietenii Dianei. Unde locuiești, domnișoară Fanning?

Până să răspund, a sunat la clopoțelul de lângă ușă.

– Îl trimit pe Morris să te conducă acasă.

Domnul Kimberly s-a repezit spre ea și i-a întins brațul. Doamna și-a întors privirea către fiul său.

– Să nu stai mult! Nu vreau să rămân singură cu Thorndike.

– Nu vă voi lăsa singură, a asigurat-o domnul Kimberly, însoțind-o spre ieșire.

– Tu nu contezi, l-a anunțat ea.

Domnul Van der Laar mi-a întins mâna.

– Să n-o lăsați pe sora mea să vă corupă, domnișoară Fanning! Este o influență îngrozitoare.

S-a oprit, observând inelul cu agat negru de pe degetul meu.

– Ce e ăsta?

Nu-mi dădusem seama că mi-l pusesem.

– A, doar ceva ce a ajuns recent la magazin. Nu e mare lucru.

– E al dumneavoastră?

– Nu chiar. Dar port deseori piese pe care le avem de vânzare, ca oamenii să vadă cum vin.

Mi l-am scos.

– Aruncați o privire dacă doriți!

L-a răsucit între degete.

– Deci e de vânzare?

– Ei bine, mi-e teamă că nu a fost evaluat încă.

– Ce e asta? a examinat el imaginea. Un fel de înger?

– Cred că este una dintre cele trei ursitoare, poate Clothos.

A părut impresionat.

– Așa, deci, continuați – dați-mi un preț! Ce vreți pe el?

Nu eram pregătită pentru asta.

– N-aș putea...

– Dumnezeule, Jimmy! Ai fi în stare să smulgi inelul de pe degetul unei fete! a intervenit Diana. Las-o în pace!

– Când văd ceva ce îmi place, îl cumpăr, a ridicat el din umeri. E chiar atât de greșit?

– Da, i-a răspuns Diana și s-a lăsat pe brațul unui scaun. Pentru că vrei doar ce nu poți avea.

A râs, privindu-mă cu ochii aceia albaștri derutanți. Am zâmbit, simțindu-mă ciudat și ridicol și prinsă la înghesuială.

Apoi s-a dat bătut, mi-a dat înapoi inelul și a luat-o agale spre ușă.

– Uiți, draga mea soră, că nu e nimic ce nu pot avea.

După ce a plecat, Diana a oftat.

– Nu-i așa că sunt îngrozitori? Îi urăsc pe toți.

S-a ridicat și m-a apucat de braț de parcă eram prietene vechi.

– O să vii, da? La cină?

M-am tras într-o parte. Acum, că toată lumea plecase, îmi tremurau mâinile de nervi, inima îmi bătea cu putere.

– Ce faci? m-am străduit eu să-mi controlez vocea. Vrei să mă faci să-mi pierd slujba?

A părut cu adevărat derutată.

– Despre ce vorbești?

– Crezi că e amuzant? Să te prefaci că sunt nu știu ce domnișoară nou introdusă în înalta societate sau vreo prietenă de-ale tale? Mie nu mi se pare deloc amuzant.

S-a făcut albă la față.

– Nimeni nu știe că am fost în spital, am șuierat.

– Ei bine, nu o să spun nimănui.

– Și nu sunt din Albany! Nu cunosc pe niciunul dintre oamenii despre care vorbești!

– Nici n-am crezut asta, draga mea. Deși, a adăugat zâmbind, te-ai descurcat bine. Albany a descumpănit-o pe hoașcă. Știe pe toată lumea în Boston, dar în nordul New Yorkului nu. Ai jucat frumos, a chicotit ea. Acum nu va ști de unde să te ia!

Îmi venea să o pocnesc.

– Crezi că e o glumă, nu? Dar, dacă ar afla că mint, mi-aș pierde slujba! Pentru tine e doar un blestemat de joc de salon!

Am ieșit în hol și ea a venit după mine ca un copil rănit. Ecoul unui râs îndepărtat s-a auzit pe un coridor învecinat.

– Întoarce-te la petrecerea ta! i-am zis.

– Nu fi așa!

A apărut domnul Abbott.

– Morris e gata de plecare, domnișoară Fanning.

A deschis ușa de la intrare și mi-a înmânat un plic.

– De la doamna Van der Laar, domnișoară.

Eram atât de agitată, încât aproape uitasem de plată.

– Mulțumesc, domnule Abbott.

Mi-am îndesat plicul în geantă și am coborât scările din față.

Acum era întuneric și mai frig. Morris aștepta lângă mașină.

– Uite ce e. Nu voiam să te pun în încurcătură! m-a strigat Diana, încercând să țină pasul cu mine.

– Sincer. Cred că ești minunată!

– Întoarce-te în casă!

Dar ea a venit după mine.

– Vezi tu, mama e atât de snoabă, că nu mă pot abține! Și, de fapt, a fost atât de neașteptat să te văd din nou.

– Bine.

– Nu, chiar vorbesc serios! a zis ea, strângându-și brațele. Foarte serios!

Tremura în rochia subțire.

– N-ai idee. Mă simt atât de singură aici. Îmi pare rău că te-am expus. Doar că urăsc felul în care încearcă să mă forțeze să fac diferite lucruri.

O rafală înghețată de vânt ne-a lovit. Morris a urcat grăbit scările cu o pătură din mașină și i-a înfășurat-o pe umeri.

– E în regulă, am zis eu, mai calmă acum. Dar nu înțelegi? Nu-mi permit să fac greșeli. Vreau doar să las în urmă tot ce mi s-a întâmplat.

S-a dezumflat.

– Da, înțeleg. Și eu mi-aș dori să pot.

M-am urcat în spate și Morris a închis ușa. În marșarier, am văzut-o stând singură pe scările din față, învelită în pătura din mașină, cu fața de un alb fantomatic în lumina puternică a farurilor. În spatele ei, în lumina aurie de la ferestrele salonului, se mișcau siluete: bărbați în smoching și femei în rochii de seară, cu pahare de șampanie și țigări între degete.

Morris a accelerat pe aleea lungă.

Deși era târziu, l-am rugat să mă lase înapoi la magazin. Am descuiat și am lăsat plicul pe biroul domnului Kessler.

Apoi mi-am scos inelul cu agat negru.

Îmi adusese noroc sau doar mă băgase în încurcătură?

Cu siguranță domnului Van der Laar i se păruse interesant, prea interesant ca să rămână un secret, am hotărât eu. Am pus și inelul pe biroul domnului Kessler și am stins lumina.

Apoi am stat o vreme în scaunul vechi al domnului Winshaw, mângâindu-l pe Persia și privind harta de pe perete. Surprinzător, mă simțeam ciudat de euforică, asemenea cuiva care a scăpat ca prin urechile acului. O vreme nu am reușit să-mi dau seama, apoi brusc am realizat de ce mă simțeam plăcut amețită și îmi zbârnâia capul.

Mă crezuseră.

Deși fusesem furioasă pe Diana pentru că mă obligase să îi cânt în strună, fusese surprinzător de ușor să fiu altcineva. Chiar și acea bătrână snoabă îmi înghițise povestea.

Mi-a amintit de o brățară pe care cineva încercase să i-o vândă domnului Kessler în urmă cu câteva zile – o brățară victoriană lată, cu diamante și safire. Femeia suferea că renunță la ea. Era o amintire de familie dăruită de soțul care murise. Însă domnul Kessler m-a luat în spate și mi-a arătat că, deși safirele erau reale, diamantele erau imitații, chiar dacă făcute cu pricepere. Dar autenticitatea pietrelor adevărate se răsfrângea asupra celor false.

În seara aceasta Diana mă transformase într-un diamant.

Trecându-mi degetele prin blana groasă a lui Persia, m-am gândit la femeia cu brățara de diamante false. Și la toate lucrurile strălucitoare, care erau atât de reale cât le credeai...

Într-o sâmbătă, eu și Angela am mers la spectacolul de matineu *Grand Hotel* la noul cinema Paramount de pe strada Washington. Era prima oară când ieșeam împreună de când mă întorsesem acasă și mă simțeam ca pe vremuri – purtând pălăriile cele mai bune și împărțind popcorn în primul rând de la balcon. După aceea ne-am plimbat la braț spre stația de troleibuz, imitând-o pe Greta Garbo.

– *Vreau doar să fiu singură*, a tors Angela, imitând vocea răgușită de contralto a lui Garbo.

Mi-am dus dramatic mâna la frunte.

– *N-am fost în viața mea atât de obosită!*

Apoi am condus-o pe jos până la casa soacrei. Mama lui Carlo, văduva Menzi, mai avea doar doi copii în viață, Carlo și sora lui mai mică, Catherina, care era încă la liceu. Pierduse doi copii care se îmbolnăviseră și muriseră și alți doi se născuseră morți înainte ca soțul ei să se prăpădească. Antonio Menzi avusese ani de zile propria frizerie, la capătul străzii Hanover. Familia Menzi se descurcase bine. A fost mulțumită când Carlo a ales-o pe Angela ca soție. Considera familia Russo una dintre puținele din cartier care se afla pe aceeași treaptă socială cu a ei. Ambele erau bine-cunoscute și, deși vânduse de mult magazinul soțului, îi plăcea să le privească pe amândouă ca antreprenoare, adevărați americani din clasa de mijloc.

Nu mai fusesem în casa Menzi până atunci. Se afla pe o stradă lăturalnică, liniștită, suficient de departe de mahala, și era una dintre cele mai frumoase din cartier, cu o verandă îngustă și o ușă masivă de stejar, cu ferestre zăbrelite.

– Intră să bei o ceașcă de ceai, s-a oferit Angela. Carlo învață toată noaptea pentru un examen și altminteri nu am cu cine să vorbesc – în afară de soacră-mea, a adăugat strâmbând din nas.

– Nu vreau să deranjez pe nimeni.

– Nu e nimeni acasă în afară de Catherina și vulpea bătrână care mă urmărește!

Știam că, de fapt, încerca să se laude arătându-mi casa, chiar dacă nu voia să recunoască. Niciuna dintre noi nu mai locuise într-o casă. Deși familia Russo avea succes, locuia tot deasupra brutăriei.

– Haide!

Angela a descuiat ușa.

– Bine. Doar un minut.

Era mult mai spațios decât părea din afară. La intrare avea un hol, iar scara care ducea la al doilea și al treilea etaj avea stâlpii balustradei sculptați și pe palier un vitraliu frumos înfățișând doi păuni viu colorați, într-o grădină. De o parte a holului era o sufragerie. De cealaltă, o cameră de zi oficială, cu mobilier de cină din mahon închis la culoare și un candelabru din cristal adevărat. Fereastra camerei de zi dădea în spate, unde era o mică grădină înconjurată de un gard de lemn, cu un hrănitor din piatră pentru păsări și doi pruni. Era cale lungă de la apartamentele umede și înghesuite în care crescuserăm – în care eu încă mai locuiam. Angela nu doar că se măritase, ci și avansase social.

Am arătat spre vitraliu.

– E frumos.

– Da, este...

Abia s-a uitat la el, încercând să pară că nici nu îl remarcase cu adevărat până atunci.

Catherina pierdea vremea pe canapea în sufragerie, ascultând o piesă radiofonică la un aparat mare de radio marca Zenith. Era ultimul model. Vocile sunau atât de clar și însuflețit de parcă actorii ar fi fost chiar în cameră. Totuși, când ne-a văzut, l-a închis și ne-a urmat în bucătărie. Era una dintre bucătăriile acelea moderne cu podea de linoleum și cele mai noi electrocasnice.

– Catty, ea este prietena mea Mae.

Angela ne-a prezentat, punând apă proaspătă în ceainic și aprinzând cuptorul.

Catherina era o fată minionă și delicată, cu ochi negri mari. Mi-a zâmbit, răsucindu-și nervos câteva șuvițe.

– Bună!

– Îmi pare bine de cunoștință! Ce e asta? am arătat eu spre un aparat verde-deschis, pe capacul căruia scria *Maytag*. Avea o cuvă cilindrică și turtită. E un fel de congelator?

– O, nu! Este o mașină de spălat, a zis Catty.

– Serios?

Am deschis capacul și m-am uitat înăuntru.

– Unde e presa?

– Nu are presă. În schimb, învârte hainele, a explicat Angela.

– Le învârte? Cum?

Catty a chicotit.

– Face un zgomot îngrozitor!

– Dar nu trebuie să te temi că îți prinzi degetele, a zis Angela. Trebuie doar să pui hainele înăuntru cu săpun și să le lași acolo. Sunt toate gata până te întorci.

– Mă păcăliți!

M-am așezat la masă, în timp ce Angela a scos o cutie cu biscuiți.

– Vine și cu o baghetă fermecată?

– Pot să te întreb ceva? s-a înroșit Catherina.

– Desigur.

M-am servit cu un biscuit.

– Părul tău e adevărat?

– Catty! a fixat-o Angela cu o privire încruntată.

– E în regulă, am zâmbit eu. Nu, e roșcat de fapt. Dar l-am vopsit pentru o slujbă.

Ochii lui Catherina s-au mărit.

– Ce fel de slujbă?

– Vânzătoare. Într-un magazin pe strada Charles.

Catty s-a lăsat într-un scaun.

– Te-ai făcut singură sau ai mers la un salon? Arată autentic, a zis ea, atingându-mi ușor creștetul.

– De fapt, m-a ajutat mama. Lucrează la Stearns și unul dintre frizerii din salon ne-a dat o sticlă de decolorant și ne-a spus ce să facem. A fost mai ușor decât mă așteptam.

Angela a scos din dulap un ceainic și trei cești.

– Nu e politicos să pui întrebări personale, și-a mustrat ea cumnata. Poți să te porți mai frumos de-atât!

– Nu voiam să insinuez nimic. Cred că arată formidabil! Ca o vedetă de film.

Angela a deschis o cutie de ceai și pus câteva lingurițe în ceainic.

– Nu e asta ideea.

Catherina s-a înroșit din nou.

– Ești destul de faimoasă, nu?

– Cine? *Eu?* am râs. Puțin probabil. Cine ți-a zis asta?

– Carlo. Spune că ai ceva reputație. Că ai fost logodită odată și apoi ai fugit la New York.

M-am oprit din râs.

– Carlo ți-a zis asta?

– Ce ai făcut la New York? Ai jucat într-un spectacol? a insistat ea.

– Serios, ajunge! Unde îți sunt manierele în seara asta? a izbucnit Angela, fața devenindu-i dintr-odată roșie și congestionată.

– A zis că ai mers în baruri ilegale și în cluburi de jazz și ai băut gin de contrabandă! Cum e cu adevărat acolo? s-a aplecat ea entuziasmată. Oamenii sunt atât de depravați și fascinanți? Ai văzut vreun mafiot?

– Angela! – doamna Menzi stătea în ușă. Nu am observat că ai ajuns acasă.

Purta o rochie de crep albastru-închis care, deși conservatoare, avea o croială modernă, iar părul grizonant era aranjat în genul de onduleuri precise, care se puteau face doar la un salon adevărat.

– Bună ziua!

M-a salutat din cap cu genul de grație exersată care vine dintr-o poziție publică.

– Catherina, draga mea, vino cu mine, te rog!

– Dar de ce? s-a plâns dezumflată Catherina.

– Pentru că te-am rugat, i-a răspuns mama pe un ton egal.

Imediat cum au ieșit, Angela a încercat să explice.

– Carlo e un idiot, Mae! Nu trebuie să bagi în seamă nimic din ce zice. Doar se răzbună pentru că știa că aș fi vrut să fii la nuntă și nu ai venit.

A turnat apă fierbinte în ceainic și s-a așezat din nou.

– Bea câteva beri, se întoarce acasă și începe să trăncănească. Și știi cum sunt fetele la vârsta asta. Lumea e o mare scenă pentru ele.

– Dar de unde știa despre... despre băutură?

– Ei bine, cred... s-a încruntat, dintr-odată roșie la față. Vezi tu, Carlo e soțul meu, Mae! Sigur că îi *spun* lucruri! La ce te aștepți?

Nu doar că îmi trădase încrederea, dar acum se prefăcea că nici măcar nu contează.

– Dar era ceva intim! Mă așteptam să o ții pentru tine.

Nu mi-a răspuns, ci a turnat ceai, deși nu se infuzase suficient și era prea slab.

Am stat tăcute în fața ceaiurilor noastre apoase, privind în gol.

– Îmi pare rău, a murmurat după o vreme. Chiar îmi pare rău. Nu m-am gândit o clipă că ar spune cuiva. De fapt, sunt sigură că e doar – s-a oprit, corectându-se –, vreau să zic, sunt sigură că nu a spus nimănui din *afara* familiei...

Mi s-a pus un gol în stomac. Înrăutățea lucrurile.

– Dar trebuie să vorbesc și eu cu cineva și tu ai fost plecată atât timp!

Cumva reușise să răstălmăcească toată povestea.

– E *soțul* meu, Mae! Nu pot să țin secrete față de soțul meu!

Angela nu s-a prea priceput niciodată să-și ceară scuze. Trebuia să aibă dreptate, ceea ce însemna, bineînțeles, că toți ceilalți greșeau. Dar asta era prima dată când ținea partea altcuiva. Acum era căsătorită, loialitatea ei își schimbase direcția.

– De ce a trebuit să pleci? De ce?

A virat de la regret la furie, ca o mașină scăpată de sub control.

– Crezi că sunt prea proastă să înțeleg, nu-i așa? Nu-mi spui adevărul, pentru că tu crezi că sunt o idioată! Doar pentru că tu ești mai deșteaptă, mai isteață. Poate că n-am mers eu la școala de secretare...

– N-am spus niciodată asta! N-am zis niciodată că nu ești deșteaptă!

– Atunci de ce, Mae?

Dintr-odată ochii i s-au umplut de lacrimi.

– De ce a trebuit să mă lași singură aici, să nu am pe nimeni cu care să vorbesc?

Acum plângea. Angela nu plângea aproape niciodată. Era prea încăpățânată. Chiar și în copilărie preferase să se certe decât să lase pe cineva să o vadă pradă lacrimilor.

I-am apucat mâna, deși mi s-a părut un efort.

– De fapt – și-a șters o lacrimă rătăcită – e ceva ce am tot vrut să-ți zic... ceva ce n-am spus nimănui încă, nici măcar lui Carlo.

Era o ofertă de pace, o ramură de măslin.

– Cred că s-ar putea să fiu, știi tu...

A râs ciudat, obrajii îmbujorându-i-se din nou, roz-aprins.

– Ei bine, *știi tu!*

– Ce?

– Însărcinată, a șoptit.

Mâna mi s-a înmuiat.

– *Serios*?

Era, desigur, doar o chestiune de timp, dar nu știu de ce nu mă gândisem niciodată că se va întâmpla atât de repede.

– Ah, Angie!

M-am străduit să înghit, dar gura mi se uscase.

– Ce veste minunată!

– Șșșșt! și-a pus degetul pe buze. Cum ți-am zis, nu am spus nimănui. Nu sunt foarte sigură încă.

– Cât de avansată e sarcina?

– Poate o lună... poate șase săptămâni. Pur și simplu o simt. Mă trezesc cu greață.

– Ah, Dumnezeule! am zis eu prostește, amintindu-mi propriile accese îngrozitoare de grețuri matinale.

Angela și-a înclinat capul în față, ca să-și sprijine fruntea de a mea.

– Mereu am crezut că o să facem copii în același timp, mi-a reamintit blând. Că o să o facem împreună.

– Nu plec nicăieri. Sunt aici acum, am dres-o eu.

– Promiți?

– Promit!

A zâmbit nesigur.

– E o veste bună, nu-i așa?

– Da. Foarte bună.

Mai târziu, Angela m-a condus la ușă și m-a îmbrățișat lung de *la revedere.* Eram deja la jumătatea străzii când mi-am dat seama că îmi uitasem o mănușă. Întorcându-mă pe verandă, am auzit voci în camera din față.

– Nu e un exemplu potrivit. Mai ales pentru o femeie tânără.

– Dar este prietena mea cea mai bună. O cunosc de când mă știu!

– Trebuie să te gândești nu doar la tine, ci și la Carlo, la poziția lui în comunitate. Și la familia *asta*. Ești o Menzi acum. Aceasta este o gospodărie respectabilă.

A urmat o pauză.

– E prietena mea cea mai bună, a repetat Angela, dar vocea ei suna nesigură, obosită.

– Serios? Unde era în ziua nunții tale?

Niciun răspuns.

– Unele prietenii trebuie depășite.

Vocea doamnei Menzi s-a îmblânzit.

– Te-ai descurcat atât de bine. Ai ajuns atât de departe. Gândește-te cât de departe ar putea copiii tăi să ajungă dacă au oportunitățile potrivite.

Angela nu a zis nimic. Tăcerea ei era suficientă.

Nu m-am putut aduna să bat din nou la ușă. În schimb am mers fără direcție, cu mintea goală ca bâzâitul distorsionat și static al unui radio între frecvențe. După o vreme, m-am oprit în fața vechii Biserici din Nord și m-am așezat pe trepte. Era târziu, iar aerul, plin de ceață groasă și umezeală rece. Mi-am aprins o țigară.

Vizavi, câțiva vagabonzi căutau prin tomberoanele de pe alee, strângând orice putea fi comestibil sau ține de cald. Își făcuseră culcuș acolo pentru acea seară. Câteva lăzi de lemn pentru legume le delimitau teritoriul.

Am tras un fum adânc, l-am expirat.

Când eram mici, eu și Angela visam că o să creștem împreună, că o să ne căsătorim, o să avem propriile noastre familii, o să facem schimb de haine de copii și rețete. Ne promiseserăm că o să locuim pe aceeași stradă, una lângă alta.

Angela făcea exact ce plănuiserăm.

Dar eu nu mai eram acea persoană. Nu voiam să fiu diferită. Nu îmi propusesem asta, dar eram. Nu aveam să locuiesc niciodată lângă Angela Menzi sau să fiu parte din lumea ei, oricât aș fi încercat.

Am scuturat un pic de scrum. A sfârâit pe trotuarul umed.

Precum bărbații care dormeau pe ziare în întuneric, de cealaltă parte a străzii, nu eram bine-venită.

Va trebui să găsesc un alt loc căruia să-i aparțin.

Domnul Kessler râdea.

Eram în spate, spălând niște cești când l-am auzit. La început am crezut că mă înșel. Apoi s-a întâmplat din nou.

Mi-am strecurat capul după colț să văd ce se întâmplă.

Era cu o femeie. Stăteau cu spatele la mine și se uitau la micul birou german. Știam că îi spunea povestea cu Mozart după modul în care dădea din mâini. Apoi s-a întors și i-am recunoscut profilul pe sub plasa neagră a pălăriei.

Era Diana Van der Laar.

Aproape nimic nu e mai neplăcut decât să fii luat prin surprindere de cineva care îți cunoaște cele mai întunecate secrete.

– Ce poveste fermecătoare!

L-a atins pe domnul Kessler cu afecțiune pe umăr, de parcă era propriul ei bunic.

– Cât mi-aș dori să decorez o casă!

Iar el a râs din nou, tot numai o încântare de băiețel.

Anumite femei au o îndemânare cu bărbații, folosind la nesfârșit în avantajul lor simplul fapt că sunt femei. Diana era una dintre ele. Își purta frumusețea și inteligența cu aceeași încredere dezinvoltă cu care își purta pălăria cu voal negru – într-un fel vesel și ușor periculos.

Domnul Kessler m-a văzut stând în ușă.

– Ei bine, iat-o!

S-a luminat la față de parcă brusc aș fi fost un copil mult-iubit.

– Domnișoara Van der Laar a trecut să-ți mulțumească, May. Mi-a zis că ai gestionat cu multă pricepere situația de seara trecută.

Inima mi s-a oprit.

– Ce situație?

– Ah! Doar relația cu mama.

Râsul îi era ușor ca un tril cântat la pian pe note înalte.

– Poate fi foarte dificilă, dar tu ai știut cum s-o iei. De fapt, mama a fost atât de încântată, încât te-a invitat la cină!

I-am aruncat un zâmbet rigid.

– Nu trebuia să bați atât drum. Un telefon ar fi fost suficient.

– Nu se pune problema! Vedeți, noi suntem prietene vechi, i-a explicat domnului Kessler, zâmbind dulce.

– Serios? m-a privit domnul Kessler pe deasupra ochelarilor. Nu mi-ai spus niciodată asta.

– Mă întrebam, a continuat ea, dacă am putea să plecăm împreună, May. Adică e aproape ora cinci…

– Închidem de-abia la cinci și jumătate.

– Ah, dar nu mă deranjează. Aștept, s-a oferit ea. Aveți atât de multe lucruri încântătoare aici.

– Ah, *te rog!* Nu îți face prietena să te aștepte! a insistat domnul Kessler. Ia-ți haina! Ne vedem mâine.

Știam că îl deranjează să plec mai devreme. În mod normal mă întâmpina la ușă de dimineață cu ceasul de buzunar în mână. Însă acum mă încuraja ca un tată mândru, împingându-mă pe ușă la prima întâlnire cu un tânăr foarte promițător.

Mi-am luat haina și pălăria și, deși zâmbeam, pe dinăuntru fierbeam. Seara trecută fusese suficient de neplăcută. Nu voiam ca Diana să apară și să mă încolțească oricând avea chef.

Odată ajunse în stradă, zâmbetul mi-a dispărut.

– Ce faci?

– Voiam doar să vorbim. Și uite, mi-a aruncat ea un rânjet neastâmpărat. Te-am scăpat mai devreme! Nu e grozav?

– Asta e *slujba* mea! Vrei să mă concedieze?

– Sigur că nu!

Avea tupeul să pară indignată.

– De câte ori trebuie să-ți zic? De fapt, voi cumpăra ceva, promit! Orice vrei tu!

– Nu-mi pasă dacă vrei să cumperi ceva! Nu m-ai ascultat? Nu ai auzit nimic din ce ți-am spus seara trecută?

– Îmi place părul tău.

M-am oprit și m-am holbat la ea.

– Ce?

– Părul tău. Știi cât timp m-am uitat la tine până să-mi dau seama de unde să te iau?

S-a întins și a atins o șuviță aurie.

– Cât de inteligentă ești! Chiar ai reușit! mi-a zis.

– Am reușit să ce?

– Ai dispărut, nu-i așa? Ai reușit să-i lași pe toți în urmă. Ești o cu totul altă persoană.

A zis-o cu admirație și invidie totodată, dar în remarca ei era implicită acuzația de impostură.

Mi-am încrucișat brațele pe piept.

– Nu încerc să păcălesc pe nimeni.

Amândouă știam că mint. Dar a avut amabilitatea de a nu o arăta.

– Sigur că nu. Încerci doar să supraviețuiești.

Am știut atunci că nu doar îmi făcea pe plac, ci chiar și înțelegea.

– Hai doar să bem ceva împreună, a insistat. Asta e tot ce cer. Am bătut atâta drum.

– Cum? În limuzina ta?

– De fapt am luat trenul. Haide, știu un loc aproape.

Și-a strecurat brațul într-al meu. Avea un fel de a se purta de parcă ne-am fi știut de ani de zile, care era deranjant și ciudat de flatant în același timp.

– Atât doar că ar fi foarte stânjenitor pentru amândouă dacă ar fi nevoie să te implor. Și o voi face, să știi.

Am mers puțin și am coborât niște trepte abrupte care duceau într-un loc mic numit Blake's. Aflat la parterul uneia dintre clădirile mari de cărămidă, avea o atmosferă încețoșată și afumată, ca într-un club pentru bărbați. Interiorul era surprinzător de luxos, cu separeuri din piele roșie-închis, corpuri de alamă care luminau slab și lambriuri elegante de lemn. Un grup de oameni de afaceri stăteau la o masă mare, rotundă, în mijlocul camerei, înfruptându-se cu scoici, homari și fripturi, vorbind tare și bând din cești un lichid care cu siguranță nu era ceai. Era genul de loc în care nu aș fi visat vreodată să intru, pentru că nu mi-aș fi permis niciun pahar cu apă, darămite o masă. Dar pentru Diana era ca și cum ar fi aterizat într-o cafenea. Urmând-o la o masă, am încercat să par ușor plictisită, de parcă mâncasem mult prea multe scoici de-a lungul vieții și nu mai suportam să văd vreuna.

Ospătarul-șef ne-a condus într-un separeu, urmat de un chelner.

Diana și-a scos mănușile.

– Îți poți lua orice vrei. Adică în caz că ți-e foame.

Mi-era foame. Mirosul bogat și îmbietor al cărnii la grătar îmi lăsa gura apă. Dar nu plănuiam să stau mult.

– O cafea, vă rog!

Chelnerul ne-a adus amândurora cafea și, când a plecat, Diana s-a apropiat.

– Uite ce e, nu vreau să te urmăresc, serios. Dar ce am spus seara trecută era adevărat. Ești singura persoană care înțelege cum e.

– Deci, ce vrei să facem? Să împletim covoare și să facem schimb de povești? Suntem libere acum. Se presupune că ar trebui să uităm totul și să fim normale.

– Și dacă eu nu pot să uit? Dacă nu vreau să fiu normală?

Am ridicat din umeri, aruncând un cub mare de zahăr în cafea.

– De fapt – a scotocit prin geantă – am ceva pentru tine.

L-a pus în mijlocul mesei și mi s-a făcut pielea de găină.

Era stiloul de argint al doctorului Joseph.

Revederea lui mi-a produs o ușoară greață, de parcă m-aș fi aflat pe o margine înaltă, privind într-un abis întunecat și adânc. Aproape că auzeam penița zgâriind hârtia. L-am luat în mână. Era mai greu decât m-aș fi așteptat. Inițialele lui, *FAJ*, erau gravate pe o parte.

– Cum ai făcut rost de ăsta?

Diana a sorbit grațios din cafea.

– Mi-am luat libertatea să îl scap pe doctorul Joseph de el.

– Cum?

– A fost suficient de prost să îmi întoarcă spatele. Să-ți fie învățătură de minte și ție..., a adăugat ea.

L-am răsucit, simțindu-i greutatea în palmă. De fiecare dată când doctorul Joseph pusese ceva pe hârtie, soarta noastră fusese în pericol.

– De ce l-ai luat?

– De ce nu?

– Dar dacă ai fi fost prinsă?

– Și ce dacă? a zis, nepărând deranjată. Ce ar fi putut să-mi facă? Să mă închidă?

M-am gândit la Mary cea Mută cum împletea furios la stocul nesfârșit de covoare; la priveliștea grădinilor din spatele ferestrelor cu gratii, la șirul de scaune goale de lemn fixate de podea în holul din fața camerei de tratament.

– Să știi că le fac lucruri mai rele oamenilor decât să-i închidă.

Fața i s-a întunecat.

– Da, știu.

Eram fascinată și înspăimântată în același timp.

– Deci ce vrei să fac cu ăsta?

– Dumnezeule! Parcă aș sta la cafea cu Eliot Ness[1]! Nimic. Nu trebuie să faci nimic cu nenorocitul ăsta de stilou!

– Ei bine – mi-am mai pus niște zahăr în cafea, doar fiindcă puteam – nu îl vreau. Poți să-l păstrezi.

---

[1] Agent american prohibiționist, faimos pentru eforturile sale în ceea ce privește implementarea legilor privind consumul de alcool în Chicago. L-a capturat pe Al Capone și a condus o celebră echipă de agenți de poliție, supranumită Incoruptibilii. A fost coautorul popularei autobiografii *Incoruptibilii*, publicată după moartea sa, care a stat la baza mai multor seriale și filme artistice ce îl înfățișau pe Ness drept un justițiar integru (n. tr.).

Lăsându-se pe spate, m-a privit fix.

– Văd direct prin tine, să știi. Ești o impostoare, May. O impostoare completă și totală!

– E amuzant venind din partea ta!

Însă ea doar a dat din cap.

– Cine se aseamănă se adună.

– Nu știu despre ce vorbești.

– Sigur că știi. Nu e nevoie să mă minți. Ții minte! Și eu am fost închisă.

Mi-a venit să râd.

– În propria ta cameră, nu la un loc cu celelalte!

– Recunoaște – a arătat spre ceilalți clienți –, în afară suntem doar impostoare, figuri de carton ale femeilor care ar trebui să fim. Ne punem hainele potrivite, scoatem toate zgomotele potrivite. Dar, în tot timpul ăsta, capul îmi este ca o bombă cu ceas, gata să explodeze.

S-a uitat în jos, la mâinile cu manichiură îngrijită, și a început să zgândărească oja roșie, netedă de pe degetul mare.

– Dar asta nu e cel mai rău lucru. Cel mai rău este că nu pot spune nimănui.

– Ei bine, și ce ar trebui să fac eu? am izbucnit.

A dat cu pumnul în masă atât de tare, că până și oamenii de afaceri au tăcut.

– Nu te mai preface că nu s-a întâmplat! Nu te mai ascunde!

– Nu o fac! am șuierat, brusc stânjenită.

– Dă-mi voie să te întreb ceva: câți oameni știu măcar că ai fost acolo?

Mi-am afundat privirea încruntată în ceașca de cafea.

– Nu e asta ideea. E ceva intim!

– E intim pentru că *nu o poți* spune cu voce tare! E o diferență. Nimeni nu vrea să audă de timpul petrecut la nebuni. Crede-mă! Știu.

Avea dreptate. Problema era că nici eu nu voiam să aud despre asta. Era suficient de greu să gestionez propria-mi versiune de carton, fără să trebuiască să fiu și autentică în același timp. Dacă ceva avea potențialul să mă scoată din nou de pe fix, asta era.

Am fixat stiloul de argint furat de la doctorul Joseph.

– Nu știu ce vrei, am murmurat.

– Nici eu, a recunoscut plictisită.

Apoi, prinzând privirea chelnerului, i-a făcut semn cu mâna, ridicând cana de cafea.

– Sincer, nu aveți nimic mai interesant de pus înăuntru?

S-a întors cu două cești pline cu whisky.

Trecuse mult timp de când nu mai băusem. Aproape uitasem puterea pe care o avea băutura de a netezi marginile ascuțite și încrețiturile de pe frunte. De la prima sorbitură mi-am dat seama că era ceva de calitate, răspândindu-mi-se prin vene ca ploaia pe pământul pustiu și uscat. M-am relaxat și am scos un pachet de țigări.

– Vrei una?

– Sigur.

Le-am aprins și una i-am întins-o ei.

Și-a ridicat ceașca și a tras un fum adânc.

– Deci ai fost la vreun *ceilidh* distractiv în ultima vreme?

– Nu mi-ai spus de ce ai fost închisă.

– Am încercat să mă spânzur.

A expirat fumul.

– Nu era prima dată. Se pare că practica nu ne perfecționează, de fapt.

– De ce ai făcut-o?

– Oare de ce?

A mai descojit un pic oja de pe unghia mare.

– Ți-am zis: nu sunt ca alte fete.

– Deci ce s-a întâmplat? Frânghia nu a fost suficient de lungă?

– Nodul a fost greșit, îți vine să crezi? Acum nu mă voi mai putea califica pentru echipa de navigație. Data viitoare voi porni motorul uneia dintre mașinile din garaj, voi aprinde o țigară și voi asculta radioul până când mă voi stinge.

– Data viitoare?

– O fată trebuie să-și lase o portiță de scăpare.

Nu credeam în șarada ei sofisticată și plictisită.

– Tu măcar ai o mașină, soro!

– Dumnezeule! Tu *chiar* ai capsa pusă! Sau aș putea încerca vechea schemă cu capul în cuptor.

Mi-am dat ochii peste cap.

– Nu ai servitori? Cum ai de gând să ajungi în apropierea cuptorului?

– Ai dreptate! a început să chicotească. Va trebui să îi cer bucătarului să mă ocolească!

– Probabil îți vor aduce chiar și o blestemată de pernă!

Am râs, înecându-mă cu fumul de la propria-mi țigară.

A râs și ea, atât de tare că i-au dat lacrimile și pălăria i-a căzut pe podea. Chelnerul s-a grăbit să o ridice, iar ea i-a zis: „Ține-o tot așa cu cafeaua!"

– Uită-te la noi! a oftat, ștergându-și lacrimile de pe obraji. Nu putem nici măcar să ne sinucidem!

– Trebuie să existe vreun curs la distanță pe care să-l putem urma.

Și-a ridicat ceașca.

– Bine ai venit la prima întâlnire oficială a Clubului Fără Ieșire. Componența este extrem de exclusivistă – doar morți vii.

Mă simțeam mai bine acum, de parcă puteam să respir pentru prima dată după multe săptămâni.

– O fată trebuie să ventileze din când în când, atâta tot. Îți prinde bine să-ți faci un pic poftele.

Asta zicea de obicei mama când cumpăra mai mult unt sau frișcă adevărată. Viciile ei erau atât de inocente.

Am dat un bobârnac așa puternic pixului, încât s-a învârtit haotic pe masă.

– Ce o să faci cu blestemăția asta?

– Știu ce.

A luat șervetul și l-a sărutat, lăsându-i o urmă mare de ruj în colț, apoi a scris peste: *Mulțumim pentru distracție! Apropo, ai lăsat asta în camera de hotel, dragule! Xxxxx, Pupici.* O să îi trimit pixul prin poștă doamnei Verdent, împreună cu asta, a rânjit ea.

Începea să-mi placă fata asta.

– Știi, cred că mi-e foame, am mărturisit.

– Și mie.

I-a făcut semn chelnerului.

– Ce vrei? Friptură? Homar? Ambele?

– Friptură.

Am tras încă un fum și i-am aruncat o privire.

– Am jurat că nu mai mănânc homar după petrecerea de pe iahtul lui Nicky Howerd.

După aceea, îmbuibată cu friptură și un pic afumată, Diana a chemat un taxi.

– Haide, a insistat, urcându-se. Te las acasă. E prea frig să iei troleul.

– Nu e în drumul tău. E în partea cealaltă a orașului.

– Urcă-te până nu-i spun să te calce! a amenințat.

Șoferul nu era încântat că merge în North End. Croindu-și drum din ce în ce mai departe de Beacon Hill, cartierele se transformau dramatic. Case vechi erau ciopârțite în apartamente ieftine de închiriat, scări de incendiu subțiri și negre încolăcindu-se pe laturi. Clădirile erau mai apropiate, deformate și dărăpănate sub greutatea mulțimii de vieți înghesuite unele peste altele. Străzile s-au aglomerat cu oameni și zgomot, iar taxiul a trebuit să ocolească câteva căruțe trase de cai. Gunoiul neridicat se strângea pe terenuri virane. În curând, tarabele improvizate de fructe și legume au blocat fiecare colț, iar rufele întinse între clădiri se mișcau în vânt ca steagurile unei imense corăbii negre, navigând către nicăieri. Copiii se strângeau pe prispe să se joace cu bile sau alergau în grupuri pe străzile aglomerate, mulți fără paltoane sau căciuli, trăgând după ei frați sau surori care abia făcuseră primii pași. Din când în când se deschidea câte o fereastră la unul dintre etajele superioare și apărea capul întunecat al unei femei. Striga ceva în italiană, arunca câteva monede înfășurate într-o cârpă, iar unul dintre copii lua pachetul înainte ca altcineva să apuce și alerga să facă un comision. Erau atât de familiare pentru mine, că abia le remarcam. Însă Diana se uita hipnotizată pe fereastră, ca un turist într-o țară străină.

– Unde suntem?

– Tot în Boston, îți vine să crezi?

Am încercat să nu pară așa dramatic. Însă, urmărindu-i expresia de pe față, am privit și eu locul altfel. Părea murdar și aglomerat, cum îmi imaginam străzile din Tanger sau Maroc – deloc ca într-un oraș american.

– Ești în North End.

Am trecut pe lângă tutungiu, care rula trabucurile la fereastra micului său magazin. Alături era amanetul, plin ochi de radiouri la mâna a doua, costume bărbătești, instrumente muzicale, lămpi. Pe colț era băcănia lui Contadino, cu desfășurarea sa îmbietoare de fructe și legume așezate în formă de piramidă. Ca de obicei, bărbații erau adunați în jurul cuptorului de castane, fumând țigări la bucată și dezbătând politică, în timp ce copiii li se strecurau printre picioare, încercând să se apropie de căldură.

– Ce fac toți acești oameni? s-a minunat ea.

– Cum adică?

– Păi de ce sunt toți afară?

– Singurul loc în care pot merge este afară. Înăuntru nu e suficient loc.

Un Ford T vechi și deformat a pus frână în fața noastră, blocând drumul, în vreme ce o femeie cu o burtă imensă și trei copii mici s-a dat jos de pe bancheta din spate. Câțiva trecători s-au apropiat să discute în italiană cu șoferul vorbăreț, care nu părea să se grăbească.

Taximetristul a claxonat și a coborât geamul, urlând. Nimeni nu l-a băgat în seamă.

– Îmi place aici, a zis Diana, lăsându-se înapoi în scaun, trăgându-și mai strâns pe umeri haina de vulpe. Totul e atât de viu. Ție îți place?

– Sunt obișnuită. Dar e ca și cum ai trăi într-un acvariu – toți își cunosc intimitățile. Ce n-aș da ca într-o zi să am un loc al meu!

Am bătut șoferul pe umăr.

– Cobor aici, i-am zis.

Deschizând ușa, Diana m-a apucat de mână.

– Mâine la aceeași oră?

Am ezitat pentru un moment înainte să dau din cap.

– Sigur.

Am început să ne întâlnim în fiecare zi după muncă. Mergeam la același restaurant, stăteam în același separeu. Uneori stăteam doar la o cafea. Alteori, Diana comanda mâncare.

Curând, mama a devenit suspicioasă.

– Ai un admirator, Maeve? Nu te vezi cu Mickey Finn din nou, nu?

– Nu, mamă. Și oricum, Mickey este un om absolut în regulă.

– Nu-mi pasă nici dacă e Papa, nu e suficient de bun pentru tine. Îți luaseși obiceiul să vii la tot felul de ore ciudate, mirosind a tărie și a bere!

– Nu mă văd cu Mickey!

– Atunci unde mergi în fiecare seară?

– Am o prietenă, atâta tot. O fată pe care am cunoscut-o la magazin.

Mamei îi plăcea să fie ținută la curent.

– Ce fel de persoană e? De unde este?

– Ce importanță are?

– Are importanță cu cine îți petreci timpul. Nu vrei să te amesteci cu persoanele nepotrivite.

Nu își dădea seama că *eu* eram persoana nepotrivită.

Două zile mai târziu, Diana mă aștepta cu un taxi.

– Vreau să-ți arăt ceva, mi-a zis.

Am trecut de centru și de strada Beacon, aproape de piața Kenmore. Ne-am dat jos în fața unei clădiri mari de apartamente, Complexul Waverly.

– Ce căutăm aici? am întrebat.

– Vei vedea, a zâmbit.

Un portar într-o uniformă roșie, elegantă a deschis ușa.

– Bună ziua, domnișoară Hanover!

– Bună ziua, Charles!

A trecut senină pe lângă el, intrând într-un foaier cu podea de marmură și lifturi strălucitoare de alamă.

– De ce îți spune Hanover? i-am șoptit.

Însă ea doar mi-a făcut cu ochiul.

– Răbdare, draga mea!

Am urcat la etajul patru, unde a scos o cheie din geantă și a descuiat. Pe plăcuța de pe ușă scria tot *Hanover*.

Înăuntru era un apartament mic și îngrijit cu un singur dormitor, o chicinetă și o baie. Decorat cu bun-gust, cu mobilă nouă, verde-închis, era călduros și confortabil, iar baia și bucătăria aveau instalații moderne și gresie și faianță roz.

– Ei? Ce crezi? Nu e divin? a oftat Diana.

Am privit în jur.

– Adică e *al tău?*

– Cu totul al meu! Tu mi-ai dat ideea, când ai vorbit despre un loc al tău. M-am hotărât că aș vrea și eu unul. O ascunzătoare de care să nu știe nimeni. Adică – a zâmbit – nimeni în afară de tine!

– Vrei să spui că l-ai cumpărat pur și simplu? Din senin?

– Nu, îl închiriez. Dar nu e minunat? Și partea cea mai bună e că nimeni nu știe de existența lui, doar eu și cu tine. Suntem complet libere să facem ce vrem!

Am simțit înțepătura ascuțită și neplăcută a invidiei. Totul era atât de simplu pentru ea. Abia ce îi venea o idee, că se și materializa fără pic de efort. Am încercat să ignor sentimentul.

– Deci cine e Hanover?

– Ah!

A scăpat de haina de blană, aruncând-o pe canapea.

– Sunt eu, firește! Domnișoara Julie Hanover, secretară! Asta le-am zis. Ce zici de noua mea identitate?

Oare mă lua peste picior?

– Vrei să spui secretară, ca mine?

– De acolo mi-a venit ideea! Nu e amuzant? Mă poți închipui bătând scrisori la mașină și luând notițe? Hanover este numele primei mele guvernante. Să-ți aduc ceva de băut?

Îi făcea plăcere să se joace de-a gazda.

– Ce ai dori?

– Păi...

A deschis dulapul din bucătărie, era gol.

– Nimic! a râs. Apă?

– Aș dori niște apă atunci.

Ne-am așezat, iar Diana și-a deschis din nou geanta și a scos o altă cheie.

– Poftim! Toți membrii Clubului Fără Ieșire primesc una.

A arătat spre un telefon personal de pe o măsuță.

– Îți voi da numărul. Doar să suni înainte să vii, e tot ce te rog.

M-am holbat la ea.

– Vorbești serios? Propria mea cheie?

Nu mai eram atât de invidioasă acum.

– De ce nu?

Și-a aruncat pantofii, apoi și-a urcat picioarele pe măsuța de cafea.

– Cred că e o idee excelentă. Nu va trebui să dăm socoteală nimănui, nu vom avea musafiri nedoriți sau reguli. Putem face orice poftim!

Am răsucit cheia pe vârful degetelor. Ca toate celelalte lucruri din Complexul Waverly, era proaspăt tăiată, strălucitoare și nouă. Se pare că nu existau limite pentru ceea ce putea să facă sau să aibă Diana. Iar acum îmi oferea aceeași protecție. Șansa de a face orice îmi doresc, fără limite sau explicații.

– Știi că e o nebunie, i-am zis, dându-mi jos pantofii și strecurându-mi picioarele sub mine. Casa ta e atât de imensă, încât ai putea să ai propria aripă!

– Și ce? Am nevoie de un loc în care să pot respira, a zis ea, uitându-se rănită la mine. Nu ești singura care trăiește într-un acvariu. Am crezut că vei înțelege.

– Înțeleg. Doar că, ei bine, este atât de frumos. Plin de atâtea lucruri încântătoare.

– Nu-i așa? Bine, sunt doar obiecte. Și oricum, îmi plac secretele. Oamenii care nu știu nu se pot amesteca.

S-a întins, închizând ochii.

– Viața secretă este singura viață reală. Tot restul este o mască.

O săptămână mai târziu a apărut un articol în ziarul *Globe*, anunțând că mondena Diana Van der Laar, filantroapă în devenire, dona două artefacte grecești extrem de rare Muzeului de Artă, aripa Arta Antică. Era descrisă ca o „frumusețe de renume, cu educație continentală" și cu o familie cu „aplecări internaționale largi", ceea ce însemna că averea sa personală era „mai mult decât considerabilă". Apărea și o fotografie de-ale ei, arătând foarte palidă, splendidă și teribil de plictisită.

Când am ajuns la muncă, domnul Kessler își ieșea din piele de entuziasm, fluturându-mi ziarul în față.

– Uitați! E prietena dumneavoastră încântătoare!

L-a legănat încolo și-ncoace ca pe un steag.

– Este o recepție publică joi! Trebuie să mergem. Mi-aș fi dorit doar să ne fi menționat numele, a zis el, privindu-mă agitat. Ai putea să-i sugerezi să facă asta data viitoare.

– De fapt, nu vorbim niciodată despre genul ăsta de lucruri.

Am făcut-o să sune de parcă era cumva sub demnitatea mea. Dar, de fapt, nici măcar nu menționase vreodată recepția de la muzeu sau apariția în rubrica mondenă. Era ciudat să citesc despre ea în ziare de parcă ar fi fost o necunoscută.

– Ei bine, nu strică să întrebi, nu?

A trecut agitat pe lângă mine.

– Totuși, e un motiv de mândrie! Ne confirmă reputația ca furnizori internaționali respectabili. Această recepție ar putea fi o ocazie pentru și mai multe vânzări importante! adăugând apoi ca o completare: Trebuie să te îmbraci cu ceva drăguț, domnișoară Fanning.

I-am aruncat o privire nervoasă.

– Nu o fac tot timpul?

– S-ar putea să ne apară poza în ziarul de seară.

Apoi s-a schimbat la față.

– O, Doamne! Cărți de vizită!

S-a repezit în birou și a început să scotocească prin sertarele de la birou.

– Trebuie să comandăm imediat cărți de vizită noi! Cum am putut fi atât de tâmpit, încât să nu le cer mai devreme?

Am mers după el.

– Nu vă faceți griji! O voi face acum.

– Nu sunt îngrijorat, dar trebuie rezolvat!

Se agita atât de tare, încât și-a pierdut răsuflarea.

– Sunteți bine, domnule Kessler?

– Astmul.

S-a oprit, gâfâind un pic.

– Ceața asta nu ajută. Sunt în regulă.

I-am tras scaunul.

– Mai bine ați lua loc.

– Nu! Vreau să ajung la tipografie. E absolut necesar să le avem până joi.

– Nu arătați prea bine. Ar trebui să vă odihniți un pic.

A deschis sertarul din dreapta jos și a scos o mică fiolă.

– Am ceva aici. Benzedrină. E nouă.

I-a rupt capătul.

– Doctorul zice că își face imediat efectul. Curăță tot. Nu-ți face griji.

După ce a plecat, i-am telefonat Dianei la apartament, dar nu a răspuns nimeni. Am mers chiar mai departe și am sunat la casa din Cohasset, doar ca să mi se spună că „Domnișoara Van der Laar are foarte multe angajamente săptămâna aceasta și momentan nu se simte bine. Totuși, o voi anunța că ați sunat. Doriți să lăsați un nume?“

– Nu, nu, este în regulă, am mormăit, simțind că acum eu eram cea care o urmărea.

Lăsând jos receptorul, am început să-mi rod unghia.

Diana pe care o știam eu era o mare băutoare și o farsoare rebelă, care practic mă șantajase ca să-i fiu prietenă. Dar pentru lumea exterioară era o frumusețe mondenă, elegantă și realizată, cu ambiții filantropice admirabile.

Diana cea adevărată exista undeva între aceste două extreme, în lumea intimă a secretelor pe care încerca atât de tare să le protejeze, dar nu eram sigură unde.

M-am gândit la propriul trecut, cu toate straturile diferitelor mele versiuni. Înșelătoare nu erau rolurile pe care le jucai, ci cele pe care ajungeai tu însăți să le creezi.

În seara aceea, după muncă, m-am întâlnit cu mama în centru și am mers în subsolul cu reduceri al magazinului Filene's, ca să cumpărăm o rochie pentru recepție. În mod normal am fi ales un model din cartea de modele Butterwick și mama ar fi croit-o de una singură. Dar timpul era scurt. Filene's era un magazin universal, dar nu avea chiar aceeași clasă ca Stearns. Subsolul era celebru pentru reducerile și prețurile sale foarte bune. Aici mulțimi uriașe devalizau camerele subterane întinse, migrând din coș în coș, din stand în stand și vânând chilipiruri.

Până la urmă n-am reușit să găsim o rochie potrivită. În schimb, mama a ales o foarte elegantă fustă de crep din lână neagră, cu o tăietură oblică. Era mai mare cu un număr și fusese deja micșorată, una dintre cute destrămându-se.

– E lucrul cel mai ușor de reparat din lume, a zis ea, împăturind-o pe braț. Iar materialul cade frumos.

Dar eu, pentru prima dată în viață, nu puteam suferi acel subsol. Înainte fusese mereu o bucurie. Cine știe ce puteai găsi pe masa cu reduceri de șaptezeci și cinci la sută sau ascuns în fundul magazinului, la secțiunea *Ultima șansă?* Însă în seara asta totul părea comun și ponosit. Eram sătulă de oamenii care împingeau, loveau și scormoneau ca animalele. Voiam o rochie nouă – ceva la modă, delicat și frumos. Nu o fustă de înmormântare, ieftină și practică.

– E prea mare. Mă face să arăt ca o girafă în doliu, i-am zis.

– E prea mare *acum*, m-a corectat mama. Dar, după ce voi termina cu retușul, îți va veni ca o mănușă.

S-a oprit să frunzărească într-un coș cu bluze din colecția trecută.

– Asta e o piesă excelentă. O poți purta în trei din patru anotimpuri, la muncă sau seara și, cel mai important, te avantajează.

M-am uitat neiertătoare printre rochiile de damă înșirate pe un stativ, toate din colecția trecută și de mărimea nepotrivită. Nu m-am putut abține să nu mă gândesc la ce va purta Diana, la cum domnul Kessler a numit-o „prietena mea încântătoare", în vreme ce eu arătam ca o sălbatică.

– Domnul Kessler mi-a zis că vrea să port ceva drăguț, am insistat. Toți vor purta rochii și costume de zi.

– Asta chiar e *frumoasă!* În plus, bărbații nu știu ce vor, până nu le dai tu.

A ridicat o bluză roșie cu alb din tricot – care avea o gaură mică la guler –, apoi a renunțat la ea.

– Vei arăta elegant. Dar îți spun eu ce ar fi ridicol – m-a luat de braț, trăgându-mă către casă –, tu, la un metru optzeci, îmbrăcată într-o îngrozitoare față de masă înflorată. Doar femeile scunde se pot atinge de hainele înflorate și, în opinia mea, chiar și ele ar trebui să se țină departe. Apropo, ce părere ai despre turbane?

Am privit-o fix.

– Poftim? Ai zis turbane?

– Exact.

– Ai de gând să prezici viitorul la târg?

Mi-a ignorat sarcasmul.

– Mă gândeam să tricotez câteva pentru standul Societății Văduvelor. Am zis să fac ceva diferit anul ăsta.

În fiecare an, Societatea Văduvelor din Boston găzduia câteva evenimente caritabile, ca să strângă bani. Anul ăsta rezervaseră un stand în fața Bisericii din Nord, în timpul Paradei de Ziua Memorială. Evident se hotărâseră să se remarce artistic.

– Bine, dar *turbane?*

Pentru o femeie care tocmai ținuse o lecție despre pericolele țesăturilor înflorate, ăsta era un salt estetic considerabil.

– Păi nu putem să tot facem an de an șosete și milieuri. Se pare că oamenii vor ceva nou. Iar Frieda s-a apucat să facă șorțuri. (Aici era miezul problemei.) A anunțat-o din senin la întâlnirea comitetului de organizare, de parcă am fi știut deja. Și acum Rosemarie zice că a învățat să facă portofele mici pentru mărunt, din piele. Știi că lucrează la fabrica de pantofi? Ei bine, are voie să ia câte resturi vrea.

Nu se putea spune că mama nu era competitivă. Nu i-ar permite Friedei sau lui Rosemarie să o întreacă.

– Să fii sigură că nu o să fiu singura care face turbane! Vezi tu, ideea e că poți să ți-l pui când îți faci părul și trebuie să dai o fugă la cumpărături sau când faci curat sau chiar ca pălărie de seară. Vedetele de cinema le poartă.

Mă îndoiam de asta.

– Cum ți-a venit ideea?

– Am văzut un articol în McCalls. Se pare că Glora Swanson *trăiește* pentru turbane.

Mama fusese ajutată de Societatea Văduvelor să plătească prima lună de chirie când a ajuns în Boston și, mai târziu, să o scoată la capăt imediat după ce m-am născut eu. Deși ura să primească orice formă de ajutor, acum era mândră că putea să contribuie. În fiecare an făcea zeci de șosete groase, pălării de lână, gulere delicate din macrameu, batiste și milieuri complicate și migăloase, ca să strângă bani pentru alte femei aflate în situații similare. A făcut parte chiar și din comisia responsabilă de gustări, gătind biscuiți tari și uscați care, am observat, erau invariabil ultimii rămași pe masa cu dulciuri.

– Adică șosetele sunt șosete! Societatea Navală are șosete de le ies pe urechi, iar standul lor e chiar vizavi de noi anul ăsta!

Mama se aprindea deja.

– Vreau să fac ceva care să se vândă. Șorțurile Friedei nu sunt cu nimic speciale. Bumbacul e aspru. Dar oamenilor se pare că le plac culorile. Și, desigur, poate să le facă mult mai repede, de parcă ar trudi zi și noapte...

– E o idee senzațională, i-am tăiat-o. Sunt sigură că se vor vinde ca pâinea caldă.

– Crezi?

Dintr-odată a părut nesigură pe ea, ceea ce se întâmpla extrem de rar.

– Știu că e riscant, dar uneori trebuie să te arunci cu capul înainte, nu crezi?

– Mamă, nu crezi că e timpul să o termini cu Văduvele?

M-a privit încruntată.

– Despre ce vorbești? Ar fi pierdute fără mine!

– Adică nu crezi că e timpul să-ți găsești un bărbat?

– Ah, serios!

A strâmbat din nas ca la un miros respingător.

– Sunt mult prea bătrână pentru genul ăsta de prostii!

– Nu ești! Asta spui tot timpul. Și nu e ca și cum bărbații nu te observă. Știi prea bine că am dreptate.

S-a prefăcut absorbită de o masă plină cu izmene.

– Am prea multe pe cap. Sunt ocupată.

Ne-am așezat la coadă să plătim, în spatele unei femei cu doi băieți mici. Cu o mână ținea o haină de iarnă bărbătească și cu cealaltă îi ținea de guler pe băieții neastâmpărați. Am privit cum i-a dat fiecăruia câte o scatoalcă peste cap.

– Nu vreau să fii singură, atâta tot, am zis.

– Te am pe tine. Și, când o să pleci, îmi voi lua un câine mic. Unul cu părul creț.

– Un pudel? am chicotit.

– Exact. Un pudel! Prefer oricând un pudel unui bărbat!

Și-a scos portofelul.

– Pot să plătesc eu, mamă.

– Nu, vreau eu, a insistat. Ai făcut o treabă bună obținând slujba asta. Sunt mândră de tine. Când te-ai întors, m-am temut că o să te împaci cu Mickey și cine mai știe ce... Dar mă bucur să văd că ai crescut, Maeve, și devii o tânără foarte respectabilă. Indiferent de părul tău, a adăugat.

Mama nu oferea complimente dacă putea să ofere sfaturi. Acum căldura zâmbetului îi îndulcea trăsăturile și asta mă neliniștea. Își ținea bărbia ridicată chiar și în momentele de tandrețe, de parcă într-un viitor care se anunța înspăimântător s-ar fi putut trezi căpitan de corabie. Nu eram obișnuită cu laudele, le priveam cu prudență, mai ales dacă veneau din partea ei. De obicei se dovedea că prevesteau doar viitoare dezamăgiri adunându-se la orizont.

– Mulțumesc, am mormăit, urmărind cum vânzătoarea împachetează rapid fusta și o pune într-o pungă. Mulțumesc mult.

Să privesc satisfacția de pe chipul mamei era ca și cum m-aș fi uitat prea mult la soare.

Recepția publică de la Muzeul de Artă din Boston a avut loc în după-amiaza următoare. Domnul Kessler a închis magazinul mai devreme și am luat troleul către Parcul Forsyth, traversând Bulevardul Huntington în drum spre clădirea *nouă* și impunătoare. Întinsa galerie de marmură din aripa Artă Antică, cu tavanele înalte și podelele de lemn lustruit, era plină ochi de invitați, ziariști, fotojurnaliști, făcând instantanee fețelor faimoase din înalta societate a orașului.

Nu mai fusesem la muzeu de când eram mică. Mama mă dusese o dată, într-una dintre rarele după-amiezi libere. Ne plimbaserăm prin galeriile pline de vizitatori, neștiind sigur la ce ne uitam și ce însemnau toate. Ne obișnuiserăm să ne oprim când se opreau și ceilalți, să tragem cu urechea la părerile străinilor, încercând să vedem și noi ce vedeau ei. Însă am sfârșit petrecând mai mult timp mai degrabă holbându-ne la doamnele elegante decât la picturi sau artefacte.

Iată-mă din nou aici, încă intimidată de opulența, istoria și grandoarea locului. Aici era tărâmul oamenilor mai bine educați și mai sofisticați, a celor care, în loc să meargă la ultima comedie a fraților Marx, alegeau să admire un Rembrandt sau un Turner.

Urcând scările, am ezitat pe ultima treaptă. În fața mea, congresmeni flirtau cu vedete de pe Broadway, sportivi celebri și mondeni întrețineau mari industriași, critici de artă dezbăteau cu savanți, și bătrâne matroane respectabile aprindeau țigări unor curtezani tineri și seducători.

Domnul Kessler nu se simțea niciodată mai în largul său ca într-o instituție academică. Muzeele și galeriile erau habitatul lui natural.

– Ce aștepți, domnișoară Fanning?

S-a înclinat într-o parte, făcându-și loc prin mulțime.

– Vino! Avem afaceri de rezolvat!

Prin mulțime, am dat cu ochii de un bufet lung cu ceai și cafea, încărcat de prăjituri și bomboane, amenajat la un etaj învecinat. În mijlocul galeriei principale fusese construită o scenă, lângă o vitrină acoperită cu o pânză mare, neagră și străjuită de doi dintre paznicii muzeului.

M-am uitat după Diana. Era momentul ei, dar nu era de găsit niciunde. Am reperat-o totuși pe doamna Van der Laar, stând lângă scenă cu o ceașcă neatinsă de ceai în mână, de care se agăța ca un actor prost de recuzita sa. Se afla într-o discuție aprinsă cu o femeie a cărei expresie acră îi exprima iritarea, vizibilă chiar și din capătul celălalt al sălii. Ambele scanau fețele din mulțime cu o intensitate nervoasă. Gătită desăvârșit, cealaltă femeie purta o rochie de ceai foarte simplă, de un albastru-închis regal, și o manta excepțională, din blană de vulpe argintie, care îi punea în valoare paloarea feței și părul remarcabil. Era ciudat să văd o femeie care avea un chip atât de tânăr, cu un păr atât de voluminos și alb ca zăpada. Efectul era surprinzător și, totodată, șic. Probabil mă holbam. La un moment dat s-a întors și mi-a surprins privirea. Însă disprețul său a fost atât de evident, încât m-am înroșit și m-am uitat imediat în altă parte.

L-am găsit pe domnul Kessler vorbind cu doi domni cu aspect destul de excentric, care, am dedus eu, erau alți furnizori. Se servise cu cafea și cu o porție generoasă de fursecuri.

– A venit prin Istanbul, spunea el când m-am apropiat. Sigur că nu scoatem nimic la licitație. Nu suntem Bonhams sau Christie's. Dar am știut pe cine să sun și asta a fost tot. Le-a cumpărat imediat!

– Pe bună dreptate, a admis unul dintre ei, îndesându-și un ecler cu ciocolată în gură.

– Dar asta – domnul Kessler a zâmbit ridicându-și ochii spre cer –, asta e dincolo de cele mai nebunești visuri! Să văd piese de-ale noastre într-o *colecție națională!*

Cu siguranță atinsese un nerv dureros. Au urmat zâmbete scurte.

– De fapt aș vrea să schimb câteva cuvinte cu domnul Kimberly.

A aruncat o privire nerăbdătoare în jur.

– L-ați văzut? Am câteva sugestii pentru expoziția anglo-saxonă.

Unul dintre ceilalți furnizori a dat brusc din cap.

– E acolo. În spatele senatorului.

– Ține!

Domnul Kessler mi-a pus în mâini cana goală de cafea și farfuria.

– Trebuie să vorbesc cu el înainte de ceremonie.

Și dus a fost, croindu-și drum spre partea cealaltă a camerei.

– Tu trebuie să fii blonda lui Kessler, și-a dat cu părerea unul dintre bărbați.

– Mă numesc May. Cu *y*, l-am informat cu un ton care am sperat să sune umilitor.

M-am uitat în jur după un loc în care să las vasele, dar n-am găsit.

– Nu te supăra! a râs bărbatul. S-a tot lăudat cu tine.

– Mi-e greu să cred asta.

Am încercat să-l zăresc pe domnul Kessler.

– De ce vrea atât de tare să vorbească cu domnul Kimberly?

– De ce?

Bărbatul s-a uitat ciudat la mine.

– Pentru că e curatorul-șef, desigur!

Nu îmi dădusem seama că bărbatul pe care îl cunoscusem la familia Van der Laar cumpăra obiecte pentru colecția pe care o supraveghea.

– Încă o moștenire, încă o expoziție, a continuat bărbatul. Kimberly s-a descurcat bine în viață.

– Cu siguranță, a încuviințat celălalt bărbat, scoțându-și tabachera. Probabil se simte ușurat.

– De ce ușurat? am întrebat.

Mi-a oferit o țigară, neatent la faptul că nu aveam nicio mână liberă. A mai fost pe teren nesigur. Au fost discuții să fie înlocuit. Poate ca fondurile să fie redirecționate. Însă familia Van der Laar a intervenit și a salvat situația – din nou.

– Devine un obicei.

Primul bărbat s-a servit cu unul dintre fursecurile rămase de la domnul Kessler.

– Cu doi ani în urmă au donat o cască de război și o suliță din Roma Antică, a zis, arătând spre o vitrină din capătul celălalt al galeriei. Încep să-și facă un nume destul de mare.

Însoțitorul său a expirat fumul.

– Bine de Kimberly e tot ce zic. Nu e fraier. Are un talent în a scoate bani din piatră seacă. Și nu se sfiește să poftească pe oricine la masă.

Am fost surprinsă de ultima remarcă.

– Ce vreți să spuneți?

Cei doi au schimbat o privire.

– Ei bine, familia Van der Laar e bogată, nimeni nu contestă asta. Însă nimeni nu e sigur de unde vin banii. Sau, la drept vorbind, de unde vin ei... Unii spun Danemarca, alții Germania. Nu sunt aristocrați, asta e sigur. Nu sunt chiar genul de persoane care sunt, de obicei, invitate la astfel de donații publice.

– Și asta contează?

Nu m-am putut abține să nu îi iau partea Dianei și să nu mă simt insultată pentru ea.

– Nu au o istorie. O marcă.

– Să spunem doar că sunt influenți, a conchis primul bărbat, înghițind ultimul fursec. Însă calitatea obiectelor, accentul pe Grecia și Roma clasice – trebuie admis, totul e o mișcare inteligent calculată.

– Fără îndoială, la sfatul lui Kimberly, a subliniat prietenul său.

– Fără îndoială.

– De ce calculată? am vrut eu să aflu.

– Piesele pe care le donezi sunt cartea ta de vizită. Poartă numele tău, e foarte simplu. Vrei să fii asociat cu niște obiecte aborigene primitive din lemn sau cu Venus din Milo?

– Colecțiile clasice garantează acoperire favorabilă în presă. Și impresionează toți oamenii potriviți.

– Spre deosebire de statuile africane ale fertilității donate de tine, a zâmbit bărbatul. Apropo, vreo veste de la Winshaw?

Presupunerea mea fusese că domnul Kessler le spusese că obiectele au venit prin Winshaw, dar, după cum se vedea, nu menționase nimic în acest sens. M-am întrebat dacă exista vreun motiv pentru această manevră.

– Ah, nu. Nu din câte știu eu.

– Nu mă surprinde, a zis celălalt bărbat, căutând cu privirea o scrumieră.

– Îl cunoști?

– Ah, da! Toată lumea îl știe pe Winshaw!

– În afară de mine, le-am zis. Am fost angajată după ce el plecase deja în străinătate.

– Ăsta e probabil un lucru bun! au râs amândoi.

– De ce?

– Ah, este îngrozitor de afemeiat!

– Clar! a aprobat prietenul lui, scrumând în restul de cafea al domnului Kessler. N-ai fi putut să-l lași singur nici cu mama ta!

– A!

Mă așteptam să fie în vârstă, ca domnul Kessler. M-am prefăcut doar superficial interesată.

– Deci este un bărbat frumos?

– E atrăgător, a zis bărbatul cu țigara, dar e vorba mai mult de personalitate decât de aspectul fizic. Cine știe? a spus ridicând din umeri. A dispărut de pe radar deja de mult timp – probabil și-a forțat prea tare norocul. Ar putea fi chiar mort.

– Nu, nu e mort, a susținut celălalt. Winshaw e prea viclean ca să moară. Dacă a dispărut e pentru că nu vrea să fie găsit încă.

Chiar atunci domnul Kimberly a urcat pe scenă și sala a amuțit.

– Doamnelor și domnilor, vreau să vă poftesc să asistați la ceea ce cu siguranță este una dintre cele mai remarcabile achiziții din istoria recentă a Muzeului de Artă și clar o piatră de temelie pentru colecția de Artă Antică. Datorită acestor exponate excepționale ale picturii ceramice grecești clasice, datând din 456 î.Hr., acum am avansat suficient pentru a concura cu colecțiile clasice ale unor instituții precum Muzeul Metropolitan de Artă din New York și Muzeul de Artă din Philadephia.

Paznicii au înlăturat cu emfază pânza neagră, iar respirația sălii s-a tăiat vizibil, urmată de aplauze. Domnul Kimberly și-a ridicat mâna pentru a liniști mulțimea.

– Și îi datorăm acest noroc incredibil viziunii excepționale și devotatei generozități civice ale unei tinere încântătoare....

S-a întors scanând sala și toată lumea s-a întors, de asemenea, căutând-o cu privirea pe vedeta momentului. Însă nu era acolo. Într-un final, în disperare de cauză, a arătat spre doamna Van der Laar.

– Buna mea prietenă și a orașului nostru drag, doamna Jacob Van der Laar.

Doamna Van der Laar a urcat pe scenă și i-a făcut un semn țeapăn cu capul. Domnul Kimberly i-a luat mâna și o rafală de blițuri s-a declanșat. Ea a clipit în mod vizibil iritată, în vreme ce Kimberly a tras-o mai aproape, pozând în fața obiectivelor.

Am prins ocazia să mă strecor în sala de ceai goală și să scap într-un final de vase. Eram pe punctul să mă întorc în galeria principală când am auzit voci șoptind încet. Le-am urmat. Vârâtă într-una dintre firidele de marmură, ascunsă privirii, Diana era așezată pe o bancă de lemn lângă un băiețel, pălăvrăgind fericită și ignorând complet faptul că rata propria ei petrecere.

Pe măsură ce mă apropiam, și-a ridicat privirea.

– Ah, May!

A părut nu doar surprinsă, ci de-a dreptul șocată să mă vadă acolo.

– Ce cauți *tu* aici?

– Sunt cu domnul Kessler. În interes de serviciu, i-am amintit.

– Ah, da!

Am observat-o punând lucrurile cap la cap și relaxându-se un pic. Dar m-a surprins că avea tendința instinctivă de a se ascunde.

– Întrebarea e: ce faci *tu?* am subliniat. Nu ar trebui să fii pe scenă?

– Când nu sunt eu pe scenă?

Apoi i s-a luminat fața arătând spre băiatul de lângă ea.

– Dă-mi voie să vă prezint – el este Andrew. Vărul meu preferat. Ne distram și noi departe de toată vânzoleala, i-a zâmbit ea. Ne place muzeul dar nu chiar toți oamenii ăștia, nu-i așa?

Băiatul a dat serios din cap. Nu putea avea mai mult de opt sau nouă ani și purta jacheta gri de la uniforma unei școli private. Avea părul negru, iar ochelarii rotunzi, cu ramă de metal îi încadrau ochii mari, albaștri. S-a uitat mai degrabă prin mine decât la mine, ținând strâns în poală geanta de școală din pânză.

Am întins mâna.

– Îmi pare bine să te cunosc!

Andrew a dat din cap, dar și-a ținut privirea în jos. Mi-am lăsat mâna moale pe lângă corp.

– Spune *bună!*, dragule, l-a îndemnat Diana.

– Bună! a murmurat.

– Asta e geanta ta de școală? am întrebat.

– Ah, o ia peste tot, nu-i așa? a zis ea vesel. E geanta lui de explorator.

– Chiar așa? am îngenuncheat. Ce ai acolo?

A ridicat din umeri, ferindu-se.

– Nu știu.

– Îi plac anumite cărți, nu-i așa? Le ia cu el peste tot, că cine știe...

– Ce idee strălucită! am zâmbit. Îmi doresc să mă fi gândit și eu la asta. Și eu am niște cărți preferate. Ale tale care sunt?

Andrew și-a înclinat capul, privindu-mă direct pentru prima dată, cu colțul ochiului. Apoi a deschis încet traista și a scos un manual ilustrat mare, *Enciclopedia Brentworth pentru Insecte și Gândaci*. Coperta era uzată, iar paginile în mod clar intens răsfoite. A deschis-o la un desen în mărime reală a unui gândac-rinocer imens.

– Asta e una dintre cărțile mele. Are multe ilustrații color grozave, a zis.

– Da, așa e! am încuviințat. Ce gândac mare și frumos!

– Este un gândac Hercule. Acesta este cel mai cunoscut și mai mare dintre gândacii-rinocer. E originar din pădurile tropicale din America Centrală, de Sud și Antilele Mici. A fost observat chiar și mai la nord, în sudul statului Veracruz, în Mexic.

Parcă recita cuvânt cu cuvânt din carte.

– Așa, deci. Ce deștept ești!

– Da, este un băiat foarte deștept, a zis Diana netezindu-i părul cu afecțiune. Poți să-l întrebi absolut orice despre insecte și îți va spune exact ce trebuie să știi.

– Cât de practic. Îmi arăți care e preferatul tău?

Sprânceana lui Andrew s-a încruntat de îngrijorare.

– Nu am un preferat. Îmi plac în mod egal. Ar fi greșit să îl aleg pe unul în detrimentul altuia.

Era o ușoară panică în vocea lui.

– Firește, am zis repede. Asta e o atitudine excelentă. Dar poate ți se par unul sau doi deosebit de interesanți.

S-a oprit și s-a gândit cu atenție. Apoi, răsfoind paginile, a dat la o altă ilustrație colorată.

– Asta e o gărgăriță cu gât de girafă din Madagascar. Se numește așa din cauza...

– Ah, pentru numele lui Dumnezeu, pune deoparte cartea aia stupidă!

Femeia cu părul alb-argintiu stătea deasupra noastră, cu brațele încrucișate pe piept. Avea același accent metalic precum doamna Van der Laar.

– Ți-am zis, nu vreau să mai cari chestia asta după tine în tot orașul!

Luat prin surprindere, Andrew a lăsat cartea să-i alunece pe podea. Diana a ridicat-o repede și i-a pus-o la loc în geantă.

– Mi-e teamă că e vina mea, m-am ridicat eu. L-am rugat să-mi arate câteva imagini.

Dar m-a ignorat, adresându-se Dianei.

– Unde ai fost? Mama ta a trebuit să facă prezentarea în locul tău!

Ochii i s-au îngustat.

– Ai stat ascunsă aici în tot acest timp?

Diana a părut să dea înapoi, făcându-se mică în fața ei. N-o mai văzusem până atunci ținând cont de cineva, nici măcar în spital.

– Îmi pare rău, nu mi-am dat seama cât e ceasul. Am vrut doar să găsim un loc liniștit, asta e tot. Ecoul îi face rău la urechi.

– *Ecoul?* Care ecou?

– Ecoul tuturor vocilor lovindu-se de pereții de marmură, a explicat ea neconvingător.

– Nu fi ridicolă! Mereu îl cocoloșești. Mă depășește cum reușești să dai cu piciorul fiecărei oportunități! Ai stricat tot evenimentul!

Și-a întins mâna ferm și i s-a adresat lui Andrew.

– Haide! Verișoara Didi a făcut ceva foarte prostesc și egoist. Cred că e timpul să te întorci la internat, nu crezi?

– Nu, Elsa! a sărit în picioare Diana. Îmi pare rău! Nu am vrut!

– Atunci trebuia să te gândești la asta mai devreme.

A pocnit nerăbdător din degete către băiat.

– Haide!

Strângându-și geanta, Andrew a luat-o ezitant de mână și au pornit spre galeria principală.

Diana s-a uitat după ei abătută.

– Cine e? am întrebat-o eu.

– Elsa, mătușa mea.

– Mătușa ta?

Părea prea tânără ca să fie sora doamnei Van de Laar.

– E sora vitregă a mamei, mi-a explicat ea.

– Părul ei e atât de...

– Știu. E o nebunie, nu-i așa? Când era tânără, a avut o febră extrem de puternică într-o noapte și până dimineața a încărunțit.

Diana și-a sprijinit capul de un portic.

– Acum sunt implicată în chestia asta. Deși ei fac totul în felul lor, eu sunt cea care taie panglici și trebuie să țină discursuri prin tot Bostonul.

– Dar de ce trebuie să fii tu? Atât timp cât totul rămâne în familie, care e diferența?

– O, May! Cum altfel ar putea să mă mărite? Nu mi-am făcut intrarea în înalta societate, nu sunt tocmai genul care să socializeze și poza mea nu a apărut în revistele potrivite. Și, de fapt, dacă e ca cineva să știe ceva despre mine, atunci va descoperi că sunt nebună de legat. Singurul lucru care a mai rămas e să mă transforme într-un fel de mecena.

Nu prea știam ce să spun. Era o problemă cu care eu n-aveam să mă confrunt niciodată.

– Ai fost de față la discurs?

Acum părea de-a dreptul îngrijorată.

– A reușit mama s-o dreagă?

– Nu. A durat doar câteva minute. Cred că a fost o chestiune acceptată de toată lumea că e ceva excepțional și că a fost un act de mare generozitate și cam asta... De ce întrebi?

– Elsa poate să fie o mare vacă. Atunci când e în toane proaste, se răzbună pe Andrew, a scrutat ea camera. Săracul puiuț!

Doamna Van der Laar și Elsa stăteau de vorbă cu domnul Kimberly, avându-l pe Andrew între ele, care stătea cu ochii la pantofi. Elsa își ținea mâna înfiptă în umărul lui. Parcă simțeam cum i se înfigeau în carne unghiile ei perfect făcute.

Acum, că ceremonia se terminase, sala de ceai se umplea iar. Am încercat să o înveselesc.

– Ai văzut exponatele? am întrebat. Nu ești nici măcar un pic curioasă să-ți vezi numele pe o placă de bronz?

– Până la urmă, Diana e un nume încântător, a zis un bărbat din spatele nostru.

Ne-am întors amândouă.

Foarte slab și deșirat, cu o față îngustă și palidă și cu ochi rotunzi și însuflețiți, a zâmbit timid, cu bărbia povârnită spre gâtul lung, într-un unghi care-l făcea să semene puțin cu un curcan. A privit-o pe Diana atent, cu o expresie de necuviință neastâmpărată.

– Fata care nu a apărut, a încoronat-o el. Doar tu puteai să dai o petrecere și să nu apari!

Farmecul ei s-a declanșat brusc.

– Bună, Charlie! i-a întins ea mâna. Ți-a fost dor de mine?

– Tuturor ne-a fost! Ești singurul motiv pentru care am venit. Prima ta placă de bronz – nu crezi că ar trebui să sărbătorim?

– Poate altă dată, a zis ea, vocea transformându-i-se într-o șoaptă jucăușă. Sper că nu o să mă plesnești, dacă nu vreau să fac ce mi se spune, nu-i așa, Charlie?

Fața lui s-a făcut roz-aprins și a înghițit în sec.

– Nici în vise nu mi-aș permite să îți spun ce să faci, Diana.

Și-a apăsat degetele pe buzele lui subțiri și s-a îndepărtat.

M-am holbat la ea uluită.

– Cine era?

– Domnul Charles Henry Peabody, al III-lea. Din familia Peabody din Massachusetts.

Fața probabil m-a trădat.

– Ai auzit vreodată de Muzeul de Istorie Naturală Peabody? mi-a suflat ea. Sau de Institutul Peabody? Sau poate de Academia de Știință Peabody? Și apoi, desigur, mai e și afacerea bancară a familiei, Hotelul Peabody și întregul oraș Peabody din Massachusetts, dacă asta nu-ți spune nimic?

– Ah! m-am întors din nou să văd încotro o luase. Vrei să spui că Lungilă ăla e proprietar pe jumătate din Massachusetts?

– Exact.

– Diana! a strigat-o altcineva din partea cealaltă a camerei.

– Ia te uită, Diana!

Un bărbat destul de îndesat își făcea loc prin mulțime spre noi. Era îmbrăcat într-o haină bleumarin, la două rânduri, cu emblema unui club de iahting pe buzunarul de la piept și o eșarfă țipătoare, din mătase roșie-aurie, în loc de cravată.

– Ah, Doamne! a oftat ea. Pregătește-te!

Fața i s-a strâmbat într-un zâmbet involuntar.

– E Nicky Howerd.

– Diana!

Nicky a sosit gâfâind de la efortul de a-și fi negociat cel mai scurt drum de la bufet până la noi. Un alt triumf al reproducerii între rude, era scund și avea un trunchi în formă de ou, care îi făcea pantalonii să se umfle sub talie ca un balon. Părea mai tânăr decât era și avea obraji rotunzi și rumeni și un păr fără culoare, aranjat pe spate. I-a zâmbit fericit Dianei, îndesându-și mâinile în buzunare și legănându-se pe călcâie, ceea ce m-a făcut să mă gândesc la un scenariu în devenire cu Humpty-Dumpty.

– Ei bine, e fantastic să te văd aici!

Diana a zâmbit ușor.

– Unde altundeva aș putea fi, Nicky?

– Ah, da, firește! a zis, smucindu-și umărul spre mine. Și cine este această prietenă încântătoare? Nu ai de gând să ne prezinți?

Mi-a prins privirea.

– Dar Nicky – s-a încruntat inocent –, o cunoști deja pe May.

Mintea i s-a golit.

– A fost pe vasul tău vara trecută, a zâmbit ea dulce. Grătarul de homari? Ne-am distrat cu toții atât de bine, nu-i așa?

– Nu-mi amintesc să fi râs mai tare în viața mea, m-am amestecat eu.

Ochii lui Nicky s-au mărit de panică. S-a forțat să zâmbească.

Diana l-a împuns în piept prietenește.

– Nu-mi spune că nu-ți amintești! *Serios?* Chiar nu ți-o amintești pe May Fanning?

L-am împuns și eu.

– Din Albany?

O față inexpresivă era singurul lucru de care Nicky era capabil.

– Aha, da! a dat el din cap. Da, parcă îmi amintesc...

– Ca să fiu sinceră, am șoptit apropiindu-mă, părul meu avea o culoare diferită atunci.

– Ah! ușurarea i-a cuprins fața. Ah, da! *Acum* îmi amintesc! Desigur! mi-a întins el mâna. Mă bucur să te revăd!

I-am strâns-o.

– Oricând o plăcere.

S-a întors spre Diana.

– Am auzit că fratele tău s-a întors în oraș. A venit în vizită de pe continentul negru, așa e?

– Da, mă tem că e adevărat.

– Trebuie să punem ceva la cale, a dat din cap și către mine. Noi toți! Ce zici, Diana? N-am mai ieșit de luni de zile și sunt aproape sigur că îmi ești datoare cu un dans!

Ea a zâmbit, trecându-și brațul printr-al meu.

– S-a făcut târziu, Nicky. Și mai bine merg să văd blestemata de expoziție înainte să plec.

– Atunci rămâne să te sun, da?

– Da, neapărat, Nicky.

– Iar de data asta o să răspunzi?

– Mi se pare mie sau ai slăbit? a zis ea, împingându-mă spre cealaltă sală. Deci mă bucur că te-am văzut. Să nu mănânci prea multe bomboane!

Dragă domnișoară Fanning,

Am fost în multe dintre locurile de pe harta din birou. Toate sunt extraordinare, pline de mister și frumusețe, dar și de oameni obișnuiți, trăindu-și viețile cu toate grijile și problemele pe care le avem și noi acasă. Lângă Piramidele din Giza sunt triburi care locuiesc în colibe și corturi, femei care coc pâine și dojenesc copii, bărbați care se târguiesc pentru vite. Deci e foarte diferit și exact la fel. Și cred că toți sunt preocupați de bine și rău, chiar dacă se roagă la dumnezei diferiți în limbi diferite, iar eu sper că unii dintre ei chiar îi aud.

Caut prin toată lumea artefacte rare, astfel încât eu și alții să ne putem gândi la vârsta, meșteșugul și în special la autenticitatea lor – ăsta-i adevărul. Poate sunt sentimental, dar cred că ce e real are valoare, chiar dacă a fost extrem de lovit de timp și de soartă, chiar dacă, atunci când e descoperit, este doar un fragment din ce a fost odată. Oricât de comun este obiectul, fie o lingură de lemn sau un colier ritualic bătut cu pietre, are scopul și integritatea proprii. Oare nu este valabil și pentru viețile noastre, oricât de obișnuite?

Ai grijă de Kessler (el ți-a zis că am dispărut? Poate doar nu sunt obișnuit să cer permisiunea cuiva ca să merg unde doresc) și încearcă să nu te gândești prea mult sau prea tare. Filosofia e ca fumul: umple aerul, ne orbește și totuși dispare repede, nelăsând nimic în urmă. Acțiunea este cheia; în mișcare, suntem cu toții formidabili.

Așa că iată. Dacă lumea ar fi bună, domnișoară Fanning, nu ar fi interesantă. Dar, din experiența mea, este cu adevărat interesantă atunci când e autentică.

Al dumneavoastră,

B. Winshaw

Scrisoarea a sosit într-o dimineață gri și umedă, spre sfârșitul lunii martie. Am citit-o în biroul domnului Winshaw. Apoi, după ce am închis ușa, am recitit-o de câteva ori.

Trimisesem scrisoarea greșită.

Însă el răspunsese.

Nu scria ca un Casanova. Părea inteligent și ciudat de romantic.

Oricât de comun este obiectul, are scopul și integritatea proprii.

Pentru cineva care desconsidera filosofia, avea o perspectivă destul de poetică. Și m-a luat în serios. Micul meu discurs prostesc despre bunătate găsise o ureche reflexivă și atentă într-un străin aflat la mii de kilometri distanță.

Când domnul Kessler m-a întrebat ce fac, am împăturit repede scrisoarea și am ascuns-o în buzunar. Simplul fapt de a o putea scoate și citi oricând doream îmi dădea un sentiment destul de exagerat de entuziasm și euforie. Și, din moment ce domnul Winshaw nu mă rugase să-i transmit ceva domnului Kessler, m-am gândit că am tot dreptul să o țin pentru mine.

De fapt, deja compuneam în minte răspunsul.

Dragă domnule Winshaw,

Ei bine, mă bucur să aflu că sunteți în viață. Și dvs. veți fi mulțumit să aflați că am primit ultimul dumneavoastră pachet (acelea erau propriile genți de voiaj?). Vasul și platoul grecești fac parte acum din colecția permanentă a Muzeului de Artă din Boston, deci nu v-ați irosit timpul.

Domnul Kessler este bine, apropo (mulțumesc de întrebare). Practic zburda de fericire la recepția publică și a trebuit împiedicat fizic să țină un discurs. Din fericire, este ușor de distras cu fursecuri. Nu știu pe unde găsiți aceste lucruri, dar clar știți cum să faceți un bătrân extrem de fericit.

Cât despre treaba cu autenticitatea și integritatea inerente ale lingurilor de lut, v-aș întreba asta: dacă viața de zi cu zi din Boston este la fel de valoroasă ca fragmentele vechiului Babilon, cum se face că plecați atât de departe atât de des? De ce săpați în praful unui pământ străin pentru a descoperi ceea ce aveți deja acasă?

Nu mă puteți păcăli, domnule Winshaw. Fie sunteți un infractor care se ascunde de poliție, fie Boston nu se compară cu leagănul civilizației, oricât s-ar strădui Fiicele Revoluției Americane să ne facă să credem. Nimeni nu se leagă de catargul unui vas ce se îndreaptă spre portul din Boston, pentru că sirenele nu cântă aici.

Și totuși, cred că toți tânjim teribil după cântecul lor nestăpânit.

A dumneavoastră,
May Fanning

După evenimentul de la muzeu, am început să petrec din ce în ce mai mult timp cu Diana. Era neclar dacă obligațiile ei sociale se împuținaseră sau pur și simplu voia să le ignore. Însă intrase într-o căutare aproape frenetică și nesăbuită a distracției și plăcerii. Ne-am obișnuit să ne întâlnim la apartament după muncă. Avea o provizie pe cinste de tărie, confiscată din rezervele aparent nesfârșite ale familiei sale și, rareori, își amintea să se aprovizioneze și cu ceva de mâncare, însă cel mai bun lucru era intimitatea. Beam, fumam, ascultam radio și ne aventuram în ceea ce Diana numea *primejdii*. Acestea erau provocări concepute de Diana pentru a ne ține departe de plictiseală.

După o zi lungă, eu mă mulțumeam să stau liniștită, însă ea avea o nevoie permanentă de stimuli.

– Am început să amorțesc, zicea. Hai să animăm un pic lucrurile! Simt că mă înghite canapeaua!

Mă ridica la câteva secunde după ce mă descălțam și mă târa spre ușă.

– Haide, să ieșim de-aici!

Jocul ei preferat era „Nu-mi vine să cred că ești tu“, care presupunea să mergem într-un loc aglomerat, precum o stație de tren sau holul unui hotel, și să alegem un necunoscut pe care una dintre noi să se prefacă a-l cunoaște. Eram groaznică la jocul ăsta, ezitantă și ciudată.

Nu o singură dată am sfârșit alergând oameni pe platforma trenului. Însă Diana nu eșua niciodată, dădea un adevărat spectacol alergând și îmbrățișându-i, acoperindu-i cu sărutări și lacrimi de bucurie. Încurcați, încântați, uneori chiar prefăcându-se că o cunosc la rândul lor, cedau invariabil în fața combinației unice de credibilitate, farmec și încredere. Câștiga întotdeauna. Erau acordate puncte suplimentare dacă reușeai să începi fiecare tură cu propoziția „Nu-mi vine să cred că ești *tu!*"

Alte dăți îi plăcea să stea la tejgheaua vreunui magazin și să toarne povești oricui era dispus să asculte, o distracție pe care o numise *Marele adio*. Se prefăcea că noi două eram în drum spre mănăstire și eram disperate să fim sărutate pentru o ultimă dată sau că eram aviatoare, gata să zburăm într-o misiune transatlantică periculoasă sau uneori eram actrițe începătoare, în drum spre Hollywood pentru o probă. În timp ce eu mă străduiam să fiu convingătoare, ea era totodată inventivă și deseori credibilă până la lacrimi. Până să plecăm, oamenii se adunau să ne strângă mâinile și să ne ureze noroc, uneori chiar cerându-ne autografe. Ea numea asta *antrenament*.

– Gândește-te la toate minciunile pe care trebuie să le spui în viață! obișnuia să zică.

Diana putea intra în pielea oricărui personaj cu atâta ușurință, încât uneori mă întrebam dacă uitase că totul era inventat. Însă apoi, când ajungeam afară, se agăța de brațul meu și râdea până îi dădeau lacrimile.

– Sunt atât de creduli! Dumnezeule, May! O să ne caute numele în ziare *săptămâni* întregi!

Să fiu cu ea era ca o regresie într-o copilărie extrem de privilegiată și scumpă, în care jocurile erau mai periculoase, însă nu mai puțin frivole. Cu ea, aveam sentimentul amețitor, chiar dacă ușor neliniștitor, că orice e posibil. Puteam fi călugărițe sau actrițe, femei de lume sau ticăloase. Prin simplă îndrăzneală, orice nebunie putea fi înfăptuită. Singura regulă era să nu invităm niciodată în apartament pe cineva din cercul ei.

– Micul nostru secret, spunea ea. Nu vrem ca cineva să răspândească vestea și să strice totul.

– Ce importanță are?

Eram un pic iritată că nu mergeam într-un loc mai elegant, de vreme ce statutul îi permitea, evident, să intre în oricare dintre localurile la modă.

Însă Diana era neclintită.

– Nu înțelegi. Nu poți avea încredere în ei.

– În legătură cu ce?

Nu răspundea, dar în tipicul stil excentric, îmi scotocea în geantă după stiloul de argint al doctorului Joseph și îl punea pe tocul ușii de la intrare.

– Gata! Asta o să ne protejeze. Clubul Fără Ieșire este doar pentru membri!

Asta nu însemna că eram mereu singure.

Câteodată găseam apartamentul plin de diferiți rătăciți pe care îi culesese în acea după-amiază – curieri, chelnerițe sau șoferi de taxi – dădeau pe gât tot alcoolul, mâncau sandviciuri și dansau.

– Intră! Avem o petrecere! țipa ea, încercând să acopere muzica. Ernie tocmai și-a cumpărat propriul taxi! Nu e minunat?

Sau erau seri în care o găseam singură, întinsă în pat, încă îmbrăcată, apatică și mută.

– Ești bine?

Niciun răspuns.

– Vorbește cu mine, Di.

Dar ea era departe, în spatele unui văl de tăcere care pulsa intermitent.

– Haide! Ridică-te!

Îi scoteam pantofii și haina, îi aduceam ceva de băut. Stăteam una lângă alta sub cuvertură, ascultând radio.

Își punea capul pe umărul meu.

– Mă iubești, nu-i așa?

– Sigur.

– Necondiționat?

– Necondiționat.

– Chiar dacă nu sunt așa cum crezi?

– Mai ales atunci.

Uneori voia să vorbească despre trecut.

– De ce ai luat lama cu tine în baie, May?

Erau discuțiile cele mai neplăcute pentru mine.

– Cred că uitasem că mă epilasem deja de dimineață.

Însă avea obiceiul de a săpa până când îți intra direct sub piele.

– Ai făcut vreodată ceva ce regreți – ceva ce nu poți repara oricât ai vrea?

Se ghemuia mai aproape. Îi simțeam căldura părului, dulceața parfumului.

– Crezi în providență? Că Dumnezeu ne-a rânduit deja viețile?

M-am gândit la acul de siguranță din buzunar, pe care nu îl scoteam niciodată. Oricât aș fi tachinat-o pe mama în legătură cu superstițiile, nu mă puteam hotărî să trăiesc fără ele.

– Cred în noroc, i-am zis. Și în soartă. Dar în nimic atât de inflexibil ca providența. Dacă aș face-o, aș rămâne în baie cu lama. Trebuie să ai speranță.

Apoi am venit într-o zi de la poștă și l-am găsit pe domnul Kessler stând de vorbă cu un client. Bărbatul stătea aplecat peste tejghea, pălăvrăgind cu voce joasă și cu mâinile în buzunarele costumului perfect croit. Pălăria îi era așezată un pic într-o parte, ascunzându-i ochiul drept. Avea aceeași relaxare periculoasă pe care o văzusem de atâtea ori în cluburile clandestine și bodegile ilegale din New York și care mi se păruse atât de atrăgătoare. Felul în care anumiți bărbați se insinuau într-un bar și ocupau tot spațiul. Era o încredere absolută care nu putea fi jucată sau învățată.

Apoi domnul Kessler mi-a făcut semn cu mâna.

– May, a venit cineva să te vadă.

Bărbatul s-a întors.

Era domnul Van der Laar.

– Bună ziua.

Și-a scos pălăria și am fost din nou surprinsă de cât de mult semăna cu Diana, ochii neobișnuiți, albastru-deschis, și părul negru. Doar că era ceva în felul în care se uita la mine, o franchețe în privirea sa, care m-a neliniștit.

– Sper că nu vă deranjează că am trecut pe-aici. Dacă țin bine minte, sunteți prietenă cu Diana, nu?

– Ea e bine? am întrebat.

Mi-a ieșit destul de rece. Nu îmi pica bine că era aici, deși nu eram sigură din ce cauză.

– Cum nu se poate mai bine. De fapt – o singură gropiță i s-a format în mijlocul obrazului drept – eram în zonă și m-am gândit să trec pe aici, să văd dacă vă pot convinge să beți ceva cu noi în seara asta. Ne întâlnim cu niște prieteni și am zis că poate ați vrea să vă alăturați.

– Serios? Diana nu mi-a spus nimic despre asta.

– Ei bine, nu știe încă. Vreau să-i fac o surpriză.

Asta mi s-a părut ciudat.

– De ce?

A aruncat un zâmbet înspre domnul Kessler, prinzându-i privirea. Înțelegând aluzia, acesta s-a strecurat în biroul din spate.

Nu-mi plăcea să fiu singură cu el. Mi-am scos haina și m-am mutat în spatele tejghelei, punând distanță între noi.

– Presupun că sunt un frate mai mare tipic, poate un pic prea grijuliu, dar îmi place să știu cine îi sunt prietenii. Și până la urmă o cunoașteți de ceva vreme, nu?

– Nu chiar.

Și-a înclinat capul într-o parte.

– Am crezut că ați cunoscut-o în New York, nu?

A spus-o atât de relaxat, încât părul de pe ceafă mi s-a ridicat.

– De dinainte?

Pieptul mi s-a strâns. Se referea la spital?

I-am ignorat întrebarea.

– Deci ați venit să mă verificați, așa e? Atunci continuați!

Am făcut o piruetă ca să mă poată privi mai bine.

– Ce credeți? Mă calific?

– Faceți glume pe seama mea. Și poate că merit, a recunoscut el. Dar vedeți, Diana este o fată foarte sensibilă. Se preface sofisticată, dar, de fapt, este surprinzător de naivă. Locuiesc în străinătate în cea mai mare parte a timpului și mi-e teamă că nu am avut grijă de ea pe cât ar fi trebuit.

– Are nevoie de supraveghere?

– Mai mult decât ați crede. Au existat niște tovarăși nepotriviți în trecut, oameni care au încercat să profite de ea.

Părea hotărât să mă jignească.

– Și credeți că aș putea fi una dintre ei?

Și-a ridicat brațele râzând.

– Mă judecați prea repede! De fapt, când v-a menționat din nou, am fost încântat.

– Ce a zis?

Întrebarea mi-a ieșit înainte să o pot opri.

A stat puțin înainte să răspundă.

– Doar că sunteți o prietenă bună. Cineva cu care poate vorbi. Și chiar are nevoie de o prietenă, domnișoară Fanning. Cineva de încredere pentru noi toți.

Prietenia noastră devenea cu repeziciune proprietate publică, ce putea fi sprijinită sau descurajată după cum considera el de cuviință.

– Cunosc un mic loc numit Friday Club, a continuat. Pe bulevardul Massachusetts. Rezervat numai membrilor. Ați fost acolo?

Am dat din cap.

– Ei bine, atunci lăsați-mă să vă fac cinste. Au o formație grozavă. Și cine știe? Poate vă voi invita și la dans.

Am simțit-o mai mult ca pe o somație decât ca pe o invitație.

– Nu știu ce să zic. S-ar putea să fiu ocupată să corup niște copii.

– Cum aș putea să obțin o programare? a rânjit, iar gropița ștrengărească a reapărut. Uitați, îmi pare rău că am pornit-o cu stângul. Ce spuneți, domnișoară Fanning? Ne faceți onoarea?

De când tot petreceam timp împreună, Diana nu mă invitase niciodată să-l cunosc pe vreunul dintre ceilalți prieteni ai ei. Iar oferta de a cina cu familia ei fusese abandonată repede. Nu eram sigură dacă din cauză că nu voia să mă pună în poziția de a minți sau pentru că nu credea că m-aș integra – ceva care îmi mai trecuse prin minte, dar la care evitam să mă gândesc.

Era ca și cum îmi putea citi gândurile.

– E ciudat, nu-i așa? Cum Diana păstrează oamenii doar pentru ea.

– Ce vreți să spuneți?

Mi-a aruncat o privire zeflemitoare.

– Nu sunteți prima, să știți. Nu s-a priceput niciodată să împartă. I-a plăcut mereu să țină doar pentru sine câte o prietenă specială. Mă întreb pe cine ascunde – pe dumneavoastră sau pe noi.

Nu mi-a plăcut cum vorbea despre ea. Sau despre mine.

– Sunt sigură că nu gândește așa, am zis.

– Probabil aveți dreptate. Deci să trimit o mașină să vă ia? Unde locuiți?

– Voi, ah... nu...

Mintea îmi lucra febril. Nu intenționasem să spun da, însă o parte din mine era curioasă.

– Ne vedem acolo? În ce parte pe Massachusetts?

– Lângă Teatrul Regent. Ne întâlnim în față la ora nouă.

Și-a pus pălăria la loc, îndreptându-se spre ușă. Apoi s-a oprit brusc și, gândindu-se mai bine, a arătat spre vitrina de sticlă.

– De fapt, mă gândeam să cumpăr ceva. Se întâmplă să mai aveți inelul acela cu piatră neagră pe care îl purtați când ne-am cunoscut?

Eram tentată să mint, să spun că fusese deja vândut. Însă firește că atunci când i-l arătasem domnului Kessler, el insistase să îl punem chiar în mijlocul vitrinei, deasupra căreia tocmai se aplecase domnul Van der Laar. De fapt, probabil că îl văzuse deja.

– Da, desigur. Este roman, făcut din aur și agat.

L-am scos și i l-am întins.

– Posibil din secolul al III-lea î.Hr.

– Una dintre cele trei ursitoare – nu asta ați zis?

Și l-a strecurat pe deget. Inelul părea făcut pentru el, îi domina mâna.

– Ce credeți?

– Vi se potrivește, am fost nevoită să recunosc.

– Presupun că este un talisman.

– Ei bine, soarta poate să însemne multe lucruri – de la tragedie la triumf.

– Oricum nu cred în noroc. Prefer să-mi creez singur destinul. Deci credeți că ar trebui să-l cumpăr?

Nu făcusem încă vreo vânzare importantă de una singură. Dar era totodată obiectul meu preferat din magazin. Îl simțeam privindu-mă, așteptând un răspuns.

– Voi lăsa această alegere în mâinile dumneavoastră hotărâte, am zis.

Și-a scos portofelul și a numărat un teanc de bancnote noi de douăzeci de dolari. Era atât de ușor – voia ceva și îl obținea.

– Știți, acum mă voi gândi la dumneavoastră de fiecare dată când îl voi purta.

Era atât de ciudat să spună asta, mai ales că mă tot insultase mai devreme.

– La revedere, domnișoară Fanning! De-abia aștept întâlnirea noastră.

A dus degetele la pălărie. Deschizând ușa, inelul de aur a reflectat lumina după-amiezii.

Am privit în jos, la locul în care fusese obiectul, la ușoara urmă lăsată în catifeaua verde. Simțise, oare, că era preferatul meu?

Ce a vrut să spună când a zis că nu eram prima?

Domnul Kessler a ieșit din nou din birou și a scos banii din casă, numărându-i și dând aprobator din cap.

– Știam că vei fi bună la vânzări.

Am început să-mi rod unghia.

– Ce ziceți de un comision, domnule Kessler?

A împăturit banii și i-a pus în buzunarul de la piept.

– Să nu ne grăbim, domnișoară Fanning.

Eram în bucătărie în halat și dresuri, mâncând niște omletă în timp ce îmi călcam fusta neagră de crep, când s-a întors mama.

A rămas în prag, descheindu-și haina.

– Ce se întâmplă?

– Ies în oraș, am zis, luând o înghițitură de ou.

– Unde? a întrebat, scoțându-și pălăria. Cu cine?

– Nu-i cunoști. De-abia i-am cunoscut. Au!

Am reușit să-mi ard buricul degetului.

– La naiba!

– Haide, lasă-mă pe mine! O să strici fusta asta. De câte ori trebuie să-ți spun? Trebuie să protejezi materialul!

Și-a pus haina în cuier și a preluat călcatul în timp ce eu îmi terminam de mâncat ouăle. A netezit cutele, după care a așezat o batistă pe crepul din lână.

– Oricine este, ar fi bine să merite toată tevatura asta! Ar fi bine să nu fie Mickey.

Nu m-am putut abține să nu mă laud un pic.

– De fapt sunt Diana Van der Laar și fratele ei. M-au invitat la un club privat.

– Van der Laar?

S-a oprit din călcat.

– Vrei să spui *familia* Van der Laar?

În sfârșit reușisem să o impresionez.

– Sunt clienți fideli ai magazinului. De ce? m-am jucat eu. Ai auzit de ei?

– Normal! *Toată lumea* îi știe! E una dintre cele mai bogate familii din oraș!

Se străduia în mod evident să ne potrivească împreună.

– Cum i-ai cunoscut?

– Doamna Van der Laar a cumpărat un obiect de la magazin și domnul Kessler m-a rugat să li-l duc acasă.

– Vrei să spui la casa cea mare? De pe faleză?

– Da, am zis eu, punându-mi farfuria în chiuvetă. Ei bine, fiica, Diana, m-a plăcut. Am întâlnit-o din nou la Muzeul de Artă și acum vor să merg cu ei la un club pe bulevardul Massachusetts.

Ochii i se măriseră ca unei călugărițe într-un bordel.

– Dar de ce nu mi-ai zis că îi cunoști?

– Tocmai îți spun, mamă!

– Dar avem atâtea de făcut! se agita ea. Cât e ceasul?

– *Avem?*

A ridicat fusta, care, desigur, arăta ireproșabil.

– Familia Van der Laar este extrem de influentă. Asta e o oportunitate, Maeve! Pe care o ai o dată în viață! Dacă ești prietenoasă și fermecătoare, cine știe unde ai putea ajunge? Dar trebuie să fii atentă, m-a avertizat. Dacă te porți neglijent, bei prea mult sau vorbești aiurea...

S-a oprit. Amenințarea eșecului plutea în aer, suficient de puternică pentru a nu fi rostită.

N-o mai văzusem niciodată atât de agitată.

– Știu cum să mă port, mamă. O să mă descurc.

Dar ea a dat mecanic din cap, anticipând deja totul în minte.

– Păstrează discuția relaxată și veselă, înțelegi? Evită orice are legătură cu politica sau banii, sau religia... Râzi la orice, dar nu prea mult, fii atentă, doar atât cât să le arăți că ești o companie plăcută. Arată-te interesată indiferent de subiect!

S-a oprit încruntată.

– Aș fi sperat doar să nu fie un club de noapte, se frământa ea. Un club este atât de... *informal!*

A avut mereu un talent anume de a transforma veștile bune într-un obstacol neprevăzut.

– Dacă ar fi fost mai formal, nu aş fi avut cu ce să mă îmbrac, am subliniat.

Asta s-a întors serios împotriva mea. S-a răsucit spre mine cu o față precum cea a Doamnei de Shalott[1].

– De fapt *ce anume* vei purta?

– Ei bine, bluza roşie de tricot...

– Ah nu! a dat din cap cu milă. Nu, nu merge deloc! Se vor purta rochii de seară, Maeve! Dacă aş fi ştiut mai devreme!

Îngrijorarea ei era contagioasă. Acum începusem şi eu să mă panichez.

– Ce să fac?

S-a gândit un moment.

– Vino cu mine!

Am urmat-o în dormitor. A deschis şifonierul. Înăuntru atârna o bluză albă neatinsă, cumpărată acum doi ani pentru costumul gri şi niciodată purtată. Era dintr-un material moale, semitransparent, din mătase artificială, care flutura uşor.

– Dă-mi foarfecile!

Am luat foarfecile din coşul de croitorie de lângă pat.

– Ce vrei să faci?

A întins bluza pe podea şi a început să taie. Întâi a scos mânecile, apoi gulerul.

– Mamă! Nu poți să faci asta! O strici!

M-a ignorat.

– Pune nişte ață în ac, Maeve.

Împăturind cu grijă mânecile, le-a pus pe măsuța de toaletă, pentru o recuperare ulterioară.

---

[1] Doamna de Shalott, din poemul cu acelaşi nume de Lord Alfred Tennyson, este închisă într-un turn, lângă râul care duce spre Camelot. Se află sub o vrajă care o împiedică să părăsească turnul. Este fericită în lumea ei, până când se uită pe fereastră şi îl vede pe Sir Lancelot, rupând astfel vraja. Părăseşte turnul şi pluteşte într-o barcă pe râu, cântând până la moarte (n. tr.).

– Le voi transforma în manșoane. Dă-mi acele de gămălie! Îi putem face un guler mandarin, care e foarte la modă acum. Pe întuneric, materialul va arăta ca mătasea și nimeni nu va face diferența, a zis ea, aruncându-mi un zâmbet. Poate un club de noapte nu e așa de rău până la urmă.

Era în elementul ei, rezolva probleme, lucra contracronometru. Nu mai fusese niciodată aliata mea în pregătirile pentru o întâlnire. Față de Mickey arătase doar rezistență și consternare.

Acum o priveam transformând cu iscusință bluza, cu degete agile și pricepute cu materialul delicat. A adăugat o fâșie subțire și neagră pe linia gâtului, din niște resturi de material culese de la muncă, pe care le ținea în coșul de croitorie. Rezultatul era simplu, dar de efect.

Am pus-o pe mine împreună cu fusta neagră și m-am așezat în fața oglinzii. Mama a luat o eșarfă de satin bleumarin de la o altă rochie de mult modificată și mi-a aranjat-o pe talie. Rezultatul era teribil. Arăta aproape ca o rochie cumpărată din magazin.

– E frumoasă.

Eram înduioșată, recunoscătoare și mă simțeam vinovată în același timp. Nici măcar nu apucase să poarte bluza.

– Foarte elegantă.

– Maeve! Pantofii!

A arătat spre picioare. Mereu mai apărea câte o piedică. Pantofii negri cu toc, deși perfecți în timpul zilei, acum arătau uzați și spălăciți de la prea mult purtat prin zăpadă și ploaie.

– Va trebui să-i împrumuți pe ai mei.

Pantofii ei erau mai mari cu aproape un număr, dar insista să-i poarte așa iarna și să ia cu ea la muncă, într-o pungă separată, „pantofii cei buni". Așa că am umplut vârfurile cu ziare și am scos-o la capăt.

Scotocind din nou prin coșul de croitorie, a scos plasa neagră, abandonată de la pălăria mea stricată. Apoi a tăiat cu grijă funda lată și tare de la pălăria ei de iarnă și a fixat plasa de ea. Am aranjat funda direct în păr, încât plasa să-mi acopere doar ochii.

– Îți dă un aer misterios.

S-a dat mai în spate, mulțumită.

– Nu e vorba doar de ce porți, ci de cum porți. Gândește-te la simplitate ca la o alegere. Un manifest.

Și cireașa de pe tort, și-a scos portofelul și mi-a întins o hârtie de cinci dolari – aproape jumătate din bugetul săptămânal pentru mâncare.

– Uite.

I-am luat mâinile.

– Nu am nevoie.

Dar a insistat.

– Nu vreau să te îndatorezi, Maeve. Oamenii ăștia nu te vor lua în serios altminteri. Oamenii bogați sunt mult mai zgârciți cu banii. Nu știu de ce, dar e adevărat. Și va trebui să iei taxiul înapoi la sfârșitul serii. De una singură, a zis, țintuindu-mă cu o privire serioasă. Înțelegi?

Înțelegeam. Nu voia ca cineva să vadă unde locuim. Seara asta era un număr de magie; menținerea iluziei depindea de distragerea atenției și de îndemânare.

– Să te porți cât poți de bine!

A potrivit un pic eșarfa, netezind-o.

– Politicoasă, fermecătoare, un pic rezervată. Mai bine să fii vagă decât prea evidentă. Dacă nu știi ceva, pur și simplu schimbă subiectul.

– Mă voi descurca, am zis pentru a o suta oară.

Toate ambițiile i s-au adunat în privire, un val de speranțe care menținea vie posibilitatea oportunității și a succesului.

– Și, mai ales, poartă-te ca o doamnă! După cum te porți, așa vei deveni.

Când am ajuns la Teatrul Regent, întârziasem și eram cu răsuflarea tăiată de cât alergasem. Pantoful mamei îmi căzuse de două ori și trebuise să mă întorc să îl culeg, sărind într-un picior ca să nu-mi rup dresul. Acum sala plină se golea după proiecția de la șapte și jumătate, oamenii revărsându-se pe caldarâm. Stând singură lângă ieșirea de la balcon, împinsă de mulțime, m-am simțit brusc ridicol, îmbrăcată prea elegant și prea puțin elegant în același timp. Nu era nici urmă de James sau Diana. Vântul era înghețat și tremuram în haina simplă de zi din lână, străduindu-mă să-mi țin pe cap pălăria improvizată pe care mi-o făcuse mama. Fusese o greșeală. Aș fi preferat să fiu unul dintre oamenii care ieșeau de la film. Încă mai aveam timp să plec, să prind troleul spre casă și să îmi petrec seara ascultând radioul.

Apoi o mână m-a apucat de cot.

– Surpriză!

Era Diana, înfășurată din cap până în picioare într-un mantou alb și pufos din blană de vulpe. Însă arăta ciudat – ochii îi erau neastâmpărați, dilatați și sticloși.

– O să ne distrăm grozav în seara asta, nu-i așa?

Și-a aruncat brațele în jurul gâtului meu, iar eu am fost învăluită într-o îmbrățișare de blană groasă și moale. Mirosea a parfumul ei, o combinație bogată și amețitoare de iasomie, flori de portocal și mosc.

– James pur și simplu nu vrea să mă lase în pace, mi-a șoptit în ureche. Nici măcar un minut! Aparent are impresia că aș fi mult mai interesantă decât sunt de fapt! a chicotit ea isteric.

Până să îmi dea drumul, în jurul nostru se strânsese o adunătură gălăgioasă de șase sau opt oameni. James își ținea brațul în jurul unei fete într-o rochie de seară argintie și mulată și haină neagră de nurcă. Ea râdea și îi spunea Jimmy în accentul cu vocale joase, tipic brahmanilor din Boston. Cu părul bob, buzele țuguiate roșu-închis și o siluetă care sfida gravitația, era greu să nu te holbezi la ea.

– Ea este Smitty, mi-a prezentat-o James.

– *El* îmi spune Smitty, l-a corectat, întinzându-mi mâna de parcă se aștepta să fie sărutată. Dar numele meu este Charlotte. Îmi poți spune Lotte.

Apoi și-a ridicat privirea spre el.

– Unde mergem, Jimmy?

– La Friday Club.

– Ah, ce bine! Acolo mi-am pierdut pantofii săptămâna trecută!

Iar ea și Diana au început să chicotească din nou, atât de tare, încât Diana și-a pierdut echilibrul și a trebuit să o țin.

– Ce se întâmplă? am șoptit.

În mod evident petrecerea începuse altundeva și toți erau bine unși – în afară de mine.

– Ați băut?

– Ah, mai mult de-atât!

S-a împiedicat, m-a călcat pe picior, apoi s-a redresat.

– Pulbere fermecată din Harlem! Ți-aș da și ție, dar s-a terminat.

Și-a răsfrânt buza de jos cu tristețe.

– Smits m-a obligat să-l împart!

– Înțeleg.

Nu era deloc cum mă așteptam. Am crezut că vor fi mașini cu șoferi la dispoziția noastră, conversații politicoase și calme, acces într-un club exclusivist – nu fete în plus și prafuri din Harlem. James și-a trecut brațul în jurul taliei lui Smitty, iar ea s-a agățat ca iedera. Totuși, le-am cântat în strună, am zâmbit și am râs la rândul meu, exact cum mă instruise mama.

– Deci mergem?

Erau doar trei fete la cinci băieți. Nu îmi dădeam seama dacă Diana era cu cineva. Dacă era, nici ea, nici partenerul nu păreau foarte deranjați. În schimb și-a trecut brațul printr-al meu și m-a tras mai aproape.

– Promite-mi să nu mă abandonezi!

O înțepătură neașteptată de tandrețe mi-a strâns inima. Aveam nevoie de o prietenă în seara asta.

Ceilalți bărbați se mulțumeau să rămână în umbră, fumând și dezbătând dacă Al Capone ar trebui să fie eliberat din închisoare ca să ajute la găsirea copilului Lindberg. Nimeni nu s-a obosit să îi prezinte. Rafale de zăpadă dansau în jurul nostru pe măsură ce înaintam pe stradă.

Spre capătul îndepărtat al cvartalului, am virat pe o alee și ne-am oprit în fața unei uși murdare de lemn. Ușa a fost crăpată într-atât încât să poată avea loc o conversație șoptită. Odată ajunși înăuntru, l-am urmat pe James în josul unor scări întunecate, prin bucătăria din spatele unui restaurant chinezesc și înspre o altă ușă păzită. Părea o simplă pivniță veche pentru cărbuni. Însă odată intrați, Friday Club s-a dezvăluit într-un labirint subteran de camere sclipind sub lampioanele de hârtie ce atârnau deasupra și lumânările de pe mese. Era decorat cu o amestecătură de recuzite de teatru uzate. Palmieri din hârtie tremurau pe pereți, iar din tavan atârna un dragon chinezesc enorm. Pe scenă, imaginea de fundal ilustra o ceremonie de Crăciun și un oraș în roz și verde-candel, pierzându-se într-un apus auriu. Îmi amintea de orice alt club de mâna a doua pe care îl văzusem în New York, la fel de nesofisticat și dezordonat precum un bal de liceu. Cu toate astea, clientela era clar din clasa superioară. În pofida decorului haotic, diamantele străluceau, iar rochiile de seară cu mărgele și pantofii de satin se amestecau cu sacourile de cină făcute la comandă și cu cravatele negre. Erau atâtea haine de blană aruncate pe spătarele scaunelor ieftine de lemn, încât locul arăta ca un târg din Alaska, iar hainele de seară din catifea formau ochiuri negre de material acolo unde alunecaseră pe podea. Și erau fețe pe care le recunoșteam din ziare, nu doar din cele din Boston, dar și din New York: politicieni, amfitrioane, actori și actrițe. Și exact cum promisese James, formația era de top – un sextet din Chicago numit *Moonbeams*. Cu ajutorul unui bacșiș considerabil, ne-a făcut rost de o masă lângă ringul de dans.

– Poftiți, domnișoară Fanning.

A tras un scaun cu un formalism prefăcut.

– Vreau să ai o vedere bună la scenă.

– Mulțumesc.

Smitty m-a privit cum îmi dădeam jos haina.

– Ah, Doamne! a chicotit, prinzând privirea lui James.

– Ce mai combinație!

– Da, presupun că este ușor modernă, am admis zâmbind, chiar dacă îmi venea să o plesnesc peste față.

Diana s-a întors spre Smitty.

– N-ai văzut *Shanghai Express?*

Gulerele mandarin sunt ultimul răcnet. Anul ăsta toată lumea e *înnebunită* după stilul chinezesc!

A reușit să o facă să sune de parcă Smitty era o provincială înapoiată.

– O ador! a zis ea drăgăstos, așezându-se lângă mine. E *atât* de Fu Manchu!

Un chelner a apărut și ne-a adus într-un stil neprotocolar două sticle cu un alcool necunoscut și doar șase pahare. Orice ar fi fost în sticle era de culoarea chihlimbarului.

– Nu avem destule pahare! a strigat el, încercând să acopere muzica.

– Îl împart cu tine.

Diana a luat o gură și mi l-a întins. Mirosea a whisky, însă m-am gândit la avertismentul mamei, la felul în care mă trata deja Smitty, de parcă mă strecurasem pe ușa din spate.

– Nu chiar acum, mulțumesc.

– Ce? James s-a aplecat. Sper că nu faci parte din mișcarea prohibiționistă.

Smitty a strâmbat din nas.

– Detest spărgătorii de petreceri!

– Nu prea sunt în apele mele, asta e tot, am născocit eu, scoțând o țigară. Eram într-un grup petrecăreț. Nu voiam ca abstinența să mă facă să par o mironosiță. Cred că am exagerat – noaptea trecută am stat în oraș până în zori.

– Cu cine? a întrebat James oferindu-mi bricheta lui.

– Ah, nu-i știi. Prieteni vechi.

– Cunosc pe *toată* lumea, a zis Smitty apropiindu-și scaunul de al meu. Spune-mi, cine a avut tupeul să dea o petrecere fără mine? Familia Lyall? Nu, nu se poate să fi fost ei. Sau Joss Davenport?

O uram cu adevărat.

– Am fost la o reședință privată în afara orașului, am zis, cu seră și piscină interioară. Nu-mi amintesc exact unde era...

– Nu te-a luat Nicky Howerd? a intervenit Diana. Eu nu sunt niciodată atentă când conduce altcineva.

I-am zâmbit recunoscător.

– Așa e. Deși l-aș fi refuzat dacă aș fi știut că urmează să trebuiască să-l privesc toată noaptea îmbrăcat în slip.

Au râs toți, în afară de Smitty.

– O, Doamne! și-a dat ochii peste cap. M-am săturat de petrecerile la piscină! Mai ales iarna. De fapt, mă bucur că n-am fost acolo.

Nu m-am putut abține.

– Păcat că nu ai fost invitată!

S-a ridicat și și-a dat jos haina de nurcă, ce a alunecat neobservată pe podea.

– Haide, Jimmy! și-a întins mâna. Să dansăm!

Și-au făcut loc pe ringul de dans aglomerat și, la puțin timp, Diana li s-a alăturat, la brațul unuia dintre bărbații fără nume. Am rămas în capătul celălalt al mesei, vizavi de restul de trei, prefăcându-mă că mă recuperez după o noapte de dezmăț pe care nu o trăisem. În schimb mi-am fumat țigara și am încercat să pară că mă bucur să stau măcar o dată pe bară. Muzica sălta, pocnea și plutea, umplând camera cu un val gros de energie sexuală. Mi-ar fi plăcut să dansez. La doar câțiva pași de mine, Smitty s-a înfășurat în jurul lui James. El a tras-o mai aproape. Coapsele ei subțiri s-au contopit atât de tare cu ale lui, încât păreau un singur organism aflat în balans. Era genul de relaxare fizică evidentă, ale cărei origini nu puteau fi mascate. M-am uitat după Diana, care râdea și se legăna ciudat cu însoțitorul ei aflat în contratimp. Un băiat solid, cu picioare mari și umeri lați, care părea mai degrabă dornic decât capabil. Însă Diana nu avea nevoie atât de partener, cât de balast, care să o facă să nu se lovească de alte cupluri.

Am aruncat o privire furișă în partea cealaltă a mesei. Unul dintre bărbații liberi mi-a remarcat-o. Am zâmbit, dar el s-a uitat repede în altă parte.

Ce adunătură de plicticoși! Sau snobi!

Oare își dădeau seama că rochia mea era făcută în casă?

Degetele au cuprins automat paharul de whisky, apăsându-mi sticla rece de palmă.

Iată cel mai sigur și rapid mod să intru în dispoziție de petrecere.

– Scuză-mă, păpușă, îmi amintești de cineva!

Am lăsat paharul, mi-am ridicat privirea.

– Rusty? Dumnezeule! am râs eu ușurată la vederea unei fețe familiare. Ce cauți aici?

– Te-aș putea întreba același lucru. Auzisem că nu ești în oraș, a zis el așezându-se. Se pare că te-ai întors, a spus zâmbind larg.

Orestes „Rusty" Manetti era cumnatul Pinei. Angela își tachina mereu sora din cauză că toți frații Manetti aveau nume eroice clasice precum Romulus, Remus, Orestes și Agamemnon.

– O să fii gata rezolvată atunci când vei face copii, zicea Angela. Ce zici de Cezar?

Nu petrecusem niciodată prea mult timp cu Rusty și îl știam doar prin Pina, dar era plăcut să văd pe cineva cunoscut.

– Ce faci aici? Soția ta e cu tine? am întrebat.

– Păcat că ai ratat nunta. A fost o petrecere dată naibii!

– Știu. Mă simt prost în legătură cu asta. Și nu îmi răspunzi la întrebare.

– Nici tu, a zis, arătând spre capul meu. Îmi amintesc că erai roșcată. Mi-a luat cam zece minute să-mi dau seama cine ești. Unde este însoțitorul tău?

– Nu am. Sunt aici cu un grup.

S-a întors brusc spre Plicticoși.

– Unde poți agăța o adunătură ca aia?

– Pur noroc, presupun.

– Arată de parcă ar fi ieșit din aceeași mamă, s-a uitat el pieziș. Ce fac acolo? Tricotează?

– Probabil trag la sorți să vadă cine e nevoit să danseze cu mine.

– Ce-i cu ei? Sunt orbi?

S-a ridicat, și-a închis sacoul cu un gest teatral.

– Ei bine, dacă ei n-au de gând să danseze cu tine, o voi face eu.

L-aș fi putut săruta.

Mă simțeam ca acasă pe ringul de dans și am început să mă relaxez. Făceam o pereche reușită. Rusty era atrăgător, pe atât de brunet pe cât eram eu de blondă, cu trăsături puternice și ochi negri, încadrați de gene lungi și groase. Când eram mici, lumea îi zicea Frumușelul – deloc cel mai rău nume disponibil în cartier, și tot a trebuit să se bată cu aproape toți băieții pe o rază de zece cvartale până când s-au oprit. Rusty avea ceea ce mama numea *a-ți urmări interesele*. Dacă se întâmpla ceva în North End, el era de obicei implicat. Importa trabucuri, procura cărți și ziare de pe vechiul continent și îți putea obține o ofertă bună dacă voiai o mașină la mâna a doua, o nouă casă sau un împrumut ca să ieși dintr-o încurcătură. Avea acțiuni în vreo șase afaceri locale și conducea douăsprezece standuri diferite de lustruit pantofi prin tot orașul. Avea, de asemenea, o soție, trei copii și un număr nedeterminat de iubite ocazionale.

Și îmi dădeam seama de ce.

Făcea o fată să se simtă ca și cum ea era diamantul, iar el montura de aur, conceput să o pună în evidență. Plutind pe ringul de dans cu îndrăzneală și un oarecare stil latin flamboaiant, mă înclina și învârtea de parcă era un matador performând în fața unui stadion plin. Erau genul de mișcări care ar fi depășit-o pe o dansatoare mai slabă, dar pentru mine era distractiv. Chiar am primit aplauze de la mesele de lângă ring.

– Hei, nu ești așa rea! a chiuit. Ai prins ceva pași noi în New York?

– Poate câțiva.

– Uite ce e, prietenii tăi par niște idioți. De ce nu vii să stai cu noi, a arătat spre o masă aglomerată dintr-un separeu. Avem niște whisky Canadian Club adevărat, abia debarcat din Jersey.

– Mi-ar plăcea, dar trebuie să mă port frumos în seara asta.

M-a învârtit din nou.

– Ești sigură că nu vrei să-ți iei liber?

– Îmi cer scuze că mă bag, bătrâne.

James și-a pus mâna pe umărul lui Rusty.

– Dar cred că dansul ăsta e al meu.

L-am privit surprinsă.

– Serios?

– Rusty s-a dat un pas înapoi și a arătat către Smitty.

– Și cum rămâne cu puștoaica fără coloană vertebrală îmbrăcată într-o batistă argintie?

– Ah, Smitty? Carnețelul ei de bal e gol, cred, a zis el, trecându-și ferm brațul în jurul taliei mele. Te prezint dacă vrei. E foarte prietenoasă.

Rusty și-a ridicat mâinile.

– Nu, mulțumesc! Am deja mai mulți prieteni decât pot duce! mi-a făcut el cu ochiul. Ești bine, Red? Nu uita de oferta mea.

– Nu uit. Mi-a părut bine să te văd.

James l-a privit făcându-și drum prin mulțime.

– De unde l-ai cules pe tipul ăla?

– L-am găsit sub masă.

Eram enervată că mi-ar putea strica distracția.

– Trebuie să fi căzut din buzunarul cuiva.

– De ce ți-a zis Red?

– Sunt comunistă.

M-a privit atent.

– Minți, nu-i așa?

– Puneam la cale prăbușirea civilizației vestice când ai intervenit tu. Revoluția e peste o săptămână. Ar fi bine să-ți notezi în calendar.

M-a tras mai aproape. E ciudat să te afli în brațele unui bărbat pe care nu îl placi. Treceam prin asta în fiecare seară la salonul de dans. Însă ceva legat de James Van der Laar făcea această experiență și mai exasperantă. Poate faptul că ar fi trebuit să îi fiu recunoscătoare pentru că el era gazda.

– Ei bine, arată un pic suspect. Am crezut că s-ar putea să te deranjeze. Lasă pe oricine să intre în ultima vreme.

Îi simțeam respirația caldă pe obraz, coapsa lui pe a mea; o mână puternică lipită de spatele meu, ghidându-mă. Se mișca cu încredere, niciodată îndoindu-se și, mai mult decât oricare bărbat cu care dansasem vreodată, nu se temea să preia conducerea. Era diferit de Rusty, care te ținea în alertă. Mă simțeam ca un lucru, un obiect pe care putea să-l pună oriunde, după plac. În același timp, această siguranță era o ușurare. Fără să vreau, m-am relaxat lipită de el, iar mișcările noastre erau sigure și fără efort.

De unde veneam eu, bărbații miroseau bine dacă făcuseră baie. Însă James Van der Laar era mai rafinat de-atât. Un parfum de mosc și piele se amesteca în căldura epidermei lui, creând un miros masculin subtil; părul negru îi era aranjat pe spate, neted și lucios; butoni de perle sclipeau pe cămașa albă apretată. Îmi amintea de un anume tip care onora ocazional sala Orpheum – genul de bărbați care nu aveau nevoie de compania dansatoarelor profesioniste, erau cei mai populari printre fete și deseori primeau dansuri în plus gratis. Le spuneam Prinții. Dar, dacă el credea că îmi face o favoare acum, se înșela.

– Din contră, am zis relaxat. Mă simțeam destul de bine.

– Iar acum nu te simți bine, domnișoară Fanning?

Era atât de sigur de răspunsul meu. Nu aveam nicio replică ce să nu sune irascibil. Așa că am ignorat întrebarea.

– De fapt, pare că tu ești cel care are nevoie de protecție.

– De Smitty? a zâmbit. Nu cred! Ne cunoaștem de ani de zile: și e logodită.

– Poate cineva ar trebui să îi spună și ei asta.

M-a privit pieziș.

– Nu ești geloasă, nu?

– E dificil, dar în sfârșit am reușit să mă controlez.

– Și ce te face să crezi că purtarea mea vine doar din cavalerism? Poate am un motiv ascuns.

– Aha, înțeleg! am râs. Voi fi din nou examinată?

Lovisem la țintă. S-a înroșit un pic.

– Cum se face că trebuie să mă străduiesc atât de tare cu tine?

– Pentru că ești leneș, mi-a ieșit până să îmi dau seama.

– Poate că sunt, a admis încruntându-se.

Pentru prima dată, exteriorul lui neted era șifonat.

– Oamenii care obțin ce vor așa sunt de obicei.

– Nu știi ce vreau eu, domnișoară Fanning.

– Atunci, de ce nu-mi spui?

Eram obișnuită să flirtez. Petrecusem luni întregi în New York, întreținându-mă din asta. Și, fără îndoială, James Van der Laar era și el expert. Dar ăsta nu era flirt, era mai degrabă o luptă. Vocea mamei îmi răsuna în cap – *încântă-l, nu-l jigni!* Însă aroganța lui era mai mult decât puteam duce.

Pentru o clipă, pur și simplu m-a privit fix. Ca și Diana, avea ochi albaștri care păreau mai deschiși cu două nuanțe decât era uman posibil – ca niște ochiuri de apă rece și cristalină. Apoi și-a lipit obrazul de al meu și mi-a vorbit foarte încet la ureche.

– Am vrut să te țin în brațe și să îți simt corpul lipit de al meu, domnișoară Fanning. Din cauza asta am intervenit. Nu ca să te salvez sau ca să îți pun întrebări sau ca să fiu politicos, ci ca să îți pot mirosi de aproape transpirația de pe piele.

Era atât de șocant să spui așa ceva! Știam că mă înroșisem la față.

– Ar trebui să te plesnesc.

Dar mi-a ținut strâns încheietura.

– Nu o vei face. Nu în seara asta, în orice caz.

Bătăile inimii se iuțiseră, corpul mi se încălzise sub atingerea lui. Dar mi-am forțat mușchii să se relaxeze, să par indiferentă chiar dacă mintea îmi era confuză.

Și-a ridicat mâna.

– Inelul ăsta trebuie să fie unul norocos.

– Am crezut că nu ai nevoie de noroc.

– Nu am. Dar nu mă deranjează.

Muzica s-a oprit.

Am făcut un pas înapoi.

– Iar acum norocul ți s-a terminat. Dacă îmi permiți, chiar trebuie să-mi găsesc tovarășii politici.

Îmi dădeam seama după expresia de pe fața lui că nu era obișnuit ca oamenii să îl lase baltă. Și, pentru prima dată în seara aceea, am simțit că aveam un avantaj. Făcându-mi drum printre mesele aglomerate, știam că mă privește, așa că am încetinit un pic, mișcându-mă leneș, aproape ca și cum aș fi fost plictisită. Și am observat că James nu era singurul bărbat ai cărui ochi mă urmăreau.

Era exact ca la magazin. Cu cât mai inaccesibil era ceva, cu atât mai valoros devenea. Și, deși nu puteam concura cu originea sau contul bancar al niciuneia dintre fetele din cameră, aveam un avantaj: nu îmi era teamă să plec.

James Van der Laar era dominator, era genul care n-are nimic sfânt, și totuși era irezistibil. Nu îl plăceam, dar, cu toate astea, voiam să mă privească părăsind camera și să aștepte întoarcerea mea.

Când am ieșit din cabina din toaleta femeilor, Diana era acolo, cu spatele sprijinit de perete.

– Te-am căutat. Nu am reușit să fiu singură cu tine nici cinci minute. Mă bucur că ești aici.

– Ei bine, nu prea am avut de ales.

Mi-am verificat rujul în oglindă.

– Ce vrei să spui?

– Fratele tău a venit la magazin și m-a recrutat. A zis că vrea să-ți cunoască prietenii.

S-a încruntat.

– A mai zis și altceva? Ceva despre mine?

– Nu. Cine e fata asta Smitty? Pare cunoscută. E faimoasă?

– Cineva cu care am fost la școală. Probabil i-ai văzut poza în ziare. A fost logodită de patru sau cinci ori.

– Și e o prietenă de-ale tale?

– A fost. Acum și-a găsit o companie mai interesantă.

– De ce se tot logodește?

A ridicat din umeri.

– Din capriciu, presupun. Se desparte în ultimul moment. A devenit un soi de distracție. Deci James a apărut la magazin pur și simplu?

Am dat din cap, scoțându-mi pudriera.

– Am vrut să te sun pe tine întâi, dar n-a vrut să accepte un refuz. A fost destul de stăruitor.

– Da, asta e treaba cu fratele meu. E foarte insistent, mai ales când e vorba despre fete. Chestia e, a continuat ea, că e ca un parazit, May. Știu că e urât din partea mea să zic asta, dar cred că ar trebui să știi.

M-am oprit din pudrat și am privit reflexiile noastre din oglindă.

– De ce îmi spui asta?

– Pur și simplu, chiar e îngrozitor de ticălos.

A continuat repede.

– Adică îl *ador!* Până la urmă e fratele meu. Dar este atât de insuportabil! Atât de nepăsător, de fapt.

Fața îi era dintr-odată trasă și încordată.

– Și, mai ales, nu vreau să te văd tristă sau rănită.

– *Pe mine!* am râs. Te asigur, nu mă interesează câtuși de puțin.

Corpul ei s-a destins, de parcă și-ar fi ținut respirația.

– Îmi pare rău, sunt ridicolă. Dar vezi tu, este un imperialist sentimental – foarte interesat de orice nu-i aparține.

I-am aruncat o privire.

– Și cui anume aparțin eu?

– Mie, desigur! mi-a cuprins talia cu brațele. Ești a mea, May Fanning. Am plătit pentru tine cu un stilou de argint foarte scump, îți amintești?

– Am crezut că era un cadou.

– Toate cadourile sunt mite, a zis sărutându-mă pe obraz. Știi asta!

Părea fericită acum, relaxată. Dar mi-a amintit de ce mi-a zis James la magazin.

– *Nu ești prima, să știi.*

Cum am ieșit, l-am văzut pe James plimbându-se, mutându-se de la o masă la alta. Smitty i se alăturase, făcând la rândul său o impresie unică. Furase trabucul cuiva și îl fuma provocator, îmbrățișând diferiți bărbați, ignorând complet femeile. Prin contrast, James saluta fiecare persoană cu întreaga sinceritate plină de energie a unui candidat politic la un miting – strângeri ferme de mână, bătăi pe spate și zâmbete largi. Părea să-i cunoască pe toți, iar ei la rândul lor îi zâmbeau luminos, fermecați, de parcă era un erou abia întors de la război. Asta era ocazia socială despre care vorbea mama, șansa de a cunoaște oameni noi și importanți. Dar, desigur, Smitty era la brațul lui James, nu eu.

Și-a ridicat scurt privirea și mi-a prins-o pe a mea, dar eu m-am uitat în altă parte, prefăcându-mă în mijlocul unei glume intime cu Diana. Nici măcar n-o să mă mai uit în direcția lui de-acum încolo. Va trebui să vină el la mine.

Înapoi la masă, Plicticoșii deveniseră zgomotoși. Eșuând în a-și lărgi cercul de cunoscuți, s-au rezumat la activități mai limitate. Cu cravatele desfăcute și părul ciufulit, iată-i jucând cărți într-unul din cele mai exclusiviste cluburi din Boston.

Nu-mi venea să cred.

– Cine își ia cărțile de joc într-un club de noapte? am întrebat-o pe Diana.

– E Toepen, un joc olandez pe băute.

A încercat să-și mai toarne un pahar, dar sticla era deja goală.

– Pur și simplu ignoră-i, sunt sud-africani – complet sălbatici. Mama nu îi poate suferi. Desigur că nu se integrează în niciun loc civilizat.

– Sud-africani?

– Avem niște pământ acolo, un domeniu, a explicat. A aparținut tatălui meu înainte să moară. James petrece în continuare mult timp acolo. Nu merge niciodată în oraș, dar are câteva maimuțe din astea care îl urmează. Îi place să îi care peste tot.

– De ce?

– Nu întreba! a suspinat. E implicat în politica locală. Crede în construirea unui guvern independent, bla-bla-bla. Sincer, dacă îl întrebi, te va plictisi de moarte. Vezi tu – a arătat spre ei – cu toții vin din vechi familii afrikaner[1]. Cei mai mulți sunt bogați precum Cresus, doar că nu știu să mestece cu gurile închise sau să poarte o conversație care nu este despre vite, a zis ea apropiindu-se. James pretinde că îi distrează, dar știu că li s-a zis să mă supravegheze. Nu sunt decât niște guvernante mari!

Cu coada ochiului l-am văzut pe James făcându-și loc spre masa noastră, strălucind ca un luptător triumfător, proaspăt ieșit din ring. Nu voiam să stau aici să aștept să se întoarcă.

– Păi, de ce nu îi lași baltă? am sugerat. Mă poți prezenta unora dintre prietenii tăi în schimb.

– Bine atunci, a încuviințat. Hai să ne învârtim!

Însă până să îmi dau seama ce face, Diana a luat-o drept spre scenă și s-a băgat după cortină.

Nu-mi rămăsese decât să o urmez.

Speram să cunosc o parte din cercul ei social. Dar am sfârșit, în schimb, în spatele scenei cu formația, care lua o pauză, atârnând pe o canapea veche și lăsată, fumând și bând.

– Ce căutăm aici? Am crezut că ne așezăm la o altă masă! i-am zis.

– Dar vreau să-mi fac prieteni noi. Îi cunosc pe toți oamenii ăia și sunt oribili!

– Da... dar... – mi-am smucit capul către muzicieni și am șoptit, sunt *negri!*

– Ah, Doamne! a zis plat. Încearcă să fii civilizată! Nu e contagios.

S-a apropiat agale și și-a pus un braț în jurul umerilor cântărețului.

– Domnilor, a zâmbit dulce, eu și prietena mea pur și simplu *adorăm* felul în care cântați! Vă deranjează dacă stăm cu voi?

Nu a durat mult până ca Diana să le știe numele tuturor și de unde veneau și chicotea cocoțată în poala lui „Savoy“ Johnson, în timp ce el se făcea că mâna ei lungă și subțire era pianul la care cânta. Am stat lângă ei, minunându-mă cum reușea mereu să depășească orice așteptare, făcând cele mai ciudate situații să pară absolut rezonabile.

---

[1] Alb de cultură neerlandeză, din Africa de Sud (n. red.).

Savoy fuma ceva numit de el *Mighty Mezz*, o țigară cu miros dulceag, rulată larg, pe care i-a oferit-o Dianei. A tras delicat un fum înainte să mi-o paseze.

– Ce este? am întrebat precaut.

– Nu te teme, Ghețarule, asta te va topi! a chicotit el.

Nu mi-a plăcut tonul lui.

– De ce îmi zici așa?

– Pentru că ești rece ca gheața, iar fața asta acră a ta ar putea scufunda o navă! De ce te temi? m-a tachinat. Că te-ai putea topi?

Au râs toți, inclusiv Diana.

I-am luat-o și am tras un fum adânc, prea adânc. Până să-mi dau seama, mă înecasem și tușeam.

Trompetistul, Cairo Joe, m-a bătut pe spate.

– Ia-o ușor, surioară!

Avea o mustață subțire de Duke Ellington și ochi căprui adânci și limpezi.

– E ca și cum ai face baloane invers, m-a instruit. Încet și ușor!

O sticluță de burbon a fost pasată, tare și dens, iar nodul din piept a început să se slăbească. De fapt, eram mai bine decât mă simțisem toată seara. Mi-a dat jos pantofii mamei. Dacă vreunul remarcase ziarele din vârfuri, n-au zis nimic sau nu le păsa. Cairo Joe și-a lovit genunchiul cu palma.

– Vino aici, fată! Pune-ți labele sus!

Și așa am făcut.

– Trebuie să fii dansatoare – ia uită-te la bășicile astea! a fluierat el.

Mezz a mai făcut un rând. De data asta am inhalat ușor. Am început să-mi simt fața ciudat – amorțită, de parcă era din cauciuc. Iar scalpul a început brusc să mă mănânce. Jos cu pălăria *fantezie* cu plasă, iar buclele coafate cu grijă s-au rostogolit libere.

– Ah, se topește! a zis Profesorul, toboșarul, arătând spre mine. Se topește *de-a binelea* acum!

A râs, doar că de data asta am râs și eu.

Pauza se terminase. Formația s-a întors să mai cânte o tură.

Eu și Diana stăteam singure pe canapeaua ruptă. Diana s-a prăbușit spre mine și mi-a apucat mâna.

– Ești supărată, dragă? Am fost îngrozitoare?

Acum nu-mi mai păsa să cunosc oameni de societate. Mă simțeam mult mai bine. Nemaipomenit, de fapt.

– De ce aș fi supărată?

Cuvintele se loveau unele de altele, toate numai vocale.

A ridicat din umeri.

– Nu te-am dezamăgit? Doar că nu pot respira acolo cu toți snobii ăia...

În cele din urmă i-am pus întrebarea care mă frământase toată seara.

– De fapt, nu vrei să-ți cunosc prietenii?

– Nu sunt prietenii mei. Sunt publicul meu. În plus, îmi place mai mult aici în spate. Nimeni nu mă cunoaște, a zâmbit ușor. Îmi place să mă pierd în mulțime, May.

S-a oprit și a închis ochii.

– Îmi place să mă las dusă de val și să nu mă mai întorc niciodată.

– Ca un balon de gumă. În sens invers.

Asta ni s-a părut amuzant. Am râs până ne-au durut obrajii și ni s-a tăiat răsuflarea. Diana scotea mici fornăieli care ne făceau să râdem și mai tare și aproape am căzut de pe canapea.

Când într-un final ne-am oprit, a devenit gânditoare.

– Îmi urăsc viața, mi-a împărtășit. Urăsc fiecare bucățică. N-ai nici cea mai vagă idee cum e.

– Nu te mai gândi la asta!

– Îmi place să fiu în mijlocul acțiunii.

– Aici este, am zis, împungând canapeaua lăsată. E destul de multă acțiune aici.

– De asta îmi place de tine, și-a lăsat capul pe umărul meu. Pot să fiu liberă.

Am stat o vreme, ascultând muzica.

Simțeam fiecare notă în șira spinării. Am închis ochii și am simțit-o pulsându-mi prin corp. Trompeta lui Cairo Joe se înălța și plonja, clar și dulce, în vreme ce degetele lui Savoi goneau în sus și-n jos pe clapele pianului, precum copiii care se urmăresc, jucând leapșa.

Diana m-a tras în sus.

– Dansează cu mine!

– Ești nebună?

– Amândouă suntem, a râs ea. Ai uitat?

Ne-am croit drum spre ringul de dans. Luându-mă după talie, Diana și-a lipit coapsele de ale mele și a început să se legene. S-au auzit strigăte și fluierături, aplauze. Cu brațele împletite, ne-am balansat și ne-am bâțâit, aruncându-ne capetele pe spate, arcuindu-ne. La tobe, Profesorul a încetinit ritmul o idee, în sincron cu ritmul nostru; cu mânecile ridicate și fruntea transpirată, și-a coborât bărbia, privind atent.

Diana, cu membrele ei lungi și palide și părul negru și răvășit mă ținea strâns, parfumul ei amestecându-se cu transpirația și căldura groase și pâcloase. Mi-am închis ochii. Îi simțeam mâinile pe mijlocul spatelui, apoi pe coapse. O paralizie fierbinte m-a copleșit, o dorință periculoasă. Eram liberă. Liberă să fac orice îmi doream. La naiba cu toți și cu totul! Am deschis ochii. Diana zâmbea, apropiindu-și bărbia, cu respirația caldă pe fața mea. Mă privea atât de atent, atât de deschis și serios.

Apoi brusc am fost despărțite, în mijlocul unui cor de huiduieli. Plicticoșii ne trăgeau înapoi la masă.

– E timpul să mergem, a mormăit unul dintre ei.

– Atât de repede? a zis Diana aruncându-se pe un scaun. Unde e Jimmy?

– A trebuit să plece. Fata cealaltă nu se simțea prea bine.

– Dar mi-e sete! s-a îmbufnat ea.

– Și mie! am arătat spre cărțile de joc. Ce-ați zice să ne lăsați să jucăm?

– O să pierdeți, a avertizat cel blond, tot sugând dintr-un rest de trabuc. Avea o față roz și pufoasă, de școlar, lipită de un corp de luptător profesionist.

– Și, dacă pierzi, bei.

– E bine, atunci, i-am făcut Dianei cu ochiul. Știm să facem asta.

– Jucăm pe bani, a intervenit altul. Părea să se fi născut fără bărbie. Fața i se contopea pur și simplu în gâtul gras.

– Dacă n-aș ști mai bine – ochii Dianei s-au îngustat –, aș crede că sunteți nepoliticoși.

– Eu... doar ziceam, a mormăit, uitându-se spre prietenii lui.

– Ne e sete, le-am reamintit. *Foarte* sete!

– Și ne-am plictisit, a adăugat Diana. N-aș vrea să-i spun lui Jimmy că ne-ați stricat seara. Nu i-ar plăcea asta, știți doar. Și nu mă întorc acasă până nu mă distrez!

Au murmurat între ei un minut și apoi au mai comandat o sticlă de whisky.

– Atunci haideți!

Deschizându-mi geanta, am fluturat hârtia de cinci dolari.

– Să vedem de ce sunteți în stare, băieți!

Jocul s-a dovedit mai dificil decât am crezut. Diana mi-a împrumutat zece dolari și apoi, la un moment dat, regulile s-au schimbat, așa că fetele nu trebuiau să parieze bani, ci să stea pe genunchii câștigătorului. După asta detaliile serii au devenit încețoșate, o amestecătură de fețe roșii, poale mari și mâini transpirate. Au urmat o plimbare cu mașina, cântat zgomotos, o parte în altă limbă și cineva a primit o palmă peste față.

Următorul lucru pe care mi-l amintesc a fost sunetul unui motor ambalat și ceva greu și cald apăsându-mi stomacul. Am deschis ochii cu un efort considerabil. Eram întinsă pe podea, cu privirea la un tavan slab luminat. Motorul mergea în continuare, ca o mână mare ce mă țintuia. Apoi și-a schimbat poziția. Doi ochi de chihlimbar au clipit încet. Era Persia, făcută ghem pe mine. Mi-am întors capul, sărind ca arsă, cu o durere surdă pulsându-mi în tâmple. Pe perete deasupra biroului, era harta lumii antice. Probabil le zisesem să mă lase la magazin și adormisem pe podea, în biroul domnului Winshaw.

Am dat-o la o parte pe Persia, străduindu-mă să mă ridic. Fusta era cu fața în spate, de la bluză îmi lipsea un nasture, iar dresurile erau rupte la degetul mare. Cuprinsă de greață, am reușit să ajung la baie în ultimul moment. Am stat o vreme aplecată peste vasul de toaletă, în timp ce Persia torcea și se împletea printre picioarele mele.

După aceea, cu mâinile tremurând, mi-am dat cu apă rece pe față. Arătam ca naiba. Rujul era întins, părul turtit într-o parte, urma nasturelui de la perna de pe scaunul domnului Winshaw, imprimată pe obraz.

Cuvintele mamei au început să mă bântuie. *Dacă te porți ca o doamnă, vei fi tratată ca atare.*

Doamnele nu se trezeau pe podea, cu pisici pe ele.

Simfonia de ceasuri din partea din față a magazinului a bătut ora opt. Domnul Kessler va fi aici în jumătate de oră.

M-am scurs pe podea, cu capul pe genunchi. Ce bine ar fi dacă aș putea să mă întind la loc și să stau liniștită! Sau să mor. În schimb, cu mâini tremurânde, am deschis geanta de seară. Era goală, în afară de un tub de ruj, o batistă împăturită și pudriera. Niciun bilet de troleu, ca să nu mai vorbim despre bani suficienți pentru ceva de mâncare.

Însă acum trebuia să mă aranjez repede sau îmi pierdeam slujba.

Împleticindu-mă spre biroul domnului Winshaw, am căutat prin sertare și am găsit o cutie de aspirină și treisprezece cenți în monede mici.

Apoi am intrat în biroul domnului Kessler. Sertarul din dreapta sus era încuiat. Dar dedesubt era o cutie mare de *Luden's Ole South Hard Candy Dainties* și un plic cu o bancnotă de cinci dolari. Rostogolindu-se pe fundul sertarului, era inhalatorul subțire de metal cu eticheta Benzedrină – medicamentul lui pentru astm. Curăța tot, spusese el. Am rupt capacul și am inhalat adânc. Drogul era înțepător, uleios și acid totodată, aromat cu lavandă. Apoi am luat câte bomboane puteam duce.

Înghițind niște aspirină, m-am întors în baie și m-am spălat pe față, de data asta cu atenție. Un val de greață m-a făcut să mă agăț din nou de chiuvetă, dar cumva am reușit să nu vomit aspirina. Apoi am supt câteva dintre bomboanele domnului Kessler. Treptat, valul de greață s-a domolit. Netezindu-mi părul, mi-am pudrat nasul și, sprijinindu-mi cotul de chiuvetă în timp ce îmi țineam mâna dreaptă cu stânga, am izbutit într-un final să mă dau cu ruj. Nu arătam bine, dar era un progres...

Tot mai trebuia să ascund nasturele lipsă. Una dintre mesele din magazin era acoperită cu un șal, o eșarfă indiană dintr-o lână crem foarte fină, brodată cu fir auriu de mătase. Scuturând-o de praf, mi-am înfășurat-o pe umeri. Ascundea povestea unei nopți întregi.

Însă timpul se scurgea rapid. Îndesându-mi încă o bomboană în gură, am luat-o spre camera din spate, ca să pregătesc cafeaua. Mâinile încă îmi erau nesigure, dar capul măcar începuse să se limpezească. Era ca și cum în fundul creierului meu apăruse un culoar. Deocamdată era doar ca o linie subțire, dar îl simțeam extinzându-se, lărgindu-se.

Trebuie să fie medicamentul domnului Kessler. Am dat buzna înapoi în biroul lui și am mai furat o doză.

Era opt și douăzeci și șapte când am auzit cheia domnului Kessler învârtindu-se în broască.

Mă stabilisem în spatele tejghelei de sticlă, unde îmi puteam odihni mâinile, ca să-mi țin echilibrul.

În mod normal el ajungea primul.

– Bună dimineața, domnișoară Fanning!

M-a privit de sus până jos, nu chiar fără suspiciune.

– Ce cauți aici la ora asta?

– Din greșeală. Am prins un troleu prea devreme. Doriți cafea?

(Cel mai bine e să mă mișc. Să nu îl privesc prea lung în ochi.)

– Da, te rog!

Și-a agățat haina.

M-am dus în spate și m-am împiedicat de o cutie de lemn. Chiar și schimbul acela scurt mă secase. Trebuia să stau nemișcată cât mai mult posibil, dar, dacă, închideam ochii, camera începea să se învârtească și aș fi vomitat din nou. Așa că, în schimb, am fixat cât de mult am putut gresia murdară și spartă, înainte să mă pornesc înapoi.

Domnul Kessler deschidea casa. S-a oprit, m-a examinat pe deasupra ochelarilor.

– Nu m-am gândit niciodată să îl vând pe post de eșarfă, a arătat el spre șal.

Știam că nu e un compliment.

– Ei bine – am zâmbit, străduindu-mă să par fermecătoare –, de asta mă aveți pe mine, nu-i așa?

A dat din cap, ușor uimit.

– Arăți palidă. Sigur te simți bine?

– Avem nevoie de zahăr, domnule Kessler. Să merg să cumpăr? Nu vă puteți bea cafeaua fără zahăr, nu?

– Presupun că nu, a încuviințat.

– La ce e bună o amazoană dacă nu o poți trimite la vânătoare din când în când?

Mi-am luat haina.

Domnul Kessler mi-a dat niște mărunt. M-am dus la o mică alimentară după colț, am cumpărat o pungă mică de zahăr, apoi am traversat spre băcănie. Acolo am luat o gogoașă pe care mi-am îndesat-o pe gât chiar la tejghea.

Până m-am întors și am turnat cafeaua, mâinile îmi erau cât de cât sigure și stomacul mai liniștit.

– A venit ceva pentru tine, a arătat domnul Kessler spre o scrisoare.

– Pentru mine?

– Livrată personal, a adăugat, privindu-mă cu colțul ochilor.

Am deschis-o. Am citit:

Dragă domnișoară Fanning,

Cred că îți datorez scuze pentru că te-am abandonat aseară, însă lui Smitty i se făcuse rău și a trebuit dusă acasă. Sper că te-ai lămurit până acum că bărbații tineri nu sunt de încredere la jocuri de băut cu fete drăguțe. Sper să mă revanșez altă dată.

James

Înăuntru, o hârtie de cincizeci de dolari.

– Unde ai fost? mă aștepta mama când am ajuns acasă seara.

Cumva reușisem să mă târăsc până la sfârșitul zilei și eram epuizată. Tot ce voiam era să dorm.

– Am stat până târziu, i-am zis, scoțându-mi haina. Așa că am rămas la magazin.

– La *magazin?* a căscat gura cu groază. Ești nebună?

– Poate.

Am luat-o spre bucătărie. Era frig. Am deschis cutia frigorifică. Erau câteva ouă, o bucată ieftină de șuncă. Nu mai rămăsese deloc pâine.

– Era târziu și n-am vrut să întârzii la muncă. Nu am avut timp să vin acasă. Nu vrei să-mi pierd slujba, nu?

– Ar fi trebuit să suni!

– Sigur! Mi-am smucit capul către palierul exterior, unde se afla singurul telefon din clădire. Vrei să spui pe telefonul comun la trei dimineața? Asta vrei? Să ne știe vecinii toate treburile?

– Puteai să suni, a zis din nou, ferm.

Capul îmi pulsa acum. Nu aveam energie să mă cert.

– Ai vrut să ies cu ei! Să o văd ca pe o oportunitate! Ei bine, am ieșit!

– Nu-mi vorbi pe tonul ăsta!

– Sunt prea mare pentru asta, mamă! Am ieșit, am mers la muncă și acum sunt acasă. Ce altceva vrei să știi?

– Vreau să știu că ești vie!

– Nu sunt tâmpită! Sigur că sunt vie!

– Ei bine, de unde să știu? Doar că a fost cât pe ce să sun la poliție?

M-am uitat urât la ea, i-am întors spatele.

– Ce s-a întâmplat? a insistat ea. Unde ai fost? Cu cine?

Curiozitatea ei era chiar mai mare decât furia. S-a așezat la masa din bucătărie.

– Am dansat cu James Van der Laar, i-am zis.

– Care dintre ei este?

– Fratele Dianei. E cel care m-a invitat.

– Cine era acolo? Doar voi trei?

– Nu, era un grup întreg. Am fost la un club privat, foarte exclusivist. Friday Club.

A dat din cap.

– N-am auzit niciodată de el.

– Asta e ideea...

O cută i s-a adâncit pe frunte. Îi vedeam mintea procesând, calculând.

– James Van der Laar. De câte ori a dansat cu tine? Mai mult de o dată?

– A fost foarte atent.

– Și cine a plătit?

– El.

– Bun, a dat ea din cap. Foarte bine. Și ai băut?

Știa al naibii de bine că băusem. Probabil încă miroseam.

– Toți beau. Ce era să fac? am întrebat-o. Să mă dau în spectacol?

Însă vocea îi era metalică, plină de reproș.

– Fetele cuminți nu fac asta, Mae.

– A fost doar unul. Un pahar mic! Și nu mi s-a întâmplat nimic.

Mâinile începuseră să-mi tremure din nou, iar genunchii mi s-au înmuiat. Orice ar fi fost în fiola domnului Kessler începuse să-și piardă efectul, iar eu urma să mă prăbușesc. Trebuia să ajung în pat.

– Nu arăți bine. Arăți la fel de rău ca pe vremea când umblai cu Mickey!

M-am așezat și eu și m-am apucat cu mâinile de cap.

– Știi ceva mamă, chiar nu te pot mulțumi, nu-i așa? Ai vrut să merg. Mi-ai *zis* să merg. Apoi am făcut tot posibilul să mă integrez și acum mă ataci pentru că am făcut exact ceea ce *tu* ai vrut!

– Nu te atac, Maeve!

Mi-am ridicat privirea.

– Chiar crezi că cineva își dorește să petreacă o seară în club cu o fată abstinentă? Gândește-te! Să stai față în față cu o mică parvenită ponosită care privește de sus pe toată lumea?

– Nu ești ponosită! a zis îndreptându-se, cu bărbia în aer. În niciun caz!

Nu m-am putut abține să nu râd.

– O, ba da, sunt! După standardele *lor?* O, mamă! Ei purtau blănuri și diamante, iar eu aveam ziare îndesate în pantofi!

Dintr-odată a părut nesigură, frecându-și degetele de frunte de parcă ar fi vrut să facă ridurile să dispară.

– Nu e adevărat! Arătai bine... Elegantă.

– Ah, *te rog!* Arătam exact cum sunt! O irlandeză stupidă, ieșită în oraș cu o adunătură de bogătani, făcându-mă de râs! Și o să-mi porți pică pentru că am băut un pic de whisky să-mi amorțesc rușinea?

Ochii i s-au mărit de indignare și de încă ceva, ce știusem mereu că se afla acolo: teamă.

– Nu are de ce să-ți fie rușine! Valorezi de două ori mai mult decât oricare dintre ei!

Se terminase acum. Îmi lua apărarea.

Am tras adânc aer în piept, mi-am ridicat mâinile.

– Ei bine, hotărăște-te, mamă! Dacă vrei să-mi fac prieteni noi, îmi port și fusta pe cap dacă așa îmi zici. Dar nu vreau să fiu sfâșiată de fiecare dată când seara se prelungește.

Apoi mi-am deschis geanta, am scos o hârtie de cinci dolari și i-am pus-o în față, pe masă.

– Uite! Poți să-i iei înapoi. După cum am zis, a plătit familia Van der Laar.

A fixat banii cu privirea. Era epuizată după ce așteptase toată noaptea, nu mai avea energia și abilitatea mentală să îmi combată argumentele. Însă era încăpățânată și urma să o mai țină puțin, din orgoliu.

Am privit în josul străzii, la bărbații care se strângeau în jurul cuptorului de castane al lui Contadino și am așteptat.

Mă gândisem să trimit banii înapoi. Am avut niște fantezii plăcute imaginându-mi fața lui James Van der Laar în momentul în care ar fi deschis plicul și mi-ar fi citit răspunsul:

„Mulțumesc, dar nu. Îmi croiesc singură destinul."

Cât de uimit ar fi fost atunci?

Dar, la urma urmelor, erau cincizeci de dolari. Și eu eram din nou falită.

Cincizeci de dolari însemnau pâine la micul dejun, frișcă în cafea, bucăți adevărate de carne fără os și zgârci, o grămadă de monede pentru contorul de gaz. În special, însemnau o rochie nouă – una adevărată cumpărată din magazin, direct de pe umeraș, și o pereche de pantofi de seară asortați.

Mândria era un lux pe care nu mi-l puteam permite. Nu încă.

Mâine mă voi duce în centru și voi găsi cea mai la modă ținută din tot Bostonul – și nu la Filene. Trebuia doar să găsesc o cale de a evita suspiciunile mamei. Îi voi spune că până la urmă am primit comision.

– Pur și simplu nu vreau să-ți distrugi șansele, a zis într-un final. Nu apar prea des. Când ești tânără, crezi că vei avea oricând o altă oportunitate, dar nu e adevărat.

Era tulburată, se îndoia de ea însăși, ceea ce nu-i venea ușor.

– Vreau doar ce e mai bun pentru tine, Maeve.

Am continuat să privesc pe fereastră, gândindu-mă de unde să-mi cumpăr pantofi.

– Ei bine, poate e timpul să lași asta în seama mea.

Dragă domnișoară Fanning,

Locul exact al leagănului civilizației este o chestiune dezbătută intens, trecând prin Egipt și Mesopotamia până în adâncul Americii de Sud, Insulele Pacificului de Sud, China și chiar nordul Siberiei. Se pare că oriunde te uiți, poți găsi o explozie impetuoasă de progres supranatural, așa că cine știe? Boston s-ar putea dovedi până la urmă acea origine. În ceea ce mă privește, sunt mai puțin preocupat de locul de baștină, cât de acele indicii neobișnuite despre ce înseamnă, în primul rând, să fii civilizat și am suspectat dintotdeauna că are mai mult de-a face cu lingurile de lut decât cu monumentele antice.

Cât despre sirenele din Portul din Boston, a trecut ceva vreme de când nu le-am mai auzit cântecul; însă, dacă nu mă înșel, scrisorile dumneavoastră au un ton funest și care evocă parcă lumea acvatică, ceea ce este profund suspect. Încercați cumva, cu proza dumneavoastră imperativă, să înecați bărbați de treabă, domnișoară Fanning?

Și da, am o colecție cuprinzătoare de genți femeiești de voiaj la mâna a doua și nu îmi este rușine să recunosc.

Poftim, ce mai zici?

Al dumneavoastră, cu cea mai adâncă sinceritate,
B. Winshaw

Apoi, într-o zi, am realizat ceea ce era evident: domnii Kessler și Winshaw erau la rândul lor colecționari; colecția lor era întregul magazin. Tot conținutul său releva preferințele și interesele lor personale, precum și obsesiile ascunse. Uneori, în orele moarte, încercam să-mi dau seama exact cine ce alesese. Am descoperit că domnul Kessler avea o slăbiciune pentru picturile moraliste victoriene destul de sentimentale purtând titluri precum *Totul este pierdut*, ce înfățișa, într-o noapte fără lună, moartea unei femei decăzute, sau *Ora neagră*, reprezentând un doctor tânăr, veghind îngrijorat asupra unui copil bolnav și palid. În același timp avea o apreciere aproape libertină pentru tot ce era confortabil și pompos și pentru ornamentația ostentativă. Toată mobila din Franța imperială, regenta engleză și barocul german fuseseră selectate de el.

Domnul Winshaw rămânea mai enigmatic. Contribuțiile lui erau aleatorii, deseori provocatoare și substanțial mai puțin plăcute estetic. De fapt, foarte puțin din inventarul său părea destinat vânzării – statuetele africane ghemuite erau ale lui, la fel jilțurile englezești și o problematică sculptură în bronz numită *Violul Sabinelor,* pe care nimeni nu ar fi putut-o expune în propria casă. Avea, de asemenea, o fascinație pentru varii obiecte științifice: compasuri georgiene, cu alama ternă și roasă după secole de întrebuințare; o pereche doar aparent elegantă de telescoape retractabile din secolul al șaptesprezecelea, culese de pe coasta irlandeză în urma unui naufragiu violent; aparate de calcul și șublere antice, precum și două abace etrusce foarte fine și remarcabil de complexe. Aprecia explorarea și obiectele practice. Însă avea și un ochi sensibil pentru povești, care uneori mă surprindea. De exemplu, în vitrina de sticlă erau așezate una lângă alta două linguri de argint. Într-o zi am făcut greșeala să le separ. Domnul Kessler m-a corectat repede.

– Vedeți dumneavoastră, a zis el, aparțin celeilalte. Sunt ambele englezești, iar domnul Winshaw le vrea așezate așa.

– De ce?

– Ei bine, cea mai veche este o lingură York din 1670 cu inscripția *memento mori*. Vedeți? a ridicat-o el. Are gravat un craniu și pe spate un blazon. Iar de-a lungul gravurii sunt cuvintele „Trăiește pentru moarte/ Mori pentru viață“.

– E cam morbid pentru niște tacâmuri, nu?

– Păi, reflectă o preocupare cât se poate de legitimă pe care iacobinii au avut-o pentru moarte. Până la urmă, 1690 a fost la doar cinci ani după ce Moartea Neagră lovise Londra. Acum, în contrast, aceasta – a arătat spre lingura de lângă – are un motiv destul de comun la vremea respectivă, înfățișând o pasăre deasupra coliviei sale, cu sloganul „Iubesc libertatea“ dedesubt. Este o referință la John Wilkes, politicianul englez, radical și susținător faimos al Revoluției Americane.

Ochii negri ai domnului Kessler aveau sclipirea aceea anume pe care o căpătau atunci când mă învăța ceva nou.

– Doar o sută de ani despart aceste două linguri, dar remarcă ce schimbare au adus aceștia. De la o obsesie puritană încrâncenată pentru moarte și pierdere, la o dorință de libertate optimistă și iluminată. De aceea, domnului Winshaw îi place să fie una lângă alta, ca să ne amintească.

– De ce anume?

– Că lucrurile se schimbă, domnișoară Fanning și, de cele mai multe ori, în moduri neașteptate.

Am profitat de ocazie ca să aflu mai multe despre propriile obsesii ale domnului Kessler.

– Dintre toate lucrurile de aici, de care v-ar întrista cel mai tare să vă despărțiți?

– Cel mai tare? De niciunul! a subliniat el. Sper să mă despart de toate într-o bună zi!

– Dar care vă place cel mai mult? am insistat. Care e preferatul dumneavoastră?

Și-a mângâiat barba, cântărindu-le. În cele din urmă a arătat spre o masă piedestal Biedermeier, din cireș.

– Asta e o piesă excepțională.

Alegerea lui m-a surprins. Era relativ simplă și sobră, în comparație cu restul colecției.

– Îmi amintește de Viena, a zis el. Locul în care am fost cel mai fericit, dar și cel mai rafinat oraș din lume.

– Atunci, de ce ați plecat? l-am întrebat.

A scuturat din cap.

– E o poveste lungă.

– Avem tot timpul din lume, domnule Kessler. Hai! am încercat să-l descos.

– Cu ce să încep?

Și-a scos ochelarii și i-a șters gânditor cu batista înainte să și-i pună la loc.

– Cu începutul, desigur.

M-am așezat în colțul unui șezlong.

A ridicat din umeri, resemnat în fața sarcinii care îl aștepta.

– Când vei paraliza de plictiseală, o să-ți reamintesc că dumneata ai cerut asta, a zis el, așezându-se. Vezi tu, mă trag dintr-un mic sat evreiesc, în ebraică numit *shtetl*, din Galiția. Tatăl meu era meșter și, în lipsa unui cuvânt mai bun, un om bun la toate. Se ocupa de tot ceea ce trebuia reparat. Sau cel puțin încerca. Nu spun că era talentat în meseria lui. De fapt, era destul de neîndemânatic. Însă făcea asta, pentru că și tatăl lui o făcuse, la fel ca bunicul lui. Era, de asemenea, un credincios foarte fervent și pasionat. Cred că i-ar fi plăcut să studieze Tora, dar desigur nu era posibil. Eram *hasidici*.

M-a privit fix.

– Știi ce înseamnă asta?

– Cred că da.

Era un singur magazin alimentar evreiesc rămas în capătul străzii Salem, numit Moe, o rămășiță dintr-o altă eră, când întregul cartier era evreiesc. Acum era cunoscut drept singurul magazin deschis duminică. Cei mai mulți evrei se mutaseră în Roxbury, unde magazinele și afacerile lor flancau bulevardul Blue Hill. Fusesem acolo doar de câteva ori cu mama, care susținea că vindeau țesătura de cea mai bună calitate, dacă nu te deranjau culorile închise. Ea zicea că sunt croitori remarcabili. Dar, de fapt, locul mă neliniștea. Bărbați rezervați și misterioși, purtând haine negre lucioase și bărbi lungi, făceau afaceri într-o limbă guturală ciudată. Nevestele lor se îmbrăcau cu mânecă lungă chiar și vara, iar băieții, cu chipiuri și cârlionți mai lungi ca ai surorilor lor, se jucau pe trotuar, cu șalurile de rugăciune fâlfâindu-le în spate când alergau. Nu se amestecau cu ceilalți. Era cel mai important lucru pe care îl știam despre ei. Nimeni nu știa ce spuneau, însă nu voiau să fie înțeleși. Iar, când te adresai unuia dintre ei, te privea încruntat de parcă ai fi fost un scandalagiu.

– Ei bine, a continuat domnul Kessler, era un sat mic. Toate familiile erau înrudite prin căsătorie. Iar rabinul era considerat de toată lumea un *zaddik*, un om cu adevărat drept. Tatăl meu cu siguranță credea asta. Rabinul era precum Mesia pentru el – credea că fiecare cuvânt pe care îl rostea vine direct de la Dumnezeu.

Un șir de bărbați îi urma mereu pașii, zi și noapte, agățându-se de fiecare silabă, sperând că, dacă sunt aproape de el, vor primi răspunsuri. Dar eram cu toții foarte săraci. Polonezii ne urau. Apăreau odată la câteva luni, aducând moarte și haos. Neavând cine să-i oprească, se purtau cu noi precum un bețiv cu un câine vagabond, lovit și bătut după plac, fără motiv sau regrete. Când eram tânăr, simțeam că mă sufoc în satul ăla. Uram căldura verii și frigul îngrozitor din iarnă, rugăciunile și bârfele nesfârșite și ochii vigilenți. Abia așteptam să plec de acolo. Și eu nu aveam credința tatălui meu. Nu avea sens pentru mine, mai ales că lucrurile stăteau atât de rău. Așa că, atunci când am împlinit paisprezece ani, am plecat.

– Unde?

– La Liov. Am obținut o slujbă într-o tipografie, ca zețar. Acolo am avut posibilitatea să citesc tot ce voiam, să petrec nopțile în cafenele cu socialiști și sioniști, și bolșevici. Și era și o universitate care accepta evrei. Dormeam pe podeaua tipografiei, pe mormane de hârtie, munceam toată ziua și mergeam la școală noaptea. Când am absolvit, am fost suficient de norocos să obțin un post la Muzeul de Istorie Naturală al Austriei. În Viena, a adăugat cu un zâmbet. Nu văzusem niciodată un loc atât de frumos și rafinat. Totul acolo era civilizat și plăcut ochiului, de la cupolele aurii la bulevardele largi și parcurile publice grandioase, pline de flori înmiresmate și femei tinere rafinate.

Era greu să mi-l imaginez pe domnul Kessler ca tânăr bărbat, făcând ochi dulci fetelor drăguțe.

– Deci femeile, l-am tachinat eu, erau cele care făceau Viena încântătoare.

– Și muzica, și arta, și cultura, a adăugat repede. În satul meu totul era gri, negru și maro. Chiar și Liov era, prin comparație, un oraș murdar, aglomerat și urât. Însă în Viena chiar și ploaia era romantică. Singurul loc în care fusesem vreodată și în care nu eram doar un evreu. Aici mi se permitea să fiu un intelectual. Un savant, dacă doream. Ce mai vremuri!

S-a oprit, trăgând în piept amintirea, închizând o clipă ochii pentru a savura aroma acelor zile uitate.

– Am avansat în domeniul meu, am devenit membru al Academiei de Știință din Austria. Scriam lucrări și aveam o mustață neagră cum nu se va mai întâlni vreodată! a zâmbit el. Și o soție tânără pe nume Anya, a zis cu vocea îndulcită. O fată catolică.

– Catolică? Ce a zis familia dumneavoastră?

– M-au dezmoștenit. Dar, de fapt, eu o făcusem primul. Nu puteam suferi apăsarea credinței tatălui meu. Mă vedeam pe mine însumi modern, cultivat și educat. Prea deștept să scandez rugăciuni, legănându-mă în transă. Trimiteam bani acasă, dar după o vreme nu m-am mai obosit să includ și scrisori.

Fața i s-a întunecat.

– Vezi dumneata, credeam că eu am dreptate și el greșește. Că era o dovadă de prostie și de slăbiciune din partea tatălui meu să creadă așa cum o făcea.

A tras adânc aer în piept.

– Anya a murit când a născut. Și apoi au început pogromurile, extinzându-se în regiune ca o boală contagioasă scăpată de sub control, de la Odesa la Minsk.

– Poftim?

– Pogrom. Un cuvânt rusesc pentru masacru. Atacuri asupra gospodăriilor evreiești. Raiduri care durau câteva zile, crime, decapitări, copii dezmembrați.

Eram îngrozită.

– Dar de ce?

– Pentru că – a ridicat el din umeri – suntem evrei.

– Dar familia dumneavoastră?

A rămas tăcut un moment, privind pe fereastră la stradă goală.

– Întregul sat s-a ascuns în templu. Invadatorii au blocat ușile și ferestrele și au ars locul din temelii. Mi s-a spus că a durat zile întregi.

Amândoi am amuțit.

Afară, tendele de peste drum fluturau în vânt, părăsite.

– V-ați mai căsătorit vreodată? am întrebat după o vreme.

A clătinat din cap.

– Mi s-a oferit șansa de a preda în Philadelphia. Așa că am plecat. E incredibil cât de singuratic poate deveni un loc în care ai fost fericit odată. Se spune că America este locul în care poți să o iei de la început – *die goldene medina*, „pământul de aur". Însă cred că există o singură vârstă de aur în viața fiecărui om. În cazul meu a fost Viena. Un scurt moment când am crezut că sunt stăpânul propriului destin.

Domnul Kessler s-a ridicat, și-a trecut mâna peste suprafața elegant montată a mesei de cireș, iar textura frumoasă a lemnului puternic șlefuit se întindea din centru către margini, parcă decorată cu o pată de cerneală, oglindită perfect pe ambele jumătăți.

– Asta a fost făcută în Viena în anul 1840. Stilul era cel preferat de clasa de mijloc în ascensiune: îmbinarea perfectă dintre formă și utilitate. Și era un mod foarte bun de a spune lumii cine crezi că ești, a adăugat.

Și-a lăsat mâna pe masă, apăsând-o pe lemn ca și cum căuta bătaia unei inimi.

– Există un cuvânt în ebraică – *nitzotzot*. Înseamnă „scântei divine". Se referă la fragmentele infinitezimale de dumnezeiesc ce sălășluiesc în tot – întreaga creație, însuflețită și neînsuflețită deopotrivă.

Când ceva este folosit potrivit intenției divine, se zice că scânteile sunt „eliberate"; strălucesc, devin o reflexie a înseși feței lui Dumnezeu în această lume trecătoare.

Și-a ridicat privirea.

– Vezi cum strălucește, domnișoară Fanning?

Am dat din cap.

– Tatăl meu ar fi apreciat-o. N-a mers nicăieri niciodată, nici n-a fost un meșter prea bun, a trăit toată viața în *shtetl*. Dar cred că l-ar fi văzut pe Dumnezeu în asta.

– Aproape că îmi pierdusem speranța.

M-am întors, surprinsă.

Era seara devreme, puțin după șase. Rămăsesem ultima, ca să fac bilanțul lunar și tocmai încuiam magazinul. Stabilisem cu Diana să ne întâlnim la locul nostru obișnuit. Însă iată-l pe James Van der Laar, sprijinit de mașina parcată, cu pălăria înclinată peste un ochi, fumând o țigară. Era ultima persoană pe care mă așteptam să o văd dând târcoale pe afară.

– Ce cauți aici?

– Vreau să-ți arăt ceva.

Și-a aruncat țigara pe jos și a întins brațul.

– E chiar după colț. Vreau să-ți cer părerea.

Am privit în josul străzii.

– Diana e cu tine?

– Nu. De ce?

Un zâmbet leneș i s-a întins pe față.

– Ai nevoie de un supraveghetor, domnișoară Fanning?

Avea același efect neliniștitor de data trecută, iritarea și exaltarea ducând lupte serioase în capul meu. Nu-mi plăcea să fiu luată prin surprindere, dar totodată eram curioasă.

Am aruncat cheile magazinului în geantă.

– Ce te face să crezi că am timp să mă las răpită de tine, domnule Van der Laar? Nu suni niciodată înainte? Sau ambuscadele sunt o obișnuință de-ale tale?

– Deci te simți încolțită, asta e? Atunci îmi cer scuze. Însă chiar e o chestiune de afaceri.

Și-a întins din nou brațul.

– Și nu va dura mult.

M-am gândit la Diana, care mă aștepta la masa noastră obișnuită.

– O chestiune de afaceri.

Zâmbetul i s-a lărgit.

– Nu ți-e teamă de mine, nu?

– Ar trebui să-mi fie? am zis luându-l de braț.

Am pornit, strecurându-ne printre străzile laterale, în direcția Central Park.

Era ciudat să fiu din nou atât de aproape de el. Ultima noastră întâlnire se terminase ciudat, însă acum se plimba relaxat împreună cu mine, de parcă nu s-ar fi întâmplat nimic neobișnuit.

– Ți-a mers bine?

– Nemaipomenit. Dar ție?

Traversând strada, s-a mutat în partea cealaltă, pentru ca eu să fiu cât mai departe de trafic. Nu era o politețe ieșită din comun, dar brusc am simțit-o drept calculată și conștientă.

– Înțeleg că am ratat o seară pe cinste zilele trecute, a zis el.

Am simțit stânjeneala crescând. Se referea la cadoul lui – pentru care nu-i mulțumisem niciodată. Banii pe care fusese atât de ușor să-i iau erau acum destul de greu de acceptat, mai ales cu brațul într-al lui.

– A fost deosebit de generos din partea ta, domnule Van der Laar...

– James, a insistat. Spune-mi James!

– Da, James, m-am corectat, foarte generos și deloc necesar din partea ta să-mi plătești datoriile. Totuși, o apreciez la fel de mult.

– Mă simt responsabil. Nu ar fi trebuit să plec fără să te conduc acasă.

O guvernantă în uniformă venea spre noi, împingând un cărucior mare de copii, iar el m-a tras mai aproape ca să-i facă loc. Am recunoscut dulceața întunecată a parfumului său, am simțit siguranța mâinii sale pe cot, ghidându-mă. Era aceeași senzație pe care o avusesem când dansam cu el, de a fi condusă. Nu m-am putut hotărî dacă îmi place sau nu.

– A fost foarte drăguț din partea ta.

Cuvintele mi-au sunat rigid și fals.

– Sunt cel mai drăguț bărbat pe care îl vei cunoaște vreodată, May.

A râs. Era evident că mă luptam cu propriul orgoliu.

– Pot să-ți spun May?

– Da. Firește.

– Vezi tu, sunt un pic de modă veche. Cred că o fată ca tine nu ar trebui să plătească pentru nimic.

– O fată ca mine? l-am privit pieziș. Acum sunt o prințesă?

– Nu trebuie să fii prințesă pentru a fi tratată frumos. De exemplu, nu ar trebui să fii nevoită muncești ca să te întreții.

– Sunt complet de acord. Dar dacă îmi place să muncesc?

– Ce ar putea să-ți placă? Să fii la cheremul altcuiva? Să te trezești devreme și să termini târziu? Și pentru ce?

– Bani. Și mai e provocarea, șansa de a învăța ceva, de a fi independentă.

– Independentă de ce? m-a privit neclintit. De un bărbat care te iubește și vrea să aibă grijă de tine? Asta e independență sau pură încăpățânare?

De ce avea discuția asta cu mine?

– Mă tem că nu există suficienți astfel de bărbați prin jur. În plus, nu toată lumea își dorește să fie întreținută.

– Parcă ești Diana. Voi două sunteți destul de apropiate, nu?

– De ce?

– Doar mă întrebam cât de multe știi despre ea.

– Ce vrei să spui?

A ridicat din umeri.

– Nu e mereu ceea ce pare, asta e tot. N-ar fi rău să ai grijă.

– Ce s-a întâmplat cu fratele cel mare și protector?

– Încă sunt. Dar nu și naiv. Nu tot ce spune e adevărat, May. Mai ales despre familia noastră.

– Mai exact?

Nu a mers mai departe, în schimb a întrebat:

– Câți oameni ți-a prezentat? Câți din ceilalți prieteni de-ai ei? Ești din afara orașului și nu știi pe nimeni, nu-i așa? Dar îndrăznesc să presupun că nu te-a ajutat să cunoști pe nimeni... Am dreptate?

Cuvintele lui au lovit aproape de țintă.

Mi-a interpretat tăcerea.

– Vezi? Asta e Diana! Colecționează oameni, le acaparează viețile. Însă trăiește într-o lume doar a ei. Câteodată e inofensivă. Dar alteori are consecințe teribile. Îți amintești ce se spunea despre Lord Byron?

Îmi aminteam, dar nu-mi plăcea conversația.

– De ce îmi spui toate astea?

– Ah, m-a privit ciudat. Ești *loială!*

A spus-o de parcă tocmai descoperise că sunt dintr-o altă specie, una despre care poate citise, dar nu o văzuse efectiv niciodată.

– E prietena mea, i-am amintit.

– Asta îți face cinste, a încuviințat. Doar nu o urma pe drumul ăsta care duce în jos! Asta e tot ce îți cer. Eu, personal, aș regreta dacă ai dispărea.

Ajunsesem la o casă mare din cărămidă de pe strada Marlborough. A scos o cheie din buzunarul de la sacou și, urcând scările, a descuiat ușa.

– Ce-i asta? l-am urmat nesigură. Ce căutăm aici?

– E o casă mică pe care mă gândeam să o cumpăr.

A împins ușa și mi-a întins mâna.

– Intră și spune-mi ce crezi!

„Casa mică“ era, de fapt, un conac cu patru etaje, cu opt dormitoare, o bibliotecă și propria sală de bal care dădea în spate, spre o grădină privată înconjurată de ziduri. Holul de la intrare și scările de marmură erau cea mai strălucită mostră italienească de prelucrare a pietrei de pe Coasta de Est, a zis el. Era în curs de renovare, cu bucătării și instalații moderne. Goală, cu excepția câtorva scări, prelate și cutii de vopsea lăsate de echipa de muncitori, camerele sale elegante răsunau de posibilități mărețe. Păreau să aștepte oaspeți, petreceri și evenimente publice.

Făcând turul parterului, am avut un sentiment crescând de exaltare, o incertitudine amețitoare care m-a pus în alertă. Tot ce puteam face era să nu mă holbez cu gura deschisă la opulența din fața mea. De ce mi-o arăta mie?

– Totul e încântător, am zis, cu o subevaluare monumentală a sentimentelor mele reale. Dar de ce vrei părerea mea?

S-a întors cu fața spre mine, fixându-mă pe fundalul vast al salonului. Era un bărbat atrăgător, mult mai atrăgător decât crezusem.

– Bărbații vor părerea unei femei, mai ales în chestiuni domestice.

– Sunt convinsă. Dar de ce eu?

– Ei bine, întreaga chestie ar trebui mobilată într-un stil potrivit vârstei sale, a subliniat. Lucrezi sau nu la un magazin de antichități?

– Ah, înțeleg.

Mă bucuram că mă abținusem să nu explodez de entuziasm. Aproape tot ce făcea sau ce spunea era un fel de capcană complicată. Însă, dacă aș fi reușit să-i vând măcar câteva piese de mobilier, ar fi fost o lovitură.

– Păi – am măsurat din ochi camera, de parcă îi calculam dimensiunile –, în cazul în care întrebi dacă avem suficientă mobilă să o umplem, răspunsul e nu. Oricum, nu încă. Dar sunt sigură că am putea-o găsi.

– Deci – s-a apropiat un pas – ce crezi? Merge?

– Depinde pentru ce o vrei.

– Doar timpul poate spune – și-a îndesat adânc mâinile în buzunare. Un cămin? Un loc unde să-mi cresc familia într-o bună zi...

– Atunci, cel mai bine ar fi să o consulți pe femeia în cauză.

Mă privea fix în ochi, la fel de îndrăzneț ca Napoleon, Alexandru, Carol cel Mare sau oricare alt bărbat care invadase și cucerise lumea.

– De ce crezi că nu am făcut-o deja?

Întrebarea atârna în aer, între noi.

– Casa asta ți se potrivește, s-a apropiat el. Îți stă bine în ea.

– Sună de parcă ar fi o rochie.

M-am întors, plimbându-mă spre hol, punând distanță între noi. Lumina scăzuse acum, soarele de după-amiază târzie pălea. Afară începuse un cor de păsări de seară, un sunet pe care rar îl auzeai în North End. Însă în cartierul ăsta erau copaci, grădini – spațiu. Ecoul cântecului a persistat, lovindu-se de zidăria de marmură, la fel de delicat și plin de speranță ca lumina plăpândă care dispărea de pe cer.

– Nu sunt aici prea des.

M-a urmat și s-a așezat în ușă.

– Mâine plec din nou la New York. O să rămân acolo o vreme.

Din nou, m-am întrebat de ce îmi spunea mie. Dar am răspuns doar:

– Anunță-mă neapărat ce decizie iei în legătură cu casa. Voi fi bucuroasă să ajut în orice fel.

– O să te gândești la mine cât timp voi fi plecat?

Era atât de surprinzător, de direct. Era o altă capcană, eram sigură. I-am aruncat înapoi propriile cuvinte.

– Doar timpul va decide.

– Dă-mi ceva care să-mi amintească de tine!

– Ce? O buclă? am râs. O poezie?

S-a apropiat, m-a tras spre el și m-a sărutat.

M-am dat înapoi.

– Spune-mi că te vei gândi la mine! a repetat.

Inima îmi exploda de teamă sau dorință, nu eram sigură de care dintre ele.

– De ce?

– Pentru că... Pentru că vreau să te gândești la mine la fel de mult precum mă gândesc eu la tine.

S-a apropiat din nou. Și de data asta nu m-am mișcat.

...

Când am ajuns la întâlnirea cu Diana, întârziasem și gâfâiam de cât alergasem. Locul era plin, forfotind la ora cinei.

Era în separeul nostru obișnuit, cu bărbia în mână, construind o piramidă din cuburi de zahăr. Judecând după înălțimea piramidei, venise de ceva vreme.

– Îmi pare foarte rău! am icnit, încercând să-mi trag răsuflarea. A intrat un client când mă pregăteam să închid și nu mai pleca.

A potrivit cu grijă un alt cub de zahăr pe ultimul strat.

– Am așteptat aproape o oră.

– Chiar te rog să mă ierți.

– Un client, deci?

– Da, am zis trăgându-mi mănușile. Dumnezeule, ce aglomerat e! Ce s-a-ntâmplat?

– Nimic. Doar că am trecut pe la magazin și era închis. N-am văzut pe nimeni.

Nu mă așteptam la asta.

– Au vrut să mă uit la ceva. Să-l evaluez. Acasă la ei.

– Cât de neobișnuit.

Și-a terminat capodopera cu un mic steag făcut dintr-un carton de chibrituri.

– Ce era?

Am ezitat.

– O masă. Uite, îmi pare rău! Nu a fost nevoie să fac asta niciodată, dar domnul Kessler era plecat și nu am vrut să renunț la o vânzare. De ce ești atât de furioasă?

– Urăsc să aștept. Mai ales oameni care nu apar!

– Ei bine, acum sunt aici.

Începusem să-mi pierd răbdarea. Nu eram dispusă să fac penitențe la nesfârșit.

– Oricum, de ce te-ai deranjat să treci pe la magazin?

Expresia ei era dură, plată.

– Pentru că lucrezi acolo, a zis, făcându-i un semn chelnerului: Vreau ceva de băut!

Chelnerul ne-a adus două cești pline cu gin. Diana a luat o înghițitură lacomă, tresărind. Nu îi plăcea ginul, însă doar asta aveau în ziua aia.

– Îmi pare rău, a zis după o clipă. Nu prea sunt în apele mele.

– E în regulă.

Am privit în ceașcă. Nu mă puteam abține să nu mă gândesc la ce se întâmplase. Era la fel de brusc și neașteptat ca un accident de mașină, iar întreaga întâlnire se tot repeta, întruna, iar și iar în capul meu.

– Ești cu mintea altundeva.

Diana și-a trecut degetele peste colierul de perle.

– La ce te gândești?

– La nimic. La masă, am mințit. Sunt sigură că n-am evaluat-o corect.

– Ar trebui să fugim, a zis, încruntându-se la întreaga sală. Urăsc orașul ăsta!

– Unde?

– Oriunde. Hai să plecăm pur și simplu! Unde vrei să mergem?

Mi-am deschis geanta să-mi caut țigările, dar n-am găsit niciuna. Probabil le lăsasem la muncă.

– Nu știu. Nu-mi pasă. Dar sigur ne-ar găsi – s-a forțat să mai ia o înghițitură. Mereu o fac.

– Cine? Despre ce vorbești?

– Deși nu s-ar gândi să caute într-un loc precum Kansas sau Little Rock. Dacă am fi sărace, ei bine, nu s-ar gândi la asta. E o idee! mi-a apucat mâna, brusc înflăcărată. Ai face asta pentru mine? Ai fugi în Arkansas?

Despre asta vorbea James. Era într-o lume a ei.

– Nu merg în Arkansas pentru nimeni, am zis.

– Dacă m-ai iubi, ai merge.

– Nimeni nu iubește pe *nimeni* atât de mult.

Mi-a dat drumul la mână și s-a scufundat înapoi în scaun.

– Presupun că nu. Doar că – a oftat – nu știu ce să fac. Nu pot să rămân aici. Mă sufoc.

Nu aveam chef să fie morbidă sau criptică. Aveam prea multe întrebări învârtindu-mi-se în cap. Am luat un meniu.

– Vrei ceva? Să mâncăm?

– Nu mi-e foame. Nu vreau să stau aici. Nici nu știu de ce tot venim aici, a adăugat ursuză.

Nu i-am răspuns. Nici mie nu-mi era foame. Tot ce voiam era să merg acasă, să mă întind în pat și să-mi amintesc exact ce se întâmplase, fiecare detaliu.

– Știu. E un loc în Roxbury, se numește Black Rose. Au cel mai bun jazz din Boston.

Diana a dat pe gât restul băuturii și s-a ridicat.

– Haide, o să-ți placă! Localul e plin de infractori!

– Sunt obosită. Nu vreau să merg până în Roxbury. Nu în seara asta.

– O să-ți placă acolo, a zis, aruncând câteva bancnote pe masă. O cunosc pe proprietară. E o mare vacă, dar o să se ocupe de noi. Mi-e datoare. Odată am mituit jumătate din secția de poliție doar ca formația să termine de cântat.

– N-am chef.

Și-a pus mâinile în șold.

– Nu vreau să rămân aici. Și nu pot să merg acasă. Nu în seara asta. Nu pot să sufăr locul ăla!

M-am frecat la ochi.

– Atunci mergi la apartament! Rămâi acolo!

– Singură?

A făcut-o să sune de parcă era o pedeapsă.

Mi-a venit să râd.

– De ce nu? Dumnezeule, eu mi-aș da o mână doar ca să fiu singură o noapte.

S-a schimbat la față.

– Ce vrei să spui? Că te-ai săturat de mine?

– Nu, doar că m-am *săturat!*

– Unde ai fost în seara asta, de fapt?

Era ca un câine cu un os.

– De ce nu mă crezi? am izbucnit, cu atât mai furioasă că mă descoperise.

– Pentru că minți. Cu cine ai fost?

– Nu e totul despre tine! Nu îți aparțin, să știi!

– Cât de amabil din partea ta să mă informezi.

Aruncându-și blana de nurcă peste umeri, s-a năpustit spre ușă, într-o ieșire dramatică.

Încerca să-mi acapareze viața, exact cum spusese James. Mă întrebam cum de nu o văzusem dinainte.

Totuși, mi-am luat mănușile și am urmat-o afară. Temperatura scăzuse. Ploua.

– Uite, poate altă dată! am strigat, strângându-mi haina pe corp. Pur și simplu nu pot în seara asta.

Însă ea deja făcea semn unui taxi.

– Atunci, du-te! Fă ce vrei!

– Ah, nu fi așa! Diana!

Am prins-o de braț. Dar a tresărit de durere și s-a tras înapoi.

– Ce e?

I-am ridicat mâneca hainei. Lumina slabă a lămpii stradale scotea la iveală un grilaj roz, crestat, format din tăieturi mici și atent executate, chiar deasupra cotului.

– Dumnezeule! Ce-i asta?

– Nimic.

Și-a eliberat brațul.

– Cum adică nimic?

Eram șocată de cât de precise erau tăieturile.

– Cine te-a tăiat?

– Nimeni. Eu.

– *Tu?* Dar de ce?

– N-ai înțelege.

– De ce nu?

Mi-a aruncat o privire dură.

– Pentru că tu nu ai nimic de tăiat, May!

Cuvintele ei m-au speriat.

– Ce înseamnă asta?

A făcut cu mâna unui alt taxi care se apropia și a încetinit.

– Vii sau nu?

– De ce te tai? am întrebat ferm.

– Pentru că – a scuipat cuvintele – nu e nicio speranță! Totul e fără speranță! Nu ai idee ce am pierdut, cât mă zbat...

S-a oprit și a părut o clipă că se luptă cu lacrimile, apoi a strigat:

– Nici măcar nu-ți pasă! Nu-ți pasă deloc de mine!

– Poftim? Pentru că nu vreau să merg în Roxbury în seara asta? am țipat și eu. E *o nebunie!*

Apa i s-a scurs de pe micuța ei pălărie șic pe față. Avea buzele strânse și ochii măriți de furie.

– Crezi că asta e o nebunie? a râs scurt și dur. N-ai nici cea mai mică idee! – și m-a îmbrâncit direct în grilajul unui gard de fier forjat. De ce nu mă lași în pace atunci?

S-a urcat și a trântit ușa, iar taxiul a demarat.

Am rămas pe trotuar, udă și tremurând, plină de vinovăție, regret și încă ceva... de ușurare.

Să fiu cu Diana era o aventură eliberatoare și neortodoxă. Era, de asemenea, întunecată și ciudată și, în seara asta, chiar un pic înspăimântătoare. James avea dreptate.

Exact ca Lord Byron, era nebună, rea și periculoasă.

Apoi, pe neașteptate, s-a întors domnul Winshaw.

Domnul Kessler mă trimisese să ridic niște fotografii de la înrămat și când m-am întors nu mai era singur. Cineva era în birou cu el.

Imediat ce l-am văzut, chiar dinainte să se întoarcă, mi-am dat seama că trebuie să fie el. Parfumul sărat și copt de soare al țărmurilor îndepărtate și al condimentelor necunoscute persistase în părul și în hainele lui. Și mai era felul în care stătea sprijinit de pragul ușii, de parcă își petrecuse toată viața la intrare, venind și plecând, fără vreo intenție de a rămâne. Înalt și subțire, clar nu era vreun monden. Pantalonii îi erau cu un număr mai mare, strânși cu o curea uzată, cumpărați parcă pentru altcineva. Mânecile cămășii erau suflecate și scoteau la iveală antebrațe bronzate și mâini mari și aspre – mâini de muncitor, bătătorite și roșii. Ar fi putut părea un vagabond, însă avea încrederea și relaxarea unui bărbat în deplină stăpânire de sine. El și domnul Kessler râdeau de ceva. De fapt, domnul Kessler chicotea incontrolabil, lovindu-și mâinile de genunchi. Deodată mi-a apărut o imagine fugară a felului în care trebuie să fi fost în copilărie. Avea o încântare ghidușă și o înclinație către râs pe care nu le mai văzusem până atunci. Întreaga față îi era luminată de fericire.

Am stat în fața ușii, cu fotografiile în mână, ascultând. Domnul Winshaw descria trecerea din Istanbul la Atena, cu o barcă pescărească locală, condusă de contrabandiști bulgari. Însă ritmul și pronunția plină și rotundă a accentului englezesc au fost cele care mi-au stârnit imaginația. Era vocea unui povestitor înnăscut. Îmi amintea de oaspeții arhetipali din fabulele antice, călători capricioși care apăreau pe neașteptate chiar înainte de căderea nopții, așezându-se lângă foc să spună povești incredibile, înainte să dispară din nou de dimineață.

Domnul Kessler m-a văzut stând în hol.

– Domnișoară Fanning!

Domnul Winshaw s-a întors. Avea cam treizeci spre patruzeci de ani, părul deschis, de culoarea nisipului, cu șuvițe gri, un nas acvilin și o frunte largă și inteligentă. Cu ochii lui limpezi, de un verde cenușiu, ce captau lumina, m-a fixat direct și cercetător.

– Deci aceasta este domnișoara Fanning? Ei bine – a izbucnit într-un râs ușor ciudat –, trebuie să spun că nu ești chiar ce mă așteptam!

– Și la ce vă așteptați? am întrebat.

– La cineva mai în vârstă. Nu atât de... *blondă*, a recunoscut, aruncându-i o privire domnului Kessler.

– Domnișoara Fanning e o fată foarte capabilă, l-a asigurat Kessler.

– Nu mă îndoiesc.

Totuși, s-a încruntat, schimbând subiectul.

– S-a purtat bine cu dumneavoastră?

– Da, îi sunt foarte recunoscătoare domnului Kessler.

– Toți îi suntem recunoscători.

– Îmi pare rău că nu eram aici când ați ajuns. Doar că nu ne-ați anunțat dinainte.

– Ah, Winshaw nu scrie niciodată! a zis domnul Kessler. Ai noroc dacă primești măcar o carte poștală o dată la șase luni.

Am privit spre pantofi, brusc jenată.

Se pare că era contagios.

Înroșindu-se un pic, domnul Winshaw și-a aruncat sacoul pe birou.

– Scrisul e supralicitat, nu credeți? Merită deranjul doar dacă e ceva de zis. Acum – și-a frecat mâinile – să despachetăm, nu?

Și s-a îndreptat spre camera din spate, strigând peste umăr.

– Nu credeați că vin cu mâna goală, nu-i așa?

L-am urmat. Erau trei lăzi mari de lemn, acoperite de timbre vamale. Miroseau la rândul lor a mare și a ploaie, a porturi exotice și pământuri îndepărtate. Domnul Winshaw le-a deschis cu o rangă, în timp ce domnul Kessler și cu mine despachetam tot felul de comori, ca niște copii exaltați, cadourile de Crăciun. Și s-au dovedit împachetate în stilul specific domnului Winshaw, în genți vechi de voiaj și straturi de muselină ieftină.

Am ridicat o valiză ponosită din piele maro.

– Cam deraiați, domnule Winshaw. Asta nici nu se compară cu eleganța altora din colecția dumneavoastră.

– Da, ei bine, se pare că din ce în ce mai puține femei călătoresc în ultima vreme. Nu înțeleg de ce. Departamentul de obiecte pierdute din port avea doar aceste resturi triste.

– Deci umblați prin bagaje pierdute, ăsta e secretul dumneavoastră? Și, dacă îmi permiteți întrebarea, ce faceți cu toate hainele?

A rânjit.

– Nu pot să-ți spun toate secretele mele, Fanning. Pe urmă n-am mai avea despre ce vorbi.

A deschis o altă ladă și ne-a întins o cutie cu pălării roz-deschis. Entuziasmul era chiar mai mare decât atunci când eu și domnul Kessler despachetaserăm vasele. Înăuntru era o colecție de obiecte rare din Orientul Mijlociu antic.

– Cele mai multe sunt mulaje de ipsos, făcute la situl expediției din Ur, a explicat Winshaw, dar sunt și câteva piese originale excepționale. Ce crezi? l-a întrebat pe domnul Kessler. Dacă nu le vor aici, le-ar lua Pittsburgh sau Cleveland, nu crezi?

– Probabil, a aprobat din cap domnul Kessler. Poate chiar New York.

– Am auzit că nu cumpără acum.

– Asta spun oficial, dar nimeni altcineva nu are ceva de genul ăsta.

Domnul Kessler a ridicat o sculptură din bronz a unei zeițe cu picioare de pasăre.

– Uită-te la asta! Nu e extraordinară?

M-am apropiat.

Într-adevăr extraordinară. Fața îi era încântătoare, chiar senină, silueta plină și voluptuoasă și totuși pe cap avea coarne, iar picioarele se transformau sub genunchi în ghearele ascuțite ale unei păsări de pradă.

– Cine e? am întrebat.

– Ei bine, asta e în dezbatere, a răspuns domnul Winshaw. Ar putea fi Ereshkigal, conducătoarea lumii subterane în Mesopotamia antică sau Iștar, zeița sexualității, a dragostei și a războiului, sau chiar drăcoaica Lilith.

– E magnifică. Uite – domnul Kessler a întors-o –, aripile sunt îndreptate în jos. Ăsta e simbolul lumii subterane. Mă îndoiesc că e Iștar.

– Dar ar putea fi un *aspect* al său, a arătat domnul Winshaw.

– Asta a crezut Woolley?

– Nu știu ce a crezut Woolley, s-a încruntat iritat Winshaw. Nu toată lumea ia în considerare părerea lui Woolley!

Domnul Kessler nu era atent. În schimb s-a întors spre mine, cuprins brusc de un val de emoție.

– Vezi cât de norocoși suntem? Asta nu e doar o slujbă. E un privilegiu – o vocație! Atât de puțini oameni *apreciază* cu adevărat viața obiectelor. Sau importanța timpului.

A ridicat statueta.

– Să ții în palmă un fragment din lumea antică și să-i admiri măiestria, să-i cercetezi scopul, să stai o clipă și să reflectezi la marile imperii care s-au ridicat și prăbușit în jurul său, în vreme ce acest mărunțiș fragil a supraviețuit în pofida tuturor așteptărilor, înseamnă să atingi înseși mintea și sufletul care l-au creat – peste secole și continente! Dincolo de tot ce desparte culturi și oameni. Este o onoare, domnișoară Fanning. Și o responsabilitate.

A așezat-o cu grijă pe masă.

– Suntem tutori, administratori. Atunci când cultivăm relații cu colecționari serioși, le încurajăm investițiile, privim o colecție cum crește, planificăm următoarea achiziție, ceea ce facem, de fapt, este să modelăm o moștenire care, cu puțin noroc, va supraviețui intactă generații întregi. Cunoașterea, judecata noastră estetică, garantează asta.

– Nu e nevoie să-i dai lecții, a râs domnul Winshaw. E secretară, nu curatoare!

Domnul Kessler era gata să-i răspundă când s-a auzit clopoțelul de la ușa magazinului, semn că intrase un client.

– Scuzați-mă, vă rog!

A mers în față și am rămas singură cu domnul Winshaw.

L-am privit cum deschidea cu o rangă o altă cutie.

– De fapt, *mă interesează*.

– Da? Păi bine. Asta te va ajuta să faci vânzare, a zis, aruncând capacul într-o parte. Înțeleg că ai pornit cu dreptul deja.

– Serios?

– Kessler mi-a zis că ai vândut inelul lui Nemesis.

A scos o altă valiză.

Nu reușeam să înțeleg despre ce vorbește.

– Vă referiți la inelul cu agat negru?

M-a privit cu atenție.

– *Știai* că este Nemesis, nu-i așa?

A sunat de parcă ar fi fost cel mai evident lucru din lume.

Probabil fața m-a trădat.

– M-am gândit că ar putea fi Clothos, una dintre cele trei Ursitoare.

Sprâncenele i s-au ridicat.

– Asta a zis Kessler? Serios? a fluierat pe un ton jos. Bătrânul își pierde îndemânarea!

– Nu, m-am documentat. De una singură.

– *Tu?* a lăsat jos ranga. Și de ce anume ți-ai luat această libertate?

Simțeam că mă înroșesc, brusc în defensivă.

– M-am gândit doar...

– Ei bine, n-ar fi trebuit, mi-a tăiat-o. Nu e treaba ta. Trebuia să te fi consultat cu Kessler. El te-ar fi corectat. Trebuie să fim atenți, m-a avertizat, să identificăm precis lucrurile. Îți imaginezi dacă cineva ar cumpăra ceva crezând că e un artefact din Grecia antică și, de fapt, să fie etrusc?

Nu știam nici despre diferența dintre grec și etrusc. Evident mă credea o idioată, complet incapabilă.

A urmat o tăcere încordată.

M-am gândit la James și la cum cumpărase inelul, spunând că îl făcea să se gândească la mine. Dacă nu era talisman, atunci ce era?

Persia s-a strecurat înăuntru, încurcându-se printre picioarele domnului Winshaw, torcând zgomotos. L-a scărpinat afectuos sub bărbie.

– Nu cumva aveți niște ceai, Fanning?

– *Fanning*?

Era suficient de rău să fiu mustrată ca un copil.

– Să știți că am și un prenume!

– Îmi pare rău. Mi-a aruncat o privire ușor cuprinsă de regret. E o chestie care ține de școala publică engleză – te obișnuiești ca oamenii să te strige după numele de familie. De fapt, este un semn de afecțiune.

– Doar în Anglia e un semn de afecțiune când cineva îți uită numele.

– Nu îl uită. Este posibil să nu-l fi aflat de la bun început, a zâmbit.

– Deci – m-am hotărât eu să-mi înghit mândria – atunci spuneți-mi: cine exact este Nemesis?

M-a privit de parcă l-aș fi rugat să mă învețe alfabetul.

– Nemesis este o zeiță greacă. Numele este derivat din cuvintele grecești *nemêsis* și *nemô*, care înseamnă *distribuitoarea plăților*.

– Plăți?

– Pedepse, a continuat. Ceea ce te așteaptă. Ține în echilibru norocul, *Thyke*, și hybrisul. De fapt, *răsplată* este un fel mai precis în care o poți defini.

– Vreți să spuneți răzbunare?

A tresărit ușor, ca și cum cuvântul era stângaci, filosofic vorbind.

– E un fel de a o interpreta. Totuși, un pic simplist.

– Scuzați-mă! Greaca mea e un pic ruginită.

M-am dus cu ceainicul în baie și l-am umplut.

Prima dată când am văzut inelul, înfășurat în batista aceea murdară, mi s-a părut neobișnuit. Poate era doar imaginația mea, dar mi-am amintit aura ciudată și captivantă care părea să-l înconjoare. Să fi fost, oare, mai mult decât ceva simbolic?

Întoarsă în bucătărie, am dat drumul la plită.

– De unde l-ați luat?

Stivuia valizele goale.

– Poftim?

– Inelul lui Nemesis. Mă întrebam de unde îl aveți.

– De la un colecționar elvețian. Era parte dintr-o colecție privată considerabilă – aceeași familie care a vândut vasele.

– De ce au vândut?

A ridicat din umeri.

– Nu prea știu, drept să spun. Vreun motiv personal.

– Era înfășurat într-o batistă murdară. Știți, aproape nu l-am observat.

A scos o altă valiză într-o nuanță anemică de *eau de Nil*[1].

---

[1] Vernil, verde-deschis (n. red.).

– Ca și vameșii. Asta era ideea. Au tendința să confiște bijuterii când au ocazia. Se vând destul de repede la negru.

Am luat ceaiul de pe raft.

– Poartă ghinion?

– Inelul? Ei bine, ar fi un ghinion dacă l-ai pierde – valorează o avere.

A despachetat o mică placă de piatră acoperită cu rânduri de scris cuneiform.

– De ce? m-a privit fix. Nu cumva ești și superstițioasă, pe lângă toate celelalte?

M-am oprit din ce făceam.

– Care toate celelalte, mai exact?

– Pe lângă faptul că ești blondă, ai ochi de căprioară și nu mai mult de șaisprezece ani! a râs.

– *Ochi de căprioară?*

– E un compliment! Nu fi așa sensibilă!

Eram pe punctul de a-i arunca o ceașcă în cap.

– Ca și faptul că nu vă amintiți numele meu? am întrebat. Și, de fapt, am douăzeci și cinci.

– Fie, și-a ridicat mâinile. Uite, n-am mai avut niciodată o asistentă. Și, cu siguranță, nu o fată.

– Înseamnă că nu vreți una?

– N-am zis asta. Am vrut să spun doar că, ei bine... nu ești cum mă așteptam, asta e tot.

Am pus furioasă frunzele de ceai în vas.

– Și ce anume așteptați?

A ridicat din umeri.

– Am crezut că sunteți mai în vârstă.

– Ce importanță are?

– Doar... păi, pur și simplu are! Oricum, a zis schimbând subiectul, întrebai de inel.

– Voiam să știu dacă prin purtarea lui este invocată Nemesis. Ca un blestem?

– Chiar *ești* superstițioasă! a chicotit, sprijinindu-se de o ladă goală. Stai o clipă, May Fanning – se întâmplă să fie May prescurtarea de la Maeve? Ești irlandeză, nu-i așa? Pun pariu că ai crescut cu pitici, zâne și spiriduși și tot felul!

Aroganța lui era dureroasă.

– Puteți, vă rog, să răspundeți pur și simplu la întrebare?

L-a ridicat pe Persia, iar motanul s-a făcut moale de plăcere în brațele lui.

– Nemesis este o zeiță, dar e mai mult de-atât. Reprezintă o forță, un aspect fundamental în echilibrul universului. Nu e vorba de a fi bună sau rea, blestemată sau norocoasă. E pur și simplu parte din cursul lucrurilor.

Mi-am încrucișat brațele pe piept.

– Deci sunteți incapabil să oferiți un răspuns simplu, așa e?

A încercat din nou.

– Uite... fiecare acțiune stârnește o reacție. Tindem să vedem lucrurile în termeni de noroc sau ghinion, dar în cele din urmă, ceea ce contează cu adevărat nu sunt întorsăturile sorții, ci ceea ce facem cu ele. Până la urmă, caracterul nu îți este judecat după context, ci după atitudinea și acțiunile tale.

– A, înțeleg! Ca un erou clasic – „Inimi de eroi, slăbite de timp și soartă./ Dar vom năzui și, dârzi, vom căuta și vom afla".

Ultimele versuri ale poemului mi-au ieșit din gură fără să-mi dau seama. Le citisem de atâtea ori, că erau ca o rugăciune repetată iar și iar în capul meu.

Domnul Winshaw s-a oprit din a-l mângâia pe Persia și m-a fixat cu privirea.

– Tocmai ai citat din *Ulise*?

Acum îi captasem atenția.

M-am prefăcut concentrată să amestec ceaiul.

– Presupun că da.

– Știi *Ulise*?

Neîncrederea din vocea lui era înnebunitoare.

– Păi să vedem. E povestea cu marele luptător din Războiul Troian, care a rămas blocat pe o insulă și i s-a oferit promisiunea vieții veșnice, alături de o zeiță frumoasă, dar care a preferat să fie cotonogit pe mare de Poseidon decât să-și ducă zilele liniștit în paradis. Am dreptate?

A lăsat motanul jos.

– De fapt, este despre a tânji după propriul caracter muritor. Despre a-ți fi foame de viață, de obstacole, indiferent de preț.

Trebuia să aibă mereu ultimul cuvânt.

– Ulise vrea să se pună la încercare, a continuat el, să simtă că trăiește. Până la urmă, ce este nemurirea dacă nu moarte de fapt – un vid vast și aurit, golit de singurele experiențe reale care fac viața valoroasă?

– Chiar credeți că viața în suferință este preferabilă Paradisului?

– Paradisul nu e un loc, Fanning!

Și-a dat ochii peste cap, de parcă limitele i-ar fi fost întinse dincolo de cât poate un om să îndure.

– De ce presupune toată lumea că este o destinație – vreo versiune celestă a stației Grand Central? E o stare de spirit! Certitudinea de nestrămutat că știi cine ești și care e locul tău în lume! Lăsând la o parte loviturile și împunsăturile unei sorți nedrepte, suferim cel mai mult când încercăm să fim altcineva sau altceva decât suntem.

Vorbea în concepte mărețe și abstracte, în felul în care alți oameni pălăvrăgesc despre vreme sau politică. Nu cunoscusem niciodată pe cineva atât de deschis sau capabil să disece idei metafizice. Nu că asta mă impresiona prea tare.

– Ah, ce gândire extrem de englezească din partea dumneavoastră! Deci ar trebui să stăm cu toții la locurile noastre, asta e?

– Sigur că nu! Trebuie să testăm limitele – suntem oameni!

– Deci *trebuie* să suferim, am conchis.

Să vorbești cu el era ca și cum ai fi fost aruncat într-un curent rapid și periculos. Trebuia să înoți din greu împotriva valului neobosit de argumente.

– Da! Absolut! Nu vezi? Sufletele ne sunt modelate de nenorociri. Fără ele, suntem difuzi, fără formă! Să suferi nu e o pedeapsă, e un catalizator!

A început să dea ture prin cameră de parcă scotea idei din aerul care-l înconjura.

– Desigur, un om se crede capabil de orice când viața este liniștită, se poate imagina în stare de mari sacrificii, demnitate sau curaj. Însă doar în momentele cele mai disperate știm cu adevărat din ce suntem făcuți și cine suntem. Clipa nenorocirii este singura probă adevărată a caracterului nostru – fără ea suntem imaturi și incompleți!

– Și dacă acea clipă a nenorocirii este ultima? l-am contracarat. (Aparent aveam la fel de multe opinii filosofice, ceea ce m-a surprins.)

S-a oprit destul de brusc.

– Iată o întrebare bună, a recunoscut, o umbră lăuntrică întunecându-i fervoarea. Atunci murim, a zis liniștit. Dar murim știind că am trăit cu adevărat. Și nimic nu poate știrbi asta.

Orice ar fi fost acea umbră, i-a împrăștiat entuziasmul pentru discuție. S-a întors din nou la despachetat.

– A fost mereu unul din preferatele mele – acel poem... De unde îl știi?

– Ați fi surprins, domnule Winshaw. Zilele astea dau permise la bibliotecă oricui. Chiar și secretarelor.

Domnul Kessler a tușit în pragul ușii.

– Îți ține lecții?

– Încearcă.

Am turnat ceaiul și le-am întins câte o ceașcă.

– Nu te lăsa atacată de ateismul și intelectul lui, m-a avertizat Kessler, ridicând tableta cuneiformă.

– Nu sunt ateu! Cred în zei, a protestat domnul Winshaw. Doar că nu m-am hotărât încă în care.

– Cum puteți să spuneți asta? i-am întins zaharnița. Nu există decât un singur Dumnezeu!

– Chiar așa? era destul de ușor de provocat. Să fie oare acela al tău, al meu sau al lui Kessler? Sau – a ridicat un deget – avem toți dreptate? Este, oare, Dumnezeul pe care îl alegi, cel pe care îl meriți?

– Ah, Doamne, domnule Winshaw! am oftat. Cum puteți pune asemenea întrebări?

– Cum puteți să nu le puneți?

– Păi, nu credeți doar că puteți să vă alegeți Dumnezeul în funcție de stare, ci că puteți să-l și *modelați!* am dat din cap cu mirare. Ați putea fi mai arogant de-atât?

Domnul Kessler a pufnit încântat.

– Nu au făcut oamenii asta de la începutul timpului? a răspuns, evident recăpătându-și buna dispoziție. În plus, nu e aroganță.

– Atunci ce este?

– Nevoie.

Domnul Kessler m-a privit.

– Ți-am spus, o să stai aici toată noaptea, certându-te cu el. Și până dimineață nu veți ajunge la nicio concluzie.

Am sorbit din ceaiul fierbinte. Domnul Winshaw era un înfumurat intelectual. Dar discuta lucruri despre care nimeni nu o făcea, idei în care nici nu știusem că aș crede. Era ca o piatră de ascuțit, stimulându-mi gândurile și mintea. Poate fusese trimis să-mi șlefuiască personalitatea prin suferință, ar fi ironic, m-am gândit.

În seara aceea m-am oprit la bibliotecă în drum spre casă și, așezată la una dintre mesele lungi de lemn, am căutat despre Nemesis.

Zeiță a pedepselor cuvenite, răzbunând atât răutatea, cât și norocul nemeritat, Nemesis era întruparea eternă a dreptății compensatorii pentru cei care au comis crime cu aparentă impunitate sau care au avut un noroc excesiv. Aducând un echilibru deseori teribil de suportat în treburile lumești, ea distribuia atât fericirea, cât și nefericirea, îngrijindu-se ca niciuna să nu fie prea frecventă sau exagerată în viața omului. Deseori înfățișată ca o atrăgătoare zeiță înaripată, simbolurile ei erau ramura de măr, căpăstrul, biciul, sabia sau balanța. Iar la picioarele sale se rotea însăși marea roată a vieții, ea fiind forța inevitabilă ce domina tot, coborând pe cei mândri de la înălțime în noroi și înfrânându-i pe cei aroganți și necredincioși cu zăbala sa de nezdruncinat. Pentru că toți îi erau supuși, de la cerșetor la rege, și nimeni nu putea scăpa de al său bici aducător de nenorociri.

Deci roata de pe inel nu era de tors, ci însăși roata de neoprit a sorții. Și ținea un bici, nu un fir. Oare Cupidon și Psyche erau acolo datorită tendinței zeiței de a îndrepta nefericirile din dragoste?

Am închis cartea, hotărâtă să mă documentez cum se cuvine de acum încolo.

Totuși, nu m-am putut abține să nu mă gândesc la inel și la bărbatul care îl purta. Cel care îmi acaparase gândurile și imaginația. James Van der Laar era ca o boală, extinzându-mi-se în minte și în corp, chiar și în absența lui.

Noaptea stăteam în pat, imaginându-mi mâinile lui pe piele, corpul lui lipit de al meu.

Poate eram infectată, chiar pe moarte. Însă nu voiam să fiu vindecată.

Domnul Winshaw s-a dovedit de o forță tonifiantă, chiar dacă oarecum anarhică în viața de zi cu zi la Winshaw și Kessler. Nu lucra la program, nu era prea interesat în activitatea efectivă de a vinde lucruri, iar prezența sa aducea deseori haos – ca în dimineața în care eu și domnul Kessler am găsit toată mobila afară pe trotuar. Se pare că domnul Winshaw avusese o viziune dimineața devreme, angajase câțiva vagabonzi din Central Park să ajute la cărat și scosese tot din magazin. Apoi, când ajunseseră pe la jumătate cu adusul lucrurilor înapoi, li s-a făcut foame și au hotărât să meargă să ia micul dejun, lăsând totul pe caldarâm. Mi s-a spus să rămân afară și să le supraveghez în timp ce domnul Kessler încerca disperat să le dea de urmă. Din fericire, oamenii au crezut că este o lichidare, iar eu am vândut un birou de mahon și serviciul de ceai Limoges până să se întoarcă ei.

Domnul Winshaw își planifica deja următoarea călătorie. Era în discuție Egiptul, dar și America de Sud. Și înainte de asta avea programat să predea un semestru la Philadelphia. Avea un apetit vorace pentru informații, participând la conferințe, concerte și spectacole de teatru aproape în fiecare seară. Biroul lui s-a umplut și mai mult de mormane de ziare, cărți și reviste, precum și grămezi de corespondență nedeschisă, pe care le ignora constant. Avea o părere despre absolut orice și nu ezita să o împărtășească, fiind capabil să o adopte sau s-o abandoneze cu ușurință, în funcție de dispoziție. Și devenea iritat sau chiar supărat dacă nimeni nu se deranja să-l contrazică. Însă cu adevărat excepțională era mintea sa iute ca fulgerul, ușurința cu care sărea de la o idee la următoarea, conectând subiecte aparent fără legătură până formau o țesătură vastă de perspective și opinii contrare. Era dedicat nu concluziilor la care ajungea, cât abilității minții sale de a le accesa.

Era ușor să-ți dai seama că era necăsătorit; cămășile erau prost călcate, pantalonii prea mari... și părea să trăiască în principal cu țigări și batoane Hershey. Motanul Persia îl urma peste tot, cu devotamentul tăcut al cuiva apropiat, însă nu era singurul. Domnul Winshaw era rareori neînsoțit seara. Avea mereu câte o femeie atrăgătoare în spate, gata să îi pregătească o masă caldă sau să se ocupe de el. În mare, rezista tentației lor de a-l domestici, deși uneori obțineau câte o mică victorie, iar el venea îmbrăcat într-o cămașă proaspăt călcată sau cu un sacou pe măsura sa, înainte să se întoarcă la vechile obiceiuri.

Una dintre iubitele mai frecvente era o fată pe nume Selena, care lucra la Casa de Licitații Freeman, în centru. Evaluatoare în departamentul de bijuterii fine, Selena era cu doar câțiva ani mai mare decât mine. Cu buclele negre moi, ochii căprui, adânci și silueta îmbietoare, avea un talent de a hipnotiza clienții, mai ales bărbați, iar domnul Winshaw nu era cu nimic diferit. Avea un fel de a se mișca și a vorbi, lent și calculat, care bănuiam că lasă impresia unei persoane mai inteligente decât era. Făcea comentariile să-i pară mai degrabă chibzuite și ambigue decât doar banale. Și am înțeles repede că, dacă Selena era în cameră, probabil juca o scenă intimă în care alți oameni erau doar figuranți. Nu prea avea niciun sens să încerc să i-o iau înainte.

O dată sau de două ori venise înainte de închidere să se întâlnească cu domnul Winshaw, mereu măsurându-mă cu privirea de parcă aș fi fost un cățel vagabond deosebit de jalnic. Se prefăcea că are o atitudine maternă, apărându-mă împotriva atacurilor lui imaginare. Când îmi zicea *Fanning*, Selena mereu îmi sărea în apărare.

– Are un *nume*, Ben!

Și apoi își dădea ochii peste cap în fața mea ca și cum ar fi zis: *Bărbații!* Ca să fiu sinceră, eram un pic dezamăgită că o fată atât de comună îi putea capta fanteziile.

Însă omul căruia îi scrisesem, străinul inteligent și misterios care fusese atât de fermecător pe hârtie, rareori părea să fie aceeași persoană care hoinărea acum prin magazin, dezbătând politică și religie cu oricine era dispus să asculte și plănuindu-și următoarea evadare.

La scrisorile respective nu s-a mai făcut nicio referire. Simțeam că era un pic jenat că îmi scrisese vreodată. Nu puteam să uit privirea surprinsă când mă întâlnise pentru prima oară, conștientizarea bruscă a faptului că, până la urmă, eram doar o secretară. Și totuși, le-am păstrat. Îmi plăcea de acel bărbat. Îmi era dor de felul lui profund și clar de a gândi. Mă întrebam doar unde dispăruse.

– Pare un snob, a zis Angela când ne întorceam devreme pe jos de la biserică, într-o seară de sâmbătă.

În mod normal, mă duceam cu mama la biserică, la Catedrala Sfintei Cruci. Însă de la întoarcerea din New York, evitasem să merg, motiv pentru care mama ofta și se măcina în fiecare duminică. Știam că nu voi găsi niciun fel de iertare acolo. Însă, când Angela m-a rugat să o însoțesc la slujbă la Sf. Leonard, biserica italiană locală, nici măcar n-am ezitat. În timp ce Sfânta Cruce era măreață, întunecată și gotică, biserica Sf. Leonard era asumat luminoasă, ostentativ de barocă. Iar păcatele mele irlandeze nu se aflau în jurisdicția sfinților cu pielea netedă, aliniați pe ziduri în haine pictate viu, cu ochi mari și căprui, care imitau trăsăturile mediteraneene ale congregației lor. Nu, rușinea mea își avea locul în partea cealaltă a orașului, unde zeități din marmură rece stăteau ca niște santinele neclintite împotriva decăderii morale.

Însă, oricum, teatralitatea sărbătorilor italiene și, mai ales, zilele nesfârșite de petrecere din timpul lunilor de vară mi se păruseră mereu irezistibil de exotice și distractive. În North End, statuile sfinților erau plimbate regulat pe străzi, uneori acoperite de bancnote noi și rugăciuni și însoțite de fanfare gălăgioase. Organizau procesiuni lungi, urmate de întregul cartier, cântând și bătând din palme, toți în hainele lor cele mai bune. Iar în duminica de Paște, fetițe și băieței îmbrăcați ca niște mici mirese și miri erau prezentați congregației, la prima lor împărtășanie, fetele în rochii albe și voaluri, cu urechile deja găurite.

Mama fusese mereu îngrozită de venerația țipătoare a vecinilor noștri.

– Dumnezeu nu vrea să dăm o petrecere. Vrea să ne amintim propriile păcate și să ne căim! Să regretăm ce am făcut.

Sfinții italieni erau mult prea însuflețiți pentru gustul ei – Sfânta Lucia privind la un mic platou de argint sau Sfânta Agata oferindu-și sânii ca două prăjituri minunate pe o tavă de aur. La Sfânta Cruce nu erau statui împodobite cu mătase albă și rochii de brocart auriu, pietre prețioase adevărate în coroana Madonei sau parade gălăgioase pe străzi. Pentru irlandezi, catolicismul însemna sacrificiu, o rană deschisă aducătoare de persecuție și greutăți. Însă pentru italieni însemna celebrare.

Angela prefera să meargă la biserică în serile de sâmbătă ca să poată petrece o oră–două singură cu Carlo, duminică dimineață. Și îmi dădea ocazia să o văd singură, departe de noua ei familie. Deși nu am vorbit niciodată despre asta, amândouă am acceptat tacit că nu eram binevenită să petrec cu ea ore în șir, bârfind pe veranda familiei Menzi. Cu toate astea, tânjeam după normalitatea și stabilitatea Angelei, deși nu mi le doream neapărat tot timpul. Era antidotul liniștitor la excesele dezlănțuite ale Dianei, amintindu-mi de vremuri mai simple și mai clare. Așa că am început să o însoțesc la liturghie sâmbătă seara, după muncă, apoi ducând-o pe jos înapoi acasă.

– Domnul Winshaw un snob? mi s-a părut amuzant. Ah, s-ar înfuria să audă asta! Își imaginează că e un om din popor.

– Un snob intelectual, a specificat Angela. Oamenii care își imaginează că sunt mai deștepți decât toți ceilalți și, prin urmare, superiori, sunt cei mai răi.

– Nu cred că e asta. Nu e snobism, am încercat eu să-mi clarific. Este mai mult un fel de nerăbdare.

– Cu ce?

– Nu știu... De fapt – mi-am dat brusc seama – cred că față de mine. Ca și cum se aștepta la mai mult de la mine și ar fi dezamăgit.

Angela era revoltată pentru mine.

– Ei bine, e ridicol! Ce anume ar trebui să fii mai mult? Nu m-aș obosi să-i acord atenție.

– Ah, nici nu o fac! am asigurat-o. Oricum, domnul Kessler pare mulțumit de mine.

– El e cel care te-a angajat. Ești o secretară bună. Cea mai bună din clasa ta, a zis-o cu mândrie, ceea ce mi-a încălzit inima.

Doar că să fiu o secretară bună nu mi se mai părea cine știe ce realizare. Am lovit cu piciorul într-un capac de sticlă.

– De fapt, mi-a sugerat o serie de conferințe despre civilizațiile antice, care începe la sfârșitul lui august la biblioteca publică. Dacă vrei să mergem...

– *Eu?* a pufnit. La o conferință?

– De ce nu?

– Când să am timp pentru asta? Ai uitat? și-a bătut ușor pântecele. Timpul meu liber e pe terminate!

– Ah, da! Firește.

– În orice caz, doar nu-ți dorești să te implici în toate astea. Nu o să cunoști pe nimeni la biblioteca publică, în afară de șoareci de bibliotecă.

– Nu e vorba de a întâlni pe cineva, ci de a învăța ceva.

– Da, dar ai spus că domnul Kessler e mulțumit. Deci de ce să te agiți? a ridicat ea din umeri. De ce să-ți faci și mai mult de lucru?

Nu se putea spune despre Angela că nu e practică. Mă întrebam dacă Diana ar vrea să meargă. Trecuse ceva vreme de când nu mai vorbiserăm – două săptămâni de tăcere apăsătoare și încăpățânată, de ambele părți. Nu eram surprinsă de cât de mult durase. Cel puțin aveam o scuză: fusesem ocupată, distrasă de muncă și de întoarcerea domnului Winshaw. Dar tot nu voiam să fiu prima care sună.

– Hai să facem o oprire la părinții mei! a zis Angela. Le-ar plăcea mult să te vadă. Iar mama a făcut *garganelli*.

– *Garganelli?* am privit-o cu atenție. De ce, s-a întâmplat ceva?

Garganelli erau niște mici cilindri de paste, rulați cu ajutorul unui creion pe niște dibluri striate din lemn și arătau ca vârfurile unor pene de scris. Pregătirea lor mai era și destul de costisitoare ca timp. Aromate delicat cu scorțișoară proaspătă și zeamă de lămâie, erau servite cu frișcă, brânză *pancetta* și fasole proaspătă. Însă în casa Russo, *garganelli* erau manifestarea exterioară savuroasă a unei neliniști interioare profunde. Doamna Russo le făcea doar când avea necazuri. Dând afară din bucătărie pe toată lumea, spărgea ouă, adăuga făina și se punea să ruleze câteva sute de pateuri, cam la fel cum alte femei se apucau de tricotat. Cu mâinile ocupate, mintea ei era liberă să rumege și să pună la cale, să-și întoarcă problemele pe toate părțile cu speranța ivirii unei soluții neașteptate.

Rezultatul era abundent, vag parfumat și liniștitor, și, în același timp, era și un răspuns elegant la încercările neașteptate ale sorții. Unele probleme nu puteau fi rezolvate. Însă Maddalena Russo transforma îngrijorarea în artă, un refuz sfidător de a fi nimicit de împrejurări, care mai degrabă te întăreau, în loc să te doboare.

– E vorba de Pina, a zis Angela. Ieri au concediat alți două sute de bărbați la fabrica de conserve. Soțul ei, Augie, a fost unul dintre ei.

Pina trebuia să nască în mai puțin de o lună.

– Ce o să facă?

– Nu știu. Rusty, fratele lui, spune că poate să-i găsească ceva, dar Rusty este foarte alunecos. Mama e sigură că e un infractor și are legături cu Mâna Neagră[1], ceea ce firește că e ridicol. Dar asta nu o oprește să o tot țină pe a ei, a oftat. Tocmai dăduseră avansul pentru o casă, dar acum nu o vor mai putea lua. Sper doar să nu piardă și banii.

– Îmi pare rău.

M-am gândit la Augie (prescurtarea de la Agamemnon): nici pe departe la fel de charismatic precum Rusty, era un bărbat serios și blând, deși Pina era șefa.

– Hai, vino să mănânci! m-a împuns ea. Toată familia o să fie acolo.

– Da, dar Pina mă urăște.

– Nu, nu-i adevărat!

Am fixat-o cu privirea.

– Oh, ba da!

– Ei bine – Angela a rânjit, nemaiobosindu-se să o nege –, atâta timp cât e ocupată să te urască pe tine, nu se leagă de mine, ceea ce îmi convine de minune. Trebuie să dea vina pe cineva! În plus, îmi ești datoare. Ah, uite!

S-a aplecat, a scos o folie aurie de ciocolată de sub roata unei mașini parcate și a ridicat-o triumfător.

– Pentru cutie!

– Nu-mi spune că încă le colecționezi! am râs.

– De unele obiceiuri scap greu. Mi-a întins-o. Miroase?

Am adulmecat-o puțin.

– Un pic. Știi, acum poți cumpăra câtă ciocolată vrei.

– Aș trișa! m-a înghiontit ea cu blândețe între coaste. E vorba despre vânătoare, Mae. Nu despre ciocolată.

– Desigur, am împăturit-o cu grijă și i-am înapoiat-o. Ia-o atunci! Pentru cutie.

Unul dintre primele lucruri plănuite de domnul Kessler după întoarcerea domnului Winshaw a fost o vizită la Muzeul de Artă,

[1] *Mano Nera,* în italiană, este o metodă de șantaj practicată de Mafia italiană (n. tr.).

pentru a vedea, în cuvintele lui, colecția Winshaw și Kessler, în ilustra sa casă nouă.

Era o zi umedă și vântoasă de primăvară, genul care începe lamentabil și în voia vijeliei și sfârșește cu un cer albastru și soare. Domnul Kessler a insistat să mergem toți, la prima oră. Domnul Winshaw, care în general era destul de nefuncțional înainte de prânz și părea să fi dormit în hainele de seara trecută, rămăsese posac în spate după ce am coborât din troleibuz, în timp ce eu încercam să fiu veselă, în ciuda ploii care, încetul cu încetul, îmi distrugea pălăria și buclele.

Totuși, nimic din toate astea nu conta pentru domnul Kessler, care radia de mândrie, ca un far peste o mare întunecată, conducându-ne spre aripa Arta Antică. A trecut țanțoș pe lângă o schelă înaltă, pe care șase oameni lucrau sârguincios la o pictură murală de mari dimensiuni. Era începutul unei scene pastorale din Grecia Antică: nori mari, siluete aurite și temple cu vedere la văi și coline verzi.

Domnul Kessler s-a oprit în fața casetei de sticlă ce găzduia platoul și vasul.

– Și iată-le! a anunțat teatral. Expuse exact unde le e locul, în centrul camerei!

Domnul Winshaw a dat din cap, îndesându-și mâinile în buzunare. *Iată-le!* a încuviințat.

Le-am privit cu toții.

– Nu e minunat? a întrebat Kessler după o vreme.

– Foarte.

– Este un moment important. Primul din multele!

– Absolut.

Domnul Winshaw se arăta indiferent la vederea rezultatului final, oricât de prestigios. Mă întrebam dacă are legătură cu faptul că, odată vândută piesa, vânătoarea era de-a dreptul și cu adevărat încheiată.

Pentru domnul Kessler, un artefact într-o vitrină era un triumf, dar pentru Winshaw era sfârșitul unei aventuri lungi și îndârjite.

M-am hotărât să îi las în treaba lor. În schimb m-am plimbat prin galerie, pe care nu o văzusem niciodată goală. Era inteligent aranjată și în mod evident se investiseră mulți bani în ea recent. Pe lângă pictura murală, erau vitrine și postere informative noi. Am observat că cealaltă moștenire a familiei Van der Laar – setul complet al unei armuri corintiene din bronz lustruit și o suliță, conservate impresionant și eroice în splendoarea lor – erau, de asemenea, expuse. Casca, cea cu creasta deasă din păr de cal, și platoșa bine concepută și strălucitoare erau demne de Ahile însuși.

Am mers mai departe într-o cameră vecină. Era dominată de o pereche de statui antice grecești, în mărime naturală: două figuri identice sculptate în marmură roșie, goale și desăvârșit proporționate, stând cu același picior înainte și cu mâinile încordate pe lângă corp.

Erau magnifice, și totuși prinse în tensiunea statică a propriei perfecțiuni.

– Sunt *kouroi*, care înseamnă „tineret“ în greacă, a zis domnul Winshaw, venind din spate. Frați, de fapt. Kleobis și Biton. Vezi cât de simetrici sunt? Pentru greci, reprezentau tot ce era considerat mai viril: putere, perfecțiune fizică, smerenie.

– Smerenie?

A părut un cuvânt ciudat.

– Un anumit fel de smerenie, a încuviințat.

– Arată atât de rigizi.

– Ei bine – a scos încă o țigară –, nu e nimic natural în perfecțiune. Vezi tu, asta e slăbiciunea lor. Mitul zice că erau exemple de bărbăție atât de splendide, încât mama lor s-a rugat la zeița Hera să îi răsplătească cu cel mai mare cadou pe care zeii îl puteau da unui muritor.

– Și a făcut asta?

– Absolut. Hera i-a omorât în somn, în timpul unei serbări religioase, astfel încât să fie mereu amintiți și adulați ca niște eroi.

Am fluierat încet.

– Dacă asta le face oamenilor pe care îi place, *chiar* nu ți-ai dori să te pui rău cu ea!

– Să duci o viață lungă nu însemna nimic pentru greci, în comparație cu onoarea veșnică.

Citind plăcuța, am fost surprinsă să văd numele donatorului: *Prezentă aici prin donația generoasă a Dianei Van der Laar.*

Când se întâmplase asta? Iată încă un eveniment din viața Dianei pe care nici măcar nu mi-l menționase, pe care îl descoperisem din greșeală. Și, spre iritarea mea, am simțit o împunsătură de singurătate.

– Ce zice? a întrebat domnul Winshaw.

– Doar că a fost donată tot de familia Van der Laar.

– Ei bine, nu că le pasă de oraș?

– Ia te uită, Winshaw! Se poate să fii chiar tu, revenit din călătorii?

Ne-am întors. Philip Kimberly traversa agale holul mare, cu brațele larg deschise, ca o gazdă amabilă, care întâmpină un oaspete întârziat. Îmbrăcat într-un costum larg, cu dungi și o cravată lucioasă din mătase aurie, legată într-un nod Windsor mare, a străbătut podeaua de marmură arătând ca un distins om de lume, până în vârful unghiilor. Își lăsase recent o mustață mică și subțire, care îl făcea vag să arate ca William Powell. Pe măsură ce se apropia, aerul din jurul lui se umplea de prospețimea delicată a apei de colonie cu lămâie și vetiver.

– Mă bucur să te văd, bătrâne! a strâns mâna domnului Winshaw. Deci ce crezi?

Domnul Winshaw a scuturat puțin scrum de pe pardesiul șifonat.

– Se pare că ai niște piese și niște protectori noi. Familia Van der Laar a fost cu siguranță generoasă.

Domnul Kimberly a ridicat o sprânceană.

– Cu amândoi, n-ai spune? Deci cât timp rămâi în oraș?

– Cine zice că plec undeva? a zis Winshaw, suflând un fir de fum către tavan.

– A, nu îți stă în fire să rămâi vreodată prea mult într-un loc, a râs domnul Kimberly. În plus, sunt curios. Dacă aș fi deștept, aș pune să fii urmărit ca să încerc să pun mâna pe trofeele alea înaintea ta! De unde ai vasul, de exemplu?

– Ah, păi, asta ar însemna să fiu indiscret.

– Știi, ar trebui să vii odată să bei ceva la clubul meu, să ne povestești tuturor despre aventurile tale. E foarte confortabil și sunt destui oameni cărora aș putea să te prezint. Persoane posibil folositoare.

Însă domnul Winshaw era imun la farmecul lui Kimberly.

– Ăsta e mai mult domeniul lui Kessler. De ce nu-l inviți pe el?

Domnul Kimberly a ezitat, tușind scurt și ascuțit.

– Știi regulile. Fii corect acum! Încerc doar să ajut.

– Mă știi doar, a ridicat din umeri Winshaw. Prefer prietenii nefolositori.

Fața lui Kimberly s-a făcut roșie, urechile, roz-aprins.

A apărut domnul Kessler, explodând de entuziasm.

– Domnule Kimberly! Arată foarte bine, nu crezi?

Kimberly a zâmbit timid.

– Mă bucur că ești de acord. Ce crezi despre redecorarea noastră? a zis, arătând către pictorii din spatele lor.

Ochii domnul Winshaw s-au îngustat ca să vadă mai bine pictura murală.

– Ce este mai exact? Un satir? Cântând la *nai?* Și alea sunt nimfe zbenguindu-se pe o pajiște?

Domnul Kessler i-a aruncat o privire alarmată.

– De fapt e o metaforă, a explicat cu indulgență Kimberly, arătând către holul mare din marmură. Aici se află inspirație și speranță. O licărire a ceea ce am putea fi din nou. O altă Epocă de Aur.

Domnul Winshaw a scuturat puțin scrum pe podea.

– Doar că e un mit.

– Ei bine – Kimberly și-a îndreptat spatele –, îmi pare rău că nu ești de acord. Plănuim, desigur, ca, de-a lungul timpului, să mărim colecția. Acum avem câțiva donatori care sunt dispuși să investească absolut considerabil și suntem mereu bucuroși să colaborăm cu furnizori care ne înțeleg viziunea.

Domnul Kessler l-a privit panicat pe Winshaw.

Nu mai puteam suporta tensiunea.

– Văd că Diana a mai făcut o donație. Felicitări! E o piesă minunată.

S-au uitat cu toții la mine.

Domnul Kimberly s-a încruntat, de-abia atunci dându-și seama cine sunt.

– Dar firește că o cunoașteți, nu-i așa?

– Îmi pare rău doar că am ratat recepția. Ne-am simțit atât de bine la ultima, nu-i așa, domnule Kessler? Ce succes! am adăugat eu, un pic prea vesel.

– Da, păi... – Kimberly și-a tras manșetele peste încheieturi cu o mișcare bruscă și rapidă. Mi-e teamă că de data asta familia a dorit ceva mai discret. Mai ales după ultimul incident.

Fără îndoială, se referea la refuzul Dianei de a se da în spectacol cum trebuie.

– Ei bine, poate data viitoare putem veni? a sugerat domnul Kessler, zâmbindu-mi recunoscător. Ne face atâta plăcere să lucrăm cu întreaga familie.

În drum spre ieșire, am rămas în spate să vorbesc cu domnul Winshaw.

– De ce l-ați pus pe domnul Kimberly într-o astfel de situație dificilă? am șoptit. Nu vedeți cât este de important pentru domnul Kessler?

– Înțeleg mai bine decât crezi, Fanning, a zis el, luând-o în jos pe scări.

– Atunci cum ați putut să-l faceți râs? am întrebat, străduindu-mă să țin pasul cu el.

S-a oprit brusc și s-a întors spre mine.

– N-ai nici cea mai vagă idee despre ce vorbești!

– Serios? Atunci luminați-mă!

– Când am început afacerea, Kimberly era un simplu asistent, încercând să-și facă loc în muzeu. L-a abordat pe Kessler în legătură cu câteva piese pentru expoziția egipteană. Erau modeste, dar de prima mână – scarabei și altele de genul, în stare excelentă. Kimberly a convenit asupra unui preț, însă după livrare a plătit doar jumătate. A promis că vor intra în colecția principală și cu timpul va plăti restul. Dar s-a dovedit că le vânduse unui cumpărător privat pentru mult mai mulți bani.

– Vreți să spuneți că l-a înșelat?

Domnul Kimberly, în costum spilcuit, cu mustața de Hollywood și lecțiile de idealism civic, era un hoț?

– Dar de ce domnul Kessler nu s-a dus la poliție?

– Pentru că știa că el ar putea, dacă ar vrea, să-i distrugă cu ușurință reputația profesională. Este genul de om care promite orice pentru a obține ce dorește.

– Atunci, de ce continuă domnul Kessler să facă afaceri cu el?

– Pentru că nu-și permite să nu facă. Nimeni nu-și permite, de fapt. Iar Kessler este pragmatic. Kimberly este o creatură scârboasă. Îmi pare rău doar că trebuie să aibă de-a face cu el, a adăugat Winshaw, luând-o mai departe spre foaier.

Am mers singură în urma lui, simțindu-mă stupid.

– Îmi pare rău. Cred că m-am pripit.

– Da, așa cred.

– Probabil credeți că sunt naivă.

– E firesc să le dai oamenilor credit. Dar ține minte, Fanning, pentru cei care urcă pe scara socială, alți oameni sunt doar niște trepte. Iar ăsta e un oraș de parveniți.

– Ei bine, în orice caz – am oftat – cred că domnul Kessler nu vrea să vă vorbească.

Winshaw s-a uitat atent la Kessler care mergea foarte repede înaintea noastră, cu capul în jos.

– Kessler a auzit oricum tot ce am de zis.

După alte câteva zile, am cedat și i-am scris Dianei. I-am trimis o carte poștală cu Bunker Hill, pe spatele căreia am scris: *Mă predau. E vreo șansă să convocăm Clubul Fără Ieșire?* Am trimis-o la apartamentul din complexul Waverly. Dar n-am primit niciun răspuns.

Tăcerea ei m-a deranjat mai mult decât voiam să recunosc. De câteva ori am mers la Waverly, după muncă, și am fost pe punctul de a intra de una singură. Însă am stat afară, holbându-mă la ferestrele apartamentului, încercând să o întrezăresc. Nu voiam să urc în casă și să o găsesc acolo cu alți oameni, noi prieteni. Oricât de dificilă și imprevizibilă putea fi Diana, era totodată singura persoană care îmi înțelegea nevoia de libertate și nu mă judeca niciodată pentru asta. Era ceva sănătos în nebunia noastră împărtășită, pe care nu îl puteam obține cu nimeni altcineva. Așa că am sfârșit mergând mai departe. Aveam nevoie de ea, aparent mai mult decât avea ea de mine. Dar refuzul ei de a mă vedea, ignorarea totală și absolută, era ceea ce mă rănea cel mai tare.

Apoi într-o după-amiază, James Van der Laar a apărut din nou la magazin.

Nu-l văzusem și nu știam nimic de el de săptămâni întregi. Și cu toate astea a intrat de parcă ar fi știut că îl așteptasem. Așa era. Nici mie nu-mi plăcea asta. Era periculos să mă gândesc atât de mult la un bărbat pe care nu îl cunoșteam de fapt. Iar încrederea lui m-a deranjat, aproape la fel de mult ca entuziasmul meu de a-l vedea din nou.

– Vino să iei prânzul cu mine, a poruncit, aruncând o privire neliniștită în jur, ca și cum căuta ceva și era ușor iritat că nu-l găsea.

Am rezistat pornirii de a accepta imediat.

– De ce?

A ridicat un cuțit victorian pentru desfăcut scrisori, l-a răsucit între degete.

– Pentru că... Am venit tocmai din New York să te văd, May Fanning. Pentru că te-ai plantat în gândurile mele și, sincer să fiu, mă gândesc să-ți iau chirie pentru timpul și spațiul pe care îl ocupi în mintea mea.

S-a uitat direct la mine și mi-am simțit întregul corp încălzit de un val brusc de putere. Cu toate astea n-am dat înapoi.

– E prea târziu pentru prânz. Și uiți că sunt la muncă. Domnul Kessler nu mi-ar permite.

– Sunt un client important. Domnul Kessler ar fi mai mult decât fericit să se despartă de tine. Acum – mi-a întins brațul – vino și inundă-mă cu lumina orbitoare a cinismului tău, domnișoară Fanning. Tânjesc să fiu cercetat, judecat și găsit vinovat.

Am mers la Locke-Ober, un vechi restaurant francez, de pe Winter Place. Ospătarul-șef, Bernard, era acolo de aproape la fel de mult timp ca restaurantul însuși și era mic și zbârcit ca un măr pădureț vechi, cu un păr șocant de negru, care nu putea avea culoarea aceea decât de la un colorant dintr-o sticlă. S-a repezit la James imediat cum l-a văzut.

– Ah, domnule Van der Laar! a zis gâfâind. A trecut mult prea mult timp! *Prea* mult! Și, dacă pot să întreb, cine este această creatură răpitoare?

– Domnișoara May Fanning, ne-a făcut James cunoștință.

– Dar este desăvârșită! a zis Bernard dându-se un pas înapoi. O viziune! Ca ceva dintr-un vis minunat!

Nu avusesem niciodată parte de o astfel de primire. M-am uitat la James, să văd dacă totul era o glumă atent pusă la cale.

Însă el doar a zâmbit.

– Îmi pare rău că n-am sunat înainte, Bernard. Ne poți strecura undeva?

– Pentru dumneavoastră, orice! Dar trebuie să găsim masa perfectă pentru a o pune în evidență pe domnișoara Fanning!

Și-a rotit ochii ca niște mărgele negre prin cameră. Era surprinzător de aglomerat – înțesat cu perechi mondene, care cinau târziu, oameni care n-aveau unde să meargă și nimic de făcut până când se făcea ora să se îmbrace de seară.

– Aici! Bernard ne-a condus către o masă din mijlocul încăperii. Acum veți face toate celelalte femei geloase!

Într-un final singură cu James, m-am simțit stângace și depășită de situație. După săptămâni în care mi-am imaginat acest moment, eram brusc reținută și formală. Grandoarea locului, celelalte cupluri care se uitau la noi, recunoscându-l, servilismul absurd al lui Bernard, toate astea m-au iritat. Sub masă, piciorul mi se mișca în sus și-n jos incontrolabil și a trebuit să mă așez picior peste picior ca să o ascund.

Însă James a avut grijă să mă liniștească și a comandat imediat șampanie, o sticlă atât de veche și venerabilă, încât eticheta era îngălbenită și acoperită cu un strat fin de praf.

– Familia plătește pentru a ține aici o rezervă privată, a explicat. Toate achiziționate înainte de Legea Volstead[1], așa că nimeni nu se poate atinge de ele. Vezi tu, facem un serviciu public – ne asigurăm că nu ajung pe mâini greșite.

Nu băusem niciodată șampanie. Și nu-mi trecuse niciodată prin cap că cineva poate fi atât de extravagant, încât să o servească la prânz. Dar, uitându-mă în jur, am văzut că erau frapiere la aproape toate mesele. Aparent era *ceea ce se cădea*, iar James se purta de parcă nu m-aș fi putut aștepta la mai puțin. Am încercat să mă port și eu așa.

Chelnerul a scos dopul și a turnat.

– În cinstea ta! și-a ridicat James paharul.

– A noastră, a tuturor! l-am ridicat și eu.

Mirosul de mere verzi, proaspete și de bule delicate mi-a gâdilat nasul și, dincolo de el, promisiunea seducătoare a unei uși descuiate în mintea mea, a emoțiilor evaporate și a unei după-amiezi vesele și elegante, desfășurându-se liberă înaintea noastră. Chiar de la prima sorbitură, o ușurare minunată s-a răspândit prin mine.

Ignorând meniul, James a comandat pentru amândoi în franceză, trimițând chelnerii înapoi la bucătărie să-i îndeplinească cererile. Au apărut farfurii cu pește aromat delicat în sos de șofran, cu *pommes dauphinois* și sparanghel rece în oțet balsamic, mâncăruri atât de gustoase, încât mi-a fost dificil să mă concentrez la orice altceva.

– Deci pe unde ai fost în ultima vreme? a vrut el să știe.

– Nicăieri, am zis printre înghițituri lacome. De ce?

[1] Legea prohibiției naționale, 7 ianuarie 1920–5 decembrie 1933.

– Mă întreb de ce nu te-am mai văzut. Știu că Diana e destul de atașată de tine. Presupun că te va căuta când se întoarce.

– *Când se întoarce?* m-am oprit cu gura pe jumătate plină. De unde?

– Saint-Tropez. Nu ți-a spus?

Nu-mi trecuse deloc prin minte că ar putea fi plecată.

– Mă tem că nu.

– Ei bine, mintea ei e ca o sită. Merge acolo în fiecare an. Soarele îi face bine. Personal, prefer Monte Carlo. Sau Beaulieu. Ai fost de curând acolo?

– De curând? Nu. Nu în ultima vreme.

– Poate la anul mergem toți, ce zici?

Eram atât de depășită, încât nu m-am putut abține să nu râd.

– Și cum să fac asta? Îmi întind aripile și zbor?

Părea surprins că mi se părea dificil să dau o fugă până în Franța.

– Ce zici dacă te-ar duce cineva?

– Și de ce ar face asta?

– Pentru că ești o fată extraordinară. Chiar crezi că aș petrece timp cu tine dacă n-ai fi?

– Poate faci un serviciu public, la fel cum ai făcut cu șampania. Te asiguri că nu ajung pe mâini greșite.

S-a apropiat.

– Cele mai multe persoane sunt puțin mai mult decât niște vite, așteaptă să li se spună ce să facă, ce să gândească. Însă tu ești inteligentă, frumoasă și încă ceva, ce alții nu au și nu pot spera vreodată să aibă. Ești de calitate superioară. Oricine poate vedea asta. Uită-te la culoarea, la simetria feței tale – la cât de înaltă ești!

Am tresărit și el a început să râdă.

– Iartă-mă, însă ai un trup de cal de curse învingător. Nu oricine este în măsură să te călărească.

M-am făcut roșie ca focul.

– Acum voi schimba subiectul, domnule Van der Laar.

– Schimbă-l cât vrei, domnișoară Fanning! Dar te avertizez: nu îți voi mai da voie să te subestimezi.

Era o combinație care ți se urca la cap – șampania, complimentele, convingerea absolută că ești unică în lume. Nu mă deranja să fiu preamărită pentru frumusețe, inteligență și destinul unic ce mă aștepta.

– Acum – și-a reumplut paharul – vreau să știu totul despre tine. Culoarea preferată, numele primului tău animal de companie, pe unde ai călătorit...

– Care era numele primului tău animal? i-am întors întrebarea.

– Un cal castrat pe nume Mercury. Nărăvaș, dar iute ca vântul. Continuă – a dat el din cap –, e rândul tău.

– Era un papagal pe nume Charlie, am născocit eu. Avea un vocabular de marinar și avea obiceiul să zboare prin casă după câine. Dumnezeule, ce l-am mai iubit toți!

– Era o casă mare?

– Mai degrabă o dărăpănătură victoriană. Nimic comparabil cu a ta.

– Și familia ta? Povestește-mi despre ei!

– Familia mea... mi-am scos o țigară, încercând să trag de timp, e destul de excentrică, presupun. În ultima vreme, mama e convinsă că turbanele sunt ultimul răcnet – nu e amuzant? Chiar mă amenință că o să-mi tricoteze unul!

– Ce n-aș da să te văd cu un turban tricotat! a chicotit el. Oribil! Îți e dor de ea?

– Poftim?

– Trebuie să-ți fie greu să fii departe de ea.

– Ah, da!

Uitasem că eram din Albany...

– Da, firește! am expirat fumul, dând din cap un pic exagerat. E o pasăre rară – încântătoare, dar ciudată.

– Dar tatăl tău?

Chiar voia să știe totul.

– Cum era?

– Ah, stai să mă gândesc! m-am oprit eu. Ei bine, era scriitor... (Asta nu era suficient de măreț.) Și profesor, de fapt. Un bărbat foarte rafinat și inteligent. Papagalul era al lui. A murit acum mult timp, când încă era foarte tânăr.

– Trebuie să fi fost greu.

– A fost. Ceea ce înseamnă că, în fine... nu am avut siguranța financiară a altor oameni.

Îmi asumam un risc făcând aluzie la situația noastră.

– Nu e nicio rușine.

M-am uitat pieziș la el, încercând să-i citesc expresia.

– Mama și cu mine trăim destul de modest. Este unul din motivele pentru care lucrez.

– Ești plină de resurse. Asta spune ceva despre caracterul tău. Te admir.

A fost un răspuns elegant, unul care m-a liniștit.

– Deci nu mi-ai spus nimic despre ce-ai mai făcut și pe unde ai fost, l-am întrebat.

– Prea plicticos. Îmi petrec cea mai mare parte a timpului fie în New York, fie în străinătate.

– În Africa?

Și-a ridicat privirea.

– De unde știi?

– Diana mi-a spus că familia voastră are o proprietate acolo.

– Da, așa este. Dar am fost destul de mult în Germania în ultimul timp. Explorez pe cont propriu niște posibilități.

– Cum ar fi?

– În mare, fac cercetare. Și nemții au fost loviți destul de tare de criza asta. Însă nu sunt atât de pasivi, a zis el, apropiindu-se. Urăsc faptul că America a ajuns o țară de asistați social, în care oamenii sunt ținuți de mânuță și li se dau ajutoare pe tavă.

A fluturat furculița spre ceilalți meseni de parcă ar fi fost ei, personal, de vină.

– Dar nemții, îți spun, sunt mult mai progresiști decât noi.

– Deci ești politician?

– Nu chiar, a zis luând încă o înghițitură. Dar mă gândesc la viitor. Fac parte dintr-un consiliu de experți, un grup de oameni preocupați de viitorul Africii. *Broederbond*[1].

Am crezut că n-am auzit bine.

– Poftim?

– *Broederbond*. Înseamnă *frăție* în Afrikaans. De fapt, e o organizație secretă. Reprezentăm interesele afrikanerilor.

Eram confuză.

– Adică ale nativilor?

– Dumnezeule mare, nu! a râs el. E mai bine să lăsăm asta în seama misionarilor! Nu, *Afrikaner*. Adevărații africani.

– Aha, înțeleg.

Nu aveam nicio idee la ce se referea.

Nu s-a lăsat păcălit.

– Afrikanerii sunt în Africa de Sud de secole. Strămoșii noștri au venit din Olanda, Franța, Norvegia. Am colonizat acest pământ, l-am civilizat. Lăsate în plata lor, tot ce fac triburile africane este să se măcelărească între ele.

Îmi imaginasem mereu Africa cu apusuri dramatice, corturi de vânătoare și câmpii bătute de vânt, forfotind de viață.

– Trebuie să fie destul de captivant totuși cu atâția lei și elefanți...

– Ei bine, se vânează destul de frumos, dar să nu crezi nimic din prostiile pe care le citești despre bunul sălbatic. Ia aminte – a zis cu un ton întunecat –, nu se aseamănă deloc cu englezii. Sunt complet lipsiți

[1] Frăția Afrikaneră a fost o organizație secretă formată din bărbați albi, înființată în 1918 în Africa de Sud, cu scopul protejării intereselor afrikanerilor (descendenții coloniștilor olandezi), afectate de pierderea de către aceștia a Războiului Burilor, în fața englezilor. Influența sa masivă în viața socială și politică din Africa de Sud a culminat cu instaurarea în 1948 a apartheidului, a segregării rasiale, concepută și implementată de membrii Frăției (n. tr.).

de conștiință. Vezi tu, noi înțelegem Africa. Este destinul și datoria noastră să o ghidăm și să o modelăm. De aceea a fost formată *Frăția*, să ne luăm țara înapoi. Avem o responsabilitate față de pământul natal...

S-a oprit, cu un zâmbet de regret.

– Perorez din nou, nu-i așa? Te plictisesc.

De fapt, nu mă plictisea deloc. Era o altă lume, una despre care nu știam nimic. Dar asta nu m-a împiedicat să-l tachinez.

– Dimpotrivă. Evident, te găsesc absolut fascinant.

A scuturat din cap.

– De ce ești atât de crudă cu mine, când eu îți ofer prânzul?

– De ce o faci?

– Evident, pentru că te găsesc absolut fascinantă. Știi – ochii i s-au îngustat –, ești singura fată pe care o cunosc care mă tratează de parcă aș fi un servitor la un hotel ieftin.

– Poate ar trebui să te interesezi despre asta. Am auzit că bacșișul e destul de generos.

– Mi-e teamă că uniforma nu mi s-ar potrivi.

Umplându-și din nou paharul, a răsturnat sticla cu fundul în sus.

– Ei bine, draga mea, cred că vom avea nevoie de încă una.

A îndesat recipientul gol înapoi în frapieră.

– Serios?

Se terminase atât de repede. De fapt, o oră și jumătate se evaporase. Temerile mele despre ce o să facem ca să umplem timpul fuseseră nefondate. Cu toate astea, chiar trebuia să mă întorc la muncă.

Însă James îi făcea deja semn chelnerului să mai aducă șampanie. Și îmi spunea *draga mea*.

– Apropo, m-a întrebat în timp ce următoarea sticlă era desfăcută, cunoști familia Beauvoir?

– Poftim? Pe cine?

– Beauvoir?

Am dat din cap.

– Și de ce aș cunoaște-o?

– Fără un motiv anume. Mi s-a spus doar că e o familie destul de faimoasă în Albany.

– *Ah!* am râs ca și cum nu înțelesesem bine. Da, desigur! Dar n-am mărturisit că sunt o singuratică – nu ies și nu fac nimic interesant niciodată. Tu ești cel umblat.

– Ei bine, asta s-ar putea schimba. Te asigur, o să adori cluburile de noapte din Berlin.

– Serios?

Pulsul mi-a sărit, chiar dacă știam că era doar flirt.

– Dar credeam că mergem la Saint-Tropez! Cum vom reuși să le facem pe toate?

– Nu pot să cuceresc lumea de unul singur, nu-i așa? Nu cumva vorbești germană? Voi avea nevoie de cineva care să-i farmece pe hunii ăia.

– Să-i farmec pe huni este specialitatea mea. Deși sunt destul de scumpă.

Am râs și am mai luat o înghițitură. Mă simțeam sofisticată și urbană, cinam franțuzește, discutam politică, plănuiam vacanțe în străinătate.

Brusc mi-a luat mâna.

– Îmi pare rău că te-am supărat data trecută, când am vorbit despre Diana. Îi ești o prietenă bună, a zis cu o față serioasă. Mă bucur că te are drept confidentă.

Am fost luată prin surprindere de sinceritatea lui.

– Țin mult la ea, am zis din inimă.

– Poate nu știi, dar a fost foarte nefericită în trecut.

S-a oprit, alegându-și cu grijă cuvintele.

– De fapt, a fost bolnavă.

– Serios? m-am prefăcut eu surprinsă. Cum adică?

– Important este că, dacă ți se pare că face ceva necugetat, te rog să mă anunți. Vreau să fiu de ajutor, dar sunt atât de departe în cea mai mare parte a timpului și lucrurile se pot schimba atât de repede când vine vorba de ea. Și, ca să fiu sincer, mi-e foarte teamă pentru ea.

Cuvintele lui m-au neliniștit.

– De ce teamă?

– Este imprevizibilă. Am avut probleme și înainte.

James a băgat mâna în buzunarul interior de la piept și și-a scos cartea de vizită.

– N-ar trebui să te deranjez, însă, dacă vreodată te îngrijorează ceva, dacă pare să aibă probleme, mă suni, te rog?

M-am gândit la momentele când mersesem la apartament și o găsisem retrasă și tăcută. Glumele ei despre cuptoare și țevi de eșapament au rezonat inconfortabil. Dacă era cu adevărat în pericol și făcuse ceva nesăbuit?

Mi-a interpretat ezitarea drept respingere.

– Îmi pare rău. A... ei bine, e pur și simplu foarte dificil... Nu ar fi trebuit să întreb. Doar că nu știu ce să fac.

Ridicând din nou cartea de vizită, a părut brusc pierdut, depășit de situație. Și, pentru prima oară, aveam ceva ce nimeni altcineva nu-i putea oferi, ceva ce chiar își dorea și nu se putea obține cu bani.

– Poftim!

I-am luat cartea de vizită și am scris pe spate adresa apartamentului.

– Ce e asta?

– Un loc. Al unei prietene. Dacă vreodată o cauți pe Diana și nu poți da de ea... ei bine, sunt șanse să fie acolo.

– Ce prietenă?

M-am uitat spre el, dându-mi seama prea târziu că nu analizasem suficient situația.

– Nu contează. E doar o fată pe care o cunosc.

Apoi mi-am amintit numele de pe ușa apartamentului.

– Domnișoara Julie Hanover.

Era evident că ascundeam ceva, dar nu a insistat.

– Îți sunt îndatorat, May.

Fața i s-a relaxat într-o expresie de ușurare și recunoștință.

– Cu adevărat, ești îngerul meu păzitor. Și al Dianei, chiar dacă poate nu-și va da niciodată seama.

– Nu sunt niciun înger! l-am asigurat.

Însă complimentul mă făcuse să radiez pe interior. Distanța invizibilă dintre noi, pe care mă luptasem să o depășesc, se închisese. Nu mai eram doar invitata lui. Acum îi eram confidentă și egală.

Era puțin după ora patru când am ajuns înapoi la magazin. Domnul Kessler plecase, iar ușa de la biroul domnului Winshaw era închisă. Se pregătea pentru seria de conferințe și trebuia să plece la sfârșitul săptămânii.

Șampania își spusese cuvântul. Am intrat în baie și mi-am stropit fața cu apă, bucurându-mă de exaltarea amețitoare a succesului. Prânzul decursese mai bine decât mi-aș fi putut imagina.

Când am ieșit, domnul Winshaw mă aștepta, sprijinit de ușă, cu brațele încrucișate.

– Se pare că te-ai rătăcit pe drumul de întoarcere de la prânz, a zis el.

– Îmi cer scuze. Mi-e teamă că am pierdut noțiunea timpului. Și în fine. Am zâmbit cu regret. N-am vrut să fiu nepoliticoasă. Până la urmă domnul Van der Laar este un client.

Asta nu a reușit să-l impresioneze.

– Am impresia, Fanning, că interesul lui e personal. Te rog să-ți limitezi relațiile cu clienții la un comportament mai profesionist.

– Totul a fost extrem de profesionist! am obiectat, luată prin surprindere.

– Bine. Atunci poate vrei să-ți aranjezi bluza înainte să mergi acasă.

– *Acasă?*

Nu putea vorbi serios!

– Mă trimiteți acasă? De ce?

– Ai băut. Și, din experiența mea, femeile bete și porțelanurile fine nu merg bine împreună.

– Nu sunt nici pe departe beată! m-am îndreptat, băgându-mi discret bluza înapoi în fustă.

M-a privit fix.

– Și cu toate astea ești departe de a fi trează. Nu e treaba mea ce faci în afara acestui loc. Dar în timpul orelor de program Kessler depinde de tine și, sincer să fiu, la fel și eu. Mai ales când sunt plecat.

Dacă nu poți separa ambițiile personale de responsabilitățile profesionale, atunci poate ar trebui să iei în considerare demisia.

– Ambiții personale? acuzația lui m-a atins. Ce anume credeți că urmăresc?

Și-a îndesat mâinile în buzunare.

– Nu am nicio idee ce vrei. Și suspectez că nici tu. Ceea ce chiar e păcat. Pentru că, dincolo de impostura ta, ești chiar o fată inteligentă, Fanning.

S-a întors în birou și a închis ușa.

Mi-am smuls haina de pe umeraș.

Impostură? Tocmai el îndrăznea să vorbească!

Desigur, era perfect îndreptățit să fie furios: amândoi știam asta. Nu ar fi trebuit în niciun caz să îl las pe James să comande a doua sticlă de șampanie. Însă ceea ce domnul Winshaw nu știa și n-ar fi putut vreodată să înțeleagă cu adevărat era că meritase.

Chiar așa, m-am gândit, chinuindu-mă cu nasturii de la palton și aranjându-mi pălăria.

Într-o zi voi fi un client în acest magazin și o să-mi aleg propria mobilă. Atunci va vedea că, de fapt, știam ce vreau în tot timpul ăsta.

Era o seară plăcută și înmiresmată în North End, una dintre primele nopți de primăvară cu adevărat calde. Ușile brutăriei Russo erau deschise și muzicanții – un acordeonist, un cântăreț la mandolină și un violonist – stăteau chiar în față, pe trotuar, cântând un amestec de cântece napoletane, Verdi, Puccini și, ocazional, melodia dintr-un spectacol de pe Broadway. Cea mai mare parte a cartierului se înghesuise înăuntru, vorbind, strigând și râzând cu toții, iar faimosul vin de casă al lui Umberto Russo trecea din mână în mână, în pahare mici de carton, împreună cu delicatese coapte pentru eveniment. Pina stătea în mijloc, ținând în brațe un băiețel rotund, cu fața roșie și smocuri de păr negru și moale, cel mai nou membru al familiei, Ulise Manetti. În spatele ei, soțul, Augie, stătea cu o mână pe umărul ei, întâmpinând pe toată lumea cu o strângere fermă și cu ocazionala izbucnire în lacrimi de recunoștință. O duseseră greu de când Augie își pierduse slujba. În fiecare zi, dis-de-dimineață, stătea la coadă pentru munci ziliere la docuri și erau mai slabi și mai obosiți și el, și Pina. Voluptatea semeață ce caracterizase frumusețea Pinei se aplatizase într-o anduranță melancolică. Și, în loc să părăsească brutăria, acum își aducea fiul nou-născut să stea în bucătărie cu tatăl și fratele ei, în timp ce ea continua să lucreze la tejghea.

Însă azi era o sărbătoare. Rusty a venit cu două cutii de trabucuri cubaneze, care au fost rapid distribuite, și cu un buchet de trandafiri galbeni pentru Pina. Fratele cel mai mare, Romulus, a venit cu platouri de antreuri încărcate de salamuri tari, *mortadella*, *capicola* și felii de brânză *fontinella* și *provolone*, pentru sendviciuri. Cadourile se revărsau de pe masa de lângă ei – un coș de fructe complicat, încoronat cu un ananas imens, de la domnul și doamna Contadino, grămezi de păturici pentru copii, tricotate în culori asortate, un coș alb, de răchită, cu o pernă moale din flanel, o pușculiță strălucitoare de tinichea, în formă de porc, de la Angela și Carlo, haine de bebeluș din muselină, pungi cu migdale și nuci proaspete și un cărucior de calitate, la mâna a doua, de la părinții Pinei, cu dublu resort și roți de cauciuc, mari și albe.

Mama tricotase o jachetă micuță, din lână, cu un guler irlandez din dantelă, iar eu adusesem o pereche de botoșei albi pentru botez, lucruri pe care le-am adăugat la morman.

Polițiștii locali s-a oprit pentru o băutură și un trabuc. Copiii dansau în picioarele goale pe trotuar, în fața muzicanților; doi bărbați în vârstă, *anziani* ai cartierului, s-au angajat să propună o serie de toasturi în italiană, care au fost susținute entuziast. Curând, domnul Russo a deschis încă un urcior de vin făcut în casă.

Bebelușul era trecut din mână în mână pentru a fi ținut de toată lumea și, când mi-a venit rândul, s-a cuibărit în unghiul călduros dintre piept și braț. Roz și liniștit, avea parfumul delicat, îmbătător și lăptos, al tuturor nou-născuților. I-am mirosit capul, totodată emoționată și dezorientată de valul de protecție instinctivă pe care îl simțeam.

Doamna Russo a râs, punându-mi o mână pe umăr.

– Așa o să fii și tu în curând!

– Cum ți se pare, Jean Harlow?

Pina și-a privit fiul cuibărit în brațele mele. Dincolo de toate greutățile recente, chipul ei era relaxat și senin atunci când îl privea.

– De ce nu încetezi să te învârți în cerc și nu te așezi la casa ta?

Nu m-am obosit să-i răspund. Era petrecerea ei și putea să mă ia peste picior cât voia. În plus, nu-mi puteam lua ochii de la degetele micuțe care se încolăceau pe ale mele. În același timp, nu puteam scăpa de amintirea cabinetului dubios al doctorului din Brooklyn, cât de mult durase să găsesc acel loc. Și încercam să-mi alung din minte felul în care asistenta mă întrebase de două ori: „Ești sigură? Ești absolut sigură că vrei să faci asta?"

Mai târziu, am stat pe trotuar pe niște lăzi de lemn, împreună cu Angela, căreia abia acum începea să i se vadă sarcina. Am împărțit un sandvici cu salam și o țigară, ascultând muzica și bucurându-ne de blândețea adierii unei seri care de-abia începea. Soarele apunea în spatele clădirilor. O umbră gri-albastră delicată impregna cerul de seară.

Am privit cum câteva fete slăbănoage săreau în sus și-n jos pe ritmul muzicii, râzând isteric. Aveau tunsori drepte, în stil Buster Brown, fețe lungi și slabe, cu ochi mari, căprui. Ne-au amintit de noi când eram mici – prea slabe, prea teatrale, purtând haine de căpătat și pantofi la mâna a doua.

– Ai auzit de Mickey? a întrebat Angela.

– Ce-i cu el?

– Hildy trebuie să nască în august. S-au căsătorit la sfârșitul săptămânii trecute. A venit sora ei zilele trecute să se laude.

Brusc mi s-a tăiat răsuflarea, nu puteam respira ca lumea.

– E însărcinată?

Amintirea ultimei noastre întâlniri încă mă urmărea.

– Exact.

Făcusem o alegere, iar restul lumii mersese mai departe fără mine. Eram invizibilă, eliminată, de parcă nici nu existasem vreodată.

Angela m-a privit pieziș.

– Credeam că ai trecut peste el.

Am dat din cap.

– Așa e.

– Bun. Are balta pește...

A tras un ultim fum din țigară și a strivit-o sub toc.

– Hildy e o figură, totuși. Dumnezeule, ce mai gură are!

Se aștepta să continui bârfa, dar eu am rămas pur și simplu tăcută. Parfumul subtil de bebeluș încă îmi stăruia în nări, greutatea lui, în brațele mele.

– Știi, a zis ea, schimbând subiectul, Carlo a cunoscut la cursuri câțiva tipi de treabă. Acum învață încontinuu, dar când vom avea casa noastră, o să te invit la cină.

Eram pe punctul de a deveni o singuratică fără speranță.

– Mă descurc. De fapt, am eu planurile mele.

– *Serios?* s-a apropiat rânjind. Spune-mi tot!

– Voiam să spun doar că oricum lucrez mult, așa că nu mă prea deranjează, am zis, dând înapoi.

– Ah, bun. Nu ar trebui să amâni prea mult, a zis ea, odihnindu-și mâna pe curba ușoară a burții. O să-mi mai iau un *amoretti*. Sau două, s-a ridicat ea. Vrei și tu unul?

– Nu, mulțumesc.

S-a întors înăuntru, absorbită de mulțimea gălăgioasă a propriei familii. Mi-am ridicat picioarele și mi-am sprijinit bărbia de genunchi. Singurătatea vuia înăuntrul meu ca bătaia unei inimi.

Angela își uitase paharul de vin. L-am ridicat. Era aproape plin.

Mama a ieșit, făcându-și vânt cu mâna.

– E atât de cald înăuntru! Am plecat, a anunțat ea, trăgându-și o pereche de mănuși albe, croșetate.

– Atât de repede?

S-a încruntat, arătând spre pahar.

– E al tău?

– Nu! l-am pus din nou jos.

– Ei bine, nu veni prea târziu!

Am privit-o luând-o în jos pe stradă cu pași rapizi și regulați.

Cuvintele doctorului Joseph îmi răsunau în urechi: „E o graniță între comportamentul normal și cel anormal. Tu ai depășit-o deja".

Avea dreptate. Era ceva fundamental în neregulă cu mine. Lumea asta era reală, fizică. Puteam ține un copil în brațe, simțind tot ce ar simți o femeie adevărată. Atunci de ce nu îmi doream asta? De ce nu voisem să mă căsătoresc cu Mickey sau să-i păstrez copilul, sau chiar să-l cunosc pe unul dintre prietenii de treabă ai lui Carlo?

Ce speram să fiu, în schimb?

Brusc inima mi-a luat-o razna de panică. Mă păcăleam singură. Nimeni nu m-ar putea dori vreodată. James nu era mai mult decât o himeră licărind la orizont – magnetic, îmbietor, dar mereu intangibil.

Unul dintre polițiști a ieșit pe trotuar, legănându-și bastonul în ritmul muzicii. Era Jack Carney, o rudă a verilor mei de gradul doi din South End. Un bărbat mare și solid a făcut o mică piruetă, ridicându-și pălăria în semn de salut. (În mod clar băuse mai mult decât putea duce din vinul de casă al familiei Russo.) Nu îmi plăcea de el. Îmi făcea pielea de găină, cu fața lui mare, roz și buzele lui groase.

– Ce să vezi, este chiar Maeve Fanning! Ia fă-ne un dans! a râs el. Poate acum îți ascunzi părul roșu, dar țin minte când aveai capul ca un incendiu de gradul patru! Dansai toată noaptea, Băț de Chibrit! Îți amintești? și a râs din nou.

Am încercat să-l ignor. Muzicanții cântau *Torna a Surriento*. Iar fetițele au început din nou să danseze. Făceau piruete cu brațele pe talia celeilalte, lent și dramatic, cu expresii pasionale, comice pe fețe.

– Nu-mi spune că ești timidă! s-a apropiat, cu o licărire în ochi. Mama aia a ta n-a fost niciodată timidă, în legătură cu nimic, te asigur. O știm de când eram acasă, în țară, înainte să se transforme în sfântă și să-și ia zborul spre cer. Era ca tine, Băț de Chibrit – o priveliște!

Nu suportam felul în care vorbea despre mama. Veniseră din același sat și avusese mereu o slăbiciune pentru ea – afecțiune la care ea răspundea cu o politețe rece. Dar asta nu-l oprea să insiste de fiecare dată când o vedea.

– Nu înțeleg despre ce vorbești.

– O, ba da, înțelegi prea bine – și-a îndreptat amenințător degetul gros spre mine.

– Acum se crede prea bună pentru toți ceilalți, nu-i așa?

Am încercat să mă ridic.

– Trebuie să plec.

Dar mi s-a așezat în cale.

– Haide, Băț de Chibrit! Arată-ne un dans! Demonstrează-ne cum se face!

Îmi venea să-i dau un pumn în fața aia grasă.

Din fericire, partenerul lui a ieșit cu pălăria în mână, fumând o țigară.

– Hai, Jackie! i-a dat un ghiont lui Carney. Să plecăm de aici!

Și-au croit drum în josul străzii. Jack Carney își răsucea bastonul, legănându-se puțin în timp ce mergea.

Îmi tremurau mâinile. Ultima mea fărâmă de autocontrol se destrămase. Trebuia să plec. Angela se va întoarce afară în curând. Tot ce spusese, fiecare întrebare, am simțit-o ca o lumină de reflector, raza puternică scoțând la iveală doar greșeli și scăpări ale caracterului meu.

Nu m-am dus acasă. În schimb, am străbătut orașul către unicul loc unde puteam fi singură, Complexul Waverly. Și, când am descuiat ușa, am găsit cartea poștală adresată mie, alături de restul corespondenței nedeschise. Se pare că Diana nu mai fusese acolo de ceva vreme.

Odată ajunsă înăuntru, am simțit o imensă ușurare. Pe stradă mă simțeam de parcă aș fi avut pielea transparentă și oricine putea vedea direct prin mine. Acum eram în siguranță. Apartamentul era total liniștit, cum nimic nu era vreodată în North End. Însă, fără Diana, era la fel de straniu, ambiguu și pustiu ca o cameră de hotel.

Intrând în bucătărie, am deschis dulapul și am găsit o cutie de biscuiți sărați și o sticlă de gin londonez adevărat, pe care o luase special pentru mine – genul care nu putea fi cumpărat nici chiar de pe piața neagră.

Instalându-mă pe canapea, mi-am turnat un pahar și mi-am aprins o țigară.

Chiar de la prima gură, lumea a început să se înmoaie, să se topească și să dispară.

M-a trezit mirosul de fum. Am sărit din pat. Afară era întuneric. Lumina slabă a veiozei arunca umbre prin cameră. Diana stătea în fața mea, într-unul dintre fotolii și un străin fuma lângă fereastră, cu spatele la mine.

– Liniștește-te! a șoptit Diana calmă. Se pare că ai adormit.

Bărbatul de lângă fereastră a râs – un sunet dur și abrupt. Chiar și cu spatele la mine, îmi dădeam seama că nu mă plăcea.

Am clipit, m-am uitat în jur. Sticla de gin zăcea pe podea, pe jumătate goală. Cutia de sărățele era nedeschisă.

– Îmi pare rău.

Am încercat să mă ridic în picioare. Limba îmi era cleioasă și uscată, făcută parcă din pâslă.

– Ar fi trebuit să sun. Îmi pare rău. Plec.

– Nu. Trebuie să dormi, să-ți revii, a insistat Diana.

– Cât e ceasul?

Îmi doream cu disperare un pahar cu apă.

– Trei și douăzeci.

Tipul de la fereastră a expirat și s-a întors spre mine. Doar că nu era un bărbat. Rotunjimea ușoară a sânilor umplea sacoul bărbătesc. Pielea maxilarului delicat era fină. Niște ochi cenușii mă priveau provocator pe sub părul dat pe spate. A mers spre Diana cu o mână în buzunarul de la pantaloni, iar pe cealaltă a pus-o pe umărul ei. Diana s-a întins și a cuprins-o.

– Ea e Max, a zis Diana. Vom merge în pat într-o clipă.

M-am uitat fix la Max, încercând să-mi dau seama dacă era cu adevărat femeie sau era un bărbat care arăta ca o femeie sau poate, de fapt, o halucinație. Dacă m-aș fi concentrat suficient de tare, poate ambele ar fi putut dispărea.

Dar nu s-a întâmplat.

– Voi... mergeți în pat? am repetat.

– Exact, a zis Max.

Începeam să înțeleg, deși nu eram sigură că vreau asta.

– Eu mă duc.

Am încercat să mă ridic, dar genunchii mi s-au îndoit și m-am lovit tare de marginea mesei. Diana a icnit de parcă s-ar fi lovit și ea. Durerea mi-a străpuns picioarele. Am încercat din nou să mă ridic, dar camera se învârtea cu mine.

– Îmi pare rău, știu că ar trebui...

Și atunci, din senin, am început să plâng.

Cu un oftat exasperat, Max și-a înfipt țigara în colțul gurii și m-a tras de umeri în sus.

– Du-te la baie și spală-te pe față! mi-a poruncit, conducându-mă pe lângă mobilă.

Nu era genul de persoană pe care să o contrazici.

– Mi-e... mi-e teamă că am băut prea mult, am zis suspinând.

– Nu mai spune...

Max m-a împins în baie.

M-am smiorcăit în timp ce mă spălam pe față. Apoi am reușit cumva să intru cu spatele în cadă, să dau jos perdeaua de la duș și să vomit.

Când am ieșit într-un sfârșit, cineva, probabil Max, făcuse patul pe canapea. Alături era o găleată, iar pe măsuța de cafea, un pahar cu apă. Sticla de gin dispăruse.

– O să dormi acum, mi-a zis Max, arătând către canapea. Mergem și noi în pat.

Apoi s-a uitat la Diana, care s-a ridicat ca la un semnal.

– Dacă ți-e rău din nou, încearcă să nimerești găleata.

Max și Diana au intrat în dormitor și au închis ușa.

M-am așezat pe marginea canapelei cu capul în mâini. Genunchii îmi pulsau de durere și îmi curgea nasul. Doar că nu eram suficient de beată să-mi pierd cunoștința. O ultimă gură era tot ce îmi trebuia.

Eram pe punctul de a mă strecura în bucătărie în căutarea ginului când Max a strigat din dormitor.

– Și nici nu te obosi să cauți sticla, blondino. O am aici, cu mine, în pat.

Cândva, în primele ore ale dimineții, cu privirea încețoșată și încă pe jumătate beată, mi-am venit în fire. Diana stătea în fața mea, în halat, așteptând. M-am ridicat precaut, cu capul pulsându-mi.

Înainte să apuc să spun ceva, a împins spre mine paharul cu apă, pe măsuța de cafea.

– Bea. O să te simți mai bine.

Am făcut ce mi s-a zis. Dar n-am reușit să stau pentru mult timp în capul oaselor. Mi se învârtea capul. M-am prăbușit din nou.

– Ești furioasă? am reușit să zic.

A dat din cap că nu și și-a tras picioarele sub ea. Însă avea o dispoziție serioasă, abătută.

– Dar tu?

Nu mă așteptasem la asta. Văzând-o acum, s-a estompat totul – toată teama și durerea.

– Unde ai fost?

– Cu Max.

A privit spre ușa închisă a dormitorului.

– Nu pot să fiu eu însămi lângă oameni care mă cunosc, a spus după o clipă. Din când în când simt nevoia să fug.

– Am crezut că pentru asta e locul ăsta.

S-a oprit.

– Nu e suficient de departe.

Avea o urmă tăcută de înfrângere în voce.

– Există nebunie și există boală. Puțină nebunie e una, dar cine ar vrea să-ți vadă boala, May?

Nu era nevoie să-mi explice. Înțelegeam totul mult prea bine. Din cauza asta plecasem la New York. Aveam nevoie nu doar de timp și distanță, ci și de un cu totul alt oraș și de o altă viață.

– Dar acum... iată-te aici!

A ridicat stingher din umeri, cu ochii lucind de lacrimi.

– Acum știi. Ți-am zis că sunt diferită.

– Nu-mi pasă.

Nu a părut convinsă.

– Ți-ar păsa dacă ai ști totul.

– Ba nu, am repetat eu.

Ștergându-și lacrimile cu vârfurile degetelor, a scuturat din cap. Era un efort pentru ea să poarte această discuție. Îi simțeam greutatea rușinii.

– Nu aș fi vrut să știi niciodată.

– Cine sunt eu să te judec? Dacă ai ști pe unde am umblat, ce am făcut, s-ar putea ca tu să nu mai vrei să vorbești cu *mine* chiar în clipa asta!

Fața i s-a schimbat și a râs, un sunet dur și amar.

– Pentru că bei?

Felul în care a zis-o, însuși faptul că a zis-o, m-a surprins. Nu încercasem decât s-o consolez.

– Ce vrei să spui?

– O negi? Bei *singură*, May! Bei mai mult decât orice cunoscut de-ai mei!

Cuvintele îi erau săgeți extrem de ascuțite, țintite cu pricepere.

– Și tu bei! am ripostat.

Însă ea doar a râs sceptic.

– Nu ca tine!

– Ce vrei să spui?

– Ce crezi că vreau să spun?

Eram ca două răni crude, căscate, brusc în dezacord una cu cealaltă și cu noi înșine.

– Crezi că sunt o bețivă? am izbucnit.

– Cred că știi deja ce ești. Dar măcar poți să faci ceva în legătură cu asta!

S-a ridicat și s-a întors în dormitor.

Voiam să plec, să ies valvârtej, dar nu puteam. Mă simțeam prea rău. În schimb, am plâns și am adormit la loc.

Când m-am trezit din nou, era după-amiază târziu.

De data asta, Max era cea care stătea în fața mea, citind un exemplar din *Saturday Evening Post.* Purta haine femeiești, cu părul pieptănat într-un bob foarte scurt. Însă nu-mi puteam scoate din cap imaginea cu ea ca bărbat.

– Unde e Diana? am scâncit.

– A trebuit să plece. M-a rugat să am grijă de tine. Nu-ți poți imagina cât m-am bucurat.

A aruncat revista pe masă.

– Ai de gând să vomiți din nou?

– Nu cred.

– Superb. Haide sus!

Am reușit să mă spăl și să mă îmbrac, apoi Max m-a târât la un bufet și a comandat o groază de cafea tare și clătite, despre care a pretins că erau secretul pentru a supraviețui unei mahmureli.

– De unde să știi *tu?*

Mă simțeam rău și îmi cam plângeam de milă. Fiecare sunet îmi răsuna în creier, o simfonie nesfârșită de tacâmuri și farfurii care zăngăneau.

– Știu mai multe despre mahmureli decât mi-ar plăcea.

Max a adăugat o linguriță în plus de zahăr la cafeaua mea, ceea ce i-am permis doar pentru că mă înspăimânta.

– Trebuie să mănânci mult zahăr, m-a instruit. Să scapi de tremurat.

– Nu-mi plac clătitele.

– Nici mie nu-mi place să curăț voma.

Am privit îngrozită cum îmi îneca clătitele în sirop.

– Adori zahărul, blondino. Doar că îl adori în pahar...

A pus jos siropul cu o mișcare teatrală, făcându-i plăcere să fie șefa, chiar dacă, în același timp, ura să aibă grijă de mine.

M-am obligat să iau o gură. Voiam să beau cafeaua, dar mi-era teamă că aș fi vărsat-o dacă ridicam ceașca. Max a părut să-și dea seama. I-a făcut semn chelneriței și a cerut un pai, pe care mi l-a vârât în cană.

– Poftim!

Am luat o sorbitură, recunoscătoare și umilită în același timp.

– Deci... și-a aprins o țigară, măsurându-mă suspicioasă. Cine ești tu, până la urmă? Și de ce ține Diana atât de mult la tine?

– Nu cred că *ține* la mine, am corectat-o. Nu în felul ăla.

– Atunci de ce a insistat atât de mult să rămân, să mă asigur că ești bine?

– Suntem prietene. Asta e tot.

Și am adăugat apoi, doar ca să fie clar.

– Nu e nimic, știi, nimic amoros...

A tras adânc fumul și s-a lăsat în scaun.

– Serios?

Am împins de colo colo mâncarea în farfurie.

– Cum de nu te-am mai văzut până acum? am întrebat-o

– Familia mea stă aici, dar eu nu vin în oraș atât de des. Locuiesc la New York acum – cânt la trompetă într-un club privat din SoHo.

– Acolo v-ați întâlnit?

A dat din cap.

– Diana vine în vizită, stă cu mine când poate. Asta când familia ei o slăbește și nu încearcă să o transforme într-un pudel dresat. Oricum, ar fi bine să nu o iei drept nu știu cine.

A expirat, continuând să vorbească printr-o perdea de fum.

– Doar pentru că are bani nu înseamnă că o interesează actele de caritate.

M-am uitat urât la ea.

– Nu i-am cerut nimic niciodată! Nu sunt un caz caritabil!

A pufnit.

– Semeni destul de bine cu unul, blondino!

Uram porecla aia.

– Nu-mi mai spune așa! De fapt, nici măcar nu sunt blondă!

Mi-am îndesat încă un dumicat în gură. (Avea dreptate, zahărul chiar ajutase.)

– *Serios?* Ochii i s-au mărit de surprindere prefăcută și a râs.

Discuția noastră luase ritmul și sofisticarea a două fete de doisprezece ani care se ciondănesc.

– Ar trebui să-ți vezi de treaba ta!

– Diana e treaba mea. E iubita mea, a zâmbit Max mândră. Te șochează?

– Încerci să mă șochezi?

– Nu-mi pasă ce crezi. Nici tu, nici nimeni altcineva.

– Atunci de ce o lași să se taie?

S-a schimbat la față.

– Cum de știi despre asta? și-a strivit țigara în scrumieră. N-are nicio legătură cu mine. Nu i-aș face niciodată rău. Niciodată.

– Dar o lași să-și facă singură?

M-a privit cu asprime.

– Ai încercat vreodată să o împiedici pe Diana de la ceva? Crede-mă, nu funcționează!

Mersesem prea departe. Până la urmă, ea era cea care mă ajuta pe mine.

– Îmi pare rău. A fost o prostie...

Mi-a tăiat-o.

– Las-o baltă. Diana e o persoană dificilă. Nu-i de mirare că voi două vă înțelegeți.

S-a încruntat, răsucind lingurița între degetul mare și arătător.

– Știi, i-a fost greu în ultima vreme. Nu se simte bine.

– Ce înseamnă asta?

– Zic și eu. Poate ar trebui să stai deoparte pentru o vreme. Dă-i spațiu să se adune!

După scena mea de seara trecută și cearta noastră, nu era o veste surprinzătoare. Cu toate astea, nu-mi plăcea să o aud de la o străină.

– Să stau deoparte? A fost ideea ei sau a ta? am întrebat cu amărăciune.

Măcar o dată n-a mușcat momeala.

– Nu încerc să te supăr. Ți-o spun de-a dreptul.

Am rămas tăcute o vreme, după care Max a adăugat repede.

– Nu poate avea grijă de tine. Nu poate să aibă grijă nici de ea însăși.

– Ei bine, nu am nevoie de asta, deci pentru mine e în regulă.

Era un răspuns infantil, dar nu prea reușeam să mă port mai bine decât mă simțeam. Și mă simțeam al naibii de rău.

După asta Max m-a condus la cea mai apropiată stație de troleibuz. Deodată a devenit protectoare.

– Te descurci să ajungi singură acasă? Adică n-o să-ți facă nimeni probleme, nu?

– Nu, voi fi bine.

– Uite, Diana a vrut să-ți spun despre acest bărbat de la Biserica Emmanuel de pe strada Newbury. Domnul Courtenay Baylor. E un fel de doctor sau terapeut sau ceva de genul ăsta. În orice caz, ajută oamenii să intre în funcțiune și să rămână așa și, în fine, s-a gândit că poate ai vrea să știi.

M-am uitat fix la pantofi, simțindu-mă mizerabilă și singură.

– Nu am nevoie de niciun ajutor.

– Nu fi așa o nemernică!

– Ce-ți pasă, oricum? i-am întors-o.

Max și-a îndesat mâinile în buzunarele hainei. Chiar și în haine de femeie avea un anume aer dur, ce nu putea fi ascuns.

– Taică-meu a murit din cauza băuturii, la fel și fratele meu mai mare. Cel mic, Johnny, a avut un pic de noroc cu tipu' ăsta.

A ridicat din umeri, evident, la fel de nemulțumită de conversație ca și mine.

– După cum am zis, Diana s-a gândit că ai vrea să știi.

M-am încruntat. Nu știam ce să zic.

Mi-a interpretat tăcerea drept respingere.

– I-am zis că n-are nicio importanță dacă îți spun!

Și-a ridicat brusc bărbia, sfidător, fierbând de frustrare.

– Am văzut cum se sfârșește toată povestea. Nu contează ce faci, cum argumentezi, cu ce amenințí sau ce promiți. Fratele meu, sigur, e bine acum, dar n-o să țină. Știu că doar trag de timp până când va trebui să-l îngrop și pe el.

Ochii ei și-au pierdut focul indignării și tulburarea i-a luat locul, umbrindu-i fața.

– Doar nu sta pe lângă Diana înecându-te în alcool. Nu îi face una ca asta, înțelegi?

M-am îndepărtat. Nu m-am putut aduna să-i răspund.

Când, în sfârșit, am ajuns acasă, mama era în bucătărie.

În fața ei, pe masă, erau ceainicul și ceașca alb-albastră cu model de salcie – cana goală, scrumiera plină. Evident, stătuse trează toată noaptea și așteptase marea parte a zilei.

– Unde ai fost?

Vocea îi era plată și dură, plină de furie rece și grea.

Nu mă gândisem deloc la mama, că ar putea fi îngrijorată. M-a surprins fața ei trasă și palidă, ochii umflați și înconjurați de cearcăne întunecate de la lipsa de somn.

– Îmi... pare rău. Mi s-a făcut rău și am rămas acasă la o prietenă.

Fața i s-a înăsprit.

– Bărbat sau femeie?

Am înghițit insulta cu un sentiment apăsător de rușine.

– Diana. Diana Van der Laar.

– Serios...

Nu mă credea.

– Și nu ți-a trecut prin minte să mă anunți unde ești? Să înțeleg că familia Van der Laar nu are telefon?

Creierul nu-mi funcționa suficient de repede pentru a inventa o explicație. În plus, nu aveam nicio scuză. Pur și simplu, am dat din cap.

Buza de sus s-a arcuit cu dezgust.

– Deci așa merg lucrurile acum? Vii și pleci la orice oră, apari duhnind a alcool!

Am tăcut, înfrigurată și bolnavă. Tot ce voiam era să merg în pat.

– Nu mai fac, promit. Îmi pare rău, mamă.

– Mereu îți pare rău. Mereu nu mai faci.

– Dar vorbesc serios.

– Mereu vorbești serios! Asta nu are nicio importanță! Toți anii în care m-am chinuit pentru tine! M-am luptat pentru tine! Am făcut tot ce mi-a trecut prin cap să-ți ofer cea mai bună viață cu putință și așa mă răsplătești? Dai cu piciorul la tot! Nu vezi ce ești? a zis ea, dând tare cu pumnul în masă. Ești mai bună de-atât, Maeve! *Trebuie* să fii!

Nu o văzusem niciodată atât de supărată. Era ultima persoană pe care îmi doream să o dezamăgesc și totuși cea pe care o dezamăgeam cel mai des.

– Mamă, eu... mă străduiesc... m-am bâlbâit. Chiar o fac!

– Vreau să vorbești cu părintele Grady.

– Părintele Grady?

Preotul parohiei era ultima încercare – ultimul cuvânt în cauzele pierdute.

– Ești beată! *Iar!* Exact ca data trecută! Când ai plecat la New York, când ai scăpat de Mickey, am crezut că vei lăsa toate astea în urmă.

– Am făcut-o! Serios! Jur, mamă!

Ochii i s-au mărit.

– Nu mă minți! Să nu mă mai minți *niciodată!*

Și, cu viteza fulgerului, a apucat una din ceștile Staffordshire și a izbit-o de podea. Apoi a luat sosiera și a aruncat-o și pe aia pe jos.

– Nu, mamă! Oprește-te! am luat-o eu de braț.

– Strici totul! a țipat. Mă bucur că tatăl tău nu e în viață ca să te vadă acum! Nu ești nimic altceva decât o curviștină!

Cuvintele ei m-au plesnit ca o lovitură în stomac.

S-a întins după ceainic.

– O să merg, am zis repede, înspăimântată de furia ei și de ce era capabilă. Mă duc să vorbesc cu el. Promit!

A cruțat ceainicul, iar trăsăturile i s-au deformat într-o grimasă de suspine dureroase. Și-a acoperit fața cu mâinile.

– Îmi pare rău, mamă.

Am încercat s-o consolez, dar s-a ferit de mine de parcă aș fi fost vreo creatură plină de boli, prea respingătoare să o atingă. În schimb, s-a dus în dormitor și a închis ușa.

Am privit fix la podeaua plină de porțelan spart, la bucățile sfărâmate. Trebuia să găsesc un fel de a le repara. Într-un fel sau altul, o să repar lucrurile.

Am avut un moment de ezitare la intrarea în biroul parohiei, chiar înainte să bat.

– Intră!

Părintele Grady stătea lângă fereastră, privind dedesubt, la curtea Școlii Primare a Sfintei Cruci. Era pauză, iar larma copiilor care alergau și strigau m-a dus imediat cu gândul la propria copilărie. Erau amintiri plăcute, clar conturate în alb și negru. Copiii aveau nevoie doar de puțin soare și un pătrățel de spațiu ca să fie nemăsurat de fericiți.

Părintele Grady s-a întors. Nu-l văzusem de mai bine de un an. A procesat culoarea diferită a părului meu cu o privire de ușoară confuzie, înclinându-și capul într-o parte, ca și cum, dacă s-ar fi uitat la el dintr-un unghi puțin diferit, s-ar fi făcut brusc roșu din nou. Apoi a făcut semn către un scaun.

– Ia loc, Maeve!

Părintele Grady era din Kerry. Încă mai avea dialectul blând și săltăreț din sudul Irlandei și trăsăturile supte și distinse ale unui bătrân politician.

Mă știa de-o viață. Mă botezase, îmi ascultase prima spovedanie și îmi dăduse prima împărtășanie. Școala de Secretare fusese ideea lui.

Stând acum așezată în fața lui, îi simțeam îngrijorarea și dezamăgirea ca pe un nor jos și întunecat.

A dat încet din cap, apoi și-a ridicat palmele.

– Ei bine, Maeve, a zis, nefiindu-i teamă să sublinieze evidența. Iată-ne aici!

M-am uitat fix la mâinile lui goale.

– Mulțumesc pentru întâlnire, părinte.

Nu a zis nimic. În schimb, a așteptat.

Părintele Grady avea în spate ani de antrenament în a aștepta. Cunoștea, poate mai bine decât oricare alt om din Boston, arta tăcerii. Într-o parohie plină de imigranți irlandezi de prima și a doua generație, oameni deosebit de pricepuți în folosirea excesivă a limbajului, el învățase să-și facă drum printre tot felul de crize domestice, politice și spirituale, prin raționalizarea atentă a cuvintelor. Avea destulă minte să nu contrazică, dezbată, lingușească sau să empatizeze. Orice conversație avea potențialul să tulbure apele reflecției clare și calme. Deruta pe tăcute enoriașii, îi dezarma. Îi forța în spațiul acela gol și inconfortabil unde doar Dumnezeu mergea și unde umorul, farmecul și intelectul erau inutile.

Am privit în jos, la modelul de pe covor, tocit și decolorat de soare.

– Lucrurile nu merg prea bine, am recunoscut după o vreme.

A mai trecut încă un minut până să continui.

– Mama crede că am rătăcit calea. Că beau prea mult, ies prea des. Presupun că are dreptate.

Simpla verbalizare a părut să declanșeze potopul. Mi-am scos o batistă din geantă și mi-am tamponat lacrimile de pe obraji.

– Am făcut lucruri pe care le regret, la care nu vreau să mă gândesc... Am încercat să mă schimb, părinte. Am încercat să fiu diferită. Am făcut tot ce mi-a trecut prin minte – am mers în locuri diferite, am avut slujbe diferite, mi-am făcut prieteni noi, dar sunt tot pierdută.

– Uneori ne întâlnim soarta pe drumul pe care o luăm ca să o evităm.

– Nu vreau să fiu așa.

S-a lăsat un pic pe spate, și-a lipit palmele una de alta, cu vârfurile degetelor pe buze, parcă pe punctul de a spune ceva.

Afară, copiii râdeau și țipau.

– Ei bine, nu aveți de gând să-mi spuneți ce vrea Dumnezeu? l-am îndemnat.

– N-am nici cea mai mică idee ce vrea Dumnezeu pentru tine, Maeve. Nu îmi vorbește despre viața ta. Dacă te interesează ce are de zis, va trebui să asculți tu însăți.

– Dar atunci ce caut aici?

– Ești aici, presupun, pentru că așa ți s-a zis. Am dreptate?

A zâmbit puțin, de parcă ne-am fi jucat de-a ghicitelea, iar el ar fi câștigat.

– Ai impresia că altcineva îți va spune ce să faci și cum. Dar mi-e teamă că acum ești un pic prea mare pentru asta. Acum este momentul să îți iei viața în mâini, să te hotărăști cine și ce vrei să fii. Ai avut o educație bună, o familie iubitoare.

A ridicat aproape imperceptibil din umeri, amintindu-mi de domnul Kessler.

– Știi ce trebuie să faci.

Astea fiind spuse, s-a ridicat.

– Asta e tot? m-am panicat brusc.

M-a privit cu atenție.

– Te mai pot ajuta cu ceva?

– Dar nu mi-ați dat niciun răspuns! Adică nu știu... Dacă nu mai cred în Dumnezeu? mi-a scăpat, provocându-l.

Așteptam o reacție, dar se pare că îndoielile mele nu erau atât de interesante pe cât credeam.

– Păi din fericire nu e nevoie ca tu să crezi pentru ca El să existe. Existența lui nu depinde de credința ta. Însă în ceea ce privește propria viață, ei bine, asta e o altă poveste. Cred ca ai nevoie să crezi în ceva, Maeve. Măcar în faptul că nu ești atât de viciată după cum îți imaginezi tu.

A întins o mână slabă și noduroasă.

– Dumnezeu fie cu tine!

Întrevederea se sfârșise. S-a întors din nou să privească spre curtea școlii.

Am ieșit pe coridorul întunecos de piatră al bisericii.

Ușa s-a închis, iar zgomotele terenului de joacă, ecoul universal al copilăriei, s-au pierdut în urma mea.

Singură în spatele troleului, am privit afară, pe fereastra murdară. Nu îmi dorisem să mă întâlnesc cu părintele Grady. Nu crezusem că am nevoie de consilierea sau sfaturile lui. Acum mă simțeam jignită că nu îmi ținuse o predică sau nu-mi dăduse un ultimatum. Mă simțeam absolut pierdută.

Troleibuzul a trecut pe lângă cantina Armatei Salvării. Coada se întindea în josul străzii, după colț. Oameni de toate vârstele, cu capetele plecate, hainele strânse pe corp din cauza frigului, înaintau târșâit pentru o supă apoasă și niște pâine veche. Îi priveam în fiecare zi. Acum era ceva normal. Apoi mi-am văzut propria reflexie în geam, uitându-se înapoi la mine, aceiași ochi rotunzi și găunoși, ai lipsei de speranță și ai înfrângerii tăcute.

Și, dârzi, vom căuta și vom afla.

M-am gândit la ce îmi spusese domnul Winshaw când ne-am certat: că nu știam ce vreau.

Mi-am scos portofelul. Acolo, împăturit în buzunarul de bancnote, era poemul lui Alfred Lord Tennyson, *Ulise*, rupt din cartea domnului Winshaw.

E trist să stai deoparte, ruginind
În loc să strălucești prin folosință!
De parcă a sufla înseamnă viață!...
...Și suntem
Ce suntem: inimi de eroi, slăbite
De timp și soartă. Dar vom năzui

Şi, dârzi, vom căuta şi vom afla.

Şi iată şi acel *Da!* subliniat, scris pe margine.

Mi-am ţinut degetul pe el. Îmi doream asta; tânjeam după *Da!* – un dor fizic ce îmi sfâşia pieptul. Dar cum l-aş putea găsi? Unde trăia oare, îngropat sub eşecul şi dezamăgirea vieţii mele?

Troleibuzul s-a oprit într-o intersecţie nefamiliară şi brusc m-am ridicat, mi-am făcut loc spre ieşire şi am coborât. Am stat acolo o clipă, uitându-mă de-a lungul unei străzi şi apoi de-a lungul alteia, neştiind sigur unde eram şi încotro să o iau.

Apoi am început să merg foarte repede.

Mergeam ca să-mi simt forţa corpului în mişcare, avântul crescând al posibilului. Şi, mai ales, ca să-mi reamintesc mie însămi că pot.

PARTEA A DOUA

Primăvara rece s-a îmblânzit, a înflorit. Vara timpurie a sosit verde, proaspătă și înmiresmată. Cireșii de pe strada Charles explodau de flori luxuriante din vată de zahăr, iar ceața groasă și umedă a iernii friguroase s-a risipit, lăsând loc unei călduri blânde și delicate.

Acum țineam ușa magazinului deschisă și umpleam vaze cu lalele de un roșu intens. Oamenii se plimbau pe străzi fără grabă, petrecându-și serile mai mult pe-afară. Închideam mai târziu magazinul, iar clienții aterizau înăuntru și rămâneau să se uite prin jur.

Viața era liniștită și lipsită de evenimente, temporar suspendată, ca o pauză între acte. James Van der Laar încă era în centrul gândurilor mele, deși se afla în străinătate, călătorind între continente. Mă consolam cu gândul că puteam să profit de absența lui ca să mă adun, speranță care m-a ajutat să suport orele plictisitoare de liniște și pace care au urmat plecării domnului Winshaw la Philadelphia ca să predea. Era surprinzător cât de tare îi simțeam și lui lipsa.

Cât despre Diana, niciun cuvânt. Ce spusese ultima oară când ne văzuserăm încă mă durea, nu în ultimul rând pentru că era adevărat. Gândurile și sentimentele mele pentru ea erau încurcate ca un ghem de cârlige de pescuit. Îmi părea rău și, totodată, mă simțeam umilită, îmi era dor de libertatea noastră dinainte și îmi era teamă de ea, îmi doream să fiu iertată, și totuși îmi imaginam replici tăioase pentru momentul în care, în cele din urmă, ne-am fi întâlnit din nou. Mă legănam neîncetat între rușine și aroganță.

Însă nu ar fi trebuit să mă preocup: zi după zi, eram doar domnul Kessler, Persia și cu mine. Și după lucru mă duceam la domnul Baylor, bărbatul despre care îmi spusese Max.

– Păreți mult mai bine, domnișoară Fanning, a comentat într-o dimineață domnul Kessler. Mult mai calmă, a continuat el.

– Presupun că și sunt, am încuviințat, bucuroasă că cineva remarcase diferența.

Dar nu am dezvoltat subiectul, așa că nici el. În schimb, a acceptat schimbarea cu aceeași atitudine sobră cu care accepta majoritatea lucrurilor bune din viața lui: ca daruri divine care erau reduse sau chiar retrase, dacă le chestionai.

Inițial, mama a fost suspicioasă față de eforturile mele. De ce, dintre toate locurile, îmi petreceam serile mai degrabă la biserica episcopală decât în propria congregație? Și cine era acest domn Baylor? Ce îmi putea oferi, și nu găseam la bibliotecă sau la spovedanie?

Dar nu prea avea rost să discut cu ea despre conversațiile cu domnul Baylor, terapeutul *lay*[1] de la Sf. Emmanuel, recomandat de Max. Nu ar fi înțeles. Nu pentru că nu voia, ci pentru că nu putea. A fost unul dintre primele lucruri pe care mi le-a explicat – că oamenii care nu sufereau ca mine nu puteau înțelege eforturile pe care trebuia să le depun.

Spre deosebire de doctorul Joseph, nu i-am încredințat niciodată lui Baylor detalii din trecutul meu, iar el nu mi-a cerut-o. Acest simplu fapt m-a făcut să am în el mai multă încredere decât în oricine altcineva cunoscut vreodată. În schimb, sfaturile lui erau în totalitate practice, iar atitudinea lui, complet pozitivă. Pe vremuri alcoolic fără speranță, aflat la un pas de moarte, domnul Baylor începuse să se *vindece* singur

[1] *Lay therapy* (nespecializată) este un tip de terapie individuală în tratarea alcoolismului, dezvoltată la începutul secolului XX în cadrul unui program de sprijin psihologic al Bisericii Sf. Emmanuel din Boston.

folosind propriile tehnici, iar acum se dedica oferind ajutor altora. Stătea în fața mea săptămână de săptămână, în biroul confortabil de la Sf. Emmanuel, zvelt și elegant, cu ochi negri vioi și o alură sprintenă, militărească. Era imposibil să ți-l imaginezi beat sau depravat. Însă din când în când împărtășea câte o poveste din propriul trecut și îmi dădeam seama că și el trăise suferința derutantă pe care o simțeam. Asta mă ajuta să îi urmez sfaturile.

– În primul și-n primul rând, domnișoară Fanning, trebuie să accepți că ai o minte neliniștită, a zis el, plină de teamă și griji, predispusă la iritare și anxietate. Ca un copil mic, agitat, această minte trebuie calmată, liniștită și recentrată.

– Și cum fac asta?

– Trebuie să te relaxezi. Nu opune rezistență la nimic și nu regreta nimic! Acum închide ochii și îți voi arăta cum să-și potolești gândurile.

Suna destul de simplu, dar în practică era surprinzător de dificil. De fapt, nu mă simțisem niciodată mai nervoasă și iritată ca atunci când m-am oprit din băut. Fiecare sunet era amplificat, fiecare gând o lua razna către dezastre iminente. Brusc, eram permanent la limită. Mă simțeam de parcă fusesem amorțită până atunci, iar acum puteam simți fiecare nuanță sau culoare a emoției – niciuna neapărat plăcută sau gestionabilă.

Însă domnul Baylor deja le văzuse pe toate.

– Dacă vrei să afli în primul rând de ce bei atât de mult, încearcă să te oprești!

Așa că m-am ținut de un program zilnic strict, după cum mi-a prescris. Mă trezeam, mâncam și mă culcam la aceleași ore, mergeam repede, ca exercițiu fizic, și practicam metodele zilnice de relaxare pe care mi le arătase el. Totuși, inima îmi fremăta, planând între dorință chinuitoare și depresie.

– Trebuie să rămâi pozitivă, mă sfătuia domnul Baylor. Fă ceva fizic atunci când năvălește dorința de a bea: curăță cuptorul, freacă podeaua.

Unul dintre avantajele „regimului episcopal“ (după cum l-a numit mama) era un apartament mereu impecabil.

Magazinul a devenit un refugiu. Era mai ușor să-mi țin mintea relaxată și concentrată atunci când lucram. Am început să ajung devreme și, de obicei, eram ultima care pleca seara.

– Recentrează-ți mintea! mă somase domnul Baylor cu viguroasa lui energie caracteristică. Viața nu o să-ți cadă pur și simplu în poală, domnișoară Fanning. Haide! Încearcă ceva nou!

Așa că mi-am încercat mâna în crearea aranjamentelor din vitrină, lucru la care mă pricepeam destul de bine, și am petrecut ore întregi răsfoind cataloage despre antichități, încercând să mă autoeduc în identificarea stilurilor și a perioadelor istorice. Obiecte pe care le respingeam înainte au devenit interesante, ambasadori tăcuți ai unor vremuri apuse. Scaunele tari de mahon erau la fel de stoice și rigide ca epoca puritană în care fuseseră meșteșugite, iar cele imperiale franceze, aurite și tapițate cu mătase verde-marin, erau la fel de opulente și voluptuoase ca o curtezană din Belle Epoque. Am început să dezvolt pricepere și apreciere pentru locul în care mă aflam și pentru ce făceam. Și pentru moment trebuia să cred că asta era suficient.

Apoi, dintr-odată, a reapărut Diana.

În ziua în care domnul Kessler a vândut în sfârșit măsuța de ceai a lui Mozart, am văzut-o din nou. Charlie înfășura masa în pături vechi, pregătindu-se să o urce într-un camion, când Diana a intrat agale pe ușa deschisă a magazinului de parcă nu s-ar fi întâmplat niciodată nimic, purtând o rochie albastră de vară și sandale de un roșu-aprins. Era bronzată și încântătoare și ducea într-o lesă din piele roșie, un terrier Yorkshire alb.

– Ah, ia te uită!

Și-a plimbat degetele pe suprafața mesei, oftând.

– Eu voiam să cumpăr asta! Pentru mica mea ascunzătoare, domnule Kessler! a zis, răsfrângându-și buza de jos. Mă simt atât de *trădată!*

Câinele a mârâit și a lătrat la statuetele africane, iar Charlie a privit-o fix, cu gura deschisă, de parcă nu mai văzuse o femeie în viața lui.

– Dar mai am una aici.

Domnul Kessler s-a repezit la un birou portabil din secolul al XVIII-lea.

– Asta e o piesă *mult* mai rafinată.

– Dar nu a ascultat partiturile lui Mozart..., a zis ea cu tristețe. Nu pot suporta o astfel de lipsă a gustului muzical la propria mobilă. Sunt sigură că înțelegeți asta!

Doar după ce i-a fermecat pe toți ceilalți, și-a îndreptat atenția spre mine. Era ca și cum trebuia să demonstreze că în continuare putea subjuga toți bărbații care îi ieșeau în cale – că această putere estompa relația ei cu Max și înlătura orice ambiguitate. Îi puteam simți hotărârea de a-mi arăta, de a-și demonstra puterea de influență.

– El este Henry.

A pescuit câinele și mi l-a pus în brațe; m-a lins pe nas.

– Nu e adorabil? Vino cu noi să dăm o tură.

Totuși, imediat ce am ieșit pe ușă, aerul fermecător și relaxat a dispărut, fiind înlocuit de un gol incomod.

Repetasem atâtea lucruri în minte, mici discursuri și întrebări tăioase, însă acum intensitatea se pierduse într-o derută monotonă.

– Ce mai faci? a întrebat într-o doară.

– Excelent.

– Ești furioasă.

Nu știam cum eram.

– Iartă-mă!

Ochii ei neobișnuit de albaștri erau întunecați, goi.

– Te rog, May!

– Știu că m-am făcut de râs în noaptea aia, că m-am purtat urât...

– Nu a fost asta, mi-a tăiat-o, cu ochii fixați în pământ. N-a fost vina ta.

– Atunci a cui?

– Nu credeam că o să vrei să-mi mai fii prin preajmă... odată ce-ai aflat.

– Nu-mi pasă.

Și era adevărat. Mă deranja, într-adevăr, că nu fusese acolo când mă trezisem și că Max fusese cea care-mi zisese să iau distanță. Și mă deranjase că refuzase să mă vadă. Dar ce făcea cu Max nu conta...

Am mers mai departe.

– Am vrut să vin mai repede, a zis ea după o vreme, chiar am vrut. Dar, ca să fiu sinceră, nu mi-am putut aminti unde lucrezi.

I-am aruncat o privire amară.

– Ai fost aici de o mie de ori!

– Știu.

A rămas cu ochii la Henry, care o luase repede în fața noastră.

– Însă vezi tu, de data asta tratamentele au fost mai dese, mai puternice. Au încercat și ceva nou. Terapia aversivă. Când am ajuns acasă, nu mi-am putut aminti nimic pentru o vreme. Mi-a luat o săptămână, May, să-mi amintesc până și numele tău.

A zis-o atât de calm, încât, la început, am crezut că n-am auzit bine. Apoi, chiar dacă era o după-amiază luminoasă și însorită, am simțit pielea răcindu-mi-se.

– Unde?

– Un spital privat din Maine.

– Ce s-a întâmplat?

– Nimic despre care să vreau să vorbesc.

Eschivarea ei m-a speriat. Mi-am imaginat ce putea fi mai rău: pe ea întinsă pe o podea.

– Ai vrut să mergi acolo? am insistat. Adică tu ai ales asta sau ai fost obligată?

– Ce contează? a răspuns absentă.

Henry s-a oprit lângă un copac să se ușureze, iar noi am așteptat.

– Acum ești bine? am vrut eu să mă asigur.

S-a încruntat.

– Par bine, nu-i așa?

Era o întrebare sinceră, ca și cum nu era sigură.

– De ce nu-mi spui ce s-a întâmplat?

O cută adâncă i-a brăzdat fruntea.

– M-am îndrăgostit, a recunoscut. M-am îndrăgostit de cine nu trebuia.

M-am gândit la Max, la ce atitudine protectoare avea.

– Dar și Max ține la tine, Diana. Sunt sigură.

– S-a terminat acum, a tras adânc aer în piept. Mi-au îndepărtat-o în spital. Ai mers până la urmă la bărbatul de care am rugat-o pe Max să-ți spună? Cel de la biserică?

– Domnul Baylor? Da, am mers.

– Te-a ajutat?

– Da, cred că mă ajută.

– Asta e bine. Foarte bine, mi-a zâmbit ușurată. Vreau să fii fericită.

Grija ei m-a emoționat. Deși nu voiam să recunosc, mă ajutase în acea noapte. Cuvintele ei dure mă puseseră în imposibilitatea de a-mi ignora problemele.

– Se pricepe la tot felul de lucruri. Vrei să vorbești cu el?

– Poate. Nu sunt sigură.

– Ai vorbit cu Max de când te-ai întors?

– De ce?

M-a privit tăios, speriată sau jignită, nu-mi dădeam seama care din ele. Ochii i s-au îngustat și părea să calculeze ceva, care se dovedea prea dificil de deslușit din expresia ei.

– Nu, nu ne-am întâlnit. Și n-am de gând, a zis într-un final.

Dădusem un tur complet și ne aflam din nou în fața magazinului. Diana se simțea inconfortabil acum, cu nervii întinși. S-a uitat fix la câine.

– Sunt mai bine acum. Mult mai bine decât eram. De data asta va funcționa, o știu.

Hotărârea pe care o afișa o făcea să pară și mai fragilă.

– Diana...

– De fapt, o să mă duc acasă, m-a întrerupt, zâmbind cu regret. Obosesc atât de ușor. Am vrut doar să te văd, să te rog să mă ierți. A fost probabil o greșeală să vin aici.

– Mi-a fost dor de tine, să știi.

– Serios?

Ochii i s-au îmblânzit și, pentru o clipă, a părut plină de speranță.

– Cei mai mulți oameni se satură de mine după o vreme. Îi epuizez. Mă plac la început și apoi, când văd cine sunt de fapt...

– Dar nu și eu, am zis și i-am luat mâna. Domnul Baylor mi-a făcut bine. Poți avea încredere în el.

– Da, o să mă gândesc la asta. Promit.

Și-a retras cu grijă mâna, ca și cum contactul fizic era periculos, poate chiar dureros.

– Mă bucur că îți merge bine, May. Chiar mă bucur.

– Și ție. Arăți într-adevăr minunat – atât de sănătoasă și bronzată! am zis eu, chiar dacă n-o credeam.

– O am în sânge. Noi, afrikanerii, ne înnegrim la prima rază de soare.

A oprit un taxi, s-a urcat, iar Henry i-a sărit în poală. Am observat-o răsucind cu neliniște perlele pe care le purta în continuare în jurul gâtului.

– Ținem legătura! a strigat, întinzându-se să închidă ușa, ne așteaptă alte aventuri. Exact ca în vremurile bune!

– Da, firește.

A deschis geamul pe măsură ce taxiul se îndepărta, iar cățelul alb și-a scos capul, lătrând entuziast.

– Domnule Kessler, am întrebat eu, stând în ușa biroului său, ați auzit vreodată de afrikaneri?

Și-a ridicat privirea de pe birou.

– Adică din Africa de Sud?

– Da.

S-a lăsat pe spate.

– Te referi la familia Van der Laar? Sunt buri. Nativi sud-africani.

– Dar am crezut că nativii africani sunt negri, nu?

– Nu chiar. *Bur* înseamnă „fermier“ în olandeză, denumire dată coloniștilor care au venit în Africa la jumătatea secolului al XVIII-lea, să întemeieze așezări pentru Compania Olandeză a Indiilor de Est, a explicat el. Vezi tu, compania trebuia să colonizeze zona în scopul propriei stabilități și nu mulți europeni erau interesați la vremea aceea să meargă în Africa. Astfel că acești primi coloniști erau țărani din Olanda sau nordul Germaniei, majoritatea fermieri săraci, orfani și, mai târziu, hughenoți, refugiați francezi în căutarea libertății de religie.

M-a privit gânditor.

– Presupun că ești prea tânără să fi auzit de Războaiele Burilor?

Am dat din cap.

– În Africa de Sud s-au dus două războaie împotriva conducerii coloniale britanice. Ultimul a fost deosebit de brutal.

M-am sprijinit de pragul ușii, încercând să-l urmăresc.

– Ce importanță are?

– Păi Marea Britanie avea și colonii, și interese economice în creștere în Africa de Sud. Războaiele Burilor s-au purtat pentru suveranitatea și controlul asupra regiunii. Și, desigur, în special în cazul familiei Van der Laar, asupra diamantelor.

– Diamante?

– Exact.

Și-a tras scaunul în spate, iar Persia i-a sărit în poală.

– Africa de Sud are unele dintre cele mai bogate mine de diamante din lume. Dar au fost descoperite abia acum aproximativ șaizeci de ani, în regiunea Kimberly. Urmările au fost asemănătoare marii goane după aur de aici – zona a fost brusc asaltată de căutători de comori din toată lumea, inclusiv englezi și, printre ei, Cecil Rhodes, un imperialist înflăcărat. Burii locuiau deja în regiune de secole. Aveau propria limbă, formă de guvernământ și credință. Cu toate astea, Rhodes avea viziunea sa extrem de englezească asupra Africii. Războaiele Burilor sunt rezultatul faptului că el a obținut puterea politică și al ambiției sale de a unifica toate minele de diamante într-un singur cartel dominant. Familia Van der Laar este parte din acel cartel – însă doar cu un preț teribil.

– Ce vreți să spuneți?

S-a oprit, scărpinându-l pe Persia sub bărbie.

– Se zice că Jacob Van der Laar s-a născut, de fapt, în Germania ca Jacob Isaacs, fiul unui tutungiu evreu. A fost unul din mulțimea de tineri care a plecat în Kimberly să-și facă un rost, în același timp cu Rhodes. Și, la fel ca Rhodes, aspira să domine industria de diamante. A făcut achiziții bune, și-a schimbat numele și s-a căsătorit cu o tânără la fel de ambițioasă, a cărei familie cuprindea figuri politice proeminente și proprietari de pământuri în republica bură Transvaal. A pus bazele propriului său cartel, sub numele de Van der Laar. Însă, când a izbucnit al Doilea Război al Burilor, i-a fost din ce în ce mai dificil să facă afaceri.

Al doilea război a fost incredibil de sângeros, a continuat domnul Kessler. Burii aveau o armată de gherilă dezorganizată, formată din fermieri nativi, împotriva Imperiului Britanic. Cu toate astea, au reușit să le țină piept pentru ceva timp. Englezii s-au răzbunat printr-o politică a pământului pârjolit, arzând ferme și gospodării bure, închizând soțiile și copiii rebelilor în lagăre de concentrare, în încercarea de a-i forța să se predea. Mulți au murit de foame.

– Și ce s-a întâmplat cu Jacob Van der Laar?

Domnul Kessler a ridicat din umeri.

– Nimeni nu cunoaște întreaga poveste. În mod evident a făcut o alegere. Unii spun că Rhodes i-a făcut o ofertă pe care nu putea să o refuze.

– Adică a trădat familia soției sale pentru a se alătura cartelului?

– E greu de spus cine a trădat pe cine, nu? Van der Laar a venit de nicăieri și în zece ani a ajuns extrem de înstărit. Cum a făcut asta, nimeni nu știe exact. Totuși, singurul lucru pe care îl știm sigur este că această familie se află în continuare printre puținele cu descendență bură, care astăzi are mine substanțiale de diamante în Africa de Sud.

M-am gândit la Diana și la educația ei continentală, la accentul îngrijit pe care ea și James îl împărtășeau, perfect corect, fără să dezvăluie nimic altceva decât calitatea felului în care au fost crescuți, și despre cum glumise în spital că diamantele erau „ceva comun“ în locul de unde venea ea. „Noi, afrikanerii“. Expresia mi-a amintit de loialitatea naționalistă a lui James față de pământul său natal. Și totuși, familia Van der Laar era americană acum, construindu-și un nume și o reputație alături de cele mai vechi familii într-unul dintre primele orașe coloniale.

– Ați spus că Jacob Van der Laar era evreu, nu-i așa?

– Da, a zâmbit el cu tristețe. Însă doamna Van der Laar refuză să primească evrei în casa ei. A părăsit Africa de Sud când soțul îi era încă în viață și nu s-a mai întors niciodată. Nici măcar pentru înmormântarea lui.

– Înțeleg.

Doamna Van der Laar nu-l iertase niciodată. În schimb, își luase copiii și debarcase într-o țară nouă, una în care să-și reinventeze familia, dându-se drept filantropi din clasa superioară și oameni de lume. Doar că trecutul nu putea fi în întregime rescris, nici chiar de ea. Marea lor avere depindea în continuare de minele de diamante, acum aflate sub supravegherea lui James. Iar el avea ambiția de a reconstrui Africa de Sud, laolaltă cu determinarea de a readuce la putere poporul mamei sale.

Viața lor aparent privilegiată și prosperă căpătase o nuanță mai complexă și incomodă. Însă conflictele și contradicțiile din istoria lor îi făceau în același timp să pară mai puțin îndepărtați de mine, mai accesibili. Și, gândindu-mă la trădarea și la vărsarea de sânge care îi divizaseră familia, vedeam într-o nouă lumină convingerile politice ale lui James.

Persia a sărit jos, iar domnul Kessler s-a ridicat, scuturându-și părul de pe pantaloni.

– Observ că ești prietenă cu familia Van der Laar. Și mă bucură mult să te văd făcând vânzări. Dar nu trebuie să te simți în niciun fel obligată față de ei. Înțelegi?

– Desigur.

– Voiam doar să fie clar.

A zâmbit, dar în ochi i se întrezărea o umbră de îngrijorare.

Mama mă racolase ca ajutor la standul de Ziua Memorială a Societății Văduvelor. Nu era idealul meu de distracție, însă domnul Baylor insistase pe importanța de a face lucruri pentru alții și, neavând nimic altceva în plan, am acceptat.

Ne-am trezit devreme și la ora opt ne instalam în fața Bisericii din Nord. Plouase în timpul nopții, iar acum aerul era proaspăt și curat. Frieda a adus un termos cu cafea fierbinte și pahare de carton, iar mama a dezvăluit un platou cu deja infamii biscuiți tari ca piatra. Eu și Rosemarie am bătut în cuie, pe marginea mesei pânza cu roșu, alb și albastru, în timp ce mama aranja produsele, atârnând câteva șorțuri de-ale Friedei de drapelul organizației, la loc de onoare.

Târgul fremăta deja. Standurile erau ridicate, vânzătorii de mâncare începuseră să gătească, iar copiii fluturau frenetic steagurile de un cent, alergând dezlănțuiți pe străzi, într-un entuziasm buimac. Societățile religioase erau adunate sub drapele brodate complicat. Am identificat-o pe doamna Russo, purtând pălăria ei cea mai bună, în drum spre Organizația de Femei San Panteleone, ținând mândră atât steagul italian, cât și pe cel american. Cercetași în uniformă, cu fețele sclipind de curățenie și părul proaspăt pieptănat, au venit să-și ocupe locul la paradă, în spatele șirului lung de veterani decorați din Marele Război, din Războiul Spaniol-American și chiar din cel Civil. În spatele lor, Fanfara Forțelor navale își acorda instrumentele, iar cimpoierii scoțieni arătau grozav, chiar dacă fierbeau, în portul tradițional. Mirosul de popcorn și alune caramelizate parfuma aerul.

– Pune-ți asta, Mae!

Mama mi-a înmânat un turban special, în roșu, alb și albastru, pe care îl făcuse pentru acea ocazie. Era un exemplu perfect pentru cât de periculos este să amesteci patriotismul cu tricotatul.

– Ah, dar, mamă, e atât... de cald afară! am zis, încercând să i-l înapoiez.

– Haide! m-a îndemnat Frieda. Fii de gașcă! Vreau să-l porți ca să vindem mai multe.

Astfel că mi-am pus turbanul cel urât, ca să le fac pe plac tuturor.

Comisia a venit să verifice amenajarea și să supravegheze vânzarea. Elsa Van der Laar, cu coama ei de păr argintiu, făcea și ea parte din aceasta, de mână cu un Andrew lipsit de chef. El ținea un steag și un fus neatins de vată de zahăr roz-aprins. Înainte, Elsa mi se păruse rece și impunătoare, însă acum mi se părea că detectez o iritare îngrijorată în spatele aparenței ei dominatoare.

Am văzut-o aplecându-se să-i vorbească lui Andrew.

– Să te porți frumos acum! i-a zis aspru. Nu am de gând să tolerez nicio prostie. Înțelegi?

– Aș fi vrut să am cartea cu mine, s-a încruntat el, privindu-și picioarele. Vreau cartea mea!

– Nu ai nevoie de carte. E o paradă, nu o bibliotecă! Uite – a arătat de cealaltă parte a străzii –, toți ceilalți copii se distrează.

– Nu sunt sigur că îmi plac paradele. Dar, dacă aș avea cartea cu mine...

– Ajunge cu cartea aia! a izbucnit ea. Nu poți măcar o dată în viața ta să te porți ca un copil normal? Acum du-te să te așezi undeva și fii cuminte!

S-a retras într-un colț îndepărtat, pe scările bisericii, privind ursuz cum vata de zahăr începuse să i se topească în soare.

Mulțimile s-au adunat, acum dense și zgomotoase, iar parada a început, toată numai chiote, strigăte, muzică radiantă și confetti. Echipe de polițiști, pe cai de culoarea castanei, mergeau la trap, pe lângă. L-am văzut peste drum pe Jack Carney, încercând alunele coapte, înclinându-și pălăria în fața fiecărei fete pe lângă care trecea. Cimpoaiele se înălțau, umplându-mă de un patriotism sentimental plângăreț, o împunsătură de nostalgie față de un pământ pe care nu-l cunoscusem niciodată. Însă curând standul s-a aglomerat și am intrat cu toții într-un ritm rapid, servind clienții și pasând banii membrilor din comisie, ca să-i numere. Eu mă prosteam cu acel turban pe cap, prefăcându-mă că sunt Gloria Swanson ștergând praful.

– Hei, Nora!

Rezemându-se de tejghea, Jack Carney și-a scos pălăria și și-a șters fruntea largă cu batista.

– Mi-ar plăcea să te văd purtând unul!

– Eu le-am făcut, domnule polițist Carney, a zâmbit mama politicos.

– Ei bine, sunt pur și simplu grozave, a rânjit, îndesându-și batista umedă în buzunarul de la pantaloni. Trebuia să știu că sunt opera ta.

Rosemarie i-a prins Friedei privirea și a zâmbit.

Jack s-a apropiat.

– Poate îți pui unul mai târziu, când te scot la un pahar. Ce zici?

Mama s-a concentrat pe împăturirea șorțurilor.

– Doar mă cunoști, Jack, eu nu beau. Mulțumesc pentru ofertă, totuși.

– Păi, nu e musai să fie un pahar. Ar putea fi o masă. Presupun că nu ai renunțat și la mâncare, a râs el, căutând sprijin în privirea altor femei.

Frieda a pufnit. I-am aruncat o privire tăioasă și a tăcut.

– Ești foarte amabil, Jack. Dar acum sunt prea obosită. A fost deja o zi lungă și mai e mult până să se termine.

Licărirea jucăușă din ochi i-a dispărut.

– Tu ești mereu la fel, nu? Ești prea bună pentru noi, ăștialalți, așa e? Într-o zi o să regreți că te-ai considerat mai presus de restul lumii.

A scuipat pe jos, parcă pentru a-și sublinia sentimentele.

Mama l-a privit lung și dur.

– Nu văd niciun motiv să fii nepoliticos, domnule polițist, a zis într-un final.

– Nu, așa e, a încuviințat cu el amărăciune, îndepărtându-se cu pași șovăielnici.

Frieda a fluierat.

– Iată un bărbat care nu acceptă să i se spună nu!

– Așa e, a zis ea, urmărindu-l cu privirea cum își făcea loc prin mulțime. Niciun Carney n-a putut să suporte asta vreodată.

Orele au zburat și, în curând, standul a fost golit de marfă, iar cutiile cu bani erau cu duiumul. Ziua devenise fierbinte și toată lumea era obosită, dar exaltată. Chiar și turbanele se vânduseră datorită eforturilor mele. Mulțimea se subțiase, dar străzile erau în continuare aglomerate, iar atmosfera, festivă.

Strângeam lucrurile când Elsa Van der Laar a început să se uite în jur îngrijorată.

– L-a văzut cineva pe fiul meu, Andrew?

Mai devreme stătea pe scările bisericii. Acum dispăruse.

– Vă rog, mă poate ajuta cineva? vocea i s-a înălțat, frustrată. Îl caut pe fiul meu, Andrew. Are opt ani, are ochelari...

– Știu cum arată. Vă ajut eu, m-am oferit.

– Îl căutăm cu toții, a anunțat președinta comisiei, doamna Cabot-Wilkes, aruncându-i o privire neliniștită Elsei. Opt ani, ochelari și păr castaniu. Sunt sigură că doar se ascunde.

– Știam că o să-mi facă probleme, a bombănit Elsa, scanând fețele din mulțime.

În curând s-a dus vestea și au fost recrutați și alții în căutare, târându-se pe sub standuri și după mașini.

Însă mi-am amintit ceva ce îmi spusese Diana la muzeu, despre zgomotul de la recepție, care îi rănea lui Andrew urechile. Parada fusese îngrozitoare pentru timpane.

Am intrat în biserică și, după ce m-am uitat în jur o vreme, l-am găsit pe Andrew făcut ghem, ascuns sub una dintre strane.

– Ce faci acolo? am întrebat, îngenunchind. Te-am căutat cu toții. E timpul să ieși de-acolo.

Însă el s-a îndepărtat și mai tare de mâna mea întinsă.

– Nu vreau să merg acasă. Vreau să rămân ascuns.

– De ce? Ai o casă minunată. Haide! am încercat din nou. Ia-mă de mână! Toată lumea e moartă de îngrijorare.

Dar s-a mutat mai în spate ca să nu-l pot ajunge.

– Nu e real, să știi, mi-a zis el.

– Ce nu e real?

– Poate ei, poate eu.

Era calm, detașat, ca și cum îl interesa mai tare să fie precis decât înțeles.

M-am așezat mai confortabil.

– Ce vrei să spui?

– Când ești real, te simți real, a explicat. Și când nu ești, te simți transparent, ca o bucată de sticlă.

Erau vorbe atât de neobișnuite din partea unui copil.

– Dar toată lumea e foarte îngrijorată pentru tine.

– Mă văd doar pentru că nu sunt acolo. Dacă mă întorc, voi fi din nou invizibil.

Logica lui era neobișnuit de sofisticată.

– Pare o situație dificilă, am încuviințat.

– Nu chiar, a zis și și-a împins ochelarii pe nas. E doar imposibilă.

– Dar eu te pot vedea, i-am zis. Vorbesc cu tine chiar acum.

S-a gândit o clipă la asta.

– Și tu ești invizibilă, a conchis.

Am încercat o altă abordare.

– Ce zici, să-ți cumpăr niște popcorn?

– Nu, mulțumesc.

– Dar alune?

A dat din cap că nu.

M-am așezat și mi-am tras genunchii la piept. Rămăsesem în pană de idei. Dacă îl smulgeam afară, sigur ar fi făcut o scenă. În plus, eram obosită și îmi lipsea dispoziția de a trage de copii.

Era atât de liniștit aici, alb și luminos. Fără bolte de piatră, fără reprezentări ale crucificării, fără șiruri de lumânări licărind. În schimb, era simplitate, o senzație luminoasă de puritate diafană. Andrew nu era fraier. Alesese cel mai bun ascunziș. Mi-am întors fața spre soarele care bătea prin ferestrele înalte și am închis ochii.

– Ai de gând să rămâi aici? a întrebat el.

– Nu știu ce am de gând să fac, i-am zis. Toată lumea te caută. Nu pot să mint.

– O să am probleme.

Am dat din cap.

– E posibil. Doar dacă nu... – mi-am deschis ochii. Uite, Andrew, am o idee!

Când am ieșit, Elsa Van der Laar era înconjurată de polițiști, care strângeau detalii și luau notițe. Când ne-a văzut coborând scările, frica și îngrijorarea de pe față i s-au transformat în furie. Dându-i la o parte pe polițiști, s-a apropiat cu pași mari.

– Unde ai fost? Ai idee câți oameni te caută? Cât de egoist poți să fii?

Însă acum se strânseseră o mulțime de oameni dornici să vadă dacă Andrew era bine.

– Îmi pare rău, a zis, aruncându-mi o privire scurtă. Am pierdut noțiunea timpului. Mă rugam.

Elsa Van der Laar a clipit, ca un șoarece brusc orbit de lumină.

– Făceai *ce?*

– Mă rugam. Păi au murit, nu-i așa? a explicat el. Toți soldații aceia. Crezi că ne pot vedea?

O liniște adâncă s-a lăsat peste mulțime. Apoi unul dintre polițiști a zis, ciufulindu-i părul:

– Puștiul are dreptate. Nu poți să-l caftești pentru că se roagă. Data viitoare spune-i mamei unde te afli, da?

Andrew și-a ridicat privirea către el.

– Dar mi-a spus să stau acolo.

Acum Elsa era agitată, cu ochii holbați.

– Ți-am zis să stai liniștit! Am zis să stai locului și să nu încurci lumea...

S-a încruntat și l-a înșfăcat de mână.

– Am avut destulă agitație pe ziua de azi, a declarat, trăgându-l după ea.

Odată standul demontat și totul împachetat din nou, eram liberă să hoinăresc pe străzile acoperite de confetti. Am simțit liniștea relaxată și plăcută pe care o aduce efortul veritabil.

Mă temusem de ziua asta, imaginându-mi plictiseala de a fi blocată la o mică tarabă, lângă mama și acolitele ei. Dar, de fapt, erau mai amuzante și mai aprige decât le crezusem. Mai puțin ca niște văduve, mai mult ca niște marinari aflați pe uscat, în permisie.

Fire Hall de pe strada Salem avea ușile larg deschise, muzica și râsul revărsându-se afară. Cel puțin jumătate de cartier se afla acolo. Am intrat și eu. Mese lungi, încărcate cu mâncare se întindeau pe toată lungimea sălii și o formație cânta. Copiii se alergau printre cuplurile care valsau, iar bărbații, încă în uniformă, se adunaseră în grupuri gălăgioase, spunând povești, fumând și bând bere de casă.

Apoi l-am văzut pe Mickey în mulțime, cu brațul în jurul lui Hildy. Râdea. Ani de zile crezusem că poate fi fericit doar cu mine.

M-am retras spre ușă, până să fiu văzută.

Dar Jack Carney mi-a blocat calea.

– Bună, Băț de Chibrit! M-a apucat de talie și m-a tras spre ringul de dans. Mama ta poate nu are timp să danseze cu mine, dar tu ai, nu-i așa?

Mirosea a whisky, dulceag și rânced în același timp. M-am tras, dar el m-a ținut strâns.

– O, nu, nu scapi! Vei dansa cu mine până când termin ce am de zis, înțelegi?

– Și ce anume? am zis eu, încercând din nou să mă eliberez.

S-a lipit de mine, ochii injectați îngustându-i-se în două crăpături umede și albastre.

– Mama aia a ta nu este nimic mai mult decât o curviștină nenorocită, auzi?

Și-a întărit strânsoarea, cu mâinile puternice, împlântate în încheieturile mele.

– Poți să-i spui din partea mea că știu sigur că nu aparține niciunei societăți simandicoase a văduvelor!

– Despre ce vorbești?

– Poți să-i spui că știu că nu există niciun Michael Fanning! Că a fost dată afară din casă. Familia ei nu o mai voia. Nimeni nu o mai voia! Singurul lucru pe care îl putea face a fost să se urce într-o barcă.

– E o minciună!

– Ești sigură, Băț de Chibrit? Ai cunoscut vreodată pe cineva din familia Fanning? Ai auzit vreodată de vreunul dintre ei?

A scuturat din cap, un rânjet întinzându-i-se pe față și lăsându-i la vedere strungăreața.

– Nu, presupun că nu. Pen' că nu există!

Oamenii se holbau acum; făceam o scenă.

Dar nu m-am putut controla.

– Asta e o minciună, bastard nenorocit!

El doar a râs.

– Nu, tu ești bastarda, Băț de chibrit! Uiți că familia mea o cunoaște din țara de baștină, cu mult înainte să ajungă *Regina* din North End!

L-am privit pieziș, în mijlocul întregii sale fanfaronade răzbunătoare. Capul îmi zvâcnea ca o inimă pulsândă, iar zgomotul din jurul meu s-a estompat într-un ecou înăbușit. Cineva îmi striga numele – poate Mickey –, dar n-am vrut să văd cine era. Voiam doar să ies. Așa că am fugit ca un copil care fuge de o gașcă din alt cartier, îngrozită și disperată.

Ajungând în fața blocului meu, m-am oprit și m-am uitat în sus la ferestrele apartamentului nostru de la ultimul etaj. Îmi era teamă. Teamă să intru, teamă de ce aș putea spune dacă aș face-o.

Nu există niciun Michael Fanning! Mama ta nu e nimic mai mult decât o curviștină nenorocită!

Brusc, stomacul mi s-a dat peste cap și mi-au venit înapoi toată cafeaua și popcornul și biscuiții uscați, pe marginea străzii. După aceea m-am așezat pe scările din față, odihnindu-mi capul pe genunchi.

Când ajunsesem la New York, căutasem rudele Fanning în cartea de telefon de la drogherie, sperând să-l găsesc pe Ned, vărul tatălui meu. Găsisem șapte familii sub numele de Edward Fanning, însă, când sunasem, nimeni nu înțelegea despre ce vorbeam. Nu cunoscuseră niciodată vreun Michael Fanning, nici pe cineva care să fi fost la Universitatea Trinity. Dar nu i-am spus niciodată mamei.

Nu e real, să știi.

Cuvintele lui Andrew mi-au răsunat în minte.

Poate ei, poate eu. Dar nu e real.

Peste drum, familia Contadino închisese devreme magazinul, dar tenda lor era decorată cu metri de fâșii lungi, în roșu, alb și albastru, răsucite în împletituri care prindeau fiecare rafală din vântul înserării. Se umfla ca vela unui vas destinat unor minunate țărmuri noi. Sub ea, în vitrină, un semn era îndesat între saci de migdale și alune descojite. Era decorat cu două steaguri – unul italian și unul american – și mai jos se putea citi:

OAMENII ÎȘI IUBESC ȚARA NU PENTRU CĂ ESTE MINUNATĂ, CI PENTRU CĂ ESTE A LOR.

SENECA

Petrecerea a continuat în întregul cartier și urma să se întindă mult în noapte. Muzica se revărsa pe ferestre și uși; râsete și voci vesele creșteau și scădeau în valuri. Copiii umblau nesupravegheați pe străzi și, cu fețele murdare de înghețată și ciocolată, împărțiți în grupulețe autoproclamate, strângeau steaguri aruncate.

Un Ford T vechi, înțesat de muncitori de la șantierul naval, a huruit la un stop, în fața mea. Șoferul s-a aplecat pe fereastră.

– Suntem în drum spre o petrecere, blondino. Vrei să vii cu noi?

Cineva de pe bancheta din spate a ridicat o sticlă.

– Haide, surioară! O să fie o noapte pe cinste!

– Da, și mi s-au răcit genunchii! a strigat un altul.

– Hei, nu-mi frânge inima, păpușă! a rânjit șoferul, dezvăluindu-și o gropiță. Cred că deja m-am îndrăgostit!

Erau tipi arătoși, nu foarte duri. Tânjeam să mă abandonez în compania străinilor.

– Cât mai ai din sticla aia? am întrebat.

Tipul din spate a scuturat-o.

– Destul!

Dar *destul* nu era suficient. Nu mi-ar fi liniștit zgomotul din cap sau amorțit durerea din inimă.

Am scuturat din cap și ei au condus mai departe.

Când într-un final am urcat, mama era adormită pe canapea, sforăind ușor. Părul ei negru era turtit într-o parte, pantofii îi căzuseră și avea o gaură în dresuri, prin care îi ieșea degetul mare. Masa fusese aranjată pentru cină: șuncă rece și cartofi.

I-am urmărit respirația urcând și coborând, mâna strânsă ca un pumn de copil, sub bărbie.

Michael Fanning m-a privit fix de pe șemineu.

Cred că știusem mereu, undeva înăuntrul meu, că era prea frumos ca să fie adevărat.

Până la urmă, așchia nu sare departe de trunchi.

Cu mânecile suflecate și îmbrăcată într-un șorț vechi, am ridicat încă un morman de reviste științifice vechi din biroul domnului Winshaw și le-am aranjat într-o cutie goală. De când se întorsese din Philadelphia, în urmă cu o săptămână, era evident că nici măcar el nu putea funcționa în mijlocul haosului, așa că îmi fusese delegată sarcina de a face ordine în birou. Domnul Kessler, plin de tact, numise procesul „arhivare“, pentru a nu-l alarma pe domnul Winshaw, care ura să arunce orice. Dar joia, când veneau gunoierii, le dădeam un dolar în plus, iar „arhivele“ dispăreau misterios.

Din fericire, domnului Winshaw i-a scăpat întreaga mascaradă. Dat afară din birou pe durata acelei zile, o scosese pe Selena la prânz, iar acum se delecta cu distracția lui preferată – să o educe împotriva voinței ei.

– Deci asta e cu adevărat remarcabilă!

A luat-o pe Selena de braț și a condus-o la șirul de statuete africane din lemn negru, aranjate lângă fereastră.

– Dacă vrei să faci o investiție unică într-o zonă a artei căreia îi va crește substanțial valoarea în următorii douăzeci de ani, asta ar fi direcția de urmat, îți garantez.

– Dar sunt atât de urâte!

Râzând, și-a strâns la piept ca un scut geanta din piele de aligator.

– De fapt, sunt extrem de vulgare! Mă mir că le expui în public!

– Cum poți să spui așa ceva? Zău, uită-te la asta – e o *Madonna cu Pruncul*. Probabil din secolul al XIX-lea, lemn, piatră, mărgele – e și niște sticlă acolo, vezi? Sticla imită elementul apei, care e foarte importantă pentru triburile din Congo. Cred că apa este artera care separă lumea vie de viața de apoi.

Selena și-a dat ochii pe spate.

– Nu e posibil să compari *asta* cu *Madonna și Pruncul*! E făcută atât de primitiv!

A tras adânc aer în piept.

– De fapt, draga mea, o numim *artă primitivă*, deși, de fapt, nu are mai nimic primitiv, a explicat el răbdător. Piesele astea sunt la fel de greu de făcut ca orice statuie italiană de marmură.

– Ah, glumești acum! a zis, întorcându-se către mine. Nu te prea ajută să-ți câștigi comisionul, nu-i așa?

Mi-am șters praful și transpirația de pe frunte.

– Ce comision?

Ne-a ignorat pe amândouă.

– Ce vezi cu adevărat aici este o sumă de idealuri estetice cu totul diferite de cele occidentale clasice. Trebuie să-ți deschizi mintea! Uite – a tras-o mai aproape pentru o privire mai atentă –, vezi cât de perfect compactă și simetrică este statueta? Își ține pruncul pe genunchi, privind în depărtare, între cele două lumi ale viilor și morților, a zis el, privind-o entuziast. Doar o femeie cu copii înțelege cu adevărat acel prag, nu-i așa? Vezi tu, acest idol probabil s-a aflat pe un altar ancestral pentru a onora nu doar o mamă, ci toate figurile materne din familie.

– Ei bine, mie mi se par oribile, a oftat. Acum nu mai încerca să mă atragi pe căile tale păgâne și spune-mi la ce oră vii să mă iei la cină.

I-am prins privirea domnului Kessler și am zâmbit. Nu era nimic mai frumos decât să urmăresc eșecul domnului Winshaw de a forța pe cineva să se supună.

Am târât în spate încă o cutie și am pus-o peste celelalte. Dar s-a răsturnat, împrăștiindu-se pe podea.

– La naiba!

Îngrămădind la loc revistele și ziarele, am dat peste o fotografie care trebuie să fi rămas prinsă între grămezi. Era ștearsă, cu colțurile îndoite. Înfățișa o versiune mult mai tânără, adolescentă, a domnului Winshaw, stând între doi alți bărbați tineri, care erau practic identici – cel mai probabil gemeni. Purtau toți uniforme britanice elegante și râdeau, cu brațele pe umerii celorlalți, cu contururi neclare în zonele unde nu reușiseră să rămână nemișcați. Zâmbetele lor largi, buclele blonde ca nisipul și trăsăturile regulate se reproduceau de la unul la altul, variații pe aceeași temă. Am întors-o pe partea cealaltă. Un loc și o dată, *Oxford, 1914*, erau scrise de-a lungul marginii de jos.

Începutul Marelui Război.

Lumina soarelui inunda fotografia, strălucea în jurul capetelor, formând halouri ușoare, ca și cum erau binecuvântați, aleși pentru vreun destin măreț. Cu siguranță credeau asta. Mi s-a părut familiară aroganța lipsită de griji a tinereții, incapacitatea totală de a concepe că ar putea într-o zi să-i atingă ceva.

Iată surprins aici un moment fragil; destinat eșecului, în curs de dispariție încă din clipa în care s-a ivit, ca un rotocol de fum care apare și dispare în aceeași clipă.

Am pus fotografia înapoi pe biroul lui. Când m-am întors în partea din față a magazinului, Selena plecase.

În lipsa biroului și a audienței, domnul Winshaw și-a îndreptat atenția către mine.

– Deci, Fanning – m-a urmărit în timp ce căutam sub tejghea un pămătuf de praf –, crezi că acele piese sunt vulgare?

– Desigur.

– Și crezi că nu o să se vândă?

– Niciodată.

Se pare că asta a fost pe de o parte o revelație și pe de altă parte o sursă de iritare. M-a privit încruntat, îndesându-și mâinile în buzunare.

– Ei bine, de ce?

– Pentru că nimeni nu le înțelege și sunt tulburătoare. Dar asta știați deja. De asta vă plac – pentru că intimidează.

S-a gândit la ce-am spus.

– Vreau să provoc oamenii.

– Atunci vă aflați în locul greșit.

Am găsit pămătuful și am luat-o din nou spre biroul lui.

– Oamenii din Boston nu vor să fie provocați. Sunt mândri de propria devoțiune față de trecut.

– Nu ar trebui să fie.

– Și, dacă nu ar fi, ați da faliment. Cui ați vinde scaunele alea *Chippendale*? Ar trebui să trimiteți arta primitivă la New York, unde oamenii se tem mai mult de pericolul de a fi provinciali.

– Știi ceva – s-a sprijinit de glaful ușii –, ești prea deșteaptă să te învârți toată ziua pe-aici.

M-am uitat urât la el.

– Așa pare? Că mă învârt aiurea?

– Da, dar ce faci, Fanning? și-a ridicat el mâinile. Adică ce cauți *cu adevărat* aici?

– E o întrebare filosofică sau încercați să scăpați de mine?

Urcându-mă pe scaunul de birou, am șters lustra. Un nor de praf adunat în ani de zile a umplut camera.

– Nu te mai amesteca! a strigat domnul Kessler din biroul lui. O să ne lipsești de o vânzătoare cât se poate de pricepută!

– Da, dar dacă nu este o vânzătoare? Cum rămâne cu interesele și ambițiile tale? Cu aspirațiile tale?

– Aspirațiile mele sunt să plătesc chiria. Cât despre interese, sincer n-aș ști ce să zic.

M-am dat jos și am făcut un pas în spate.

Camera arăta mai rău decât la început.

– Ce te atrage?

– Nu știu.

Nu eram sigură ce era mai rău: să îmi dea sau să nu-mi dea atenție.

– Cred că va trebui să mă gândesc la asta. E prea cald pentru întrebările astea. Azi am creierul din ciment.

– Atunci trebuie să-l hrănești! a insistat. Când a fost ultima oară când ai văzut un spectacol sau un concert?

– Un *spectacol?* am râs. N-am fost niciodată la un spectacol, domnule Winshaw!

– De ce nu?

– Oamenii ca mine merg la cinema.

– E ridicol, Fanning! Și elitist. Nu te-am auzit niciodată spunând ceva prostesc, dar asta *este* stupid!

– M-ați auzit spunând o grămadă de astfel de lucruri și mi-ați și zis-o, i-am răspuns. În plus, filmele sunt un fel de Shakespeare al maselor.

Am încercat să privesc biroul dintr-un unghi diferit. Poate dacă mutam fișierul în colț, ușa s-ar fi deschis, în sfârșit, până la capăt.

– Mă ajutați, vă rog? am apucat de unul dintre capete.

– Shakespeare este pentru mase!

A împins din partea cealaltă și am târât fișierul în hol.

– Errol Flynn sau James Cagney nu pot inspira cum o face Macbeth sau Regele Lear – nu există comparație.

– Fie. Dacă încetați să mă mai hărțuiți, voi merge la un spectacol.

– Și la ateneu. Trebuie să mergi la ateneu.

Pe perete era o pată de igrasie, pe care dulapul o ascunsese. Fusese o mare greșeală să îl mut.

– Te duc eu, a zis brusc.

L-am privit alarmată.

– Mă scuzați?

– Am bilete la operă pentru sâmbătă. E Puccini – toată lumea îl iubește pe Puccini.

– La *operă!* O, nu! am scuturat din cap. Nu, mulțumesc!

– De ce nu?

– Nu sunt Selena!

– Ce înseamnă asta?

– Înseamnă că nu vreau să ascult predici toată noaptea!

S-a simțit ofensat.

– Nu țin nimănui predici!

Chicotitul domnului Kessler se auzea din camera alăturată.

– Și nu merg nicăieri cu un om care nu-și poate aminti prenumele meu! am adăugat.

Însă nu mă mai asculta. Văzuse pe birou fotografia veche, o luase în mână.

– Unde ai găsit asta?

– Pe podea.

M-am apropiat, uitându-mă peste umărul lui la cele trei fețe.

– Sunteți dumneavoastră, nu?

A dat din cap.

– Cu frații mei, Harry și Ralph.

– Gemeni?

– Da. Nu chiar identici, dar pe-aproape.

– Deci ei erau cei arătoși, am zâmbit.

Chipul i s-a înmuiat.

– Erau cu trei ani mai mari decât mine.

– Nu știam că ați fost la război. V-ați înrolat în același timp?

– Am vrut să facem parte din același regiment. Dar am fost despărțiți oricum. Eu am fost trimis în Arabia pentru că mai fusesem acolo la săpături și cunoșteam limba. Ei nu au scăpat cu viață din Franța. Atunci a fost ultima oară când ne-am văzut.

Mi-am amintit prea târziu că domnul Kessler îmi spusese că domnul Winshaw nu avea familie.

A pus fotografia înapoi în sertarul de sus și apoi s-a uitat în jur, la dezastrul din biroul lui, ca și cum de-abia ar fi remarcat ce făceam.

– Știi ce, ar trebui să scăpăm de toate astea, a zis într-un final. Du cărțile astea la bibliotecă, dă jos harta aia veche...

Harta?

– O, nu! am zis ferm. Nu se poate!

M-a privit surprins.

– De când te-am cunoscut, ți-ai dorit să scap de toate astea și să eliberez locul.

– Da, dar nu de *hartă!* E altceva. Nu vă las!

– Bună ziua! Mă scuzați! a strigat cineva din fața magazinului.

Am scos capul de după colț. Era un curier care căra un buchet mare de trandafiri albi.

– Mă scuzați, domnișoară. O caut pe May Fanning?

– Eu sunt!

Nimeni nu-mi mai trimisese vreodată flori. M-am repezit să i le iau din brațe. Aranjamentul era imens, aproape prea greu de manevrat, cu flori mari cât mâna mea.

– Dumnezeule! am râs încântată. Nu-i așa că sunt frumoase?

– Sigur, a zis domnul Winshaw, îndesându-și mâinile în buzunare. Dacă îți plac chestiile de genul ăsta...

Am scos cartea de vizită:

SPER CĂ NU M-AI UITAT, *FRA LINE.*
SÂMBĂTĂ SEARĂ?

JAMES.

Încântarea mi s-a transformat în bucurie copilărească și ușurare. Am crezut că eu fusesem cea uitată. Și, după incidentul cu Jack Carney, mă întrebasem dacă nu cumva avea dreptate, dacă nu eram nimic mai mult decât o greșeală, rodul unei mame denaturate. Însă James nu mă vedea așa. Și iată, din senin, ca dovadă, un braț de trandafiri albi de modă veche.

Domnul Kessler a apărut din birou.

– Ia te uită! Ăștia trebuie să fie trandafiri de cincizeci de dolari! a dat din cap cu admirație. Știi, îi trimit cu avionul tocmai din California.

– Deci ai un admirator. Bravo!

Domnul Winshaw a zornăit mărunțișul din buzunar.

– Deși am auzit că bărbații care fac gesturi mărețe încearcă să ascundă ceva.

– Și eu am auzit că bărbații care nu fac niciun gest nu ar trebui să-i judece pe cei care fac, i-am răspuns.

– A, fii serioasă! E o mișcare ieftină. Orice bărbat îi poate cumpăra flori unei fete!

– Și cu toate astea puțini o fac. În plus, de ce să fie ceva ieftin? Cum altfel să arate bărbații că le pasă?

– Prin felul în care discută. Prin atenție, și-a lovit ușor fruntea cu degetele. Prin inteligență.

– În acest caz, e bine că cineva s-a gândit să trimită flori.

– Uite ce e, Fanning, încerc doar să arăt că, după gustul meu, asta e, în fine – a ridicat din umeri –, e un pic *vulgar*.

– Ce amuzant, din partea unui om care însoțește prin oraș în fiecare noapte câte o altă femeie!

Mi-am îngropat nasul între petalele moi și cerate, inhalând adânc mireasma. M-a umplut un val de speranță și promisiuni. Nimic din ce spunea domnul Winshaw nu mi-ar fi putut știrbi starea de spirit. În plus, merita să fie pus la punct odată și-odată.

– Ce minunăție! Chiar trebuie să le pun în apă. Nu aveți vreun eveniment cultural tentant la care să ajungeți? Vreo minte feminină tânără pe care să o lărgiți? am zâmbit dulce. Ceva de săpat în vreun pământ străin?

– Ah, înțeleg! s-a lăsat pe spate, sprijinindu-se de tejghea. Deci câteva buruieni sunt tot ce trebuie ca să cucerești inima unei femei! Te vinzi ieftin. Mult prea ieftin.

– Nu păcăliți pe nimeni, i-am răspuns, luând-o spre fundul magazinului ca să găsesc o vază. Nu aveți curajul să trimiteți flori! Cât despre operă, cu părere de rău va trebui să refuz. Am un alt angajament pentru sâmbătă seară.

În timp ce umpleam vaza cu apă, domnul Kessler a apărut în pragul ușii, în spatele meu.

– Știi, a zis el, nimeni nu îi vorbește ca tine lui Winshaw.

– Ei bine, acum cineva o face. Nu credeți că era timpul?

– Da, a dat din cap gânditor, trăgând de vestă în jos. Cred că da.

Când am bătut în fereastră la Russo, tocmai se pregăteau să încheie ziua. Angela ștergea pe jos și m-a văzut stând de cealaltă parte a geamului ud de ploaie, cu un buchet uriaș în brațe. A chițăit încântată și s-a repezit să descuie ușa.

– Dumnezeule, Mae! De unde ai astea?

– De la un bărbat – un domn adevărat și veritabil!

Am intrat țanțoș. Nu avusesem niciodată ocazia să stau în fața Angelei și să mă laud cu un iubit respectabil.

– Cine? Vreau să aud tot!

Doamna Russo a ieșit din bucătăria din spate, ștergându-și mâinile de șorț.

– Mae! Nu te-am mai văzut de la petrecerea Pinei!

– Mamă! Uită-te numai la ce flori are!

– Da, a dat din cap. Cineva ori a fost neastâmpărat, ori urmează să fie. Vino! a zis și a tras câteva scaune. Ia loc! Aduc cafea.

Ne-am așezat și am băut cafea, iar eu le-am spus totul despre James Van der Laar, cum se prezentase prima dată; mă invitase în oraș cu prietenii lui, mă scosese la prânz... mi-am luat libertatea să editez cu atenție povestea ici și colo, dar în mare era adevărată.

– Ei bine, clar e îndrăgostit de tine! a zis Angela când am terminat, lăsându-se în scaun, pentru a face mai mult loc pântecelui care i se rotunjise.

Doamna Russo n-a fost atât de ușor convinsă. A privit încruntată în ceașca goală de cafea.

– E catolic?

– Nu sunt sigură. (De fapt eram convinsă că nu.)

– *Dio mio!* Ce e în capul tău? L-ai prezentat mamei tale?

– Nu. Nu încă.

– Ei bine, când o s-o faci?

Degetul i-a luat-o în sus. Cunoșteam amândouă gestul ăsta. Urma o predică.

– Deci ai un pretendent, da? Un bărbat trebuie să întâlnească familia cât mai devreme. Până la urmă, familia e cea care contează! Familia îți spune tot ce trebuie să știi despre o persoană. Familia e ceea ce rămâne după ce trandafirii se ofilesc.

– Nu e așa, am explicat. Nu e un pretendent, nu ca în vechea țară.

– Atunci ce e?

Am privit scurt spre Angela, care și-a dat ochii peste cap cu înțelegere.

– Mamă, ești prea de modă veche, a dojenit-o.

– Sunt bătrână! Firește că sunt de modă veche! Dar nu poți să-ți construiești viața pe baza unei dorințe. E nevoie să fii realistă. El trebuie să știe cine ești, de unde vii.

– De ce contează asta? a răspuns Angela. Cui îi pasă de trecut? Pe oameni nu îi mai preocupă asta.

Doamna Russo și-a ignorat fiica, vorbindu-mi mie în schimb.

– Știe ceva despre tine? Unde locuiești? De unde vii?

– Cred că da.

– *Crezi?*

Nu dădea greș niciodată. Maddalena Russo avea puterea să mă dezarmeze într-o clipă, să dea la o parte vălul de iluzii și să zgândărească nesiguranțele crude de dedesubt.

– Toată viața, Mae, și te cunosc dintotdeauna, ți-a plăcut să trăiești în cărți de povești și în filme. Ca atunci când iubitul tău e boxer sau când fugi la New York. Însă viața nu e vreun basm. Când cunoști un bărbat, trebuie să și *gândești*, nu doar să *simți*. De unde vin, către ce se îndreaptă, în ce cred...

Nu înțelegea. Eu veneam de nicăieri și aveam un trecut despre care nici chiar eu nu voiam să știu.

– Doar n-am avut prea mult noroc în dragoste.

– Noroc? a pufnit. Norocul e pentru pariori și proști! Trebuie să faci o alegere!

– Ești prea serioasă, mamă! a mustrat-o Angela. Pare un om de treabă. De ce să nu se distreze și ea un pic?

Maddalena Russo a oftat greu, apăsându-și mâna caldă și aspră peste a mea, într-un gest rar de tandrețe.

– Pentru că fericirea nu e făcută din distracție, ci din lucruri solide, reale. E făcută din facturi și haine curate, din mâncare caldă și copii sănătoși și dintr-un bărbat care te poate privi în ochi când vine acasă pentru că nu are nimic de ascuns. Nu e atât de rară. De fapt, e atât de comună, încât oamenii nu o remarcă. Se uită după trandafiri, când ar trebui să se uite după canalizare modernă.

Mama, în schimb, a fost entuziasmată de buchet. Nu putea fi mai încântată nici dacă l-ar fi primit ea.

Nu aveam o vază suficient de mare pentru toate, așa că a împărțit florile într-unele mai mici, așezându-le prin casă. Fredonând încet *Te voi aduce înapoi acasă, Kathleen*, a tăiat cu grijă cozile și a acordat atenție fiecărui aranjament delicat.

Apoi, destul de neobișnuit pentru ea, a insistat să facă o programare la M. Antoine, la salonul de înfrumusețare.

– Uneori e mai înțelept să cheltuiești niște bani decât să-i pui deoparte. Și am văzut buclele lui M. Antoine – sunt o priveliște cu adevărat minunată!

Ochii îi străluceau de mândrie și entuziasm.

– Ești pe drumul cel bun, Maeve! Pe drumul cel bun!

Sâmbătă seară James m-a scos la cină la Oak Room, la Hotelul Copley Plaza. Elegant, în stil vechi, Oak Room avea lambriuri de lemn sculptat, scaune de piele și capete de căprioare împăiate, holbându-se de sus, cu mărgele negre și rotunde, la oamenii care mâncau. Acum, că era vară, ventilatoare electrice erau ascunse în colțuri, în spatele palmierilor, iar o orchestră moleșită cânta hituri sentimentale, în vreme ce clienții fideli se înfruptau cu *vichyssoise*, homar Thermidor și prăjitură Alaska.

Părul îmi strălucea aranjat în onduleuri și purtam o rochie de batist cu dungi roșii și crem, care îmi atingea ușor gleznele, făcută după un model Butterwick care, insista mama, era identic cu un Norman Norell ce se vânduse imediat la Stearns.

Când ne-am așezat, James a refuzat meniurile cu un gest.

– Nici nu te obosi să te uiți. Pur și simplu, comandă orice poftești.

– Ești sigur? am râs. *Orice?*

– Mă cunosc aici.

– Bine. Atunci, voi comanda ca tine.

– Nu vrei nici măcar să știi ce anume?

– Nu. Vreau să-mi asum riscul.

Când a apărut chelnerul, James i-a zis că vom comanda amândoi *ca de obicei*, așa că nu m-am lămurit cu nimic.

Am observat că îi lipsea inelul.

– Ce s-a întâmplat? am întrebat, arătând către mâna lui. Nu îți mai place?

– Ah! a privit locul unde fusese. Se pare că l-am lăsat pe undeva. O să apară mai devreme sau mai târziu. Așa se întâmplă mereu cu lucrurile de genul ăsta.

Apoi a scos din buzunar o cutie mică de bijuterii și mi-a pus-o pe farfurie.

Inima mi-a luat-o razna. Nu era o cutiuță de inel, dar, oricum, nu primisem niciodată bijuterii. Îi simțeam pe ceilalți clienți din jur privind curioși să vadă ce era înăuntru. M-am prefăcut calmă.

– Ce e asta?

– Nimic. Un fleac.

A zâmbit, lăsându-se puțin pe spate, oferind instinctiv vedere liberă pentru restul sălii.

Înăuntru era o broșă subțire în formă de săgeată, bătută cu diamante.

– Ah, James!

Am scos-o și am ridicat-o în aer, provocând un murmur general de aprobare.

– Îți place?

Totul părea ireal. Erau diamante, un întreg șir.

– E frumoasă!

Vocea îmi tremura un pic, mai ales de la șoc. Era un cadou atât de surprinzător și exagerat – prea exagerat.

– Stai, dă-mi voie, a zis, prinzându-mi-o chiar sub umăr.

– Pentru ce toate astea? am zâmbit ca și cum eram obișnuită să primesc bijuterii împreună cu cina.

– Pentru tine, May. Pentru tine, a zis ridicând din umeri. Nu vrei să te răsfăț? Sau insiști să fii o femeie independentă?

– Cred că diamantele se potrivesc foarte bine cu independența! am spus, ușurată și totuși derutată de atitudinea lui nonșalantă. Mă purtam, oare, ca o provincială?

A sosit o sticlă de șampanie din partea conducerii.

– E mereu o plăcere să vă vedem, domnule Van der Laar, ne-a zis ospătarul-șef, strângând entuziast mâna lui James. Și cu o însoțitoare atât de încântătoare!

Am privit agitată cum ospătarul făcea mare caz deschizând sticla și turnând în două pahare. Pe sub masă, răsuceam șervetul cu putere. Domnul Baylor mă învățase să mă țin departe de baruri, bodegi și petreceri târzii și cum să mă protejez împotriva orelor nefericite de singurătate și disperare. Însă eram complet nepregătită pentru momentele romantice și festive, care erau mai primejdioase. Acum mă simțeam ca o actriță ce juca o scenă în fața unei săli pline – doar că eram pe punctul de a strica totul cu vorbele greșite.

James și-a ridicat paharul.

– În cinstea noastră!

– În cinstea noastră! am repetat, ridicând și eu paharul.

A luat o gură. Eu am rămas înghețată, cu paharul în aer.

Ce era mai rău? Să beau sau să nu beau?

Apoi, brusc, ceva a plesnit, iar eu am simțit o durere ascuțită în deget. Șampania s-a întins pe masă. Strânsesem atât de tare paharul, încât cupa mi s-a spart în mână.

– O, Doamne!

Ospătarul-șef s-a repezit la masa noastră cu șervete în plus, pentru a șterge.

– Sunteți în regulă, domnișoară?

– Sângerezi, a zis James, arătând către mâna mea.

M-am uitat în jos. Mă tăiasem la deget.

– Doamne, ce mizerie! am râs stângaci. Cred că ar trebui să merg la toaletă și să mă curăț.

Cumva am reușit să ies din sală și să ajung la toaleta doamnelor. Acolo mi-am pus degetul în apă rece, privind în oglindă fix, la broșa cu diamante. Eram pe un teren periculos. Asta nu era lumea mea. Fusesem acceptată din greșeală. În orice moment urmau să descopere că sunt o impostoare și să-mi arate ușa.

Pe drumul înapoi, m-a oprit o voce familiară.

– Ah, te cunosc, nu-i așa?

M-am întors și am văzut-o pe Smitty la brațul unui tânăr atrăgător. Amândoi erau îmbrăcați de seară. Ea purta o rochie delicată din șifon negru transparent, fără bretele, care îi cădea firesc pe trup. Fruntea i s-a încrețit în timp ce încerca să-și amintească numele meu.

– Mabel, nu?

– May, am corectat-o, convinsă că oricum îl știa. Mă bucur să te revăd!

– Ce cauți *aici?* m-a întrebat și-a aruncat privirea în jurul holului de parcă ar fi fost cea mai de neconceput destinație pentru mine. Ești cu cineva?

Mi-am amintit cum îl acaparase pe James data trecută când ne întâlniserăm.

– Iau cina cu un prieten.

– Ah, săraca de tine! a chicotit, aruncându-i însoțitorului ei o privire cu subînțeles. Restaurantul este o *epavă* totală! Plin de bărbați bătrâni cu amantele lor!

– Poftim?

– Nu știai? E celebru! Eu și Alec cinăm rapid înainte de spectacol, a zis, arătând spre barul din partea cealaltă a holului. Desigur, tu și amicul tău sunteți bine-veniți, dacă doriți.

– Nu, dar îți mulțumesc. Chiar ar trebui să mă întorc.

Apoi a observat broșa.

– Ah! De unde ai asta?

– De nicăieri, am răspuns prostește, luată pe nepregătite. O am de ani de zile, de fapt. De ce?

– E *Cartier*, nu-i așa?

– A fost un cadou. N-aș ști să spun, am zâmbit cu regret. Acum chiar trebuie să mă întorc.

Îi simțeam cum mă urmăresc cu privirea, în timp ce traversam coridorul către sala principală, iar podeaua de marmură răsuna sub tocurile mele.

Odată întoarsă, dintr-odată n-am mai putut să văd în jur decât cuplurile în vârstă, care păreau că ocupă toate mesele, palmierii veștejiți și privirea ușor distrată a lui James, în timp ce își scutura țigara.

– Ești bine? a întrebat el, în timp ce alunecam în scaun.

– Îmi pare rău. M-am întâlnit în hol cu o prietenă veche și n-am putut scăpa.

Cina a trecut de la *vichyssoise* și scoici, la un *chateaubriand* imens. James mi-a povestit despre toate spectacolele noi de pe Broadway și despre cele mai bune locuri în care se mănâncă în Berlin și mi-a promis să mă ducă la ambele. M-a întrebat chiar și despre mărimea pe care o purtam la rochie, în cazul în care avea *timp de pierdut* la Paris luna viitoare. Dar mi se părea ca într-un vis, volatil, ca și cum nu-mi mai simțeam pământul sub picioare. Poate eram pur și simplu neobișnuită cu fericirea, mi-am zis. Poate trebuia să mă relaxez. Și nu-mi puteam lua gândul de la șampania care se vărsase pe masă. Când am terminat, s-a ridicat și mi-a întins brațul.

– Mergem?

Însă, în loc de ieșire, a luat-o spre lift.

– Ah! Stai aici? am întrebat derutată.

– Am o cameră.

– Ah! Eu.... să...

Ușile liftului s-au deschis și a pășit înăuntru.

– Tu să ce?

Am vrut să zic „Să aștept aici?“, dar nu am putut să pronunț cuvintele.

M-a privit așteptând.

Am intrat și eu.

Sus, a descuiat ușa unui apartament cu trei camere. Chiar și pe întuneric, simțeam spațiozitatea, licărirea rece a candelabrelor, abundența generoasă a perdelelor de mătase sub tavanul înalt. Nu s-a obosit să aprindă lumina, mergând să deschidă fereastra. Departe, sub noi, orașul sclipea ademenitor, aprins de firme strălucitoare și lumini de neon; împrumuta camerei o aură ciudată, din altă lume, și lui îi arunca pe față o umbră albăstrie.

El stătea în picioare, cu spatele la mine.

– Îți place broșa, May?

Noaptea se lăsa apăsătoare asupra mea, grea și întunecată.

– Da.

Vocea îmi suna goală și îndepărtată.

– Bun.

Am așteptat să mai zică ceva, tandru sau romantic, dar nu a făcut-o. Apropiindu-se, a deschis fermoarul rochiei. Mișcându-se pe îndelete, lua ce de-acum era al lui, zăbovind asupra clemelor complicate ale lenjeriei mele și strecurându-și degetele pe sub material, să simtă căldura tremurândă a pielii mele. Când m-a dezbrăcat de tot, s-a dat în spate.

L-am privit în timp ce își turna un pahar mare de whisky.

O briză caldă a umflat perdelele în cameră, ca o velă fantomatică.

Am întins mâna și mi-a dat paharul.

Apoi, doar cu un zâmbet ușor, și-a scos sacoul și a îngenuncheat în fața mea.

O săptămână mai târziu, Diana m-a surprins într-o ambuscadă în stil clasic. Am găsit-o așteptând în fața magazinului, sugând o acadea roșie.

– Bună, străino, a zis, oferindu-mi și mie una. Ocupată?

Părea să fi redevenit ea însăși, impulsivă și necomplicată. Nu-mi doream nimic mai mult decât să mă strecor înapoi în trecut, alături de ea, și să uit tot ce intervenise între noi.

– Deloc. Ce ai vrea să facem? am întrebat, desfăcând ambalajul și îndesând-o în gură. Mergem la apartament?

A strâmbat din nas.

– N-am mai fost acolo de când m-am întors. Tu?

– Nu. Am putea merge la film, am sugerat.

– E o seară atât de frumoasă. Hai să ne pierdem pe străzi! Să mergem până când ne dăm seama ce să facem cu noi însene.

Și-a întins brațul, iar eu l-am apucat. Și, pentru un timp, tot ce era complicat a dispărut. L-am pus pe James într-un mic sertar din capul meu și l-am ferecat bine. În seara asta ne aparțineam doar una alteia.

Am mers de-a lungul străzii Charles și pe lângă Central Park. Fusese o zi fierbinte, iar parcul era plin de oameni. Pentru o vreme, ne-am delectat vorbind verzi și uscate. Mi-a povestit că învăța să joace golf, chiar dacă îl ura, pentru că mama ei insistase că toate fetele cu adevărat *istețe* o făceau. Se înscriseseră în clubul din Chestnut Hill și angajaseră un profesionist despre care era sigură că era mereu beat, oricât de devreme ar fi avut lecția. Mi-a arătat bătăturile din palme și a râs despre pantofii groaznici pe care trebuia să-i poarte.

– Trișez, normal. Totuși, îl pun pe băiatul de mingi să o facă, ca eu să mă pot oricând preface indignată și să-l concediez, dacă sunt descoperită.

– Dar e îngrozitor! am râs.

– Ah, însă îi dau atât bacșiș, încât nu-i pasă, m-a asigurat. Merge la Princeton în toamnă și mi s-a zis că acolo nu te respectă decât dacă trișezi.

– Princeton? am fluierat. Am crezut că băieții de mingi pierd vremea pe la cluburi cât e ziua de lungă!

– Da, dar toți sunt așa – merg la universitate, gonesc în mașinile lor sport și au frizuri și cămăși mai scumpe decât ale oricui. E destul de ciudat, de fapt. Dar presupun că le place să se prefacă muncind.

M-a întrebat ce am mai făcut.

– Doar muncă, i-am zis.

– Cred că viața ta e pustie acum, că devin jucătoare profesionistă de golf, m-a tachinat ea.

– Nu am nicio speranță că voi mai fi fericită vreodată, am încuviințat.

A privit la pajiștile de un verde luxuriant, la copiii desculți care jucau leapșa în iarba răcoroasă și la cuplurile tinere îmbrățișate.

– Să înțeleg că n-ai mai vorbit cu Max în ultima vreme?

– Eu? Nu.

Evident, nu își dădea seama că nu ne înțeleseserăm deloc.

– De ce?

– Mă întrebam doar, a zis, adăugând apoi cu vinovăție. Nu prea știu de ce am zis asta. E o întrebare stupidă.

A început să-și cojească oja de pe unghia de la degetul mare.

– De ce nu o suni?

– Nu. N-are importanță. E un obicei prost, a zâmbit repede. Unul de care trebuie să mă dezvăț.

– Crezi că o să vă mai vedeți vreodată, doar ca prietene?

– Nu, presupun că nu. Deși să-ți controlezi gândurile nu e la fel de ușor pe cât am crezut, a recunoscut cu tristețe. O iau încotro vor, nu-i așa?

Am continuat să mergem pe aleea care înconjura iazul. Seara se răcorise un pic și un aer cețos se ridica din iarbă, delicat și parfumat, sub cerul pătat în purpuriu. În cele din urmă, am ajuns la capătul cel mai îndepărtat al lacului. Diana s-a oprit. Pe partea cealaltă erau așezați pe o bancă o femeie și un băiețel. El avea un caiet deschis în poală.

– Nu e Andrew? am întrebat.

A dat din cap.

– Îi place să noteze numărul de pasageri din bărcuțe. În plimbările lor, se opresc de obicei aici când vremea este bună.

Exact cum a zis, Andrew își lua notițe, în timp ce femeia de lângă el, probabil guvernanta, tricota în tăcere.

– Calculează care bărci transportă cel mai mare număr de persoane de-a lungul anului. Ar face la fel cu troleibuzele și trenurile, dar nu i se dă voie. Aveau o regulă, nu i se permitea să se oprească, dar doamna Hawkins este mai în vârstă decât celelalte doici, așa că nu o deranjează.

– Celelalte?

– Nu stau niciodată prea mult timp. Le consumă ca focul.

– Hai să-i salutăm! am zis, luând-o spre pod.

– Nu, m-a oprit Diana, punându-mi o mână pe braț. Mai bine să nu-i deranjăm. Îmi place doar să verific, să văd dacă sunt acolo.

Blândețea i-a înmuiat trăsăturile.

– Știi, l-am văzut. Ți-a zis? La paradă.

– Nu. Nu reușesc să vorbesc cu el pe cât de des mi-ar plăcea.

Am rămas o vreme în tăcere, apoi a întrebat:

– Ți se pare fericit?

– Da. De ce n-ar fi?

– Adică pare un băiețel normal?

Andrew era neîndoielnic neobișnuit în unele privințe, cu memoria lui remarcabilă și obsesia pentru insecte.

– E extrem de inteligent, am zis după un timp, dar pare bine. De ce?

– Elsa spune că are cele mai îngrozitoare crize de furie, că școala nu mai vrea să-l țină. Sunt discuții să-l trimită de-aici.

– Unde?

– Poate în străinătate. La o școală franceză.

– Pare un pic prea mic pentru asta, nu crezi?

Diana a dat încet din cap.

– Nu aș putea suporta.

– Există ceva ce poți face? Poate să vorbești cu mătușa ta?

– Nu știu. Poate... – și-a întors fața spre mine. Te mai vezi cu domnul Baylor?

De fapt, trecuse ceva vreme de când nu mai mersesem. Nu voiam să-i spun despre James, despre timpul petrecut împreună, amplificat de șampanie și whisky.

– Uneori, am mințit.

– Ajută?

– Nu e ușor, am avertizat-o. De fapt, e mult mai greu să continui.

– Dar observi îmbunătățiri, a insistat. Îți e mai bine?

Vocea ei imperioasă mi-a zgândărit conștiința.

– Păi nu sunt mai rău, nu-i așa?

Îmi ieșise prea dur.

A alunecat în tăcere, trecându-și absent degetele peste perle.

– Vreau să fiu diferită, a zis după o vreme.

– Adică să devii o jucătoare profesionistă de golf? am glumit.

– Nu! Vreau să spun că încerc, încerc *cu adevărat* să mă schimb.

Nu prea reușeam să o urmăresc.

– Să schimbi ce?

Mi-a aruncat o privire.

– Felul în care sunt. Sunt moral anormală. Amândouă știm asta.

M-a șocat să o aud vorbind ca doctorul Joseph – folosind cuvinte ca *moral anormală*.

– Nu crezi cu adevărat asta, nu?

– *Știu* asta. Dacă nu îmi înfrunt defectele, nu le pot schimba. E un preot, un lider spiritual al Bisericii Reformate, domnul Alder. Elsa mi-a aranjat o întâlnire cu el. A ajutat mulți oameni, inclusiv pe ea.

Schimbarea din atitudinea ei m-a neliniștit.

– Dar nu ai nevoie de un lider spiritual, Diana. Nu ești rea!

S-a întors spre mine.

– Ce crezi că este răul, May? Nu crezi că să ai o natură perversă, să vrei lucruri pe care Biserica și societatea le consideră respingătoare și dezgustătoare în detrimentul tău și al familiei tale... nu crezi că asta e rău?

Un fior mi-a urcat pe șira spinării.

– Crezi că eu sunt rea?

A ezitat.

– Tu ești slabă. Incapabilă să te controlezi, a zis după o clipă. Nu e același lucru.

– Dar nu ești o persoană rea!

M-a privit intens, cu o pâlpâire de iritare în ochi.

– Și, dacă nu e nenatural, atunci cum e?

– Diferit!

– Nu, greșit! a insistat. Invalizii nu vor să fie schilozi și, cu toate astea sunt, iar noi îi ajutăm, nu-i așa? Nu îi lăsăm pur și simplu să șchiopăteze, când îi putem opera și le putem îndrepta picioarele! Ei bine, poate unii oameni se nasc anormali și-atât. Caracterul lor este deficient, precum alți oameni au corpurile. Dar, dacă nu încerc să mă schimb – adică să încerc *sincer* –, atunci nu voi ști de ce sunt în stare.

Evident, se gândea la asta de ceva vreme, dar argumentele ei aveau sunetul sec al unei logici elaborate de altcineva. Se lupta cu mine doar pentru a se convinge pe ea.

– Cum rămâne cu Clubul Fără Ieșire? am întrebat. Cum rămâne cu libertatea de a face ce vrei, indiferent de ce vor alții?

Brusc, îndoiala i-a umbrit fața. Hotărârea de împrumut s-a clătinat.

– Sunt unele lucruri mai importante decât libertatea.

S-a întors, fixându-l din nou cu privirea pe băiețelul de partea cealaltă a lacului.

– Se zice că doctorul Alder face minuni. Așa că cine știe? Poate e capabil să mă vindece chiar și pe mine.

Era o zi umedă, mohorâtă și furtunoasă de vară. Strada Charles era complet părăsită. Ploaia bătea neîncetat în țiglele de tinichea ale acoperișului, iar Persia stătea în poziție de sfinx lângă ușa deschisă a magazinului, fixând cu privirea șanțurile de pe marginea drumului, inundate de apă.

Încă în pelerină și cu pălărie, domnul Winshaw tocmai sosise de la gară. Petrecuse câteva zile în Philadelphia, discutând despre o viitoare expediție în Turcia cu niște colegi de la universitate. Întâlnirea mersese bine. Erau elaborate planuri; fusese sugerat un parteneriat cu British Museum. Acum, în pofida vremii posomorâte, exaltarea scotea scântei în jurul lui, precum curentul electric.

– Deci – și-a aruncat pălăria pe un dulap din colț, zâmbind la propria îndemânare – cu ceva noroc, vom putea pleca aproximativ într-o lună. Nemții au dominat acel sit, dar e loc și pentru noi să ne extindem. E un demers uriaș. N-am nicio idee cât de solicitant va fi. Ar putea dura ani întregi.

– Ani? nu îmi dădusem seama că urma să plece din nou atât de curând și pentru atât de mult timp. Ce sit mai exact? Unde?

– Hm? Nu am zis? Pergamon, orașul grec antic care, conform legendei, a fost întemeiat de arcadieni. Unele din cele mai remarcabile și complete ruine din lume. În Apocalipsă este numit unul dintre cele Șapte Biserici din Asia.

Și-a pus picioarele pe birou și a băgat în gură un pătrățel de ciocolată.

– Știai că biblioteca din Pergamon era întrecută doar de cea din Alexandria în lumea antică? Au dezgropat deja un teatru, băi romane, câteva temple... a zis, ridicându-se și arătând locul pe hartă. Iată, chiar lângă Marea Egee. Peisajul din acea zonă este magnific!

Eu și domnul Kessler am privit posaci cum înfigea un ac în ea.

– De fapt – a tras adânc aer în piept – am multe lucruri de pus în ordine și nu prea mult timp, a zis el, învârtindu-se prin birou. Documentele de călătorie sunt pe undeva pe-aici. Trebuie reînnoite. Ar trebui să sun la consulatul britanic și să obțin o prelungire a vizei. Iei notițe, nu-i așa, Fanning? Poți să mă ajuți cu asta, a spus el, dând la o parte din drum o cutie veche de pantofi. Ce e asta?

– Ah! E a mea, am zis repede, luându-i-o din mâini. Am lăsat-o acolo de dimineață. Îmi cer scuze.

– Ai fost la cumpărături?

Mi-a aruncat un zâmbet înțelegător, echivalentul unei mângâieri pe creștet.

– Nu, e doar... ei bine, de fapt – am deschis capacul, să le arăt – am spart una dintre ceștile mamei. M-am gândit că aș putea găsi aici niște lipici, să o repar.

Domnul Kessler a ridicat câteva cioburi.

– Un model cu salcie Staffordshire. Foarte frumos. Dar pare că îți lipsește destul de mult. A fost afectată grav.

– Știu.

De fiecare dată când priveam resturile sparte, îmi aminteam cearta noastră și dezamăgirea reciprocă.

– De fapt, e o legendă în spatele acestui model, a zis domnul Kessler. O cunoști? Un cuplu de iubiți chinezi, trădați. Mor la sfârșit, iar zeii sunt atât de impresionați de dragostea lor, încât li se face milă de ei și îi transformă în porumbei. Deși – părea să se îndoiască – nu sunt sigur că acest exemplar nefericit va avea vreodată o a doua șansă.

– Lasă-le pe mâna mea! a zis Winshaw.

Evident, norocul îi dăduse o dispoziție mărinimoasă.

– Ce sens are dacă nu mai poate fi niciodată folosită? am întrebat și am pus înapoi capacul.

– Fanning, sunt arheolog! Mi-am petrecut jumătate din viață punând cap la cap lucruri sparte! mi-a luat cutia și și-a îndesat-o sub braț. Cred că pot repara o ceașcă.

Domnul Kessler a luat-o înapoi spre birou, dar eu am rămas. Luând o mână de scrisori de expediat, m-am prefăcut că verific adresa de expediere.

– Ce ocazie palpitantă! Trebuie să fiți încântat.

– De-abia aștept.

A scos câteva dosare și a cotrobăit prin ele, în căutarea pașaportului.

– Nu e periculos acolo, nu?

– Întreaga lume e periculoasă, Fanning. Care e diferența?

– Nu e.

Ușurința lui era enervantă.

– E doar păcat, atâta tot. Că plecați atât de curând.

– Ce altceva să fac?

A închis dulapul. Căutarea fusese fără succes.

– Rămâneți, am subliniat evidența. De ce țineți un magazin dacă nu vreți să fiți niciodată aici?

– Planificare deficitară, presupun. A scotocit prin sertarele biroului. Adevărul trist este că sunt sălbatic și nu pare să existe vreun leac. Oamenii au încercat să mă domesticească, dar nu s-a lipit niciodată.

– Ce oameni?

Și-a ridicat privirea, surprins.

– Nu îți stă în fire să fii curioasă, Fanning.

– Nu sunt, am dat înapoi. Nu chiar. Doar încerc să vă înțeleg.

– Aha! Ei bine, nu m-aș obosi. Uite, dacă vrei, eliberez camera. Îți fac loc să lucrezi cât sunt plecat.

Nu îmi puteam imagina biroul și nici chiar magazinul fără cărțile domnului Winshaw.

– Dar astea sunt biroul, lucrurile dumneavoastră!

– Da, dar...

– Vă întoarceți, nu-i așa?

Mi-a ieșit panicat și ascuțit.

– Firește, a spus el, studiindu-mi dezorientat chipul. Poți oricând să-mi scrii, a zis cu blândețe.

Întregul corp mi s-a aprins de rușine și, chiar mai rău, de entuziasm. Mă tachina? Sau era serios?

M-am întors ca să nu-mi poată vedea fața.

– Sincer, domnule Winshaw, nu știu cum mi-aș putea face timp.

– Au! a tresărit mama. Ușor, Maeve! E un pieptăn, nu o răzătoare!

– Atunci stai locului, am muștruluit-o, obligând-o să stea cu fața înainte. Sincer, ești ca un copil care trebuie să vadă totul!

Stătea pe un scaun în mijlocul bucătăriei, cu un prosop pe umeri, iar podeaua era acoperită cu ziare.

– Oricum, nu știu de ce îl vrei atât de scurt.

Stăteam în spatele ei, tunzându-i părul ud.

– Ți-ar sta mai bine cu el lung.

– Nu și când îmbătrânești. Pe măsură ce înaintezi în vârstă, trebuie să adopți o înfățișare mai conservatoare.

Părea încă o chestie pe care o citise în revista *McCall.*

M-am concentrat, mușcându-mi tare buza de jos. Avea părul la fel de des ca al meu, în onduleuri naturale pe care le domolea cu ace de păr, în fiecare noapte. De fiecare dată când tăiam un pic, părul sălta înapoi, chiar mai sălbatic și mai voluminos, precum o hidră mitică.

– Poate ar fi trebuit să mergi la M. Antoine.

– Am încredere deplină în tine. Ah, uite! a zis ea, întinzându-se să arunce o privire pe fereastră. Nu este doamna Marinzano, cu o pălărie nouă? Dumnezeule, ce s-a dezlănțuit! De-abia o recunosc.

– Nu te mai mișca!

Am împins-o înapoi pe scaun.

– Era cât pe ce să-ți tai urechea.

– De ce ai o stare atât de proastă?

– N-am nicio stare.

– Ba da, a insistat. O ai de săptămâni.

Știam că avea dreptate. Fusesem irascibilă și nervoasă, chiar dacă făceam tot posibilul să mă stăpânesc. De fapt, singurele dăți când nu eram cu nervii întinși erau fie când urma să mă întâlnesc cu James, fie când eram cu el. Cu el, mă puteam abandona și puteam uita de orice altceva. Dar de cum ne despărțeam, gândurile îmi ieșeau de sub control. Nu fusesem niciodată geloasă înainte, dar acum eram temătoare și suspicioasă. Nu mă puteam concentra la nimic altceva pentru mai mult de câteva minute în șir. Sunetul vocii lui avea puterea de a-mi face inima să o ia razna de entuziasm. Dar reversul era că tăcerea mă distrugea, lăsându-mă golită și singură.

– Nu-i nimic, i-am zis. Sunt obosită, atâta tot.

– Asta spui mereu!

– Și e mereu adevărat!

Nu voiam să mă cert cu ea, chiar nu.

– Ei bine – și-a încrucișat mâinile pe piept –, nu știu cu ce-am greșit să te repezi la mine!

M-am hotărât să schimb subiectul.

– Deci, mă gândeam, mamă... N-ai vrea să mergem la un spectacol împreună?

– Un *spectacol?* Adică la un teatru?

– Sigur că la teatru. Unde altundeva sunt spectacole?

S-a întors spre mine, din nou cât pe ce să-i tai urechea...

– Și de când mergi tu la teatru?

– E doar ceva ce îmi doream să fac. Știi, să încerc să-mi lărgesc cunoștințele.

– Ce fel de spectacol? a întrebat curioasă, ca și cum eram pe punctul de a o expune la ceva de prost gust.

– O să iasă în curând o punere în scenă a *Visului unei nopți de vară.* Locurile la balcon par rezonabile, mai ales dacă aștepți și le cumperi în ziua respectivă.

– *Visul unei nopți de vară.* Vocea i-a devenit meditativă. Asta e cea cu zânele, nu-i așa? Și cu măgarul?

Eram impresionată.

– Exact. Cum de știi asta?

– Când eram mică, era o femeie la biblioteca publică ce obișnuia să le citească Shakespeare copiilor. Presupun că asta mi-a rămas în cap.

Mama nu vorbea niciodată despre copilăria ei. O întrebasem de multe ori, dar era de neclintit în ambiguitatea ei, pretinzând că nu-și amintește nimic sau că amănuntele erau atât de comune, încât nu erau demne de povestit. Însă acum, din senin, a ieșit întâmplător la suprafață o nestemată. Asta era prima imagine după foarte mult timp din trecutul mamei mele.

– Și îți citea? am îndemnat-o.

– Exact. Într-o sâmbătă după-amiază. Am mers cu frații mei. Copiii stăteau în cerc pe podea, în fața ei, iar ea făcea vocile tuturor personajelor. Asta a fost înainte de apariția radioului. Pentru noi era ca o magie. Firește, toată povestea asta s-a oprit după moartea mamei. Tata nu ne lăsa să mergem nicăieri.

Și-a scos o țigară și a aprins-o.

– Dar uneori reușeam să mă strecor afară oricum. Era cald și uscat printre rafturile bibliotecii și, dacă aveai o carte în mână, nu te puteau da afară.

– Nu mergeai la școală?

A dat din cap că nu.

– Nu până mai târziu. Dar uneia dintre bibliotecare i s-a făcut milă de mine. Mi-a dat de lucru să curăț scrumierele, să șterg pe jos, să aranjez cărțile și, în schimb, m-a învățat să citesc, a zis ea, trăgând meditativ din țigară. Domnișoara Caroline Frears.

– Și ce fel de cărți citeai?

– Romane. Foiletoane. Dickens și Collins, a râs. Domnișoara Frears le considera josnice! Zicea de *Casa umbrelor* că e „nespus de vulgară“!

Eram fascinată.

– Nu mi-ai zis niciodată asta.

– Avea niște idei foarte precise despre ce înseamnă bun-gust.

– Cum era? Drăguță?

– Nu, a zis și a zâmbit. Dar era elegantă. Mi-a zis: „Poartă-te ca o doamnă, și vei fi tratată ca atare."

– Asta îmi spui tu mie acum!

A dat din cap.

– O dată pe lună, duminică după-amiază, mă invita la ceai. Îmi arăta cum să îl torn și cum să-l servesc, cum să țin ceașca, a zis ea, imitând postura cu un cot rigid. În felul ăsta, chiar așa. Și să nu înfulec prăjitura, a chicotit, amintindu-și. Avea un serviciu de ceai asemănător cu al nostru. Doar că avea toate piesele, până și o zaharniță asortată.

Tânjeam după mai mult.

– Și frații tăi? Cum erau? Ce s-a întâmplat cu ei?

A dat ușor din umeri.

– Nu știu sigur.

– Cum era mama ta? Era blândă? Semăna cu tine?

– Nu-mi amintesc.

– Dar tatăl tău?

S-a schimbat la față.

– Era un animal.

I-a ieșit dur ca piatra, o ușă de fier, trântită cu putere.

Pusesem prea multe întrebări. Discuția se terminase.

Brusc iritată, și-a trecut degetele prin păr, într-o parte.

– Nu l-ai tăiat suficient de scurt, Maeve. Nu pot să stau aici toată ziua – am treabă!

L-am pieptănat din nou și am început să scurtez vârfurile.

– Știi – mama a scuturat scrumul în palmă –, spectacolele alea sunt îngrozitor de lungi. Ar trebui să mergi cu altcineva. Cred că sunt prea bătrână pentru basme.

Într-o dimineață eram singură în magazin, când a intrat un domn îmbrăcat într-un costum albastru dungat, din pânză încrețită, modern și îndrăzneț, cu o cravată de culoarea lavandei. Pălăria de paie era înclinată într-un unghi ștrengăresc, iar mișcările lui aveau o anumită energie stăpânită, de parcă ar fi putut exploda în dans în orice clipă. Ochii îi erau vii și ageri, iar gura, arcuită automat într-un zâmbet, de parcă s-a fi distrat la nesfârșit cu o glumă secretă.

S-a apropiat agale de tejghea.

– Bună ziua. Cred că domnul Kessler a lăsat ceva pentru mine, a zis el, aruncându-mi o privire piezișă, de parcă eram implicați în vreo afacere secretă. Mă numesc domnul Tresalion.

– Sigur, domnule. O să verific.

Kessler nu-mi menționase nimic, dar, căutând, am găsit o cutie sub tejghea, cu un bilet deasupra, pe care Kessler scrisese mărunt numele domnului Tresalion.

– Iată! Asta trebuie să fie, am deschis-o eu.

Tresalion a băgat mâna înăuntru și a scos un recipient micuț, din porțelan alb cu albastru, cu un dop de argint. Totul îi încăpea cu ușurință în palma mâinii sale manichiurate.

– Ah, da! s-a luminat de entuziasm. Ce avem noi aici?

Am întors biletul. Pe spate, domnul Kessler scrisese câteva rânduri.

– *Un vas miniatural chinezesc, din perioada Kangxi*, am citit cu voce tare, *între 1662 și 1722, cu gâtul spart*. Zice că partea de sus, din argint gravat, a fost cel mai probabil adăugată în Amsterdam, la începutul anilor 1800, pentru a crea o sticlă de parfum cu dop.

Domnul Tresalion a scos dopul micuț. Era atașat cu un lanț fin din argint.

– Cât de ingenios! a râs încântat. Inteligența oamenilor nu încetează să mă uimească! Să vedem dacă a mai rămas vreo urmă de parfum! a zis și a dus el sticla la nas. Cred că detectez iasomie, mi-a întins-o. Ce credeți?

Am inhalat.

– Nu sunt sigură. E *ceva*, dar nu-mi dau seama. Poate trandafir?

– Posibil, a adulmecat din nou. Da, cred că aveți dreptate! întorcând-o, i-a examinat fundul. Încă mai are marca! Asta e bine, a oftat mulțumit.

Odată un vas, acum ceva cu totul diferit! Pentru asta e nevoie de imaginație autentică.

– Ah, da! *Desigur!* mi-a picat brusc fisa. Sunteți domnul despre care am auzit – cel care colecționează obiecte stricate!

– Nu stricate, draga mea! s-a înfiorat el. Reimaginate! Restaurate! Dar nu *stricate!* Merită mai mult respect!

– Îmi cer scuze – am vrut doar să spun, ei bine, că domnul Kessler mi-a povestit despre dumneavoastră. Sunteți unul dintre clienții săi preferați!

A zâmbit satisfăcut.

– Domnul Kessler a fost absolut cel mai bun furnizor, m-a ajutat cu mica mea colecție.

– Chiar *este* neobișnuită.

– Îmi place asta. Și-a scos portofelul. Vă puteți imagina momentul în care aceste lucruri s-au stricat prima oară? Probabil scăpate de vreo slujnică nefericită, care a trebuit să îndure furia stăpânei! Gândiți-vă numai la ce a urmat! Aceste lucruri trebuie să fi fost atât de prețioase, atât de rare! Trebuie să fi fost un moment *teribil!* a tresărit el. Și totuși, iată-le acum, după ce au supraviețuit tuturor urletelor și lacrimilor! a chicotit de unul singur, numărând două sute de dolari.

M-am holbat la grămada de bancnote.

Mi-a aruncat o privire întrebătoare.

– E ceva în neregulă?

– Ah, păi, doar că sunt o groază de bani pentru ceva care e... ei bine, stricat, domnule. Sunteți sigur?

– Absolut sigur, m-a asigurat el, punând sticla înapoi în cutie. Vedeți, nimeni nu se obosește să salveze ceva care nu e valoros. Mai sunt și alte vase din porțelan alb-albastru, din perioada Kangxi, dar niciodată nu va exista unul ca acesta, care a trecut prin atâtea și a fost reparat cu atâta dragoste.

Îndesându-și cutia sub braț, și-a dus teatral mâna la pălărie.

– Uneori, draga mea, să fii deteriorat e cel mai interesant lucru care ți se poate întâmpla.

Vineri seară era premiera spectacolului *Visul unei nopți de vară*, iar Teatrul Colonial dădea pe dinafară de oameni. Nereușind să ademenesc pe nimeni să mă însoțească, mă hotărâsem să merg singură. Venisem direct de la muncă și acum stăteam la coadă, să cumpăr unul din biletele ieftine din ultima zi. Mă simțeam stingheră, însă am fost suficient de norocoasă să nimeresc lângă o pereche de frați vârstnici entuziaști, pe nume Harry și George, care m-au luat sub aripa lor.

– Ești singură, dragă? cel mai bătrân, George, a întrebat blând.

– Da. Vedeți, n-am mai văzut un spectacol până acum, am explicat, simțindu-mă un pic stupid în timp ce o spuneam.

– Ah! a suspinat încântat. Prima reprezentație la care vii! Ei bine, ăsta chiar e un deliciu!

– O să-ți placă la nebunie! a insistat George, încrezător. Absolut! Toți bărbații poartă colanți!

– Sunt sigură de asta, doar că nu prea știu cum să ajung la balcon.

– Urmează-ne pe noi, dragă! Vezi tu – mi-a arătat biletele lor – pentru că eram unii lângă alții la coadă, vom sta toți pe același rând.

– Suntem oameni de teatru, a zis Harry mândru. Și nu, nu vreau să spun că suntem actori, ci oameni care iubesc teatrul.

– Vedem *tot!* a încuviințat George. Am un program cu autograful actriței Sarah Bernhardt, la *Hamlet!* E o boală, a oftat el, uitându-se cu tristețe la fratele său. O boală teribilă.

Și au început amândoi să râdă.

Harry luase cu el niște sendviciuri și a insistat să le împărțim. Ne-am așezat pe o bancă în fața intrării, privind mașinile lungi care se opreau, vărsând afară femei în rochii de seară și bărbați la frac, către locurile scumpe de lângă orchestră, și am jucat *găsește-l pe critic*.

George a arătat spre un bărbat slab cu fața ciupită.

– Pariez pe el. Pare că a trecut ceva vreme de când a mâncat o masă caldă.

– Ce legătură are asta? am întrebat, într-o dispoziție bună.

– Ah, dragă! Criticii nu sunt oameni, nu se hrănesc cu mâncare. Trăiesc din gemetele și suspinele tuturor visurilor pe care le-au strivit!

În curând am auzit soneriile și am urcat la balcon împreună.

Piesa în sine a fost o experiență cu totul surprinzătoare. O citisem cu ani în urmă, dar să o văd a fost complet diferit. Mă așteptam la ceva elevat și dificil, în schimb personajele erau puternice, vii și foarte amuzante. Am ajuns să mă întind în față, străduindu-mă să prind fiecare nouă întorsătură în frază și intrigă.

La balcon era foarte cald. Chiar și cu ferestrele de la mezanin deschise, era neaerisit și lipicios, scaunele înguste și înghesuite. În timpul pauzei, toată lumea a ieșit înapoi pe trotuar să profite de aerul proaspăt al serii. În mulțime plutea un sentiment plăcut de tovărășie, al unor oameni care râseseră și se simțiseră bine împreună.

– Haideți să vă cumpăr câte o limonadă, m-am oferit, simțindu-mă generoasă. E rândul meu să vă fac cinste!

Împreună, toți trei ne-am făcut drum prin foaierul principal, de-a lungul vestibulului complicat cu podea mozaicată, și prin hol. Spre deosebire de balcon, interiorul de la parter era o simfonie de marmură italiană, oglinzi împodobite și candelabre strălucitoare. Aici umerii goi și diamantele sclipeau în lumina aurie, iar fumul atârna în nori străvezii, estompând reflexiile din oglinzile lungi. Această mulțime din seara premierei era mai rafinată, dar mult mai puțin impresionată. O atitudine de plictiseală sleită colora conversațiile din jurul nostru.

– Nu e un Puck potrivit.

– E *mult* prea bătrân! Dumnezeule, îi trebuie un baston să ajungă dintr-un capăt în altul al scenei!

– Costumele sunt atât de jalnice! De ce e totul atât de întunecat? Spune-mi că nu ne-am luat bilete pentru *întreaga* stagiune!

– Doamne! a șoptit George. Cred că am dat peste o *convenție* a criticilor!

Apoi, în partea cealaltă a foaierului, am văzut-o pe Diana vorbind cu un grup. Îmbrăcată cu o rochie dintr-o țesătură argintie transparentă, sclipitoare și elegantă, povestea ceva și toată lumea râdea. Un bărbat slab și palid stătea lângă ea, cu mâna așezată posesiv pe spatele ei. L-am recunoscut pe Charlie Peabody din familia Peabody din Massachusetts.

– Nu e încântătoare? a icnit George, urmărindu-mi privirea. O cunoști?

Fusese atât de vagă în legătură cu planurile ei din seara asta când o rugasem să mă însoțească.

– Da, da, o cunosc.

Harry m-a îmboldit.

– Atunci du-te, salut-o! Suntem perfect capabili să ne cumpărăm singuri limonadă.

În timp ce mă apropiam, s-a întors Charles. I-a șoptit ceva Dianei, iar ea și-a ridicat privirea.

– Ah, uite cine e aici! a exclamat vesel, brusc înviorată și exagerată. Ce minunat să ne întâlnim!

– Bună!

– A trecut atât timp! m-a îmbrățișat, sărutând aerul undeva prin apropierea obrazului meu. May Fanning! Sper că ți-l amintești pe Charlie Peabody.

Charlie și-a înclinat politicos capul.

– Plăcerea este de partea mea.

– Ea este buna mea prietenă May, a explicat Diana întregii adunări. Scuzați-ne un moment, dar nu ne-am mai văzut de secole! Deci – mi-a cuprins talia, trăgându-mă într-o parte – spune-mi cum îți merge! Te simți bine aici? a întrebat, îndepărtându-ne de ceilalți.

– Sunt bine. Dar tu ce faci? am aruncat o privire spre însoțitorii ei. S-a întâmplat ceva?

A oftat, brusc încordată, cu o voce șoptită și imperioasă.

– Trebuie să vorbim. În privat. Dar acum nu e timp.

Aveam sentimentul îngrozitor că sunt exclusă, ca un copil care își caută prietenii doar ca să descopere că a fost înlocuit.

– Deranjez?

– Nu. Dar trebuie să-ți explic niște lucruri.

– Cum ar fi? Ce s-a întâmplat?

S-a apropiat.

– Sunt logodită.

– Ce?

– Eu și Charlie Peabody ne vom căsători, a zis repede. N-am vrut să-ți spun așa sau în fața tuturor. Trebuie să vorbim, a repetat. Ne putem întâlni?

– Dar...

Nu reușeam să înțeleg nimic.

– Când a început asta? De ce nu mi-ai zis că ați început să vă vedeți?

– Ce vrei să spui? a zis ea, părând defensivă. E un bărbat absolut încântător.

– Dar, Diana! am arătat către Charlie, cu gâtul lui de curcan și bărbia pe cale de dispariție. Vorbești serios? Asta e ceea ce vrei?

– Nu e asta ideea!

Fruntea i s-a încrețit de iritare.

– Nu pot să dezvolt acum, May! Mâine. Hai să ne întâlnim mâine și o să-ți spun totul. Te rog, draga mea! a spus deodată cu un zâmbet tensionat pe față. Vezi tu, ăsta e grupul lui Charlie, nu îi pot lăsa să aștepte! Înțelegi, nu-i așa?

De când îi păsa Dianei de convenții?

– Desigur, am zis, chiar dacă nu înțelegeam deloc. Dar, Diana...

– May, nu pot! a izbucnit brusc, fixându-mă cu o privire aspră. Nu acum!

Și, luând-o înapoi spre noii prieteni, a fost instant absorbită la loc în conversație.

M-am uitat după ea, aflată în derivă în marea de tul și tafta, singură și stingheră. Simțeam privirile din sală țintuindu-mă, șoapte în spatele meu.

Am scotocit după o țigară, umilința arzându-mi obrajii. Făcusem ceva greșit? Cum era posibil să se fi logodit atât de repede?

– Îmi dai voie?

Domnul Winshaw stătea în fața mea, cu bricheta întinsă. Era la frac, bărbierit și într-un costum chiar pe mărimea sa, arătând neobișnuit de elegant și rafinat.

Am fost brusc îngrozită și ușurată să îl văd.

– Ce căutați aici?

Mi-a ignorat întrebarea, ce aparent avea un răspuns prea evident. În schimb, mi-a aprins țigara.

– Aceea nu e prietena ta? a întrebat el, aruncându-i Dianei o privire. Fata Van der Laar?

– Da.

S-a uitat aspru la ea și mi-am dat seama că trebuie să fi văzut toată scena.

– Pare să-și fi uitat manierele acasă, a zis el cu răceală.

Apoi m-a luat de cot și m-a îndrumat mai departe de Diana și Charlie, în anonimitatea unui colț aglomerat. M-am simțit deodată mai puțin stridentă.

– Să-ți iau ceva de băut, Fanning? s-a oferit. Pari să ai nevoie.

Eram recunoscătoare și înduioșată că venise să mă salveze.

– Nu, nu, mulțumesc. Sunt în regulă. Unde e Selena?

– Răcită. Deși adevărul este că nu se prea pricepe la Shakespeare. Vrea mereu să știe de ce nu vorbesc niciodată pe șleau.

A aruncat o privire prin foaier.

– Cu cine ai venit?

– De fapt, de una singură. Îmi extind orizonturile, am adăugat, ceea ce m-a făcut să mă simt și mai stupid.

Mi-a aruncat o privire nedumerită.

– Știți, am zis eu, cred că mi-ar prinde bine niște aer.

Am mers afară. Chiar dacă era doar o idee mai răcoare, era o uşurare măcar să părăsesc locul umilirii mele.

Ne-am plimbat printre mulţimile ieşite în pauză.

– Deci se pare că nu eşti atât de limitată pe cât pretinzi, a zis Winshaw, aprinzându-şi şi el o ţigară.

– E mai bine decât m-am aşteptat, am recunoscut. Poate până la urmă e ceva de capul poveştii ăsteia cu teatrul.

– Puck e un pic prea bătrân, dar pe de altă parte nu cred că Puck are o vârstă. Tu ce crezi?

Încerca să mă distragă.

Dar se pare că nu reuşeam să las în urmă episodul de mai devreme.

Am ridicat din umeri.

– Când eşti o zână, contează vârsta?

– De unde o cunoşti pe fata aia, totuşi?

– Diana? Ah, ne-am cunoscut acum ceva vreme... i-am aruncat un zâmbet neconvingător. Presupun că am prins-o într-un moment nepotrivit.

S-au auzit semnalele sonore, anunţând publicul să intre pentru a doua jumătate.

– Unde stai? a întrebat el.

– La balcon. Probabil sunteţi lângă orchestră, nu?

A dat din cap, brusc îngrijorat.

– Eşti bine, Fanning?

Am tras încă un fum, am dat din cap că da.

– Mergeţi înainte! Rămân doar să-mi termin ţigara.

– Serios? m-a privit cu atenţie. Nu pari bine.

Adevărul era că mă simţeam singură şi complet stupidă. Poate Dianei îi era ruşine cu mine, nu voia să cobor nivelul serii. Am fixat marchiza din spatele domnului Winshaw de parcă ar fi fost deosebit de fascinantă.

– De fapt, cred că acum o să plec.

– Te conduc acasă.

Și-a apăsat protector mâna pe spatele meu, îndrumându-mă spre stradă. Până să îl pot opri, a făcut semn unui taxi.

– Unde locuiești?

– Nu, serios, am protestat. Mă descurc.

Însă a deschis ușa, conducându-mă înăuntru.

– Nu fi absurdă!

Am stat alături, în tăcere, cu geamurile deschise, simțind briza răcoroasă pe fețe.

Taxiul șerpuia pe străzi. Era cald în noaptea aceea. Pe măsură ce ne apropiam de North End, oamenii se revărsau prin oraș, evadați din apartamentele înghesuite și sufocante: bărbați în maiouri și izmene, femei întinzând rufe și bârfind cu vecinii. Își traseseră scaune pe trotuar și erau adunați în grupuri, discutând și jucând cărți. O familie avea un pepene tăiat pe o cutie de lemn și soțul cânta la acordeon; asta era suficient pentru o petrecere spontană. Iar un grup de bărbați în vârstă jucau popice pe un teren viran.

Taxiul a tras în fața blocului meu și am ieșit:

– Ei bine, aici locuiesc.

Am privit încruntată la grupul din jurul pepenelui, care dansa în stradă. De ce trebuia să fie atât de gălăgioși?

– Seamănă mult cu versiunea autentică, a comentat el.

Iar apoi, văzând căutătura nedumerită de pe fața mea, a explicat:

– E aproape ca și cum ai fi în Italia.

Nu privisem locul acela niciodată astfel. Pentru mine, fusese mereu capătul greșit al orașului, nu o mică mostră a unui loc exotic.

Domnul Winshaw și-a înfipt mâinile în buzunare, părând să cântărească ceva.

– Știi, Fanning, m-a anunțat din senin, ești inteligentă.

– Poftim?

Am crezut că n-am auzit bine.

– Scrii bine, ești sensibilă, ai un intelect cu instinct bun.

S-a oprit, încruntându-se puțin, ca și cum și-ar fi dat seama că mă complimentase mai mult decât intenționase.

– Ideea e că ai potențial. Ai putea să faci ceva cu viața ta.

– Mulțumesc, am zis, întrebându-mă de ce îmi spunea asta.

– Adică ceva adevărat. Ceva important, a dezvoltat el.

Avea îndemânarea ieșită din comun de a transforma orice compliment într-o insultă.

– Și ce vă face să credeți că nu asta fac acum?

– Oamenii ăia de la teatru nu merită timpul tău.

– Oamenii *ăia?* mi-am încrucișat brațele pe piept.

A oftat frustrat.

– Știi despre ce vorbesc! Nu te lăsa orbită de poleială și luciu. Meriți mai mult de-atât. Ca să-l citez pe bardul nostru preferat, *nu tot ce lucește e aur*[1].

– Poate, dar ați observat vreodată cum strălucește și aurul?

Eram enervată că mă considera credulă și orbită.

– Ei bine, fie, a cedat el. Dacă asta e ceea ce vrei.

Și-a scos o țigară, a aprins-o.

Mi-am fixat furioasă picioarele cu privirea, am lovit un dop de sticlă de pe șanțul drumului.

– De ce mă desconsiderați mereu? am întrebat după o clipă.

– *Te desconsider?* m-a privit uimit. De ce ești atât de hotărâtă să mă înțelegi greșit?

– Vă înțeleg perfect. Credeți că sunt superficială.

– Tocmai ți-am spus că ești inteligentă! a subliniat.

– Și apoi m-ați avertizat să nu mă las furată de strălucirea obiectelor!

– Iisuse!

A privit cerul, trăgând un fum lung și adânc.

– Ei bine, poate că nu suntem meniți să ne înțelegem.

[1] William Shakespeare, *Negușătorul din Veneția*, în traducerea lui Const. Al. Ștefănescu, 1912 (n. tr.).

Am stat amândoi încruntați, în tăcere.
– Păi, mulțumesc că m-ați condus acasă, am zis într-un final.
– A fost plăcerea mea, a răspuns. Noapte bună, Fanning!
Apoi a luat-o în josul străzii, pe lângă acordeonist și amatorii de pepene. Îmbrăcat în frac, arăta înalt și încrezător și, în mod ciudat, absolut deloc discordant cu peisajul.

A doua zi, la magazin a sosit un bilet de la Diana:

Îmi pare foarte rău, draga mea. Am vrut să ne vedem, dar pur și simplu nu pot. Te rog, nu mă urî! M-am gândit cu multă atenție la tot și adevărul e că nu vreau să vorbesc despre asta. Știu că nu îți va plăcea, dar nu vreau să încerci să mă faci să mă răzgândesc. Nimeni nu știe mai bine decât mine cât de ciudat trebuie să pară totul, dar am motivele mele. Sper că nu ești supărată. Am inclus o invitație la petrecerea mea de logodnă. Sper din tot sufletul să vii – chiar dacă ești în dezacord total. Am nevoie de tine în continuare, acum poate mai mult ca niciodată.

Prietena ta pentru totdeauna,
Diana.

Era atașată o invitație pe care scria:

Doamna J.R. Van der Laar solicită plăcerea
companiei dumneavoastră pentru a sărbători logodna fiicei sale
Diana Elisabeth Van der Laar cu Charles Henry Peabody
la casa lor din Cohasset, Massachusetts
începând cu ora două după-amiază.

M-am gândit la Clubul Fără Ieșire, la stiloul de argint de deasupra ușii. Toate astea se terminaseră acum.
Diana găsise o ieșire.

Am continuat să mă văd cu James Van der Laar la Hotelul Copley Plaza când era în oraş. Era mereu la fel. Primeam la muncă flori, cu o dată și o oră și, deși nu voiam să merg, îmi ziceam că nu o voi face, era mereu o altă parte din mine care nu se putea abține. Foarte curând toată prefăcătoria a fost înlăturată. Nu ne mai deranjam cu Oak Room, ci luam cina în cameră. Erau cadouri – o blană de samur, o brățară din jad, un furou de mătase prea frumos pentru a fi purtat vreodată în pat – și mereu o grămadă de băutură, șampanie urmată de whisky, urmată de brandy.

Beam numai cu el. Și cu perdelele trase, întinși în pat, îmi șoptea despre locurile în care am merge, lucrurile pe care le-am face. Îmi zicea că nu s-ar descurca fără mine, că nu ținuse niciodată la nimeni ca la mine, că ar fi pierdut fără mine.

Îmi doream să îl cred, așa că o făceam.

Oricum eram pierdută... cu sau fără el. Și în camera aia întunecată, cu un pahar în mână, nu voiam să fiu găsită.

Ziua petrecerii de logodnă a Dianei a răsărit luminoasă și perfectă, o dimineață caldă și însorită, cu un cer albastru și senin. Familia Van der Laar închiriase două trenuri să transporte invitații la Cohasset, unde un convoi de mașini era la datorie, să-i ducă mai departe, la casă. La cererea Dianei, am luat un tren mai devreme, ajungând înainte de prânz, chiar când furnizorii și decoratorii erau în plină agitație legată de ultimele aranjamente.

Aveam nervii întinși la maximum de anticipare și de teamă. Oare ăsta era momentul când relația mea clandestină cu James va deveni reală? Când voi ieși din umbra vieții sale și voi păși în lumină, sub privirea directă a familiei lui? Sau vom continua să mințim, să ne salutăm unul pe celălalt ca niște cunoștințe cordiale? Toată dimineața cântărisem cele două posibilități; ambele mi se păreau ireale. Iar propria mea ambivalență m-a neliniștit.

Diana avea un apartament în partea de sud a casei, format dintr-un dormitor, o baie, o garderobă și un salon privat, toate în aceleași nuanțe deschise, perlate, cu mobilă modernă asortată. Nu văzusem niciodată un dormitor atât de mare. Era cel puțin de două ori cât întregul nostru apartament. Arăta ca ceva dintr-un decor de film, cu uși franțuzești înalte și înguste, care dădeau spre o terasă cu vedere la mare. Erau deschise. O briză răcoroasă și sărată dădea buzna înăuntru, învolburând perdelele transparente, ca pe niște aripi de fum. Când am ajuns, Diana era ghemuită într-un fotoliu din garderobă.

– A, slavă Domnului că ești aici!

Spre surprinderea mea, s-a ridicat, repezindu-se să mă îmbrățișeze, într-o revărsare sinceră de emoție. Distanța dintre noi s-a topit când s-a agățat de mine, lăsându-și capul pe umărul meu.

– Nu știu cum o să trec de ziua asta! Chiar nu pot să-ți spun cât de mult înseamnă pentru mine. Ești singura care înțelege!

După atât timp aruncată la marginea vieții ei, uitasem căldura ciudat de luminoasă a atenției Dianei. Avea puterea de a dizolva resentimente și de a spulbera toate îndoielile.

– Am crezut că asta e ce vrei.

M-am uitat în jur. Era o cameră orbitoare. Lumina dansa între suprafețele reflectorizante, aruncând în toate părțile nenumărate curcubeie. Mă dezorientau atât opulența, cât și valul brusc de afecțiune. Să fiu cu ea era la fel de tulburător ca încercarea de a mă orienta printre reflexiile schimbătoare și radiante.

A făcut un pas în spate, ținându-mă la distanță.

– Nu te-ai lăsat păcălită, nu?

Nu înțelegeam.

– Ce vrei să spui?

– Șarada este pentru ei, nu pentru noi. A trebuit să le fac jocul.

– Mi s-a părut destul de reală.

Amintirea serii la teatru încă mă ustura.

– Nu-mi permit să dau greș, May. Dar nu prea vreau nici să îmi iasă.

Zâmbetul ei avea o nuanță tristă.

– Sunt pierdută oricum.

– De ce m-ai chemat aici? am întrebat. Nu vrei sfatul sau ajutorul meu. Atunci, de ce sunt aici?

– Am nevoie de prietenia ta, a zis ea. Trebuie să fiu cu cineva care mă cunoaște, căreia îi pasă. Sunt îngrozită, May.

O singură privire spre fața ei și îmi dădeam seama că era adevărat. Ca dansatorii pe sârmă, care își țineau echilibrul pe o linie periculoasă, încercam să convingem pe toată lumea, inclusiv pe noi însene, că nu ne era teamă de înălțime. Dar măcar atunci când eram singure, puteam renunța să ne prefacem că suntem neînfricate.

– Doar... mă bucur că ești aici, asta e tot.

M-a luat de braț, conducându-mă afară pe terasă. Un prânz simplu fusese instalat pe o masă joasă, cu vedere la pajiștile care se unduiau, bogate și verzi, către marginea abruptă a stâncilor și către panta povârnită în mare. Pescărușii făceau cercuri în aer, valuri îndepărtate se spărgeau de malul bolovănos. Dedesubt, armate de angajați aranjau corturi și mese, roind ca niște dansatori coregrafiați atent, într-o producție muzicală de proporții.

Diana i-a privit de sus, cu fața brăzdată de îndoială.

– Abia aștept să se termine tot.

– Nu e prea târziu să te răzgândești...

– Shhh! și-a dus degetul la buze. Nu mă tenta, draga mea. *Te rog!*

Timpul nostru petrecut singure, împreună, era puțin. În curând, au sosit o coafeză și o manichiuristă, iar angrenajul complicat al evenimentelor mondene s-a pornit brusc.

Festivitățile au început după-amiază, devreme, cu o petrecere la piscină, un meci de polo și câteva reprezentații muzicale. Musafirii au sosit în valuri, purtând orice, de la costume de baie la costume casual. Treptat, și-au făcut apariția membri ai familiei Van der Laar. Doamna Van der Laar a prezentat, alături de Elsa, un recital de pian pe gazonul lateral, în timp ce Charlie Peabody a jucat polo cu o îndemânare surprinzătoare pentru cineva atât de ciudat în viața cotidiană. După aceea a fost servit un elaborat bufet cu ceai, înainte ca oaspeții să se schimbe pentru cocktail și cină.

Diana și-a petrecut cea mai mare parte a timpului trecând dintr-o cameră în alta, prezentându-se și strângând mâinile oamenilor ca o demnitară aflată în vizită. Am urmat-o. Nu doar o dată am fost luată drept secretara ei personală. Nu m-am deranjat să corectez pe nimeni. Mulți dintre acești oameni nici măcar nu o întâlniseră până atunci. Și, deși probabil emoționată, era o gazdă pricepută. M-am minunat de ușurința cu care vorbea cu persoane complet străine. Iată rolul pe care fusese toată viața crescută să îl joace și, ca *primejdiile* care îi plăceau atât de mult, și-a spus replicile cu absolută convingere și farmec.

Cât despre mine, m-am mulțumit să mă pierd în fundal. Precum Diana, trăiam o contradicție, fiind prinsă între entuziasm și groază, în propriul meu purgatoriu. Mă așteptam să-l văd pe James la fiecare colț. Însă el a rămas de neatins. Era ca și cum jucam o versiune adultă de-a v-ați ascunselea, iar el câștiga.

După-amiaza era pe sfârșite. Diana zbura din loc în loc, un rotocol de fum parfumat, mereu în mișcare. Concertul de la ora ceaiului s-a terminat, iar meciul de polo a fost scurtat, astfel încât toată lumea să se poată îmbrăca pentru cină. Corturi lungi fuseseră ridicate pe gazonul din față, găzduind vestiare suplimentare, cu șiruri de mese de toaletă, separeuri despărțite prin metraje de mătase și o armată de alte slujnice la îndemână.

Îmi fusese încredințat salonul personal al Dianei ca să mă schimb pentru cină și, când am reapărut în rochia roșie cu bretele, Diana a aplaudat.

– Ce încântător! De unde ai rochia aia?

– Mama a făcut-o.

– Ce ingenioasă e! E exact ca una pe care am văzut-o la Stearns.

Ochii i-au căzut peste broșa de diamante în formă de săgeată, prinsă la corsaj.

– Ei bine – o expresie nedumerită i-a încrețit fruntea –, cât de încântătoare!

– Am împrumutat-o, am zis repede, simțindu-mă stridentă. Poate ar fi trebuit să o las acasă.

– Știi, Cartiers își iau diamantele de la noi. Broșa aia în formă de săgeată e una dintre cele mai vândute. Aș putea să-ți iau una a ta, dacă vrei.

A sunat la fel de simplu ca și cum mi-ar fi întins solnița.

– Serios?

– A fost o vreme când mama avea obiceiul să le ofere în dar de bun-venit, când stăteau oameni la noi. E fermecător, nu crezi?

– Foarte.

Deodată, nu-mi doream decât să-mi dau jos broșa și rochia contrafăcută și să plec de la petrecere. Însă Diana voia să coboare. S-a întors și mi-a întins mâna.

– Haide!

A deschis ușa dormitorului. Muzica orchestrei a crescut, zgomotul a sute de voci râzând și pălăvrăgind a umplut aerul, ca un cor de păsări exotice. Am coborât scările. Charlie se afla în holul aglomerat de la intrare. Și-a ridicat privirea și i-a făcut Dianei un semn neliniștit cu capul, pe măsură ce aceasta se apropia, apoi au pornit împreună în tur.

Ospătarii zburau din loc în loc, ținând în echilibru paharele cu șampanie, pe tăvi de argint. Aș fi vrut să întind mâna și să apuc unul, să-mi spăl stângăcia cu câteva simple înghițituri, să devin din ce în ce mai transparentă până să mă dizolv total în mine însămi. Dar era o seară importantă și trebuia să mă port ireproșabil.

Acum Diana se îndepărta de mine la brațul lui Charlie, dispărând în înghesuială. M-am uitat în jur după o față cunoscută. Am auzit în camera alăturată vocea tărăgănată, plată și plictisită a lui Smitty, care răzbea prin zarvă. Așa că am luat-o în cealaltă direcție, spre bibliotecă.

Camera care păruse atât de uriașă cu câteva luni înainte era acum plină-ochi. M-am strecurat înăuntru, prefăcându-mă că mă aflu în căutarea cuiva.

– Ah! Bună! Ia zi, ești prietena Dianei, fata de la petrecerea cu raci, nu-i așa?

Nicky Howerd arăta foarte spilcuit, dar nu mai puțin rotund, în smokingul său elegant.

– Da, eu sunt!

Eram recunoscătoare pentru orice conversație, chiar și cu Nicky.

– Nu vrei să bei ceva? a propus el, oprind un chelner și luând două pahare. Cred că noi doi avem de povestit.

Mi-a întins un pahar și l-a ridicat pe al lui.

– Noroc!

– Noroc! am repetat, privindu-l cum lua o înghițitură.

Arăta bine. Poate c-o să beau când vine James, când o să fim împreună, m-am gândit. Dar până atunci voiam să fiu în formă.

– Se întâmplă să-l fi văzut pe James pe undeva? am întrebat, punând paharul deoparte.

– James?

S-a întors, examinând mulțimea de parcă s-ar fi așteptat să se materializeze la simpla invocare a numelui său.

– Nu. De ce?

– Credeam c-o să fie aici.

– A, păi, Jim nu vine prea des în oraș zilele astea. Își petrece timpul pe continentul negru.

S-a apropiat conspirativ.

– Trebuia să vă întâlniți? Întotdeauna a fost preferatul fetelor.

Am râs cu un sunet behăit și ușor disperat.

– Nu! Eram doar surprinsă că nu e toată familia, asta-i tot. M-am jucat toată ziua de-a doamna de onoare a Dianei. Mă întrebam doar.

I-a picat fața.

– Da, Diana.

Evident, nu-și revenise după șocul logodnei ei.

– Nu știu de ce s-ar mulțumi cu așa o coadă de mătură. Uscat ca pâinea prăjită, dacă mă întrebi pe mine.

– Nu e așa rău!

– În comparație cu alte posibilități... Și-a golit paharul.

Nu voiam să plece. Am pus mâna pe brațul lui:

– Mai are balta pește, Nicky.

Fața i s-a lărgit într-un rânjet.

– Foarte adevărat, Mary!

– May.

– Da, ei bine, zic și eu... foarte adevărat!

– Vai, e chiar Vicleanul Nicky Howerd! Alunecos ca un țipar!

Un bărbat tânăr își făcea drum spre noi, cu mâna întinsă.

– Nu te-am mai văzut de ani întregi! i-a strâns palma, mișcând-o viguros. E iubita ta? Nu ai de gând să ne faci cunoștință?

Nicky m-a privit de parcă tocmai realizase că sunt femeie. Apoi, umflându-și pieptul, m-a luat de braț.

– Mavis, acesta este Richard Cranley Saunders sau Cel Slab, după cum era cunoscut la Princeton. Puteam mereu să-i tapez bani, nu-i așa?

– Total adevărat! Total adevărat, m-a asigurat încântat Richard.

– Eu sunt May Fanning.

– Ei bine, May! a zis Richard arătând către Nicky. Te-ai ales cu o partidă ciudată!

– Ah, termină, Richard! O s-o sperii!

Richard și-a închis strâns ochii și a scos un gâfâit strangulat care trebuie să fi fost un hohot de râs.

– N-am vrea asta, nu-i așa?

Din acel moment, m-am trezit însoțită de Nicky Howerd, care nici că putea fi mai mulțumit să pretindă că eram partenera lui în seara aceea. Și, deși nu era cea mai palpitantă companie, măcar toată lumea părea să îl cunoască. Am ieșit pe verandă, unde mama Dianei a ridicat o sprânceană nedumerită în semn de salut, iar eu am savurat cu o plăcere stranie aparenta confirmare a vechii minciuni a Dianei. Nicky m-a prezentat unui șir lung de oameni care m-au acceptat fără îndoială sau chiar curiozitate, oameni care vorbeau cu un ton plat și apatic despre meciuri de polo, călătorii în Europa și întreceri cu iahtul.

– Mă chinuiesc îngrozitor să găsesc un îngrijitor bun, care să-l înlocuiască pe Dawes. Nimeni nu știe să se descurce cu Dancing Joe la fel de bine ca el.

– Asta, din cauză că e arab. Ai nevoie de un spaniol. Sau un maur. Am eu unul. Vorbește cu Shalimar într-o bolboroseală ridicolă, însă blana lui n-a arătat niciodată mai bine.

– A mai observat cineva cât de mult s-au scumpit camerele la Waldorf Astoria?

– Servirea este înfiorătoare!

– E prea cald în oraș. Plecăm la Bar Harbor marți.

Uneori era aruncată în ring câte o părere politică vagă. Pica precum un chiștoc de țigară, arzând înăbușit doar pentru o clipă, înainte să fie strivit. Era clar că pe unii dintre ei îi aștepta un viitor politic, dar asta era o moștenire, trecută dintr-o generație în alta de aceleași forțe discrete și alianțe personale nedisputate, ce se formaseră cu secole în urmă. Se născuseră într-un curent de apă mai curată și mai limpede, care îi purta într-o singură și inevitabilă direcție. Niciunul nu va ști vreodată cum este să înoți în amonte.

Nimeni nu m-a întrebat cine eram sau de unde veneam; la brațul lui Nicky, m-am îmbinat fără urmă de cusătură în țesătura lumii lor. În schimb, au reluat-o pur și simplu de unde o lăsaseră ultima dată, într-o conversație continuă de douăzeci de ani asupra obositoarei perspective de a fi bogat: asupra multelor responsabilități, schimbărilor de haine și resurselor supraumane de răbdare pe care acest statut le cerea.

Ora de cocktail a continuat. M-am abținut să nu beau, aruncându-mă pripit într-o discuție cu o fată solidă pe nume Becky Flint, o făptură la fel de lată pe cât era de înaltă, care, cu această ocazie festivă, era îndesată în mod ironic într-o rochie în straturi, din tul verde-marin. Sătea nefericită pe un divan, cu picioarele ușor depărtate, privind cum treceau pe lângă ea tăvile cu gustări: pâine prăjită cu caviar, somon afumat și cremă de brânză, tartine cu *fois gras*, ouă de prepeliță cu trufe, maioneză de homar, pateuri proaspete cu crab.

– Nu mănânc nimic, a zis ea. Mama spune că, dacă încep, nu mă mai opresc, așa că mai bine nu încep deloc. Dar, sincer, ce rost are să ieși, dacă nu poți mânca nimic?

– Înțeleg ce zici. E înnebunitor.

– E o tortură, a confirmat Becky cu amărăciune. Fetele care le pot mânca nu le vor, iar eu le vreau și nu le pot mânca. E ceva în neregulă cu lumea asta, nu crezi?

– Foarte în neregulă. Haide! Să dăm o tură în jur și să numărăm câți bărbați par să poarte meșe.

Becky s-a urnit în picioare.

– Putem să începem cu tata, dacă îl găsim.

În salon, undeva pe la cea de-a noua meșă de necontestat, am dat peste Diana și Charlie. Diana mi-a prins privirea pe deasupra mulțimii de capete, cu o expresie nedumerită și ușor panicată. Ne-am apropiat.

– Felicitări, Diana! a zis Becky. Doamne, rochia ta e drăguță!

– Mulțumesc, a răspuns ea, luându-mi brațul. Părea încordată ca un fir întins. Crezi că mă poți ajuta cu ceva? Trebuie să-mi aranjez părul.

Trăgându-mă într-un hol gol, s-a lăsat cu spatele pe un perete și a închis strâns ochii.

– Simt că o să-mi explodeze capul! De ce nu se mai termină odată?

I-am pus o mână pe umăr.

– O să se termine în curând. Te descurci atât de bine, am încurajat-o. Foarte bine.

– *Detest* oamenii, detest pălăvrăgeala! a zis ea, răsucind perlele între degete. Îi detest în special pe acești oameni. Nici măcar unuia dintre ei nu-i pasă de mine, nici cât negru sub unghie! Niciunul n-are nici cea mai vagă idee despre cine sunt cu adevărat!

– Nu e viața ta reală, Diana. Ține minte asta! Gândește-te la Max! Nimic din toate astea nu contează cu adevărat.

– Ba da! a insistat ea. Contează prea mult.

– Scuzați-mă, doamnă!

Un ospătar în uniformă stătea în spatele nostru, cu o expresie îngrijorată pe față.

– S-a întâmplat ceva, doamnă. Tocmai ne pregăteam să anunțăm cina când... oh, Doamne... Cum să zic asta?

Diana a oftat.

– Acum ce mai e?

– Cred că ar fi mai bine să veniți puțin.

L-am urmat în salon, în spatele ușilor închise, unde mese lungi erau aranjate pentru cină. Pânze albe și proaspete străluceau în razele aurii ale soarelui la apus. Era ciudat cum sclipeau. Deodată, am realizat de ce – masa pregătită cu grijă era acoperită de sticlă spartă, cioburi scânteietoare peste tot.

– Ce s-a întâmplat?

– Cineva a spart absolut toate paharele! a explicat ospătarul, cu vocea ascuțită de panică. Nu știm ce să facem – o să dureze ore întregi să curățăm!

Ochii Dianei s-au mărit de uimire.

– Dar cine...

Brusc, într-un colț îndepărtat, s-a produs o mișcare; două picioare mici, legănându-se. Cu mâinile strânse în poală, stând calm pe unul din scaune, era Andrew.

– Nu știu ce să fac! Ce să transmit la bucătărie! a continuat ospătarul, frângându-și mâinile.

– Ce s-a întâmplat? a intrat Elsa. De ce întârzie cina?

Diana s-a uitat fix la ea, dar părea blocată, incapabilă să vorbească.

– A fost un accident, am explicat eu într-un final.

Elsa l-a văzut pe Andrew în colț.

– Trebuia să fii sus, cu doamna Riggs. Ce cauți aici?

Apoi treptat, a remarcat sticla spartă, iar expresia i s-a schimbat.

Zburând în partea cealaltă a camerei, l-a smucit pe Andrew de braț, cu fața albă de furie.

– Tu ai făcut asta? Tu ai spart toate paharele?

El a tresărit de durere.

– Mă doare!

– Te rog, Elsa! a stăruit Diana. Nu!

Dar ea a ignorat-o.

– Răspunde-mi, a zis, scuturându-l cu putere. De ce să faci un astfel de lucru răzbunător? *De ce?*

– Te rog, nu-l lovi! a implorat Diana.

Elsa s-a întors spre ea.

– E al meu, ai uitat? Eu sunt cea care are grijă de el zi de zi – eu o să mă ocup de asta!

Palma ei a aterizat greu pe obrazul lui. Diana a rămas fără suflare. O dungă roșie i-a apărut pe pielea roz și moale.

– Nu înțelegi ce o să se întâmple? a zis cu vocea tot mai inflamată. Ce *trebuie* să se întâmple dacă insiști să te porți așa? *Încerci* dinadins să o pățești?

Andrew a privit-o printre lacrimi.

– Dar doamna Riggs spune că e ilegal să bei. Că ar trebui să fiți toți arestați! Iar eu nu vreau asta. Nu vreau!

Elsa i-a dat drumul la braț. S-a clătinat pe spate, uimită, ca o persoană brusc dezechilibrată.

– Ce se întâmplă aici? De ce nu se servește cina?

Doamna Van der Laar și Charlie Peabody zăboveau în prag. Apoi doamna Van der Laar a observat cioburile.

– Dumnezeule mare! Ce s-a întâmplat?

– A fost un accident, a zis informativ Elsa, asumându-și răspunderea. Mi-e teamă că nu a putut fi împiedicat. Va trebui să facem alte aranjamente.

– Nu știu ce să transmit la bucătărie, a continuat să repete în gol ospătarul. Nu știu ce să zic. Ar trebui să începem servirea în curând!

Elsa l-a privit încruntată.

– Spune-le să pună mâncarea pe tăvi și să o servească pe gazon! Vom avea un picnic.

– Ai *înnebunit?* a șuierat îngrozită doamna Van der Laar. S-a uitat la Charlie care, la rândul lui, a privit alarmat spre Diana.

– Ah, ce distractiv! a zis ea, cu vocea ușor atinsă de disperare. Totuși, e o seară frumoasă! Nu suntem norocoși? Deschideți mai multă șampanie! Putem așeza covoare pe iarbă! Și să aprindem sfeșnice!

– Și, pentru numele lui Dumnezeu, a somat Elsa, trimiteți formația afară pe terasă! Dacă întreabă cineva, a fost o inundație în salon. Dar – i-a aruncat surorii mai mari o privire aspră – nimeni nu *va* întreba. Acum grăbiți-vă! A bătut din palme, iar ospătarul a trecut la acțiune.

Diana a făcut un pas spre Andrew, dar Elsa a intervenit.

– Este responsabilitatea mea, ai uitat? Ai treburi mai importante acum, i-a făcut ea semn spre ușă. Asta e petrecerea ta. Ai grijă de invitații tăi!

– Fii blândă! a rugat-o Diana.

Ochii Elsei s-au îngustat.

– Voi face tot ce consider necesar. Și acum – a arătat către Charlie – și tu va trebui să faci același lucru.

El a luat-o pe Diana de braț și s-au întors la petrecere, înfruntând curajos schimbările survenite. Iar camera s-a umplut brusc cu zeci de chelneri, toți executând ordinele Elsei.

Picnicul improvizat s-a dovedit o soluție inspirată. Petrecerea care până atunci se târâse sub formalismul greoi al unei cine oficiale s-a transformat brusc într-o atmosferă veselă de carnaval. Cu ajutorul șampaniei suplimentare și a zeci de lumânări pâlpâitoare, gazonul a prins un aer boem și romantic. Covoare orientale au fost scoase afară, presărate cu grămezi de perne din catifea și damasc, pe care tineri și bătrâni deopotrivă se relaxau precum sultanii în harem. Fotolii și divane moi, transportate din salon în dumbrăvi adăpostite și sub copaci, făceau peisajul să arate ireal și magic. Brize parfumate legănau faldurile rochiilor în timp ce femeile valsau pe iarbă în picioarele goale, pe ritmul muzicii care plutea dinspre terasă. Pe măsură ce amurgul a alunecat în întuneric, au apărut stelele. Lungi garduri vii și grădini atent îngrijite au devenit ascunzișuri convenabile pentru întâlniri secrete.

Doamna Van der Laar, instalată într-un fotoliu de piele, lângă un pâlc de rododendroni, a continuat să prezideze asupra unei adunături de prieteni și admiratori în vârstă. Discutau despre călătoriile în Europa și despre diferențele de transport feroviar din Germania în Italia.

– Deseori e imposibil până și să te urci într-un tren! s-a lamentat una dintre femei. A trebuit să ne strecurăm la clasa *a treia* în Ungaria. Era o capră în vagon!

– Ar fi trebuit să aștept un alt tren, sublinia doamna Van der Laar, când am trecut pe lângă. Mereu le spun copiilor mei: poți cunoaște oameni de clasa întâi doar în locuri de clasa întâi. Să călătorești alături de capre nu te va duce nicăieri în viață!

Au râs cu toții.

Am mers mai departe, cercetând grupurile de trupuri tolănite, căutându-l pe James pe gazonul aglomerat, dar incapabilă să disting clar vreo față în lucirea pâlpâitoare a lumânărilor. Formația cânta *You do something to me*, iar aerul de tensiune romantică mi-a atins o coardă sensibilă. Ziua fusese deja extenuantă. Viața în lumea Dianei era ca și cum te-ar arunca cineva într-o groapă plină de tigri înfometați și foarte bine îmbrăcați. Să te aperi era o chestiune de supraviețuire, iar fiecare interacțiune, încă o ciocnire într-un război interminabil.

M-am plimbat până am găsit un loc liniștit pe o bancă, lângă un zid din piatră acoperit de trandafiri. Suficient de departe de restul petrecerii, puteam în sfârșit să aud valurile spărgându-se de stânci. Într-o direcție se afla întinderea de corpuri, râs și muzică; în cealaltă, vidul negru al mării, trăgându-mă spre întuneric precum o mână întinsă.

Îmi amintea de Ulise, blocat pe insula lui paradiziacă, stând la țărm, cu privirea la ocean, zi după zi. În spatele meu se afla tot ce crezusem că îmi doresc vreodată – bogăție, privilegii, frumusețe –, dar iată-mă aici, sperând ca muzica să se oprească, dansul să se termine, căutând tăcerea în mijlocul unei petreceri.

– Unde ai fost?

– Calmează-te! De-abia am ajuns. A fost un accident pe drumul dinspre New York.

Vocile din partea cealaltă a zidului erau alarmate și șoptite, un bărbat și o femeie. Până la urmă nu eram singură. Vântul și sunetul valurilor mă împiedica să deslușesc tot ce spuneau, dar mi s-au părut familiare. Am stat nemișcată, străduindu-mă să aud mai mult.

– Ai promis că n-o aduci!

– Ce era să fac? S-o las acasă?

– I-ai spus?

– Nu încă.

– Ce aștepți? a șuierat femeia.

– O s-o fac după petrecere. În seara asta.

– Mereu spui asta!

– Vorbesc serios.

A urmat o tăcere, sunetul unui chibrit aprins.

– Promit, îi spun în seara asta.

– Nu am de gând să aștept pentru totdeauna, să știi. Deja am așteptat prea mult!

– Nu va fi nevoie, draga mea.

– Dar de ce? a șoptit femeia, cu vocea frângându-se. De ce mă tratezi așa?

Ceva mai târziu, două siluete au apărut de după zid. Vârfurile țigărilor străluceau portocaliu în amurg, în timp ce se plimbau înapoi spre casă.

Aproape împotriva voinței mele, i-am urmat. La jumătatea gazonului s-au despărțit. Femeia a luat-o la stânga, în îmbulzeală, iar bărbatul și-a continuat drumul. Am rămas un pic în spate, ținându-mă în umbră, în vreme ce el urca scările terasei.

Lângă ușile franțuzești deschise, se afla o femeie tânără și blondă, într-o creație desăvârșită din mătase pală și am recunoscut tăietură diagonală distinctivă a unei rochii *Vionnet* adevărate. Arăta stingheră, părând să caute pe cineva și, pe măsură ce bărbatul se apropia, a zâmbit brusc, întinzând entuziast mâna. El a apucat-o, sărutându-i ușor degetele.

Era James.

– Ha! În sfârșit te-am găsit!

Nicky Howerd venea înspre mine.

– Te-am căutat peste tot! Am crezut că te-ai rătăcit sau că m-ai lăsat baltă!

Însă eu nu ascultam.

– Cine e fata care e cu James? am întrebat.

Nicky s-a întors, urmărindu-mi privirea.

– Ah, e Helen, desigur. Soția lui.

În cele din urmă Richard Cranley Saunders – Cel Slab a fost cel care a acceptat să mă ducă înapoi în Boston, atât de din scurt. Așezată fără vlagă în mașina lui cu două locuri, am privit pe fereastră în întunericul permeabil. După câteva încercări curajoase de a face conversație, s-a dat bătut și a fredonat încet, de unul singur, tot restul călătoriei.

Când a tras în fața băcăniei lui Contadino, s-a uitat confuz în jur.

– Doamne, nu cred că am mai fost vreodată pe-aici.

– Nu, nici nu mă așteptam, am zis, coborând.

– Ah! Păi, baftă, a zis pe un ton mai degrabă oropsit, în timp ce o lua din loc.

Înspre est, o netezime roz începuse să încălzească marginea îndepărtată a cerului de noapte, iar mirosul dulce de fruct copt și parfumul pâinii coapte în bucătăria lui Russo se amestecau cu umezeala proaspătă a ceții din zorii zilei.

Mi-am ridicat partea de jos a rochiei ca să nu o târăsc pe jos și am traversat.

Da, baftă.

Stăteam în spatele tejghelei, privind în gol la particulele de praf care dansau ușor pe o rază de soare din după-amiaza târzie.

Vara, care la început fusese așa o ușurare, acum era o sentință greu de îndurat. Ventilatorul mergea, rotindu-se inutil, iar ușa era deschisă, dar nimic nu se urnea. Aerul din magazin, greu și nemișcat, mirosea a secole. Afară, oamenii răzbeau prin membrane invizibile de umiditate și letargie. Era o căldură morbidă, narcotică, genul care apasă pielea și îngreunează gândirea, făcându-i pe copii plângăcioși, iar pe adulți, irascibili.

Am privit fragmentele minuscule, suspendate și imponderabile. Se aflau în cădere foarte lentă. Ar putea dura ani să atingă pământul, dar în cele din urmă vor sfârși acolo.

– Azi nu ești în apele tale, Fanning.

Domnul Winshaw și-a aprins încă o țigară. Era imun la căldură. Anii petrecuți la internat și în clime exotice îi anihilaseră orice așteptare avută vreodată cu privire la confortul fizic. Cu mânecile suflecate, a ieșit agale din birou, unde verificase detaliile următoarei lui expediții. Își rezervase deja biletul pentru un vapor spre Atena și își punea la punct legăturile feroviare. Observasem că, odată întors de la agenția de călătorii, era un om schimbat: concentrat, atent, chiar profesionist.

Îi simțeam entuziasmul ca pe o desconsiderare. Nimic nu-l putea ține aici, nici domnul Kessler, nici succesul cu muzeul sau afacerea; nici măcar seducătoarea Selena. Iar acum ieșea din birou debordând de genul de grijă binevoitoare, accesibilă doar cuiva care știa că era cu un picior pe ușă.

– Ce te macină?

– E cald.

– Nici nu se compară cu Creta în august. Sau cu Bagdad.

Știam că o să zică asta. Dându-mi părul transpirat și umed de pe față, mi-am lăsat greutatea de pe un picior amorțit pe altul. Afară, un măturător înainta cu mătura pe caldarâm, picături de sudoare scurgându-i-se de pe frunte.

Domnul Winshaw s-a sprijinit de tejghea.

– Deci... am cunoscut nopți în Caracas, în America de Sud...

– Mă duc să iau un pahar cu apă, l-am întrerupt.

Am fost abruptă, ca un duș rece.

M-am întors din spate cu o cană cu apă și i-am dat-o măturătorului, care a băut-o recunoscător. Când m-am întors, domnul Winshaw stătea într-unul dintre scaunele englezești inconfortabile.

– Nu ești în apele tale azi, Fanning, a zis din nou, expirând.

– Ce vă pasă?

A sunat infantil, iar el a zâmbit larg, ceea ce era exasperant.

– Păi, doar la tine mă gândesc! Zi și noapte. Ce s-a întâmplat?

– Nimic.

Am privit spre peretele cu ceasuri. Mă uitasem la ele toată ziua. Acum era 5:17.

– Presupun că n-aș putea să plec mai devreme.

– Pleacă oricând vrei!

Mă așteptam la mai multă rezistență.

A mai tras un fum.

– Știți..., am început eu, apoi m-am oprit.

– Ce? Ce știu?

Nu era cazul să zic nimic. Să mă cert.

Am făcut-o oricum.

– Știți, e chiar derutant, i-am aruncat o privire întunecată. Felul în care intrați și ieșiți din viețile oamenilor. Pentru ei, vreau să zic.

– Pentru *tine?*

– Nu! Nu pentru *mine!*

Aroganța lui era îngrozitoare.

– Dar domnul Kessler, de exemplu.

Mi-a ignorat îngrijorarea.

– Pe Kessler nu-l deranjează. E obișnuit. În plus, cineva trebuie să facă aceste excursii de achiziții. El are rău de mare. Și insolație. Și stomac sensibil, a adăugat zâmbind.

Tot ce făcea era exasperant azi. Felul în care se lăsa în scaun, prefăcându-se că era confortabil, când știam al naibii de bine că nu era; rânjetul mulțumit de sine; obiceiul de a trage din țigară, de parcă ar fi fost nu știu ce delicatesă rară și exotică; și mai ales felul în care pretindea că să călătorești în jurul lumii, era la fel de ușor și de obișnuit ca și cum te-ai plimba cu autobuzul prin oraș.

– Cum rămâne cu Selena? Nu contează? Vă gândiți vreodată la sentimentele ei?

Din nou, a râs.

– Ah, nu mă așteaptă pe mine, poți să fii sigură de asta!

– Dar dacă vrea? Dacă *vrea* să vă aștepte? Dacă îi rupeți inima?

– Nu rup inima nimănui, Fanning!

– Ba da, o faceți! Rupeți mereu inimile oamenilor! Apăreți, călcați pe toată lumea în picioare și apoi plecați. Atunci, plecați!

Zâmbetul i-a dispărut. Ochii i s-au micșorat și mi-a aruncat acea privire pe care o au dresorii de animale atunci când le rânjește un tigru.

Îndesându-și țigara în colțul gurii, s-a ridicat și m-a apucat de braț.

– Nu-mi dau seama dacă ai nevoie să bei ceva, să fii pocnită sau ambele, a zis el, dându-mi un ghiont. Du-te să-ți iei geanta!

– De ce?

– Am zis *ia-ți geanta!* Ieșim.

Am fost strunită de multe ori de-a lungul vieții, mai mult decât majoritatea fetelor de vârsta mea – de obicei, afară din baruri și cluburi de noapte, ocazional într-un taxi. Însă acum domnul Winshaw mă ținea protector de cot și mă ghida spre colțul străzii, într-un restaurant chinezesc murdar, numit Dragonul Verde. Ascuns în subsolul unei spălătorii, avea pereți roșii-aprins și lampioane de hârtie cu lumină scăzută. Un grup de chinezi bătrâni stătea într-un colț, fumând dintr-un recipient ciudat, cu un muștiuc lung, iar o femeie într-o rochie mulată, de mătase, cu guler înalt, stătea lângă ușă, lucrând cu stiloul la rebusul din *Herald*.

Când am intrat, femeia i-a făcut un semn din cap domnului Winshaw. M-a condus la ceea ce probabil era masa lui obișnuită, în colț, la fereastră.

– Ce căutăm aici? l-am somat.

– Stai jos!

Femeia a adus un ceainic și două cești mici din porțelan, fără mânere. Ceaiul a ieșit din recipient de un verde-pal, aproape incolor, mirosind vag a iarbă uscată.

– Ăsta e ceai de iasomie.

Mi-a împins în față o ceașcă și a comandat ceva ce n-am înțeles. Nu mai mâncasem niciodată mâncare chinezească. Mirosul de condimente necunoscute adia dinspre bucătărie – ghimbir proaspăt, coriandru, oțet de orez, usturoi tăiat – împreună cu aroma bogată și puternică a tăiețeilor prăjiți și a raței fripte. Orice ar fi fumat bătrânii, umplea aerul cu un parfum gros și dulce. Se mișcau ca niște marionete, cu gesturi lente și atente, trecându-și muștiucul de la unul la altul, cu fețe impenetrabile, care nici nu zâmbeau, nici nu se încruntau.

Femeia s-a aplecat cu voce scăzută.

– Avem și vin de prune. Soțul meu îl face.

Domnul Winshaw m-a privit fix.

– Nu e nevoie, am mormăit, iar femeia a plecat.

Singuri acum, s-a lăsat pe spate, întinzându-și picioarele lungi. Lumina i-a strălucit în colțul ochilor, un verde-auriu pâlpâitor. Și-a încrucișat brațele pe piept.

– Ei bine, Fanning, acum ai atenția mea completă.

Și a așteptat.

Voiam să mă cert. Să mă supăr și să țip, și să arunc cuvinte prin cameră ca pe niște grenade. Domnul Winshaw le-ar putea suporta. Putea gestiona orice altcineva arunca spre el. Numai că acum mă dezarmase cu un ceai ciudat și cu atenția sa totală. Era o mișcare josnică, un truc murdar.

M-am uitat urât la el.

– Nu știu despre ce vorbiți.

El stătea acolo, pur și simplu.

– Serios! am fumegat. Sunteți atât de arogant să credeți că e suficient să mă onorați cu câteva momente din timpul dumneavoastră și totul va fi bine în mod magic?

Din nou, nimic.

– Nu știți nimic despre mine! Absolut nimic!

– Atunci spune-mi!

Un val uriaș de furie s-a declanșat.

– Nu vedeți? *Nu vă pot* spune nimic despre mine! Nu e nimic de spus care să nu fie... să nu fie...

Vocea mi s-a frânt.

– Care să nu fie cum?

– Rău!

Fereastra albastră-închis a pupilei lui s-a mărit, iar lumina pâlpâitoare a amuțit.

Mi-am mutat privirea. Toată pielea mea părea să fi luat foc de rușine și nu puteam suporta să mă vadă.

M-am ridicat.

– Trebuie să plec.

– Stai jos!

– Nu.

S-a ridicat și m-a apucat de umăr, ținându-mă strâns.

– Stai jos, Fanning!

Femeia a ieșit din bucătărie cu o tavă cu mâncare.

– Trebuie să mănânci, a zis încet. Ai mâncat vreodată rață Peking?

Am dat din cap.

– O să-ți placă. Promit. Mae Fanning, lumea e plină de lucruri care o să-ți placă. Lucruri de care pur și simplu, nu știi încă.

Ne-am așezat. Domnul Winshaw mi-a arătat cum să fac clătite cu rață, sos de prune, castraveți curățați și ceapă verde, iar eu am început să vorbesc despre James și Diana, despre apartament, chiar și despre spital și domnul Baylor; despre tot ce mă apăsa, strivindu-mă. Mi-a ieșit dezlânat și nestăpânit, ca o geantă aruncată pe podea, din care obiectele personale se revărsau în toate părțile.

Iar el a ascultat. A mai turnat ceai, a mai rulat clătite, a pus câte o întrebare când nu înțelegea. Era ciudat cât de ușor era să-i spun aproape orice. Cum nimic nu părea să-l șocheze sau să-l dezamăgească. Chiar zâmbea ușor din când în când, ca și cum și-ar fi recunoscut propria nebunie în a mea.

Micul restaurant s-a umplut și s-a golit din nou. La desert am mâncat fructe litchi și bucăți de mandarină cu înghețată. Și când, în sfârșit, am plecat, afară era întuneric, iar aerul nopții mai răcoros. Magazinele erau închise acum, străzile goale. Iar povara care mă copleșise s-a ridicat ca o răsuflare ținută, brusc eliberată într-un oftat.

Domnul Winshaw a lovit cu piciorul o piatră de pe trotuar.

– De ce ați plecat din Anglia? am întrebat, brusc curioasă.

– Nu aveam niciun motiv să rămân. Părinții mei sunt morți. Frații mei nu mai sunt.

A tras un ultim fum din țigară și a aruncat-o pe marginea drumului.

– Au murit în Franța, în timp ce eu beam ceai de mentă și jucam table la marginea mării.

– Despre ce vorbiți?

– Eram secundul generalului Townshend la asediul Kutului, lângă Bagdad. Un dezastru militar monumental, de la cap la coadă, a zis el oftând și dând din cap. Când ne-am predat otomanilor, după o sută patruzeci și șase de zile, generalul a fost exilat pentru restul războiului pe o insulă lângă Turcia. M-a luat cu el, împreună cu alți câțiva ofițeri.

Mi-am amintit harta, cu un bold înfipt în mica insulă Halki, lângă coasta Turciei.

– Peste jumătate dintre oamenii noștri au murit prizonieri, înfometați sau bătuți de soldații otomani.

Îmi pare rău.

S-a încruntat.

– N-ar fi trebuit să fiu acolo de la bun început. Eu și frații mei trebuia să luptăm împreună, de-asta ne-am înrolat. Însă Harry și Ralph au murit în ploaie și noroi la Somme... trăind momente de groază... iar eu, eu n-ar fi trebuit...

Vocea i s-a stins, dar cuta de pe frunte i s-a adâncit.

Trăgea o concluzie, formându-și vreo opinie nerostită despre el însuși. Puteam simți hotărârea din spatele ei. Știam și că, niciodată pusă sub semnul întrebării, fusese lăsată să crească în imaginația lui și să prindă rădăcini.

M-am oprit.

S-a întors spre mine.

– Ești bine?

– Și mai departe, ce? l-am îndemnat.

– Despre ce vorbești?

Făcea pe prostul. Dar îl cunoșteam prea bine.

Am reformulat întrebarea.

– Și n-ar fi trebuit să ce?

– Nimic.

A încercat să meargă mai departe, dar eu am rămas nemișcată, cu brațele încrucișate pe piept.

– Vă închipuiți că sunteți ceva misterios? Prea dificil sau complicat pentru a fi înțeles?

M-a privit încruntat. Ideea că era enigmatic era evident importantă pentru el.

– Nu ai înțelege, m-a asigurat.

– Nu, așa e. N-am fost niciodată la război. Dar vreau să știu ce anume credeți. Că ar fi trebuit să faceți ceva diferit?

Părea ca nimeni să nu-i fi contestat vreodată această impresie sau probabil orice altă convingere avusese.

M-a privit aspru, dar n-am cedat. După un minut s-a dat bătut. În schimb, și-a fixat umbra în lumina lampadarului stradal, întinzându-se mult dincolo de forma sa naturală, întinzându-se către întunericul din jurul nostru.

– Frații mei nu ar fi trebuit să moară, Fanning.

– Nu, probabil că nu.

– Nu ar fi trebuit să supraviețuiesc fără ei. Erau niște oameni mai buni decât mine, a zis liniștit. *Întotdeauna* vor fi mai buni decât mine.

– Asta nu e posibil, am zis.

– Îmi pare rău să te dezamăgesc...

– Nu vorbiți prostii! În plus, cum știi ce fel de om ești?

S-a gândit o clipă la asta, ca într-un final să zică:

– Am primit un tratament special. Nu a fost drept. Nu îl merit.

– Ați fost norocos.

– Noroc? a râs tare. Prefer să mor în luptă adevărată, cu eforturi cinstite!

– Ei bine, atunci poate eu sunt cea norocoasă.

Îi puteam simți privirea, dar i-am evitat ochii, ținându-i pe ai mei drept în pământul din fața mea.

Am mers mai departe, luând drumul lung înapoi, pe aleile de piatră, povârnite și înguste, care șerpuiau prin noapte. Ferestrele deschise aduceau zgomote de radio, muzică și râsete; din alte vieți, apropiate și totodată, aflate departe, în universul lor intim.

Am ajuns, într-un final la magazin.

Mi-am surprins reflexia în geam și mi-am amintit de prima zi cu noul meu păr blond, când îmi imaginam că sunt diferită. În seara asta buclele ușoare păreau artificiale, ușor ridicole.

Domnul Winshaw și-a îndesat adânc mâinile în buzunare.

– Trebuie să te orientezi cu ajutorul propriului compas natural.

Era singurul sfat pe care mi-l dăduse până atunci.

– Și dacă e stricat?

– Atunci trebuie să înveți să compensezi. Să navighezi un pic strâmb, să faci ajustări, dar trebuie să-ți stabilești singură direcția, altminteri călătoria n-are niciun sens.

A mai scos o țigară, s-a așezat pe treptele din față.

– Dar, dacă te ajută cu ceva, Maeve, nu cred că ai compasul stricat.

– Mi-ați spus pe numele mic, am zis, așezându-mă și eu.

– Probabil sunt obosit.

Am căscat, lăsându-mi capul pe umărul lui. Încă mirosea a țărmuri și ținuturi îndepărtate, dar și a rață Peking, a transpirație puternică și pământoasă și dulceața prăfoasă a săpunului de rufe.

– De ce plecați mereu?

– Tu și Kessler nu aveți nevoie să fiu aici. În plus, cineva trebuie să plece și să prindă peștele cel mare.

– Aveți de gând să vorbiți în metafore maritime toată noaptea?

– Mi-au mai rămas unele bune. Lucrez la ceva cu un far și un vas pe timp de furtună.

Mi-am închis ochii.

– Dacă n-aș ști mai bine, aș crede că încercați să mă impresionați cu agerimea minții dumneavoastră.

N-a zis nimic, ci m-a cuprins cu brațul. Corpul mi s-a relaxat lângă al lui și am adormit.

Chiar înainte de zori, s-a pornit un cor de păsări. M-am trezit cu gâtul înțepenit, cu brațul domnului Winshaw încă în jurul meu, doar că acum era moale și greu, o greutate moartă. M-am strecurat de sub el și și-a schimbat poziția, acomodându-se automat în cadrul ușii.

Cineva lăsase o monedă pe trotuar în fața noastră, luându-ne drept persoane fără adăpost. Frecându-mi gâtul, m-am uitat jos la domnul Winshaw ghemuit pe trepte, fața lui, o reprezentare a mulțumirii absolute. Avea iscusința de a gestiona relaxat împrejurările. Chiar și dormind pe stradă reușea să pară în elementul său. Am îngenuncheat, l-am bătut pe umăr. Și-a deschis brusc ochii.

– Ce mai vrei, Fanning?

– E timpul să mergeți acasă.

Strângându-și brațele pe piept, a închis din nou ochii.

– Sunt bine.

– Nu, nu sunteți, l-am zgâlțâit mai tare. Cineva o să vă vadă.

Într-un final l-am dus în magazin, unde s-a întins imediat pe podea, la fel de fericit de parcă ar fi stat pe un vraf de saltele din puf.

– Noapte bună, Fanning! a zis, închizând ochii.

Am deschis ușa.

– Bună dimineața, domnule Winshaw!

Am ajuns acasă chiar când lumina zorilor începea să irizeze cerul nopții. Apartamentul era tăcut, mama adormită. Afară, strada era, de asemenea, liniștită. Era duminică, singura zi din săptămână când lucrurile în North End nu mergeau ca de obicei.

Nu m-am mai obosit să merg în pat, în schimb, mi-am pregătit o baie fierbinte, îndepărtând transpirația și murdăria orașului, săpunindu-mi părul până când apa a ieșit limpede. Apoi am stat la înmuiat, cu privirea la vopseaua cojită de pe tavan și m-am gândit la James Van der Laar, la cum să fiu cu el fusese ca o beție – incapabilă să văd drept și să gândesc clar. Și cum să-l văd cu soția lui fusese ca și cum m-aș fi trezit într-un loc ciudat, venindu-mi în fire și realizând lucrul oribil pe care îl făcusem.

Și apoi m-am gândit la domnul Winshaw. La brațul lui în jurul umerilor mei și la felul în care se oprise pentru o secundă, lumina din ochi crescându-i, înainte să se lanseze într-o altă digresiune, ca un om care caută la orizont următoarea sa destinație.

Am stat în baie până când apa s-a răcit și degetele mi s-au încrețit, amintindu-mi mirosul lui cald.

Pe urmă am făcut cafea și m-am îmbrăcat. Cât fierbea cafeaua, am scotocit printre cărțile de sub pat până am găsit ceva ce nu mai căutasem de ani: vechea mea cutie cu trabucuri. Înghesuită chiar într-un colț, sub un morman de reviste, era acoperită de un strat gros de praf. Am deschis-o. Erau acolo grămezile de ambalaje aurii și argintii de ciocolată, cotoarele de bilete, de mult șterse, nasturii rătăciți și bucățile de panglică. Am scos-o. Era mai veche și mai ieftină decât îmi aminteam. Cu mintea mea de copil, crezusem că e făcută din mătase neagră, lucioasă și netedă. Însă era doar bumbac. O transformasem în ce îmi doream să fie. Nu era nimic valoros aici. Dar nu mă puteam îndura să o arunc. Așa că am pus totul la loc și am așezat-o din nou sub pat.

Când s-a trezit mama, eram în bucătărie, bătând ouăle.

Strângându-și halatul pe corp, stătea derutată în prag.

– Ce faci?

– Mic dejun.

Am scos o tigaie, am pus-o pe plită. În cuptor se prăjeau felii de pâine.

– Ia loc. Sunt gata într-o clipă.

S-a așezat. Am făcut omleta și i-am turnat o ceașcă de cafea proaspătă.

– Nu te trezești niciodată atât de devreme duminica, a zis ea.

Am împărțit ouăle și pâinea pe două farfurii și le-am pus pe masă.

– M-am gândit să merg cu tine la slujba de dimineață.

A părut mai degrabă precaută decât ușurată.

– Serios?

– Îhî – i-am împins un borcan cu gem de prune. Vreau să mă spovedesc.

– Nu eram sigură dacă mai crezi în asta.

– Cred în a crede în ceva, mamă.

Nu îmi dădusem seama până atunci că gândesc asta. Până să stau în fața ei, fără distracții, fără zgomot, fără James Van der Laar devorând tot spațiul din capul meu. Săptămâni întregi evitasem să rămân singură cu ea. Furia și durerea erau prea crude. Dar din senin, dat fiind timpul, distanța și pierderea, am ajuns la această concluzie simplă: era mai bine să cred în ceva decât în nimic.

Ea îmi dăduse asta.

Și nici măcar Jack Carney nu mi-o putea lua.

M-am întins după unt.

– Cum merge la muncă?

– Bine, a zis mama, luând o gură de pâine prăjită. Domnișoara Craddox se mărită.

– Bravo ei! Ai de gând să aplici pentru slujba ei?

– Nu știu, a ridicat din umeri. Poate.

Am simțit un val brusc de tandrețe.

– Nu te merită, mamă.

S-a încruntat, neobișnuită cu emoțiile.

– Știi, nu ai grijă de tine. Trebuie să-ți vopsim din nou părul, a zis, fluturându-și furculița spre mine. Au început să ți se vadă rădăcinile roșcate.

– M-am mai gândit. E prea greu să țin pasul.

– Nu!

Îngrozită când m-am vopsit prima dată, acum era din nou că m-aș putea opri.

– Dar nu poți! Cum rămâne cu slujba ta?

– Doamne! Am râs. Am crezut că nu-ți place! În plus, nu există ceva ce să putem folosi – vreun decolorant?

– Henna vrei să zici? E ca noroiul!

– Deci hai să mă acopăr cu noroi, mamă.

– Nu este deloc respectabil să-ți schimbi culoarea părului ca o actriță de vodevil.

A dat din cap și a luat încă o gură de pâine.

– Ei bine, ți-am spus mereu, Maeve, n-ar fi trebuit să o faci. Ar fi trebuit să mă asculți de la început.

– Ai dreptate. Ar fi trebuit.

Aerul s-a schimbat; o răcoare de toamnă s-a instalat peste oraș dimineața, iar frunzele au început să cadă. Nu mai aveam nicio veste de la Diana de săptămâni. După petrecere a fost prinsă în vârtejul aranjamentelor de nuntă și a dispărut cu totul în lumea pentru care fusese crescută. Așa că am fost surprinsă când m-a sunat din senin la magazin și a vrut să ne întâlnim la apartament într-o seară, după muncă.

Era ciudat să mă întorc la Complexul Waverly. Nu mai fusesem acolo de luni întregi. Arăta exact la fel, încă impecabil și nou și ciudat de impersonal. Odată fusese un refugiu, însă acum spațiul și libertatea păreau doar goale și abandonate. Presupun că noi eram cele care se schimbaseră.

Când am ajuns, Diana era deja acolo, așezată pe canapea, fumând, îmbrăcată într-un costum de călătorie ușor, din in albastru. Pantofii erau pe jos, picioarele strânse sub ea. O valiză aștepta lângă ușă, cheile și un mersul trenurilor, pe masă. Mănușile și pălăria erau aranjate cu grijă pe spătarul fotoliului.

– Mulțumesc că ai venit, May, a zis ea, cu un ton neobișnuit de formal.

Afară a început să plouă, o rafală subită zgâlțâind geamul.

– Ce sunt toate astea? Așezându-mă, am arătat spre valiză. Pleci undeva?

– Doar pentru câteva zile, înainte de nuntă.

A încercat un zâmbet, însă avea cercuri întunecate în jurul ochilor, iar pielea era suptă de culoare, de parcă n-ar fi dormit de zile întregi.

– Ce drăguț!

– Da, a zis, mai trăgând un fum. Ce noroc pe mine!

Simțeam tensiunea dintre noi, întinsă la maximum, deși nu eram sigură de ce.

– Diana... am început.

Dar mi-a tăiat-o.

– Știi, nu mai folosesc locul ăsta, tu?

– Nu.

– Ce ciudat! Vezi tu, am venit aici seara trecută, pentru prima dată de secole. Trebuia să scap de familia mea. Am vrut să fiu singură, să mă gândesc.

S-a oprit.

– Dar n-am fost singură pentru mult timp. Cineva a știut exact unde să mă găsească.

Nu-mi mai simțeam stomacul, iar capul mi-a devenit ușor, de parcă toată substanța se uscase în interior.

– A convins portarul să-l lase înăuntru, mi-a aruncat ea un zâmbet strâmb. James ți-a intrat sub piele, nu-i așa? Ți-am zis să stai departe de el, dar cumva mereu își face loc.

Am deschis gura ca să neg, dar n-am putut.

Întreaga greutate a tuturor minciunilor și trădărilor mele s-a instalat asupra mea. Atunci când avusesem nevoie de ele, păruseră înșelător de neînsemnate, justificabile, chiar inofensive. Dar acum amenințau să mă copleșească.

A râs aspru.

– Broșa aia. Nenorocita și idioata aia de broșă! Am știut în clipa în care am văzut-o, dar n-am vrut să cred. Nu ești singura, să știi. Avea cu zecile!

Voia să mă rănească și să mă umilească și a reușit. Nu o puteam învinovăți pentru amărăciunea ei.

– Îmi pare rău! am încercat să explic. Dar a zis că, dacă ai fi fost în pericol... că ai făcut lucruri în trecut și ai putea din nou... Era îngrijorat că n-ar ști unde să te găsească... gândurile mi se încurcau, amestecate și confuze.

– Ce altceva a mai zis? Că sunt o mincinoasă? O nebună?

Vocea îi era ciudat de calmă.

– Am crezut că pot avea încredere în tine.

– Poți!

– Și apoi, desigur, e ăsta.

A pus inelul cu agat negru pe masă, între noi – inelul lui Nemesis.

Femeia de serviciu l-a găsit sub pat. Greșesc sau îți aparține?

Am vrut să mă uit în altă parte, dar n-am putut. În schimb, l-am privit prostește.

Mi-a zis că l-a pierdut.

Aplecându-se în față, și-a stins țigara.

– Aș fi putut să jur că-l purtai prima dată când ne-am întâlnit la casă, May.

– E al lui James. N-am fost aici, Diana, jur!

Îmi dădeam seama că nu mă credea.

– Aici vă întâlniți voi? În apartamentul pe care-l plătesc eu?

Folosise apartamentul, dar nu cu mine.

– Haide, a zis ea, împingându-l mai aproape. Poți să-l iei înapoi, dacă vrei. Pentru colecția ta de bijuterii.

Sarcasmul ei era aproape la fel de dureros ca ura mea de sine.

– Nu-l vreau.

– Cât de nobil!

Ura mi-a răbufnit.

– Nu e drept! Nu e al meu – e al lui! Și n-am fost aici, Diana! Nu fără tine!

– Te aștepți să cred asta?

– Nu! Nu mă aștept să crezi nimic din ce zic! M-am ridicat, îndreptându-mă spre ușă. Dar până la urmă n-ai avut niciodată încredere în mine, nu-i așa?

– Despre ce vorbești?

M-am întors.

– M-ai ținut mereu la distanță, mereu în afara vieții tale! Dacă a reușit să se bage între noi este pentru că tu l-ai lăsat!

– Asta crezi? a părut sceptică. Că duplicitatea ta este vina *mea?*

– Ești la fel de manipulatoare ca el! i-am aruncat-o. Vii și pleci când ai chef. Și nu spui nimănui întregul adevăr. Oamenii ca mine sunt doar jucării pe care le iei și le arunci oricând te saturi de ele. Nu ai niciun fel de loialitate, niciun fel de adâncime emoțională reală pentru nimeni altcineva în afară de tine însăți!

Expresia i s-a schimbat, iar tonul i-a devenit ucigător.

– Nu ai nici cea mai vagă idee despre ce vorbești!

– Firește că n-am! am zis, plimbându-mă de colo colo. Cum aș putea? Nu-mi spui nimic niciodată!

– Nu ești singura parte din viața mea, May. Nu ești singura persoană de care trebuie să țin cont!

Am râs.

– Despre cine vorbești acum? Despre Max? Despre Charlie Peabody? Despre noii tăi prieteni fandosiți? Despre cine e vorba de data asta?

Ochii i s-au mărit de furie. Deodată, a apucat scrumiera și a aruncat-o spre mine. M-am ferit și s-a spart chiar în spatele meu, de ușa de la intrare, zdrăngănind pe podea.

– E vorba de Andrew, idioato!

Am privit-o șocată.

– E vorba de Andrew! a urlat din nou, cu vocea spartă.

Mi-am dat seama că plângea.

– Nu pot să fac pur și simplu ce vreau eu – nu fără să plătesc un preț! Nu înțelegi? E al meu!

Și-a acoperit fața cu mâinile.

Uluită, m-am dus și am îngenuncheat lângă ea. Umerii i se zguduiau în timp ce hohotea.

Am scotocit prin buzunarul hainei și i-am întins o batistă.

Și-a ridicat privirea cu ochii umflați de la plâns și a luat-o.

– Când aveam paisprezece ani, tatăl meu a murit. Nu-l cunoscusem prea bine – trăise în Africa, iar noi, ei bine, noi locuiserăm în multe locuri. Însă m-a afectat destul de tare. El mi-a lăsat perlele. Le purtam tot timpul. Nu voiam să mi le dau jos. Tot în acel an, Elsa, mătușa mea, a fost foarte bolnavă, a avut o febră cumplită. Din cauza asta, a albit la douăzeci și trei de ani și a devenit sterilă. Atunci mamei i-a venit o idee: să îi însoțesc pe mătușa și unchiul meu într-o călătorie prin Europa. Excursia ar fi trebuit să ne ajute pe toți să ne recuperăm. Urma să ne îmbarcăm pe *Queen Mary* și să vizităm Italia, Franța, Elveția, Germania. Doar Elsa nu era complet refăcută. Și-a petrecut cea mai mare parte a timpului în cabină, iar eu și unchiul Peter am stat mult timp singuri. Era foarte atent.

S-a oprit și și-a șters obrajii de lacrimi.

– Prea atent.

Ca obiectivul unei camere care se apropia, deodată totul s-a limpezit, dureros de clar. Se auzea doar zgomotul ploii bătând în fereastră, un milion de mici ace în geam.

– Aveam cincisprezece ani când l-am făcut pe Andrew. S-a stabilit să-l ia Elsa. Adică au stabilit toți, în afară de mine. La început nu m-a deranjat atât de tare, de fapt eu însămi eram un copil. Dar, pe măsură ce trecea timpul, nu mă puteam gândi decât la el.

Mi-am amintit cum îl urmărise în parc, de pe partea cealaltă a iazului.

Și-a privit mâinile.

– Nu e ca alți copii. Probabil asta e tot vina mea. Nu toată lumea îl înțelege. Elsa crede că are o dizabilitate psihică. Că ar trebui închis undeva.

– Nu poți să ai tu grijă de el? Poate să plecați undeva împreună?

A dat din cap.

– Familia are planuri pentru mine, a spus și mi-a aruncat o privire epuizată. Nu-ți pot spune cât i-am dezamăgit. Tot ce fac este greșit – pe cine iubesc, ce sunt. Sunt dezgustați de mine. Dar, în cele din urmă, le sunt și eu utilă cumva.

– Cum?

– Nu mă aștept să mă înțelegi sau să accepți, dar am motivele mele pentru care mă căsătoresc cu Charlie. James vrea o alianță bancară, una care să ne dea o poziție dominantă în cartel. Una care să pună interesele afrikanere pe primul loc. Iar dacă asta o să-l țină pe Andrew aproape de mine, atunci o să merite. Bineînțeles, felul în care s-a purtat la petrecere a făcut totul mai dificil, foarte dificil.

– Te amenință? am întrebat. Încearcă să ți-l ia?

– Mi l-au mai luat o dată, nu?

S-a oprit din plâns. Și-a împăturit frumos batista în poală.

– Viața mea nu-mi aparține, May. Dacă nu am fost sinceră în legătură cu amănuntele este pentru că nu pot fi.

M-am uitat la valiză.

– Unde pleci?

– Nu știu, a ridicat din umeri. Nicăieri. Uneori mă hotărăsc la gară, când cumpăr bilet. Mă prefac acolo că am opțiuni, că pot să merg oriunde, să fac orice. Dar e doar un joc. Plec și mă întorc. Mă întorc întotdeauna.

Îmi aducea aminte de jocurile complicate pe care le iubea – mici evadări din realitate. Nu-i de mirare că se pricepea la ele.

Mi-a venit o idee.

– Dar dacă ai pleca pe bune? Dacă te-ai duce atât de departe, încât nimeni să nu te poată găsi?

– Atunci ce s-ar întâmpla cu Andrew? Și ce te face să crezi că un astfel de loc există? Dacă voi reuși vreodată, a zis, îți voi trimite o vedere. Dar vezi tu, orice fac, oricât de departe merg, James știe mereu unde sunt, ce fac, a zis ea privindu-mă fix. Are complici peste tot.

Lipsa de speranță a poziției ei era copleșitoare. Și chiar mai rău era rolul pe care îl jucasem în menținerea sa. Lacrimi de rușine și remușcare mi-au coborât pe obraji.

– N-am vrut să te rănesc.

– E amuzant. Nimeni nu vrea vreodată.

Mi-am sprijinit capul de brațul fotoliului.

– Îmi pare rău, Diana. Îmi pare atât de rău.

– Ah, May! a zis ea, privind de-a lungul camerei, pe fereastră, la perdeaua cenușie de ploaie tomnatică. Am avut atât de puțini prieteni. Atât de puțini oameni despre care chiar să pot spune că sunt ai mei.

Mi-am amintit de Max, de cât de protectoare era, cât de loială.

Mâna ei se odihnea foarte blând, aproape tandru, pe creștetul meu.

– Chiar am crezut că ești unul dintre ei.

Ziua plecării domnului Winshaw a sosit mult prea curând. Domnul Kessler trebuia să meargă la gară să îl conducă, iar eu să rămân să am grijă de magazin. În cele din urmă, despărțirea noastră a fost scurtă și stingheră. M-a bătut un pic prea tare pe umăr și a zis „Ai grijă de tine, Fanning", înainte să-și ia geanta și să se îndrepte spre ușă. N-am știut ce să zic, așa că am stat pur și simplu acolo, la fel de înlemnită și ridicolă ca una dintre sculpturile lui africane cu ochi rotunzi.

Apoi s-a oprit și a scos din buzunarul hainei o eșarfă de mătase. Pentru o clipă, am crezut că era un cadou. În schimb, a zis:

– Ah, ascultă, îmi faci o favoare? Asta e a Selenei. O poți lăsa la casa de licitații pentru mine?

– Desigur, am încuviințat, sperând că dezamăgirea mea nu era prea evidentă.

Și apoi a plecat.

Am împăturit eșarfa care mirosea puternic a parfum Emeraude și am pus-o în geantă. Persia mi-a șerpuit printre picioare. Am încercat să îl iau în brațe, dar a sărit pe biroul domnului Winshaw și s-a făcut ghem peste maldărul de hârtii.

În seara aceea, după muncă, am mers câteva cvartale până la Freeman's, să-i înapoiez Selenei eșarfa. Aveau o vizionare de seară înainte de licitație și am fost trimisă la etajul al doilea, unde Selena supraveghea o colecție de bijuterii vechi. În timp ce străbăteam sala, apropiindu-mă, Selena m-a recunoscut, iar fața i s-a luminat.

– Dumnezeule, era să nu te recunosc! Pur și simplu îți *ador* părul! Cât de curajos din partea ta să te faci roșcată!

Nu m-am deranjat să-i explic.

– Domnul Winshaw m-a rugat să-ți înapoiez asta! I-am întins eșarfa.

– Ah, a zis cu fața căzută. Mulțumesc. Ei bine, s-a terminat deci, a adăugat cu tristețe.

– Despre ce vorbești?

– I-am spus să o păstreze până data viitoare, a zis ea, aruncându-mi o privire dezamăgită. Că o iau înapoi când se va întoarce.

– Sunt sigură că pur și simplu n-a vrut să-ți lipsească... Poate a crezut că e preferata ta.

– Mă îndoiesc, a zis ea, întorcându-se spre o oglindă și înnodând-o priceput în jurul gâtului. Ca să fiu sinceră, nu e ca și cum nu m-a prevenit de ceva vreme. Și nu a fost foarte atent în ultimul timp.

– Ei bine, bărbații sunt idioți! am zis eu, totodată ușurată și ciudat de protectoare cu Selena. O fată ca tine... poți avea orice bărbat alegi!

– Da, dar se pare că îi tot aleg pe cei care nu vor să fie aleși.

– Cunosc jocul ăsta, i-am zis. Nu e atât de distractiv pe cât pare.

– Hei! i-a trecut ei brusc prin minte că aş putea fi o companie rezonabilă. Vrei să bem ceva? Termin în curând. E un loc după colț care nu e atât de rău.

Ar fi fost drăguț să ies, să scap de starea proastă cauzată de plecarea domnului Winshaw. Dar mă întorsesem la domnul Baylor și eram hotărâtă să rezist până la capăt de data asta. Mi-am pus mâinile în buzunare.

– Știi, în seara asta chiar trebuie să ajung acasă. Dar ce zici să te scot odată la o cafea, în schimb?

– Sigur.

A aruncat o privire prin departamentul pustiu.

– Doamne! Urăsc să rămân seara târziu!

M-am uitat la casetele de sticlă pline de coliere cu diamante și pietre prețioase strălucitoare.

– Nu se poate să fie atât de rău!

– Cel mai neplăcut este să văd cum sunt cumpărate pentru alte femei. Odată am fost aproape de o pereche de cercei din granat, dar bărbatul era prea bătrân și voia prea mult pentru ei, dacă înțelegi la ce mă refer.

Apoi l-am văzut printre celelalte obiecte din vitrină: inelul cu agat negru al lui Nemesis, strălucind cu aceeași splendoare ca prima dată când îl atinsesem.

Am simțit o zvâcnire bruscă în piept.

– De unde a apărut ăsta?

– Poftim?

Selena s-a aplecat să se uite.

– Să vedem. Da, am primit asta acum câteva zile, împreună cu acest șirag de perle, a arătat spre colierul de alături. În mod normal nu acceptăm loturi atât de mici. Însă ambele sunt excelente. Se pare că e roman.

A fost un șoc să-l revăd. Am avut un sentiment ciudat și incomod, ca și cum ar fi fost întinat. Era mai mult decât un inel; era o prevestire.

– Dar *de unde* îl aveți? am întrebat din nou.

S-a strecurat după tejghea, a scos un registru din piele și a început să-l răsfoiască.

– L-am găsit, a zis într-un final. Lotul cu numărul 133, un inel roman din aur, cu agat negru, cu imaginea unei zeițe, dat spre vânzare de... și-a mijit ochii. Ah, e anonim.

– Ce înseamnă asta?

– Păi, înseamnă că vânzătorul nu vrea să fie identificat. Se întâmplă tot timpul. Nu toți vor să se laude că sunt forțați să vândă bijuteriile familiei.

S-a întors la registru.

– În cazul ăsta, câștigurile merg la o a treia persoană: o domnișoară Julie Hanover la o bancă din New York, a zis ea, închizând agenda. Ești bine? Arăți un pic palidă.

Domnișoara Julie Hanover era pseudonimul Dianei. Iar perlele erau tot ale ei. Dar de ce își vindea bijuteriile?

– Știi, nu e o zeiță oarecare, i-am zis. E Nemesis, zeița răzbunării.

Selena nu era convinsă.

– E un Cupidon acolo. Și nu arată foarte periculos.

– Nu așa merg lucrurile mereu?

– Deci – s-a apropiat – al cui a fost? Cineva faimos?

– Cred că l-am văzut într-o revistă de antichități. E plin de ele la magazin. E doar ciudat să îl văd direct, asta e tot. Probabil sunt obosită, m-am scuzat.

Întinzându-se, Selena și-a înăbușit un căscat.

– Și eu. Ei bine, probabil că obiecte atât de vechi nu au cu adevărat proprietari. Își fac singure drum prin timp.

M-a surprins să o aud filosofând.

– E un fel de a privi lucrurile...

– Tot ceea ce vindem probabil ne va supraviețui, nu e un gând ciudat? Era aici înainte să ne naștem și va fi mult timp după ce noi nu vom mai exista. Doamne, ce plictisitoare sunt în seara asta! Blestemata aia de eșarfă m-a făcut morbidă. Măcar o dată am și eu nevoie de noroc! a oftat.

Am căutat în buzunarul hainei, am scos acul îndoit pe care mi-l dăduse mama cu luni în urmă.

– Uite – i l-am întins. Poate asta va funcționa.

– Un ac îndoit? A râs. Nu crezi în povestea aia de babe, nu-i așa?

Am ridicat din umeri.

Și-a înclinat capul provocator, și-a țuguiat buzele.

– Sigur n-ai chef de un pahar?

– Figura asta merge la bărbați, dar nu și la mine, am zâmbit. Poate altă dată.

Pe drumul spre stația de troleibuz, m-am gândit la inel, cât de neatins era de tot ce se întâmplase și se va întâmpla în jurul său... Selena avea dreptate. Va migra din mână în mână, peste continente și decenii – un călător prin timp, făcut din aur și agat.

Noi eram cei fragili. Cei care, precum obiectele recuperate ale domnului Tresalion, aveam nevoie să fim salvați, reimaginați, restaurați.

A venit troleibuzul. M-am urcat și m-am așezat lângă fereastră, sprijinindu-mi capul de geam. Sub mine, mașina se legăna ca o barcă, navigând prin ape tulburi. Golul s-a amplificat. Mâine vom fi doar eu și domnul Kessler din nou.

Unde era Winshaw acum?

Lumea e plină de lucruri care îți vor plăcea, despre care doar nu știi încă, promisese el.

Mi-am închis ochii și am încercat să-mi imaginez ceea ce nu știam.

Când i-am deschis din nou, un bărbat stătea în fața mea, citind ziarul de seară. Cuvintele păreau să plutească prin fața ochilor mei obosiți.

Moștenitor bogat, prins într-un schimb mortal de focuri, zicea titlul. *Două persoane împușcate la Hotel Plaza. Playboy monden ucis.*

Corpul lui James Van der Laar fusese găsit întins pe pat, într-un apartament din Hotelul Plaza, cu un glonț în cap. Lângă el se afla trupul amantei sale, Charlotte Smith Reynolds, Smitty, pentru prieteni. Investigația poliției a conchis că ea l-a împușcat întâi pe el, apoi s-a sinucis.

Se pare că era o treabă binecunoscută în cercurile mondene. James Van der Laar avea o reputație de crai și abia se deranja să-și ascundă relațiile adultere față de tânăra sa soție. O știa pe Smitty de ani întregi și existau zvonuri că fuseseră logodiți la un moment dat. Totuși, faptul că era dedicat cauzei afrikanere îl împiedicase să ia de nevastă o vorbitoare de engleză. În schimb, a ales-o pe Heleen Van Bek, de asemenea sud-africană și fiica proprietarului uneia dintre cele mai mari mine de platină din Rustenburg. Cu toate astea, Smitty a continuat să se țină după el, convinsă că într-o zi va divorța. Ziarele au speculat că, atunci când el a încercat să pună capăt aventurii, ea a devenit disperată.

Mi-am amintit conversația șoptită pe care am surprins-o în noaptea petrecerii. Smitty implora, James promitea. A mințit fără pic de efort – pe mine, pe Smitty, pe propria soție. Mințea cum respira.

De atunci încolo, presa a dedicat multe ediții examinării istoriei romantice a lui James Van der Laar, cernând o listă lungă de presupuse iubite: actrițe aspirante, mondenități, dansatoare. În curând, povești despre originile bure ale familiei, diamante sud-africane, mari cât un pumn de bărbat, și afaceri dubioase cu guverne străine le-au înlocuit pe cele despre scandalurile sexuale. *Tot ce strălucește* a fost materialul de pe prima pagină din *New Yorker* luna următoare. Nu m-am obosit să-l cumpăr.

Scandalul a culminat cu anunțul făcut public în mod discret de familia Peabody, că logodna dintre Diana Van der Laar și Charles Peabody a fost anulată de comun acord. Și că Diana, care călătorea, va rămâne în străinătate pentru o ședere prelungită.

Nu a existat nicio înmormântare publică pentru James. Potrivit zvonurilor, corpul său a fost trimis în Africa de Sud și îngropat pe vechiul domeniu al tatălui său.

S-a spus că văduva lui nu a participat.

Toamna a mers înainte, un șir de dimineți cețoase și zile, și nopți din ce în ce mai reci, topindu-se unele în altele. Aerul s-a umplut de aroma bogată și pământoasă a frunzelor căzute și a ploii proaspete. Străzile așternute cu trupuri întinse pe gazoane și relaxate în pridvoare, căutând alinare în fața căldurii, s-au golit. În locul letargiei vlăguite, oamenii au început din nou să se miște mai cu spor; copiii s-au întors la școală, iar viața a intrat într-o rutină familiară.

În absența domnului Winshaw, magazinul era tăcut, ordonat și monoton. Și acum, că Diana plecase, lumea familiei Van der Laar și-a pierdut importanța. Întreaga experiență a fost ca și cum fusesem prinsă de o furtună bruscă și violentă care, odată consumată, a lăsat în urmă doar o mare calmă și liniștită. Într-o dimineață l-am văzut pe Nicky Howerd plimbându-se pe Strada Beacon, dar a trecut drept pe lângă mine, pierdut în propria lume întunecoasă. Nu m-a recunoscut cu părul roșu și nu m-am obosit să-l opresc. Oricum nu aveam nimic în comun.

În schimb, mi-am îndreptat atenția spre o serie de conferințe de seară la Ateneu și ocazional am dus-o pe mama la spectacole de teatru. Am văzut împreună *O casă de păpuși*, iar ea a plâns pe parcursul întregului act final.

– Așa era, să știi, a zis ea pe drumul spre casă. Sunteți atât de norocoase în ziua de azi. Voi, tinerele, aveți mult mai multe opțiuni.

Burta Angelei s-a tot mărit. Într-o dimineață s-a trezit într-o baltă de sânge și a fost dusă la spital, unde i s-a făcut o cezariană de urgență. Copilul, o fetiță, era atât de mic, încât a fost ținut în spital timp de două luni.

Angela a botezat-o Maddy, pentru mama ei.

Îmi era dor de domnul Winshaw. Pe măsură ce zilele se scurgeau, sentimentul creștea, în loc să scadă. Și mi-am dat seama că o parte din mine – una cu adevărat decentă și de bun-simț – rezona doar la sunetul vocii lui, la modul imposibil în care mintea lui imposibilă funcționa. Nu știam ce era mai rău: să mă lipsesc de el cu totul sau să se întoarcă și să fiu aproape de un bărbat care nu m-ar fi luat niciodată în serios.

Într-o dimineață, când domnul Kessler sorta corespondența, mi-a întins ceva.

Era o carte poștală adresată magazinului, cu un desen detaliat al unei gărgărițe de Madagascar, cu gât de girafă. Pe spate scria:

Colecția noastră se dezvoltă excepțional – ne-au mai rămas doar 27 000 de specii!

Desen original de Andrew Hanover

Societatea Secretă a Stiloului de Argint
(Anterior Clubul Fără Ieșire)

Apoi, pe ultimul rând, era mâzgălit cu un scris diferit: *Stai departe de zeama de murături, blondino...*

Max, Diana și Andrew...

– Da, am zâmbit. Am o idee.

Luând vederea în biroul domnului Winshaw, am înfipt un ac pe hartă, în Madagascar.

Lumea era plină de colecționari, răscolind pământul în căutarea bucăților din ei înșiși.

Apoi, într-o seară, am ajuns acasă târziu de la spovedanie și am găsit o pălărie bărbătească pe masa din hol.

– Tu ești, Maeve? a strigat mama.

Eram pe punctul de a spune „Cine altcineva?“, cum făceam mereu, dar m-am abținut.

– Da, mamă.

– Ei bine, era timpul! Ai un musafir.

Am intrat în bucătărie. Mama stătea la masă cu domnul Kessler. Beau cafea, o farfurie de biscuiți era pe jumătate terminată, iar între ei, pe masă, se afla o cutie mare.

– Domnul Kessler îmi spunea cât de importantă ești la magazin! a zâmbit mama. Zice că ai stofă de furnizor de antichități de primă clasă.

L-am privit nedumerită.

– Am?

Domnul Kessler a dat ușor din cap.

– Fiica dumneavoastră are o minte ascuțită și ochi pentru vânzări, a încuviințat el.

– A moștenit-o de la mine! mi-a strâns mama mâna. Și uite! Ți-a adus ceva.

M-am așezat.

– Deci ce este?

– Domnul Winshaw m-a rugat să o ridic, a zis el. Se pare că a durat mai mult decât se aștepta.

Domnul Kessler a scos capacul.

Înăuntru era o cutie cu boltă de sticlă, asemănătoare versiunii miniaturale a unei diorame victoriene. Așezată pe o pernă din catifea neagră, era ceașca Staffordshire cu model de salcie. Bucățile fuseseră lipite laolaltă cu firicele subțiri de aur. Crăpăturile erau acum luminoase, strălucind sub lampă, o hartă delicată a nenorocului și a sorții.

Mama a privit-o fix.

– E cumva ceașca mea spartă?

Am dat din cap uimită.

– Am vrut să o repar. Domnul Winshaw s-a oferit să mă ajute.

– Să o *repari!* a râs neîncrezătoare. E mai mult decât reparată! Ăsta e aur, domnule Kessler?

– Este foiță de aur combinată cu vernis, doamnă Fanning. Tehnica se numește *kintsugi* și este de origine japoneză. Nu e doar o metodă de remediere, ci și o filosofie, a explicat. E credința că rupturile, crăpăturile și reparațiile devin mai degrabă o parte valoroasă și prețuită din istoria unui obiect mai degrabă decât ceva ce trebuie ascuns. Că, de fapt, obiectul este mai frumos dacă a fost spart, m-a privit el fix. Există doar câțiva meșteri japonezi autentici în țară. Domnul Winshaw a dus-o la New York pentru reparații și apoi a comandat aici carcasa.

– Dar de ce? m-am întrebat, uimită de gest. De ce să se fi străduit atât?

Domnul Kessler și mama au schimbat priviri complice.

– Păi, dacă nu mă înșel, aș spune că e un fel de preludiu, a chicotit ușor domnul Kessler.

Mi-am coborât privirea, stingheră și totodată încântată.

– Pot să vă mai ofer niște cafea, domnule Kessler? a propus mama, spărgând momentul stânjenitor. O puteți servi într-o ceașcă aurită dacă doriți!

– Nu, mi-e teamă că v-am deranjat seara pentru prea mult timp, a zis el, ridicându-se. Aveți o casă încântătoare, doamnă Fanning. Iar acei biscuiți sunt absolut delicioși.

– Nu vă pot spune cât de plăcut a fost, s-a ridicat și ea; i-a apucat mâna. E atât de bine să știu că Mae e înconjurată de oamenii potriviți. Mă pot liniști acum, știind că ați luat-o sub aripa dumneavoastră.

L-am condus pe domnul Kessler la ușă.

– Aveți o casă plăcută, May cu *y*. Și o familie bună, a adăugat cu o mișcare a capului.

– Ei bine, suntem doar noi două, am zis, întinzându-i pălăria.

– După capul meu, orice e mai mult de unul e suficient. Sunteți norocoasă, a spus el, cu o mică plecăciune formală. Noapte bună!

După ce a plecat, m-am întors în bucătărie. Mama spăla vasele. Ceașca stătea în mijlocul mesei, în cutia sa de sticlă, ca un obiect de muzeu. Mi s-a părut amuzant ca ceva din viețile noastre să fie evidențiat ca demn de o asemenea distincție, cu atât mai mult o ceașcă spartă. Dar asta era felul domnului Winshaw, să vadă obiecte obișnuite într-o lumină extraordinară. Pentru el, chiar și lucrurile simple ascundeau povești.

– Mamă, știai că modelul cu salcie are o legendă în spate? am întrebat.

Și-a șters mâinile pe un șervet de bucătărie.

– Povestea a doi iubiți, despărțiți de moarte. Păsările sunt sufletele lor în zbor.

– De unde știi asta?

– De ce crezi că l-am ales, Maeve? m-a privit oftând. Nu ești singura care a citit vreodată o carte, să știi!

După ce a plecat, am ridicat capacul și am scos din nou ceașca, răsucind-o, urmărind cu degetul firele de aur. Mama avea dreptate – era mai mult decât reparată, acum era un cu totul alt obiect. Nu mai aparținea unui set, soarta sa nefericită o făcuse unică, o supraviețuitoare. Era ceașca lui Ulise, am hotărât. Slăbită de timp și soartă, dar dârză.

Apoi am observat fundul de lemn. Un motiv gravat se întindea pe margine: valuri. L-am întors. Pe partea cealaltă era scris:

SIRENEI DIN PORTUL BOSTON
DE LA UN NAUFRAGIAT.

Mulțumiri

Aș vrea să mulțumesc următoarelor persoane pentru intuițiile lor extraordinare, observațiile numeroase, re-citirile neobosite, sprijinul și, mai ales, răbdarea lor, pe parcursul finalizării acestei cărți: excepționalului trio de editori de la HarperCollins US, UK și Canada – Maya Ziv, Lynne Drew și Lorissa Sengara; agenților mei șireți și calmi – Jennifer Joel cea înfiptă și Jonny Geller cel sensibil; autodeclaratei tocilare în istoria clasică Madeleine Osborne de la birourile ICM, ale cărei ajutor și entuziasm au fost nici mai mult, nici mai puțin decât eroice. Sunt extrem de norocoasă că lucrez cu oameni atât de inteligenți și devotați.

Vreau să le mulțumesc, de asemenea, soțului, Gregg Liberi, și fiului meu, Eddie, doar pentru că pot și pentru că voi sunteți motivul pentru care toate eforturile mele au sens.

Cuprins

KATHLEEN TESSARO

ELEGANȚA

traducere din limba engleză Andreea Florescu

Louise Canova a ajuns la un moment de răscruce. Căsnicia i se duce de râpă și temerile din adolescență se întorc în forță. Dar destinul este imprevizibil și îi scoate în cale, într-un anticariat, o carte care îi va schimba viața. ***Enciclopedia despre stil*** scrisă cândva de Madame Genevieve Antoine Dariaux face minuni: transformă o femeie oarecare într-o personalitate. Asta, pentru că experta în modă știe tot: de la accesorii și fermoare la soți neglijenți, prieteni falși și legătura puternică dintre mame și fiice.

Eleganța vă invită într-o călătorie unică de la A la Z prin lumea modei, care e și o lume a iubirii.

Kathleen Tessaro

COLECȚIONARA DE PARFUMURI INTERZISE

traducere din limba engleză Maria Drăguț

Colecționara de parfumuri interzise explorează iubirea obsesivă dintre muză și artist, dintre miros și forța copleșitoare a amintirii.

La prima vedere, tânăra Grace Monroe are o viaţă fericită în rândul aristocraţiei din Londra anilor '50. Și totuşi, nu își găsește locul în această lume. Într-o zi, destinul îi scoate în cale o moștenire neașteptată de la misterioasa Madame Eva d'Orsey, a cărei identitate trebuie să o descopere. Povestea ne-o arată pe enigmatica necunoscută la New York, Monte Carlo, Paris și Londra, dezvăluind o femeie extraordinară, sursă de inspirație pentru cei mai talentați creatori de parfumuri. Imortalizată în arome de neuitat, existența Evei d'Orsey îi va schimba viața lui Grace. Tânăra va trebui să aleagă: ori să se transforme în femeia pe care o doresc cei din jur, ori să rămână ea însăși.